D

Christian Mähr

# Das unsagbar Gute

Roman

Deuticke

1 2 3 4 5 15 14 13 12 11

ISBN 978-3-552-06170-5

Satz: Eva Kaltenbrunner-Dorfinger, Wien
Druck und Bindung: CPI – Ebner & Spiegel, Ulm
Printed in Germany

# Das unsagbar Gute

# 1

Jede Katze braucht einen Menschen. (Leider ist es so, dass nicht jede Katze einen Menschen hat. Auch nicht jeder Kater.) Bei Hunden würde man diesen Satz einsehen – aber bei Katzen? Die sind doch so unabhängig und eigensinnig und hochmütig und so weiter. Katzen sind falsch, weiß der Volksmund. Der Volksmund weiß bekanntlich gar nichts, es ist der dümmste Mund auf Gottes Erdboden, aber was er hervorplappert, ist ebenso unausrottbar wie die Grippe.

Katzen sind nicht falsch, überhaupt nicht. Ihre Sprache ist nur schwerer verständlich als die Sprache der Hunde. Hunde haben ihre Sprache an den Menschen angepasst, um sich Vorteile zu verschaffen, Hunde sind schlau. Das sei ihnen gegönnt, aber wenn wir bei der Wahrheit bleiben, sind Hunde Opportunisten, Katzen nicht. So gesehen sind Katzen wahrhaftiger als Hunde.

Jede Katze braucht einen Menschen, wie jeder Mensch einen Gott braucht. Natürlich kommt es vor, dass eine Katze mehrere Menschen hat; dann hat sie eben mehrere Götter. Nicht übertrieben viele wie die dreihundertdreißig Millionen, die nach Hinduglauben alle in den Hinterbacken einer Kuh wohnen, aber zwei, drei oder auch fünf. Wie die Götter der Menschen sind die Götter der Katzen, die Menschen, freundlich oder unfreundlich, launisch, sentimental, manche sind böse. Und schwer zu verstehen sind sie alle. Ihre Wege sind unerforschlich, und sie haben große Macht; sie tun Dinge, die den Horizont der jeweils niedereren Wesen übersteigen, und sie tun diese Dinge aus Gründen, die nur sie selber kennen.

Aber einen Unterschied gibt es: Die Götter der Katzen sind

anwesend, man kann sie sehen und hören, sie greifen ins Leben der Katzen ein, geben Futter oder verweigern es in bedauerlichen Fällen. Die Götter der Menschen haben sich dagegen zurückgezogen. Sie sprechen nur durch Orakel oder Träume oder durch den Mund von Propheten; man kommt als Mensch nicht leicht an sie heran. Daher gibt es für Menschen Glauben und Zweifel. So etwas gibt es für Katzen nicht. Noch nie hat eine Katze, geschweige denn ein Kater, an etwas geglaubt, noch nie an etwas gezweifelt. Dafür ist kein Raum. Die Taten der Katzengötter sind eindeutig: Sie sind gut oder böse oder aber reiner Blödsinn.

Bei den Taten der Menschengötter weiß man nie, was man dazu sagen soll; man kann ja nicht zuschauen, sieht nur das Ergebnis und muss dann anfangen zu interpretieren – dazu aber muss man Theologie studieren und dazu wieder muss man Hebräisch lernen, Altgriechisch sowieso (du lieber Gott!) oder aber eben Quantenmechanik und Evolutionsbiologie. Vielleicht liegt es daran, dass die Katzen ihre Götter lieben (und fürchten), aber nicht anbeten; die Menschen ihre Götter seit Jahrtausenden anbeten, aber weder fürchten noch lieben. Das ist schon ein Unterschied.

Es ist schwierig, über Katzen und Menschen nachzudenken und nicht ins Philosophieren zu kommen, beschränken wir uns also rasch auf unsere eigentliche Aufgabe, die Geschichte des Katers Sami zu erzählen, dessen vordere zwei Drittel weiß sind, das hintere Drittel aber rötlich. Über dem linken Auge hat er einen recht großen Fleck derselben Färbung. Der Schwanz ist weiß-rot geringelt. (Damit man eine Vorstellung hat.) Die Geschichte handelt natürlich nicht nur von Sami, dem Kater, sondern auch von verschiedenen Menschen, guten und bösen, und ihren Schicksalen. Da ist zunächst der Mensch, den Sami hat, eine Frau Leupold, ehemalige Professorin für Chemie und Physik am Gymnasium, frühpensioniert wegen eines Nervenleidens, mit dessen Natur wir uns schon deshalb nicht auseinandersetzen müssen, weil diese letzten Endes auch mehreren konsultierten Ärzten verborgen geblieben ist, zuletzt dem von der Krankenkasse, was aber keine große Rolle spielte, weil die Frau Dr. Leupold ohnehin nicht mehr tragbar war, wegen ihres exzentrischen Verhaltens und der häufigen Krankenstände. Worin dieses Verhalten bestand, ließ sich nicht mehr eruieren, die ehemaligen Schüler sind in alle Winde zerstreut, die Kollegen pensioniert oder können sich angeblich nicht mehr erinnern. Ein einziger hat zugegeben, dass dies alles sowieso nur vorgeschoben war, die Kollegin Leupold habe es sich gerichtet, es sei ihr auch zu gönnen, wohl dem, der das Talent habe, auf die Frühpensionierung hinzuarbeiten, es bleibe einem Lehrer auch nichts anderes übrig in einer Zeit, wo sie jeden Drecksproleten aufs Gymnasium schicken ... das Weitere, was der Kollege noch gesagt hat, lassen wir weg. Kurz: Der Frau Doktor Leupold war es gelungen, den Ruhestand ein paar Jahre zu verlängern, und zwar dort, wo allein es Sinn hat, am vorderen Ende.

Es ist ihr auch zu gönnen, denn mit der Frau Leupold hätten die wenigsten von uns tauschen mögen. Sie wohnte mit Sami in einer Villa, die ihr Großvater als Textilfabrikant am Beginn des letzten Jahrhunderts gebaut hatte. Sie wohnte im geerbten Domizil allein, weil sie sich nach einer kurzen, unglücklichen Ehe hatte scheiden lassen. Den Namen des Mannes, eines Maschinenbauingenieurs, hatte sie behalten, weil er ihr besser gefiel als der eigene (Hämmerle). Der Dipl.-Ing. Leupold lebte schon viele Jahre in Wien, es gab keinen Kontakt mehr. Die Tochter aus dieser Ehe, das einzige Kind, ergriff die Flucht und heiratete einen spanischen Anwalt; die Ehe, soweit ihre Mutter das mitbekam, schien glücklich zu sein, Hildegard lebte mit ihrem germanophilen Ramon in Valencia, ihr Sohn hieß nach spanischer Sitte, die den Familiennamen der Mutter einbezieht, Manfredo Gonzales Leupold, aber Manfredo verstand sich weder mit dem Vater noch mit der Mutter und kehrte, als er achtzehn war, nach Österreich zurück, um in Wien Germanistik zu studieren, was einen totalen Bruch mit den Eltern auslöste. Die hatten sich für ihren perfekt zweisprachigen Sohn eine EU-Karriere erträumt; um aber bei einer großen Zentralbehörde, sie heiße, wie sie mag, etwas zu werden, hätte Manfredo, wie seit fünfhundert Jahren im Abendland üblich, Jurist werden müssen. Für die Juristerei fehlte ihm jedes Interesse, für Germanistik übrigens auch, wie er bald feststellte, denn Manfredo Gonzales Leupold fühlte sich als Künstler und erbrachte mit diesem Namen schon eine beträchtliche Vorleistung, was ihm, seien wir ehrlich, etwa mit »Hans Huber« nicht gelungen wäre. (Er ließ sich auch in Wien »Manfredo« nennen, nicht etwa »Manfred«.) Was nun sein künstlerisches Talent angeht, so war es zweifellos vorhanden, wie alle versicherten, die ihn kannten, nur schien es über alle Bereiche der Kunst gleichmäßig verteilt, dadurch kam auf den einzelnen Sektor nicht so viel, wie Manfredo es sich gewünscht hätte. Er dichtete und musizierte, malte und modellierte, er sang und schauspielerte bei freien Gruppen. In der Wissenschaft sagt man, der Spezialist wisse alles über nichts, der Generalist nichts über alles. Manfredo Gonzales Leupold war also Generalist.

Unsere Zeit ist für Generalisten nicht günstig. Die meisten haben einen Brotberuf oder einen Sponsor. Manfredos Sponsor war seine Großmutter. Jedenfalls war es das, was die Nachbarn glaubten: Manfredo lebte in Vorarlberg, weil es so bequemer war, sie anzupumpen, die arme Frau. Unerklärlich blieb ihnen, was er bei diesen Verhältnissen wochenlang in Wien trieb, wo er sich nach Angaben seiner Großmutter aufhielt, wenn sie sich erkundigten, die Nachbarn. Der Manfred musste in Wien irgendwo wohnen, doch wohl nicht im Hotel, oder? Wovon sollte er andererseits eine Wohnung zahlen? Aber genauer zu fragen trauten sie sich nicht.

Was seine Großmutter betraf, so gab es für die Mitwelt keine Zweifel: Sie war reich. Sonst würde sie ja nicht in der Hämmerle-Villa wohnen; wer dort wohnte, hatte sie geerbt, und wer die Villa geerbt hatte, besaß auch noch einen Haufen andere Güter. Nur ein paar wussten es besser. Von dem Hämmerle-Vermögen war nicht so viel übrig, dass es auch nur zur Erhaltung gereicht hätte. Ein unförmiger, grauer Kasten mit Gaupen und Giebeln und einem Turm und einer Dachfläche von der Größe eines Tennisplatzes und siebenundzwanzig Fenstern, jedes aus acht kleinen Scheiben in bröckelnden Holzrahmen und einer später eingebauten Zentralheizungsanlage aus dem Jahr 1962 mit einem Ölverbrauch von achttausendfünfhundert Litern. Ja, so war das. Von den Sanierungskosten, die sich Frau Dr. Leupold hatte ausrechnen lassen, hätte man zwei schmucke Einfamilienhäuser hinstellen können. Das war also illusorisch. Eine ganze Menge Geld war beim Kauf heimischer Immobilienpapiere verschwunden; so viel, wie ihre Nachbarn glaubten, war es sowieso nie gewesen, so dass sich Frau Leupold mit einer prekären finanziellen Situation konfrontiert sah, bis … aber wir greifen vor. Die Situation hatte sich in den letzten beiden Jahren vollständig gewandelt, nur konnte die Frau Doktor Angewohnheiten, die sie unter der Last der Verhältnisse im Laufe von Jahren angenommen hatte, nicht über Nacht ablegen. Zu diesen Angewohnheiten gehörte der Drang, die Sucht geradezu, im Hause alles selber zu reparieren, was nur irgendwie zu reparieren war. Von ihrer Ausbildung als Chemikerin besaß sie ohnehin ein Gefühl für apparative Praxis.

Zu den einfachsten Übungen im Reich des Selbermachens gehört das Auswechseln von Glühbirnen, was manchem lächerlich vorkommen wird, das ist doch keine Reparatur, wird er sagen, dann könne man ja auch schon das Türöffnen zum »do it yourself« rechnen, aber derjenige sollte bedenken, dass der Glühbirnentausch an einer Deckenlampe in einem Haus mit vier Meter hohen Räumen keine ganz triviale Sache mehr ist. Man braucht eine Leiter, aber um sie aufzustellen, müsste man im Esszimmer, wo eine von den fünf Birnen im Jugendstilleuchter ausgefallen ist, den großen Esstisch zur Seite rücken, was kein Mensch tut, weil das Ding etwa zweihundert Kilo wiegt. Auch dem unpraktischsten Zeitgenossen wäre eingefallen, einfach auf den Tisch zu steigen. Für einen Menschen normaler Körpergröße war der Luster dann in Reichweite.

Frau Dr. Leupold machte es genauso. Sie hatte bei ihrem allabendlichen Rundgang das Versagen der Birne im Esszimmer entdeckt. Auf diesem Rundgang, der sie vom Keller durch alle Räume bis zum Dachboden führte, überprüfte sie alle technischen Einrichtungen, suchte nach Rissen im Putz, lockeren Fensterscheiben und losen Dachziegeln.

An jenem Abend stieg sie vom ersten Stock ins Erdgeschoss hinunter. In einer Sechzig-Quadratmeter-Garconniere ist das weiter kein Problem: Die Glühbirnen liegen in der Küchenschublade, keine Lampe ist davon weiter entfernt als fünf Meter, aber in einem Haus mit fast siebenhundert Quadratmeter Wohnfläche müssen alle Dinge ihren fixen Ort haben und dürfen nicht irgendwo verstaut werden, wo gerade Platz ist; das Suchen wäre endlos. Die Glühbirnen und tausend andere Sachen waren in einem kleinen Raum im Erdgeschoss in Wandregalen untergebracht, die Hintertür führte von hier in den Garten. So konnten Einkäufe gleich am richtigen Ort verstaut werden, wenn man das Haus von hinten betrat, was Frau Dr. Leupold sich zur Regel gemacht hatte.

Durch die Hintertür betrat auch der Kater Sami das Haus. Er hatte eine Katzenklappe. Manchmal benutzte er sie allerdings nicht, sondern blieb außen vor der Tür sitzen, bis er seinen Menschen im Raum dahinter rumoren hörte, und meldete sich dann mit Miauen. Es war dies überhaupt die einzige Gelegenheit, bei der er den katzentypischen Laut vernehmen ließ, sonst klang das, was er von sich gab, nach allem Möglichen, nur nicht nach Miau. Wenn Frau Dr. Leupold diesen Ton hörte, wusste sie, dass die Hintertür geöffnet werden musste; aus Gründen, die im Dunkeln blieben, weigerte er sich dann, den Schlupf zu benutzen, saß, wenn es sein musste, die ganze Nacht im Freien. Diesmal war es anders. Kaum hatte die Frau Dr. Leupold die Hintertür aufgeschlossen, schoss der Kater an ihr vorbei ins Innere des Hauses. Die Tür ließ sie offen. Sie musste weg, wollte aber das Auswechseln der Glühbirne nicht bis zu ihrer Rückkehr verschieben; Verschieben, aus welchen Gründen immer, war der Anfang vom Ende, für ein Haus wie das ihre bedeutete Verschieben, egal, was auf später verschoben wurde, den Beginn des Verfalls. Sie nahm eine Glühbirne aus dem Regal, lief nach oben, zog die Hausschuhe aus und stieg über einen der Stühle auf den Esszimmertisch.

Frau Dr. Leupold hätte nicht von ihren Gewohnheiten abrücken sollen; nein, nicht das sofortige Auswechseln der Glühbirne ist gemeint, das Nicht-Aufschieben notwendiger Handlungen, das war schon in Ordnung – sondern das Offenlassen der Tür, um zwei Sekunden einzusparen. Denn durch diese offene Tür betrat nun ein zweiter Kater das Haus der Frau Dr. Leupold.

Dem Kater hatten die Menschen den Idiotennamen »Schnurrli« gegeben, was auf diese und auf seine Verhältnisse überhaupt ein bezeichnendes Licht wirft; ein Name, auf den er, zu seiner Ehre sei es gesagt, niemals hörte. Dieser Kater war zweifärbig, Beine, Bauch und Brust weiß, Oberseite und Kopf rötlich, wobei bei ihm die scharfe Begrenzung halbmondförmig über die Flanken verlief, in der Mitte weit nach unten reichend, was den ungünstigen Eindruck hervorrief, es habe ihm jemand eine Decke übergeworfen – ähnlich jenen Paletots, in die Damen ohne Sinn für die Würde eines Tieres bei kaltem Wetter ihre winzigen Schoßhunde zu hüllen pflegen; nur der

Festzurrgürtel um den Bauch fehlte. Schon bei einem Hund, wie klein er auch immer sein mag, sieht das idiotisch aus, bei einem Kater wie eine Entstellung, das Spiel einer bösartigen Natur. Der andere Kater war erst vor kurzem zugezogen, die Familie Stauber hatte ein Einfamilienhaus auf der anderen Seite der Leupold-Villa bezogen (günstig ersteigert, nachdem es in Laufe einer furchtbaren Scheidungsgeschichte des Erbauerehepaares auf den Markt gekommen war). Es soll Leute geben, denen das in allen Ecken hockende Unglück solcher Häuser den Erwerb verleiden würde; Staubers gehörten nicht zu dieser abergläubischen Sorte. Herr Stauber war Chefverkäufer eines großen Autohändlers, Frau Stauber Hausfrau, die beiden Söhne (vierzehn und sechzehn Jahre alt) gingen aufs Gymnasium. Sie hatten bis zu diesem Herbst in einer Vierzimmer-Eigentumswohnung am Stadtrand »gehaust«, wie Herr Stauber das nannte, jetzt erst, nach dem günstigen Griff nach ersteigertem Besitz, »wohnte« man; die anderen Familienmitglieder pflichteten ihm bei.

Staubers hätten sich auf Befragen selbst als glückliche Familie bezeichnet. Herr Stauber war erfolgreich im Beruf, die Söhne nicht ganz so erfolgreich in der Schule – einzig Frau Stauber litt zuzeiten unter dem Gefühl des Unausgefülltseins, wogegen sie aber selber schon ein Heilmittel gefunden hatte: nämlich ein Tier, eine Katze, die man am *günstigsten* im örtlichen Tierheim bekommen konnte. So fand der andere Kater dieser Geschichte den Weg in das ebenfalls *günstig* erworbene Einfamilienhaus der Familie Stauber. Für den Paletot-Kater war es eine Verbesserung, was allerdings nicht viel besagt, denn fast jeder Haushalt in Dornbirn wäre eine Verbesserung gegenüber dem Tierheim gewesen. Im Tierheim war man mehr oder weniger dauernd eingesperrt; für einen Kater besonders unangenehm, weil ein solcher ein Territorium beansprucht, was in einem Tierheim nur sehr unvollkommen möglich ist. Der andere Kater hatte viele Monate auf eine Änderung seiner Lage gewartet; wo er ursprünglich herkam, verliert sich im Dunkel der Geschichte, und wir wollen uns auch nicht damit belasten, dass wir gleichsam katzengeschichtlich vom Hundertsten ins Tausendste geraten. Der Grund für die lange Wartezeit, man muss es leider sagen, war die unmögliche Zeichnung des Katers, die das Tier lächerlich erscheinen ließ; traurig, wie sehr sich Menschen von solchen Äußerlichkeiten bestimmen lassen. Sie wandten sich nach dem ersten Blick von dem Kater ab und angenehm gestreiften Exemplaren zu. Mit den Staubers hatte der Paletot-Kater großes Glück, weil denen jedes ästhetische Empfinden abging und ihnen an dem Tier nichts Negatives auffiel.

Ein Kater beansprucht ein Revier von dreihundert Metern in alle Richtungen, in städtischen Gebieten lässt sich das nicht verwirklichen, weshalb vernünftige Exemplare ihre Pirschgänge zu verschiedenen Zeiten auf denselben Grundstücken absolvieren und so kräftezehrende Revierkämpfe vermeiden. Die Klugheit eines Stadtkaters ging den beiden Landkatern ab; ihre Heime lagen zu nahe beieinander, es kam, wie es kommen musste: erhebliche Differenzen zwischen Sami und Kater Schnurrli über die Aufteilung von Grund und Boden.

Kater Schnurrli war jünger und nicht so wohlgenährt wie Sami – wobei wir nicht andeuten wollen, er habe bei den Staubers nicht genug zu essen gekriegt, das nicht, aber Frau Stauber als Anhängerin gesunder Ernährungsweise fing jetzt nicht damit an, ausgerechnet den Hauskater zu mästen, der konnte froh sein, wenn sie bei ihm eine Ausnahme machte und die üblichen industriell hergestellten Lebensmittel aus dem Tierfutterladen servierte, was bei ihrer Familie nie in Frage gekommen wäre. Leider gab es von diesem herrlichen Industriefutter nicht die Mengen, die Schnurrli gern gefressen hätte. (Ich kürze den Namen von hier ab mit S. ab, das grenzdebile

»Schnurrli« macht den ganzen Text kaputt; wenn also in Hinkunft von S. die Rede ist, meine ich den »anderen« Kater, ja, ich weiß, Sami beginnt auch mit einem »S«, ungünstig, aber was soll ich machen?)

Zurück zu S.: Der war bei größerem Appetit auf den Mäusefang angewiesen, und dazu brauchte er ein Jagdrevier ausreichender Größe. Das schöne angrenzende Grundstück der Leupold-Villa war aber schon Samis Revier, der Konflikt damit programmiert. Nun war der Kater S. jünger und aggressiver als Sami, dessen Körpergewicht nach tierärztlicher Aussage außerdem an der oberen Grenze des Zulässigen lag, was die Verteidigung gegen den Eindringling nicht leichter machte. Man kann es in einem Satz sagen:

Sami und S. waren Todfeinde.

An jenem Herbsttag hatte es wieder eine Auseinandersetzung gegeben, die, wir müssen es leider zugeben, mit einer Niederlage Samis endete, das heißt, mit einer Flucht, wie es im Verhältnis 70:30 der Fall zu sein pflegte; die Flucht führte ihn zum Haus seines Menschen, der Frau Dr. Leupold, wohin zu folgen der Kater S. bisher nie gewagt hatte. (Die Katzenklappe war ihm unheimlich.) Aber jetzt stand die Tür offen. S., im Überschwang des Sieges, ließ alle Vorsicht fahren und folgte der Frau Dr. Leupold ins Haus. Von Sami war nichts zu sehen oder zu hören, der hatte eines seiner Verstecke aufgesucht, von denen es in dem alten Kasten mehrere gab. Kater S. dagegen vergaß Sami, die neue Umgebung erregte seine Katerneugier. Außerdem nahm er mit seinem sechsten Sinn die Aura der guten Dr. Leupold auf – und diese Aura war viel besser als die entsprechenden Auren aller Mitglieder der Familie Stauber. S. folgte der Frau in den ersten Stock, man kann sagen, auf den Fersen, wovon sie nichts bemerkte.

An den Kater dachte sie nicht, nicht an den eigenen und schon gar nicht an einen fremden. Man darf sagen, dass es der

Dr. Leupold nicht vergönnt war, diesen fremden Kater jemals zu Gesicht zu bekommen. S. sprang hinter ihr auf den Tisch und machte das, was Katzen tun, wenn sie die Aufmerksamkeit eines Menschen erregen wollen. Er strich um ihre Beine. Und warum wollte er ihre Aufmerksamkeit erregen? S. erwog (man kann es nicht anders sagen) einen Wechsel seiner Götter, er war im Begriff, abtrünnig zu werden – der Grund dafür lag in der ungeheuer angenehmen Ausstrahlung der Frau Leupold. Wir können uns mit unseren begrenzten Sinnen davon so wenig eine Vorstellung machen wie vom vierdimensionalen Raum und müssen, wie in solchen Fällen üblich, zu einem notgedrungen hinkenden Vergleich Zuflucht nehmen: Frau Leupold verstrahlte ihr Wohlwollen den Felidae gegenüber wie ein wattstarker Propagandasender im Kalten Krieg; eine Katze wurde davon angezogen, auch wenn es ihr an ihrem Platz noch so gut ging. Kater S. ging es nicht wahnsinnig gut bei den Staubers. Er hätte den Mittelpunkt seiner Lebensinteressen ohne Zögern verlagert, er war dazu schon entschlossen, als er in den Bannkreis der Dr. Leupold geriet, er hätte sich sogar mit Sami vertragen, wenn es denn nicht anders ging (das ist allerdings, wie ich zugeben muss, Spekulation) – aber es kam anders.

In dem Augenblick, als sich der Kater S. an ihren Unterschenkel schmiegte, trat Frau Dr. Leupold einen Schritt zurück. Die Birne hatte sie ausgetauscht, die kaputte hielt sie in der Hand.

S. erschrak und flüchtete. Er konnte wie alle Katzen laute Geräusche nicht ausstehen, noch weniger laute unbekannte Geräusche. Das eine Geräusch von den zwei, die ihn erschreckten, hatte er zuvor nie gehört: wenn Gläsernes zerbrach, denn im Hause Stauber wurde nichts zerbrochen. Das zweite Geräusch, dumpfer tönend als die platzende Glühbirne und lauter, hatte er auch noch nie gehört. Denn in seinem Katerleben war noch nie etwas sechzig Kilo Schweres, Weiches aus Tischhöhe auf den Fußboden gefallen. S. floh aus dem ersten Stock und aus dem Haus.

Sami lag im zweiten Stock unter einem Regal neben der Dachbodentür. Im Haus blieb alles ruhig. Von seinem Menschen und dem anderen Kater war nichts zu spüren. Nach langer Zeit gab es neue Geräusche. Es war jemand im Haus. Ein Mensch. Nicht seiner. Sein Mensch bewegte sich anders, machte eine andere Art Lärm. Sami schlich die Treppe hinunter und näherte sich dem Esszimmer.

Drin stand ein Mensch. Nicht sein Mensch. Sein Mensch lag auf dem Boden. Er kannte die Person. Sie stand nicht neben seinem Menschen, sondern etwas abseits an der Kommode, auf die Sami manchmal hinaufsprang, um an den Blüten zu knabbern, wenn dort neue Blumen standen. Er mochte den Geruch und Geschmack. Und die Farben. Sein Mensch hatte nie etwas dagegen gehabt. Der andere Mensch blickte zur Tür, als Sami hereinkam, ein Zufall, kommen hätte er ihn nie gehört. Dann begann der neue Mensch zu reden, Sami legte die Ohren leicht zurück. Er kannte die Stimme und konnte sie nicht ertragen. Zu hoch und zu laut, viel zu laut. Er wurde angesprochen, das war schon klar, Sami hin und Sami her, aber alles war falsch. Dieser Mensch mochte ihn nicht. Sami war alt genug, an den Stimmen der Menschen zu erkennen, wie sie es meinten mit ihm. Die hier meinte es nicht gut, aber nicht auf die übliche Weise nicht gut wie andere Menschen, in deren Gärten er auf Mäuse lauerte; sie klangen anders, wenn sie ihn verjagten. An diesem anderen Menschen stimmte etwas nicht. Denn er hatte Angst. Vor Sami.

Wie konnte das sein? Ein Mensch kann keine Angst haben vor Sami oder einer anderen Katze. Nur umgekehrt war das möglich, das war die Grundordnung des Daseins. Ein Mensch, der Angst vor Sami hatte, fiel aus dem Rahmen, mit dem stimmte etwas nicht, vielleicht war er krank.

Sami zog sich in einen Bereich des großen Hauses zurück, wohin ihm der neue Mensch nicht folgen konnte. Dort wartete er ab. Die Geräusche des kranken Wesens verstummten, Sami schlich hinunter, verließ das Haus. Er brauchte jemanden.

Wie alle Katzen besaß Sami ein untrügliches Gespür dafür, ob etwas lebendig oder tot war. Sein Mensch, den er kannte, seit er auf der Welt war, dieser Mensch war tot. Für einen Kater ist der Tod seines Menschen wie für einen Menschen der Tod seines Gottes, eine bedrohliche Erfahrung, die alles in den Grundfesten erschüttert. Da aber ein Kater in einem Universum mit vielen Menschen lebt, der Mensch aber in einem mit nur einem Gott, ist der Kater im Vorteil, denn er kann sich einen neuen Menschen wählen, einen neuen Gott. (Der Mensch versucht das natürlich auch, es geht aber immer schief.)

## Stimmen 1

»Wieso bist du überhaupt dort rein?«

»Der Kater ist schuld ...«

»Der weiße von der Leupold, hinten ist er so gelb gefleckt?«

»Nein, ein anderer. Das ist ja der Skandal, jetzt hat sie schon zwei von den verdammten Viechern ...«

»Hab ich noch nie gesehen, ich kenn nur den mit dem geringelten Schwanz, der uns immer in den Garten ...?«

»Ja, das ist der alte. Sami heißt er.«

»Woher weißt du das?«

»Hab ich gehört, wie sie ihn gerufen hat.«

»Komischer Name.«

»War ja auch eine komische Frau ...«

»Wieso war?«

»Lass mich halt erst einmal fertig erzählen! Von vorne weg ...«

»Also, bitte ...«

»Ich trag grad den Müll raus, da seh ich dieses Vieh, wie es versucht, in unseren Garten zu scheißen. Es langt ja, dass es der alte Kater von der Leupold immer wieder versucht, und jetzt hat sie noch einen …

»Woher weißt du, dass es ein anderer war?«

»Sah ganz anderes aus, viel mehr gefärbt, der Rücken so schmutzig gelb – da hab ich so eine Wut gekriegt, ich sofort hinterher …«

»Das machst du doch immer so, nur genutzt hat es nie was.«

»Eben! Aber diesmal war da noch was anderes … wie soll ich sagen … der neue hat mich so angesehen dabei … gegrinst.«

»Der Kater?«

»Wenn ich doch sage! Die reine Provokation.«

»Das heißt also, der Kater hat … provozierend geschissen, nicht einfach nur so, sondern provozierend.«

»Mach dich nur lustig! Du hast es nicht gesehen! Es klingt blöd, weiß ich selber. Aber es ist da was dran, glaub mir. Als ich auf ihn los bin, bleibt er bis zum letzten Moment sitzen, bis ich ihn schon fast erwischt hatte! Der andere rennt immer gleich davon, wenn er mich sieht. Aber dieser gelbe … wie um mich zu frotzeln, versteht du?«

»Allmählich – und das hat dich so wütend gemacht …«

»… dass ich hinter ihm her bin übers Grundstück raus. Mach ich ja sonst nie. Ich renn ihm also nach über die Wiese auf die Leupold-Villa zu …«

»Hast du ihn erwischt?«

»Ach woher denn! Eine Katze kannst du nicht einholen, ausgeschlossen …«

»Trotzdem bist du hinterher, warum?«

»Ich wollte die Sache klären, ein für alle Mal! Mit der Leupold reden …«

»Streiten heißt das …«

»Und wenn schon. Ich hatte von dem Katzendreck die Nase voll. Du kannst nicht immer nur alles in dich reinfressen, einmal ist

Schluss! Ich hab das deutlich gespürt, jetzt kommt alles auf den Tisch!«

»Hast du geklingelt?«

»War nicht nötig. Die Hintertür war offen.«

»Du bist einfach so ins Haus rein?«

»Warum denn nicht? Ich hab auch gleich gerufen. *Frau Leupold, sind Sie da?*, oder so, gehört hab ich nichts. Die Katze vor mir die Treppe rauf, ich hinterher …«

»Und? Kam Antwort?«

»Ja, sie hat auch was gerufen, glaub ich, aber gleich drauf dieser Krach, ein Splittern, dann war es still. Ich weiter rauf. Im ersten Stock liegt sie im großen Zimmer, das Speisezimmer oder Salon oder was das war, liegt auf dem Rücken am Boden. Neben dem Tisch.«

»Tot?«

»Hab ich gleich gesehen. Kein Puls am Hals, eine Pupille weiter als die andere, keine Chance mehr …«

»Und die Katze?«

»Weg. Wie vom Erdboden verschluckt. Nur ihr alter Kater, dieser Sami, hat sich blicken lassen, ist aber gleich wieder verschwunden.«

»War sonst noch wer da?«

»Interessant, dass du das fragst … aber das sah nicht nach Fremdverschulden aus, verstehst du, die ist vom Tisch gefallen … sah so aus, als ob sie versucht hat, eine Birne auszuwechseln, und dabei gestürzt ist. So sah das aus …«

»Ich unterbreche nur ungern, aber kommen wir noch zu irgendeiner Pointe? Hast du nicht die Polizei gerufen?«

»Hatte ich ja vor! Aber erst … hab ich mich umgesehen.«

»Rumspioniert.«

»Wie du willst. Hätt ich gleich die Polizei gerufen, hättest du mir doch Vorwürfe gemacht, dass ich nicht die Gelegenheit nutze …«

»Ja, hätte ich. Garantiert. War ja auch keine Vorwurf. Ich erwarte, dass du mir eine haarkleine Schilderung …«

»Daraus wird nichts. Ich musste dort möglichst schnell wieder raus ...«

»Warum denn?«

»Die Hintertür war offen.«

»Was? Die hast du offen gelassen?«

»Was denn sonst? Hat ja kein Schlüssel gesteckt. Hätt ich was unter die Klinke klemmen sollen – nur zum Spionieren?«

»Also schön – du bist rausgerannt. War das alles?«

»Nicht ganz. Im Keller hab ich mich schon ein bisschen umgesehen. Da hatte sie so ein Labor eingerichtet ...«

»Sie war ja Chemikerin ...«

»Ja doch! Wir wissen beide, dass sie Chemikerin war. Du brauchst nicht alles zu kommentieren!«

»Schon gut, reg dich wieder ab ...«

»Jedenfalls lag auf dem Tisch eine Tasche mit einem Haufen Geld ...«

»Hast du gezählt?«

»Hab mich nicht getraut – wenn jetzt wer reingekommen wäre ...«

»Wer soll den reinkommen?«

»Keine Ahnung. Außerdem: Ich konnte doch nichts anfassen wegen der Fingerabdrücke.«

»Ist doch lächerlich! Wer soll denn Fingerabdrücke suchen? Die Frau ist vom Tisch gefallen, weil sie eine Glühbirne auswechseln wollte. Unfall, kein Fremdverschulden. Kann sogar unsere Polizei feststellen ...«

»Ja, red du nur! Ich hätte dich sehen wollen in der Situation!«

»Zu blöd. Das hätt ich mir wirklich gern angeschaut ...«

»Du hättest ja nicht allein einkaufen gehen müssen.«

»So ein Blödsinn! Das ist nur, weil du immer so im Garten rumtrödelst, es war eh schon spät; die guten Landjäger sind dann beim Scheyer weg ...«

»Dann hätten wir halt andere genommen.«

»Ich will aber die Speziallandjäger aus dem Bregenzerwald, die hat halt nur der Scheyer. Und wenn ich ausnahmsweise einmal besser drauf bin, geh ich halt … ist ja jetzt auch nicht zu ändern. Wie lang ist das jetzt her?«

»Eine halbe Stunde vielleicht.«

»Und? War noch irgendwas?«

»Ich hab nichts gesehen. Ist niemand zum Haus gekommen.«

»Schön. Dann warte ich, bis es dunkel ist.«

»Und dann?«

»Geh ich rüber.«

»Wozu denn?«

»Um mich umzusehen, darum.«

»Und du traust dir das zu heute …?«

»Ja, ich spür nichts, keine Angst, es geht mir gut.«

»Wär nur blöd, wenn du dort drüben umfällst.«

»Ach was, das letzte Mal ist Monate her …«

# 2

Schott mochte keine Katzen. Nicht nur keine Katzen im Speziellen, er mochte überhaupt keine Tiere; halt: Das ist zu allgemein und missverständlich, das rückt ihn gleich in ein schiefes Licht. Schott war kein Tierhasser oder so … nur in einem tierlosen Elternhaus aufgewachsen, Vater Finanzbeamter, Mutter Sekretärin bei der Handelskammer, eine jüngere Schwester, alle vier in einer Vierzimmerwohnung einer staatlichen Siedlungsgesellschaft, Haustiere waren nicht explizit verboten, aber ihre Haltung mit so vielen Auflagen verbunden, dass es einem Verbot gleichkam, wenn man sich nicht auf Kanarienvögel oder Goldhamster beschränkte. Nach der Ansicht von Schotts Vater war Haustierhaltung sowieso eine Tierquälerei, dagegen konnte man schwer etwas sagen, beide Eltern chlorophyllgrün, wie Schott das später nannte, Tiere nur in freier Wildbahn und so weiter; ein Pony bei ökologisch korrekter Haltung in einer tieradäquaten Anlage wäre durchgegangen, aber Schotts waren keine Familie, wo die Tochter eines zum vierzehnten Geburtstag bekommt, dafür fehlte das Geld, obwohl nicht einmal ein Auto vorhanden war. Aber der Traum vom eigenen Haus und eine familientypische Verbissenheit, dieses Traumziel zu erreichen. Es wurde dann auch erreicht, Hilde, die sich natürlich ein Pony gewünscht hätte, wie sie ihrem Bruder viel später gestand, verzichtete wie jeder andere in der Familie von vornherein, äußerte nie den Wunsch danach.

Hatte Schott sich ein Tier gewünscht? Die Frage kam ihm im Lauf der Ereignisse in den Sinn, aber er konnte sich nicht erinnern. Vielleicht, dachte er, wäre alles anders verlaufen, wenn er zu Tieren eine Beziehung gehabt hätte von früher her … eine gesündere. Allerdings wusste er auch nicht, ob seine aktuelle Beziehung zu Tieren, zu Haustieren speziell, ungesund zu nennen war, er mochte sie halt nicht, Haustiere verursachen Kosten, und sie machen Dreck.

Wie dieser Kater.

Der Kater der Frau Leupold strich durch die Siedlung, betrachtete alle Gärten als sein Eigentum, andere Katzen schien es in der Nähe nicht zu geben. Oder er hatte sie vertrieben. Schott erinnerte sich an dem bewussten Tag, den Kater oft gesehen zu haben, immer aus der Ferne, wenn er durch die Hecke in den Nachbargarten verschwand. Er hatte ihn immer nur verschwinden sehen, nie kommen. Der Kater ging, wenn Schott nach Hause kam, wartete hinter dem Haus im Garten, bis Schott sich am Fenster bemerkbar machte oder auf die Terrasse kam. Dann trat er den Rückzug an in Richtung einer der drei Hecken, die das Grundstück nach hinten und auf den Seiten begrenzten. Wegen dieser Hecken hatte es mit den Nachbarn böses Blut gegeben. Für Jahre. Die Hecken entsprachen ökologischen Kriterien, aber nicht den Vorstellungen der Nebensiedler. Brombeer, Hartriegel, dazwischen Eschen und irgendwelche Gewächse, die auf »-dorn« endeten, Schott wusste nicht mehr, welche der Vater angepflanzt hatte und welche von selber gekommen waren. Die drei Hecken bildeten einen dichten Verhau, ein »Paradies für Vögel und Kleinsäuger«, wie der Vater oft betonte, drei grüne Pflanzenwalzen, in der Mitte übermannshoch, denkbar größter Gegensatz zu den geschnittenen Buchenhecken und Thujen der Nachbarn. Die Vögel, die darin nisteten, gingen noch an, was die Leute aufregte, waren die *Kleinsäuger*, obwohl sie die nie zu Gesicht bekamen; Igel, Mäuse, Wiesel und weiß der Geier, was sonst noch alles – Schotts Hecke blieb ein Ärgernis über den Tod des Vaters hinaus, Schott Sohn dachte nicht daran, am Garten etwas zu verändern, um es etwa den Bünzlis der Umgebung recht zu machen, verwendete den satirischen Begriff, mit dem die nahen Schweizer ihre eigenen Spießbürger verunglimpften, für die Mitsiedler, nannte die ganze Siedlung in Gesprächen mit Kollegen nie anders als »Bünzlihausen«. Er hatte nie gern hier gelebt, in seinen Sturm-und-Drang-Jahren die Gegend gemieden. Als dann auch die Mutter gestorben war, hatte er das Elternhaus übernommen, die längst in Feldkirch verheiratete Schwester ausgezahlt und wohnte seither hier. Aber wenn es so weiterging, nicht mehr lang.

Nein, Schott mochte keine Katzen.

Als er an diesem Herbstabend nach draußen ging, um den Biomüll auf den Komposthaufen zu werfen, erschrak er, als der Kater vor der Hintertür saß.

Sami.

Weiß mit rötlichem Hinterteil und Schwanz und asymmetrischen, ebenso rötlichen Flecken auf dem Kopf. Das Tier miaute nicht, sah Schott aber an und ließ mehrmals einen Laut wie kurzes Krächzen hören, als wolle er eine Krähe nachmachen. Nur viel leiser als bei einer Krähe.

Schott setzte den Biomülleimer ab. Der Kater kam auf ihn zu, strich um seine Beine, entfernte sich wieder in den Garten hinaus. Nach links, auf seine Heimstätte zu, die Villa der Frau Leupold. Dann setzte er sich wieder hin, blickte über die Schulter zu Schott zurück und krähte.

»Was willst du?«, fragte Schott. Der Kater krähte. Das ist vollkommen absurd, dachte Schott, wir führen eine Unterhaltung, obwohl es so etwas gar nicht geben kann; es war eine Szene aus einer dieser idiotischen Tierserien seiner Kindheit, wo ganze Dialoge zwischen Mensch und Tier vorkamen, alles Dressur und Schnitttechnik, die Simulation einer Verständigung zwischen den Kreaturen, die es nicht gab und nicht geben konnte, ein kindischer Trost für Leute, die längst eingesehen haben, dass es nicht einmal zwischen den Menschen so etwas wie Verständigung gab. Bianca fiel ihm ein, mit der er auch nach vier Ehejahren keinen Modus der Verständigung gefunden hatte. Diese Serien haben sie ja auch für Erwachsene gemacht, dachte Schott, die Kinder waren nur der Vorwand.

»Hau ab«, sagte er, nahm den Biomülleimer auf und ging durch den verschneiten Garten zum Komposter. Der Kater folgte ihm. Zwei Meter neben dem Plastikbehälter blieb er sitzen und beobachtete, was Schott dort tat. Schott tat nichts Besonderes; er öffnete die Klappe, leerte den Inhalt des Eimers in die Öffnung, schloss die Klappe. Als er damit fertig war, sich zum Gehen wandte, sah der Kater zur Villa der Frau Leupold hinüber, zu seinem Zuhause. Aber dort war niemand. Alles dunkel.

Schott ging zurück, diesmal lief der Kater vor seinen Füßen in der Schneespur; mehr ein Hüpfen als Laufen, das Tier versuchte die Abdrücke von Schotts Schuhen auszunutzen. Er läuft nicht gern im Schnee, dachte Schott. Da sinkt er bis zum Bauch ein und wird nass. Warum folgt er mir dann zum Komposter?

Der Kater gab Antwort, als sie wieder beim Haus angekommen waren. Auf seine Weise. Er setzte sich vor die Hintertür, legte das Köpfchen in den Nacken und miaute. Ja, es war dieser langgezogene Katzenlaut, aber von einer Intensität, wie ihn Schott nie gehört hatte. Etwas Elementares lag darin, ein Unterton von Verzweiflung – aber das interpretiere ich jetzt rein, dachte Schott, wahrscheinlich hat es mit Verzweiflung nichts zu tun … vielleicht … der Kater schaute wieder zum anderen Haus hinüber. Er will was, dachte Schott. Es hat mit dem Kasten zu tun. Das ist es! Drum schaut er dorthin.

Von irgendwo in seinem Bewusstsein kam das Verständnis für den Kater. Schott staunte. Als verstünde er eine Sprache, die er nie gelernt hatte. Ein Hund würde auf das Haus zurennen, stehen bleiben, sich umdrehen, bellen, wieder herkommen, wieder losrennen und so weiter – bis auch der blödeste Vertreter der Gattung Homo verstanden hätte, was das heißt: Komm mit, ich muss dir was Wichtiges zeigen! So war das in den Tierfilmen. Aber Sami war nicht Lassie. Der Kater verfügte nicht über ein so anthropoaffines Verhaltensrepertoire. Und was heißt schon anthropoaffin, fiel Schott jetzt ein, verhalten sich echte Hunde so wie die Hunde im Fernsehen? Oder haben sie die so dressiert – dieses Bellen, Hin- und Herlaufen, weil wir uns vorstellen, dass der Hund das genau so machen müsste, wenn er uns etwas zeigen will? Ein Hundebesitzer wüsste das natürlich. Vielleicht würden Hundebesitzer Lassie auslachen. Die Hundebesitzer waren in der Minderheit. Auf sie konnte man verzichten – ein interessanter Gedanke, fand Schott, das sollte er verfolgen, recherchieren, konnte ja sein, dass sich da etwas ergab, dass er recht hatte: mediale Erwartungshaltungen, die Verfälschung der Natur; Lassie und Flipper benehmen sich so, wie sie sich benehmen, weil wir glauben, sie müssten sich so benehmen. Aber woher beziehen wir diesen Glauben? Dem müsste man nachgehen … nein, müsste man nicht, fiel ihm ein. Nicht auf diese Weise. Nicht mehr. Solchen Ideen *nachgegangen* war er jahrelang, hatte Bücher geschrieben, nein, Manuskripte, die niemand … er verdrängte den Gedanken. Konzentration auf das Naheliegende. Er sollte also zur Villa von Frau Leupold. Der Kater Sami wollte das so. Warum? Dafür gab es einen Haufen denkbarer Gründe, kein einziger gefiel Schott. »Dem Frauchen geht es schlecht, ist es das?« Er richtete die Frage an den Kater, der antwortete, indem er Schott um die Beine strich und Laute zwischen Schnurren und Knurren von sich gab. Schott musste lachen. Der Kater sah ihn an. »Also schön«, sagte Schott, »wir gehen rüber, aber vorne auf der Straße, ich kann nicht durch die Hecke durch. Das siehst du doch ein?«

Schnurr, knurr, grummel.

Schott stellte den Eimer ab, ging ums Haus auf die Vorderseite. Der Kater hinter ihm auf dem schmalen Trampelpfad im Schnee. Vorn in der Einfahrt setzte sich der Kater wieder an die Spitze, spazierte auf dem aperen Teil der Straße zum Nachbargrundstück hinüber. Die Villa der Frau Leupold lag im Dunkeln, kein Lebenszeichen.

»Ich sollte umkehren, Kater, weißt du das?« Der Kater reagierte nicht, lief an der Eingangstür vorbei auf die Rückseite.

»Das kann ich nicht machen«, sagte Schott, »so herumschleichen. Ich muss wenigstens so tun ...« Er läutete. Niemand kam. Schott trat einen Schritt zurück, rief »Frau Leupold!« Allerdings nicht laut, nur pro forma. Er hatte nicht die Absicht, die Nachbarschaft zusammenzuschreien. Keine Reaktion, natürlich nicht. Er folgte dem Kater ums Haus. Der wartete an der Hintertür, die der Schott'schen Hintertür sogar glich, ein ähnliches Kellertürmodell aus massivem Blech. Mit dem Unterschied, dass in der Leupold'schen Variante unten eine Katzenklappe eingebaut war. Davor saß Sami, der Kater, und blickte Schott an. Akustische Untermalung gab es diesmal nicht, es war auch keine nötig, denn hier handelte es sich um eine sehr einfache Denksportaufgabe: Warum bleibt der Kater vor der Katzenklappe sitzen? – Weil er will, dass der Begleitmensch auch hineinkommt, ergo dessen die Tür aufmacht.

»Du dummes Tier«, sagte Schott, »die ist doch zu, die kann ich nicht aufmachen!« Natürlich: Für Tiere sind alle Menschen gleich, wenn ein Mensch Türen öffnen kann, dann können es alle. Um diesen Irrtum zu demonstrieren, drückte Schott die Klinke nieder. Aber der Kater Sami war gar nicht dumm. Die Tür ging auf. Dahinter war es dunkel.

Er hätte nicht herkommen sollen, das sah Schott jetzt ein. Der Kater hatte ihn dazu gebracht. Irgendwie. Durch diese komischen Laute, durch sein ganzes Wesen. Er war auf den Kater reingefallen. Der schlüpfte durch die offene Tür und verschwand im Dunkeln.

»Frau Leupold!«, rief Schott ins Haus. »Sind Sie da? Der Kater hat irgendwas …« Schott wusste schon, dass er keine Antwort bekommen würde.

Schott war nie in der Villa der Frau Leupold gewesen. Die legte keinen Wert auf Nachbarschaft, man verstand das sogar. Sie wohnte in einer *Villa*, die Nachbarn in *Häusern*, ein großer Unterschied; man bedauerte sie, wenn auch nicht offen, dass sie jetzt diese Nachbarschaft ertragen musste – im Rahmen eines Stadtentwicklungsprojekts der sechziger Jahre hatten Kleinhäusler in spe die Gelegenheit bekommen, Gemeindegründe günstig zu erwerben und ihre Häuschen drauf zu bauen. Die Siedlung war im Laufe der Jahrzehnte an die alte Fabrikantenvilla herangekrochen und dort zum Stillstand gekommen, denn Frau Dr. Leupold weigerte sich, ihr Grundstück an wen auch immer zu verkaufen, nicht an Einzelpersonen und nicht an die vier verschiedenen Bauträger, die deswegen an ihre Tür geklopft hatten. Frau Dr. Leupold erfreute sich wegen dieser Verweigerungshaltung einer gewissen Beliebtheit bei den unmittelbaren Nachbarn, denn sosehr der gewöhnliche Häuselbauer das Häuselbauen bei sich selber schätzt, so wenig schätzt er es nebenan; seine Idealvorstellung vom Nachbargrundstück ist eine als Wasserschutzgebiet eingezäunte Wiese und am Horizont ein Staatsforst. Ein Riesengrundstück mit einem alten Kasten, bewohnt allein von einer pensionierten Gymnasialprofessorin, die weder laute Musik hört noch laute Feste feiert, kam diesem Ideal schon recht nahe.

Dies ging Schott durch den Kopf, als er den Lichtschalter gefunden und die Hintertür von innen zugezogen hatte. Der Kater Sami saß schon an der nächsten Tür und schien mit Krächzlauten seine Sicht der Dinge mitzuteilen. Schott verstand nichts davon. Er seufzte. Was nun kommen würde, war ihm klar, er würde eine unangenehme Entdeckung machen, dieselbe nämlich, die der Kater Sami vor ihm gemacht und deretwegen beschlossen hatte, die Hilfe eines anderen Menschen zu holen, das kluge Tier.

Unter regelmäßigen »Frau Leupold!«-Rufen, auf die er gleichwohl keine Antwort erwartete, ging Schott in den vorderen Teil des Hauses, der Kater voran. Dort im Flur verschwand das Tier vom einen Augenblick zum anderen und ließ Schott allein in einem fremden Haus zurück, zu dessen Betreten ihn niemand anders aufgefordert hatte als ein momentan nicht anwesender Kater. Schott stellte sich vor, wie der Schlüssel im Haustor ging und eine sehr verärgerte, dafür aber quicklebendige Frau Dr. Leupold des ihr nur flüchtig bekannten Nachbarn Schott in der Diele ansichtig wurde.

Schott fluchte, schrie »Frau Leupold, sind Sie da?« und sprang die Treppe zum ersten Stock hoch. Wenn er keine Antwort bekam, war er verpflichtet, den ganzen Riesenkasten Zimmer für Zimmer abzusuchen, schuld daran war das Katzenvieh, das ihn hereingelockt und sich jetzt verkrochen hatte, das feige Tier.

All diese Befürchtungen waren gegenstandslos.

Als ersten Raum im ersten Stock betrat Schott das große Esszimmer, dort traf er auf Frau Dr. Leupold, die ihm wegen seiner ungebetenen Anwesenheit keine Vorwürfe machte. Sie sagte überhaupt nichts. Sie lag neben dem riesigen Tisch auf dem Rücken und war tot. Schott fragte noch einmal: »Frau Leupold?«, dann trat er näher und betrachtete das Gesicht, die Augen standen weit offen, der Mund ein wenig, eine Pupille, die linke, schien verengt, aus dem linken Ohr waren zwei oder drei Tropfen Blut aufs Parkett gesickert, die Zeichen eines Schädelbasisbruchs, wie Schott vom Rot-Kreuz-Vorbereitungskurs zu seinem Zivildienst noch wusste. Schott ging in die Hocke, legte zwei Finger an die Karotis der Frau Dr. Leupold und spürte, wie erwartet, keinen Puls.

Schott erhob sich.

Das war ein Schlag, das hier. Kein Schicksalsschlag, der ihn niedergeworfen hätte, sondern ein heimtückischer Rempler, der einen taumeln, das volle Tablett fallen lassen ließ, eine Gemeinheit, ein dummer Streich. Wenn es so etwas wie ein persönliches Schicksal gab – und Schott hatte in den vergangenen sechs Monaten immer weniger Grund, an der Existenz einer solchen Macht zu zweifeln –, dann war ihm diese Macht nicht wohlgesinnt. Auf diese spezielle Art, wie sich Antipathien in Schulen und Internaten herausbilden; ein Reihe idiotischer Streiche und Triezereien, alles harmlos und doch Grundstein lebenslanger erbitterter Feindschaften.

So ein Schabernack war das Auffinden der toten Frau Dr. Leupold, mit der Schott zu ihren Lebzeiten keine drei Worte gewechselt hatte, denn was würde daraus entstehen: endlose Scherereien, vor allem aber Behördenkontakte, die Schott vor allen anderen Kontakten besonders verabscheute. Jetzt müsste er eine solche Behörde anrufen, welche eigentlich? Zuerst die Polizei, dann seine Anwesenheit im Haus erklären … *der Kater hat sich so seltsam benommen* – welcher Kater? Wo war der überhaupt? Sollte er ihn suchen? Schott spürte, wie ihn eine gewisse Panik ergriff. Er begann irrational zu werden. Er sollte nicht den Kater suchen, er sollte die Polizei anrufen. Verdammte Schweinerei.

Er rief nicht an. Stattdessen ging er von Zimmer zu Zimmer in dem großen Haus, besuchte einen Raum nach dem anderen. In jedem spazierte er ein wenig herum, betrachtete die Möbel, die Bilder an den Wänden.

Man muss das verstehen.

Schott ging es nicht gut. Er hatte Sorgen. Job verloren. Vor sechs Monaten. Umstrukturierungsmaßnahmen bei der Zeitung, für die er fünfundzwanzig Jahre gearbeitet hatte. Fette Abfindung, das schon. Kein tiefes Loch oder sonstige Psychogeschichten, das nicht. Aber bis zur regulären Pension fehlten … er vergaß immer, wie viele Jahre, das war lächerlich, das war ja keine höhere Mathematik, er verdrängte nur den Gedanken, denn wenn er sich die Zahl endlich merken würde, dann würde er seine Abfindung durch ebendiese Zahl dividieren und das Ergebnis noch einmal durch zwölf, und heraus käme eine absurd niedrige Zahl, die wahrscheinlich nur drei Stellen hätte … davor hatte er Angst, vor diesem fiktiven Monatseinkommen, von dem er nicht würde leben können. Leben war noch das Wenigste; was er außerdem von dieser Summe nicht würde bestreiten können, war die Rate für das Haus. Bianca hatte bei der Scheidung auf das Haus verzichtet – gegen eine anständige Ablöse. Der gut verdienende Schott blieb im Haus und zahlte lieber mehr an die Exfrau. Keine weise Entscheidung.

Schott hatte das Unglück nicht auf sich zukommen lassen, sondern versucht, dagegenzusteuern. Er suchte eine andere Stelle, fand aber nur schlecht bezahlte Freelancer-Jobs für Werbebüros. Immerhin, er fand sie. Und verlor sie wieder: lauter kleine Sticheleien des Schicksals. Noch schlimmer auf der zweiten Schiene. Er hatte versucht, literarische Arbeiten unterzubringen. Viele und oft. Einen Roman, ein Dutzend Erzählungen. Zwei davon waren gedruckt worden, in einem regionalen Literaturmagazin, das sich eines gewissen Ansehens bei den kulturell Interessierten erfreute. Jedenfalls bestätigten das alle, die er danach gefragt hatte. Außer diesem Ansehen, an dem er teilhaben konnte, gab es ein bescheidenes Abdruckhonorar. Mit den Früchten seiner literarischen Bemühungen hatte er, wenn er alles zusammenrechnete, drei oder vier Mal fein essen gehen können, damals noch an der Seite Biancas.

Vom Roman waren ihm ein Ordner mit Ablehnungsschreiben und ein tiefer Hass auf all jene geblieben, die mit der Literatur professionell umgingen, gleich, ob als Verfasser, Lektoren, Verleger oder Kritiker. Die gehörten, dachte er, alle erschossen. Ohne Ansehen der Person. Die Welt wäre danach ein besserer Ort.

Aber das waren nur Träume. Die Realität sah anders aus. Er lief in einem fremden Haus herum, in dessen erstem Stock die tote Hausbesitzerin lag, und je länger er das tat, herumlaufen nämlich, desto nachdenklicher würden die Blicke der Polizisten sein, die sie auf ihm ruhen ließen. Oder nicht? »Wann, sagten Sie, haben Sie die Katze bemerkt, Herr Schott?« – Diese Zeit der sozusagen ersten Kontaktaufnahme mit Sami konnte er ja beliebig nach hinten schieben; bis fünf Minuten vor den tatsächlich erfolgten Anruf bei der Polizei. Fünf Minuten durfte man sich nach Entdeckung der Leiche schon Zeit lassen, von wegen Schock und so weiter.

Als er damit angefangen hatte, wusste er, dass er erst aufhören konnte, wenn er fertig war – mit dem Besichtigen. Wenn er alles gesehen hatte. Jedes Zimmer, jede Abstellkammer im ganzen Haus. Es war eine Gründerzeitvilla. Das dauerte. Auch deshalb, weil die Zimmer so vollgeräumt waren. Haufenweise Stilmöbel, Truhen, Schränke. Die ließ er unberührt. Wenn er erst damit anfing, Schubladen aufzuziehen, kam er vor dem Morgengrauen nicht mehr aus dem Haus.

Je länger seine Besichtigungstour dauerte, desto mehr wuchs der Ärger. Über sich selbst. Über die Situation, die ohnehin bizarr genug war. Die er mit seinem Verhalten verschlimmerte. Was suchte er? Das wusste er nicht. Nichts Bestimmtes. In dem Haus war alles so, wie er sich das in etwa vorgestellt hatte. Die materiellen Überreste von hundert Jahren provinzieller Industriedynastie; am Ende des Jahrhunderts war es steil bergab gegangen, das konnte man nicht übersehen. Das Haus bot keine Überraschungen.

Bis auf den Keller.

Der war die letzte Station seines Rundgangs. Neben dem Heizungskeller gab es noch mehrere große Räume. Einer enthielt Gerümpel und Regale voller Einmachgläser. Alle leer. Die Frau Leupold hatte die Lust am Einkochen von Obst schon lang verloren. Warum, wurde klar, als er einen anderen Kellerraum betrat. Frau Leupold stellte jetzt wohl anderes her: In der Mitte ein schwerer Tisch, an dem ein Dutzend Personen Platz gehabt hätten, nur gab es keine Stühle. Auf dem Tisch Glasapparaturen, Flaschen, Schraubgläser, eine Küchenwaage, ein Mikroskop. An den Wänden Schränke, in einem Putzzeug, Feuerlöscher und ein weißer Arbeitsmantel, im anderen auf Stellagen vielfarbige Plastikbehälter mit Schraubdeckeln und Etiketten mit kurzen Bezeichnungen, aus Buchstaben und Zahlen, die Schott nichts sagten.

Ein Labor. Die Frau Professor Leupold betätigte sich also auch in ihrer Pension als Chemikerin. Hatte sich betätigt. Und war dabei nicht, wie es der gemeinen Erwartung entspräche, in die Luft geflogen, sondern ganz ordinär vom Tisch gefallen. Beim Glühbirnenwechseln. Die Chemie war nicht so gefährlich, wie man glauben mochte. Die Dinger auf dem Tisch sahen harmlos aus. Nirgendwo brodelten giftfarbene Flüssigkeiten, keine geheimnisvollen Dämpfe quollen aus gläsernen Röhren, die Apparaturen waren alle leer und blitzblank. In der Luft lag ein Hautgout aus Lackverdünner und einem Putzmittel mit etwas zu aufdringlichem Zitronenaroma.

Und noch etwas gab es, das ihm nur auffiel, weil es nicht herpasste. Eine geblümte Plastikmappe auf einer Ecke des Labortischs. Mit Reißverschluss. Der stand offen, man hätte ihn zuziehen können. Mit Mühe, die Mappe war vollgestopft.

Mit Geld.

Schott nahm die Tasche, trug sie zu dem kleinen Schreibtisch an der linken Wand und schüttete sie aus. Alles Hunderter und Fünfziger, auch ein paar Zwanziger. Sonst war nichts drin. Nur Geld. Er setzte sich. Das meiste in Bündeln verschiedener Stärke, mit farbigen Gummiringen zusammengehalten.

Hunderttausende. Ganz grob, vielleicht mehr. Er legte alles aufeinander, unten die Gummiringbündel, die dicken zuerst, dann die dünneren, obenauf die Einzelscheine. Wenn man das Geld so ordnete, war es gar nicht so viel, volumetrisch. Ein kleiner Stoß. Die Tasche hatte nur so voll ausgesehen, weil jemand Scheine und Bündel ohne Plan hineingestopft hatte. In der Eile. Oder weil derjenige ein schlampiger Mensch war. Schott war nicht schlampig. Alles hatte in seiner Kleidung Platz. Die Bündel steckte er unters Hemd in den Gürtel, schnallte ihn um ein Loch enger. Die Einzelscheine brachte er im Jackett und den Hosentaschen unter. Als alles verstaut war, fiel ihm auf, dass er seine Geldbörse gar nicht verwendet hatte. Es ging eben auch so, wenn man sich ein bisschen Mühe gab. Der Gürtel spannte. Ich sollte unbedingt fünf Kilo abnehmen, dachte Schott. Der Kater übrigens auch. Ein fettes Tier. Der Kater Sami stand wieder in der Tür und schnurrte.

»Mit der Fresserei ist jetzt Schluss«, sagte Schott und drohte dem Tier mit wackelndem Zeigefinger, während er sich vom Schreibtisch der verblichenen Frau Leupold erhob. Sami gab ein krähendes Geräusch von sich, das man nach Belieben als Zustimmung, Einwand oder skeptischen Kommentar deuten konnte, im Sinne von: Wir werden ja sehen. So fasste Schott die Äußerung des Katers auf.

»Ja, wir werden sehen, Kater!«, sagte er. »Wir gehen interessanten Zeiten entgegen.«

Er löschte das Neonlicht und verließ den Raum, den Keller und das Haus. Draußen war es dunkel. Schott zog die Tür hinter sich zu, der Kater war schon vor ihm hinausgeschlüpft. Der Kater ging voran. Erst die Einfahrt, dann die Straße, endlich der weit kürzere Weg zum Schott'schen Einfamilienhaus. Sami, der Kater, schien zu wissen, wohin die Reise ging.

Als Schott in seinem eigenen Wohnzimmer saß, nachdem er Jacke und Schuhe ausgezogen, dem Kater eine Untertasse mit aufgeschnittener Lyoner Wurst in der Küche hingestellt und damit den neuen Fressplatz festgelegt hatte; nachdem er endlich die Geldbüschel aus der Hose genestelt und auf dem Couchtisch aufgetürmt hatte – da erst kam ihm der Gedanke, ob er nicht vielleicht verrückt geworden sei, aber schon komplett verrückt, nicht nur so »borderline«, oder wie das hieß. Er war in ein fremdes Haus eingedrungen und hatte im besagten fremden Haus einen Haufen Geld gestohlen. Und er würde, damit das klar ist!, jeden verdammten Cent davon behalten. Er brauchte das Geld. Jeden einzelnen Cent davon. Er war zur richtigen Zeit am richtigen Ort gewesen. Buchstäblich. Wenn es diese anderen Fälle gab, wo jemand zur falschen Zeit am falschen Ort war und von einer – was weiß ich: Straßenwalze überfahren wird, dachte er, dann muss es zum Ausgleich auch Fälle wie meinen geben, wo man dem Gegenteil einer Straßenwalze begegnet. Dem Glück. Frau Leupold hatte für das Geld keine Verwendung mehr. Er aber schon. Am Rande seines Bewusstseins tauchten Fragen auf, woher die Frau Leupold dieses Geld hatte, wie es mit dem Labor zusammenhing, aber er verscheuchte sie.

»Schluss!«, rief er in sein leeres Haus, »das hat später noch Zeit …«

Der Kater Sami sah von seinem ungewohnten Fressen auf, dem er sich mit der Vorsicht des gehobenen Individualtouristen widmete, der zum ersten Mal in seinem Leben in einem garantiert authentischen Lokal einer abgelegenen Provinz irgendwo in Asien »tschong feng« (so hatte es sich angehört) probierte, ohne auch nur zu wissen, ob »tschong feng« tierischen oder pflanzlichen Ursprungs war. Das Aussehen lieferte keinen Hinweis. Sami hatte ein Wursträdchen vom Teller gezogen und eine Ecke angenagt.

»Hast du wirklich noch nie Wurst gekriegt?«, fragte Schott. »Ich hab jetzt halt nichts anderes da. Du musst dich schon bis morgen gedulden für richtiges Katzenfutter.« Sami schien sich mit dieser Äußerung zufriedenzugeben und riss mit einem gewissen Fatalismus ein weiteres Stück Lyoner ab. Komischer Geschmack, aber es würde einen nicht umbringen, wenn man das einmal probierte.

Schott erinnerte sich an einen Sack mit Katzenfutter im Heizraum, die Aufschrift hatte er nicht beachtet, nur das aufgedruckte Bild einer zufriedenen Katze; er würde experimentieren müssen, welche Marke Sami konvenierte, heikel schien er nicht zu sein. Schott wusste von Bekannten, dass Katzen ungeheuer stur sein konnten, was Fress- und sonstige Gewohnheiten betraf.

Sami, das war klar, war nicht stur. »Ich bin auch nicht stur«, sagte Schott, »ich bin flexibel. Muss ich auch sein, was meinst du?«

Der Kater blickte vom Unterteller auf. Er war schon beim zweiten Scheibchen.

»Sieh mich an: Ich rede in meinem leeren Haus mit einer fremden Katze, pardon: einem Kater, und zwar laut. Wenn man das macht – laut reden ohne andere Menschen –, hat man ein Problem. Aber wenn ein Tier da ist, ist es in Ordnung. Daran kannst du sehen, wie beliebt ihr seid.«

Sami verschlang die zweite Lyoner-Scheibe.

»Man darf einfach nicht erstarren«, sagte Schott, »das ist die größte Gefahr in dieser Situation, dass man starr wird – nicht mehr auf Änderungen reagiert. Das ist der Anfang vom Ende. Ein starrer Mensch hätte das Geld nicht genommen – ach was: So einer hätte dich gar nicht beachtet, der hätte dich draußen herumjammern lassen, die ganze Nacht, der hätte es nicht einmal gemerkt! Verstehst du, was ich meine?«

Sami nahm sich die dritte Scheibe Lyoner Wurst. Er schien zu verstehen, dass die Frage rhetorisch war, dass keine Antwort erwartet wurde. Ab und zu blickte er vom Futter auf und

Schott an. Der war verstummt. Er schaut aus Höflichkeit, ging es Schott durch den Kopf; es interessiert ihn nicht, natürlich nicht, wie könnte es auch? Aber er schaut mich an, solang ich rede, um auszudrücken, dass er mir zuhört. Wenn er sprechen könnte, würde er ab und zu »Ach?« oder »Tatsächlich?« sagen oder »Aha«. Das rührte Schott. Er setzte sich aufs Sofa und begann zu weinen. Leise, wie gehemmt, die Tränen kullerten ihm aus den Augenwinkeln, die Nase lief voll, so dass er sich schneuzen musste. Er nahm das Geld in die Hände, die Büschel, die Einzelscheine, fuhr mit dem Daumen über den Schnitt der Bündel. Alles zerknittert, schon lang im Umlauf. Das liebe, arme Geld. Jetzt war es endlich zu ihm gekommen nach so vielen Jahren. Das Geld selber.

Er durfte jetzt nur keinen Fehler machen. Etwa zählen. Zählen war ganz schlecht; alle Probleme, die man mit Geld haben konnte, begannen mit dem Zählen, bittere Erfahrung hatte ihn das gelehrt.

Wenn die Leute zu wenig Geld hatten, waren sie gezwungen zu zählen, und, als Erweiterung, zu rechnen. Wenn sie durch glückliche Umstände dann etwas mehr hatten, hätten sie damit aufhören können, mit dem Zählen und Rechnen, aber das taten sie nicht. Sie zählten und rechneten weiter, nur mit neuen Begriffen. Zins und Rendite. Denn das Grundgesetz des Geldes, dass es immer zu wenig ist, bleibt in Kraft, unabhängig von der Summe. Und wie stellt man fest, dass es zu wenig ist? Man zählt es. Die einen zählen das Geld, das sie haben, die anderen zählen das Geld, das sie nicht haben. Aber haben könnten, wenn sie diese und jene Anlage tätigten. Mit dieser und jener Rendite. Wenn es schiefging, fielen sie in die erste Gruppe zurück; wenn es glückte, begannen sie sofort wieder zu zählen und zu rechnen.

»Man nennt das Gier, Sami, hast du das gewusst?«

Sami leckte sich das Mäulchen, dann setzte er sich auf die

Hinterbeine und schaute, den Kopf leicht schief geneigt, auf Schott.

»Ein moralischer Begriff, ein vollkommener Unsinn! Das Geld selber ist der Auslösereiz. Es bringt die Leute zum Zählen. Wie sie der Alkohol zum Trinken bringt. Sobald sie das tun, ist die Misere unvermeidlich. Eine Sucht, verstehst du, eine Fehlsteuerung, ausgelöst durch die Substanz selbst! Was hat das mit Moral zu tun? Nichts! Ebenso könnte man sagen, das Vergiftetwerden des Organismus durch Zyankali ist eine Sünde!« Er begann zu lachen. Sami wich einen Viertelmeter zurück.

»Bist du so schreckhaft, Sami? Frau Leupold hat wohl nicht viel gelacht … ich auch nicht, Sami, ich auch nicht. Bis vor einer halben Stunde. Nun, was wird dein neues Herrchen mit dem vielen Geld machen, was glaubst du, Kater?«

Sami gab ein Maunzen von sich, kaum hörbar.

»Du weißt es nicht? Hast du nicht zugehört? Ach ja, du warst am Fressen … das ist schon richtig, man soll sich bei der Nahrungsaufnahme nicht ablenken lassen, das führt nur zu Magenbeschwerden. Der Herr Schott – oder für dich: Schott, der Herr? – jedenfalls wird es dieser Herr nicht auf die Sparkasse tragen, das Geld, weder auf eine hiesige noch eine in der Schweiz, um es zu vermehren, weil es natürlich, wir haben das erörtert, zu wenig ist. Es würde auch nach beliebig langer Zeit immer noch zu wenig sein. Nein, Schott wird das mit dem Geld tun, was all diese Finanzgurus und Wirtschaftswissenschaftler aus dem Fernsehen fürchten wie der Teufel das Weihwasser: Er wird es unter die Matratze stopfen und nach und nach ausgeben! Davon leben, verstehst du, Sami? Denn das ist der Zweck des Geldes. Dass man davon lebt.«

Er holte aus der Küche einen Plastiksack der örtlichen Supermarktkette »Sutterlüty« und stopfte Bündel und Scheine hinein.

»Das mit der Matratze war natürlich nur bildlich«, sagte er

zu Sami, der das finanzwissenschaftliche Privatissimum als beendet ansah und in der Diele an der Eingangstür wartete.

»Ja, ich weiß«, sagte Schott, »du hast noch andere Verpflichtungen.« Er ließ den Kater hinaus.

In diesem Augenblick glaubte Schott an all das, was er dem Kater Sami erklärt hatte. Und verschiedene andere Dinge, die nicht erwähnt wurden, glaubte er auch, nahm sie als selbstverständliche Voraussetzungen, die keiner Erörterung oder Überlegung bedurften. Dass ihn zum Beispiel das weitere Schicksal der Frau Leupold nichts anging. Irgendwer würde Frau Leupold finden, auf keinen Fall Schott, da hatte er recht. Nur, weil er schon so lange allein lebte, neigte er zu verschrobenen Auffassungen über die Wirklichkeit; zum Beispiel der, es werde niemand das Geld vermissen. Weil Frau Leupold allein gelebt hatte, dachte Schott, der Einfluss anderer Menschen auf ihr Leben sei so gering wie auf sein eigenes. Der war tatsächlich sehr gering gewesen, der Einfluss anderer Menschen im letzten Jahr. Weil Schott allen anderen Menschen egal war. Bianca bildete keine Ausnahme, sie war froh, wenn ihr Schott nicht in den Sinn kam; passierte es doch, dachte sie schnell an etwas anderes. Für seine Exkollegen von der Zeitung galt das Desinteresse an Schott in noch höherem Maße, die meisten hatten seit Monaten nicht ein einziges Mal an Schott gedacht. Schon wegen des Übermaßes an eigenen Problemen.

Mit dem Desinteresse an Schott war es nun aber vorbei. Eine bestimmte Person dachte ständig an ihn. Nicht an Schott direkt, nur an das, wofür Schott stand, an den mutmaßlichen Mörder der Frau Leupold und hundertprozentig feststehenden Dieb des Geldes. Geld wird immer vermisst. Schott hätte nach zwei Minuten Nachdenkens auch den Konnex zwischen dem Geld und dem Labor hergestellt und dieses nicht als Marotte einer ehemaligen Chemieprofessorin angesehen, die nicht über die Pensionierung hinwegkam. Wenn Schott ein wenig mehr Interesse an seiner Nachbarschaft entwickelt hätte, wäre ihm auch die Existenz des Enkels Manfredo Gonzales Leupold nicht verborgen geblieben; er hätte ihm nicht einmal selber begegnen müssen – es hätte gereicht, im Supermarkt sich rudimentär an den dortigen Gesprächen zu beteiligen und den Klatsch wenigstens passiv aufzunehmen. Aber eben, daran lag es ja: dass Schott keinen Anteil nahm. An nichts und niemandem. Wir müssen es leider sagen, dass das Desinteresse der Exkollegen an Schott nur die genaue Entsprechung seines eigenen Desinteresses an diesen Leuten war.

Aber Schott wusste nichts von einem Enkel und dessen Aufenthalten in Wien. Für die Außenkontakte war Bianca zuständig gewesen, als sie verschwand, fielen auch diese Kontakte fort, ohne dass Schott es überhaupt merkte. Bezeichnenderweise war seine Isolation inzwischen schon so groß, dass sie nur noch von einem Tier, dem Kater Sami, durchbrochen werden konnte. Und diese Menschenscheu, dieses Insichgekehrtsein eines randständigen Individuums hätte Dr. Hintergschwandtner dann in seinem Plädoyer zur Entlastung Schotts verwenden können; die Wegnahme des Geldes und das Nichtmelden der Auffindung der Frau Leupold als Kurzschlusshandlung eines Menschen, dem normales Sozialverhalten in einem über Monate sich hinziehenden Prozess der Abstumpfung abhandengekommen sind … wie gesagt, das hätte Dr. Hintergschwandtner verwenden können. Wenn es zu einer Verhandlung gekommen wäre.

Aber dazu ist es nicht gekommen.

Dennoch wird uns der Anwalt Dr. Hintergschwandtner noch begegnen, wenn auch nicht in anwaltlicher Funktion, wir führen ihn aber schon jetzt ein, damit wir uns an den Namen gewöhnen.

## Stimmen 2

»Mein Gott, ich dachte schon, es hat dich dort drüben ...«
»Ach ja? Warum bist du dann nicht nachgekommen?«
»Wollt ich auch ... ehrlich ... in fünf Minuten wäre ich ...«
»Ja, ja, schon gut ...«
»Was hast du so lang gemacht?«
»Mich umgesehen. Gründlich. Vom Keller bis zum Dachboden. Unglaublich, was die Frau für Gerümpel angesammelt hat. Diese Kommoden von anno Schnee, gleich mehrere übers ganze Haus verteilt! Aber nicht etwa Stilmöbel oder so, nichts, was irgendwas wert wäre. Du hättest sehen sollen ...«
»Was ist mit der Leupold?«
»Was soll mit ihr sein?«
»Ist sie noch da?«
»Natürlich ist sie noch da. Liegt neben dem Tisch und ist tot. Was hast du denn gedacht? Dass sie auferstanden ist?«
»Es hätte doch sein können, dass jemand sie gefunden hat. Ist doch schon ein paar Stunden her.«
»Interessanter Gedanke – du ahnst ja nicht, wie interessant. Ich bin sogar überzeugt, dass jemand sie gefunden hat.«
»Wie kommst du da drauf?«
»Das Geld ist weg. Jemand war da und hat es geklaut.«
»Wer denn?«
»Jemand Neugieriger. Jemand wie du.«
»Was? Ich schwöre dir, ich habe ...«
»War nur Spaß. Wenn du es genommen hättest, wäre es ausgesprochen dämlich gewesen, mir zuerst davon zu erzählen, oder?«
»Ja ...«
»Also war es jemand anderer, der hinwiederum kaum übersehen haben kann, dass die Frau Leupold tot im ersten Stock liegt.«
»Vielleicht hat er nur das Geld gesehen, geschnappt und ist gleich wieder weg ...«

»Kaum. Überleg doch: In einem Haus, wo das Geld so herumliegt, gibt es sicher noch was anderes zu holen – so würde ich mir das vorstellen, wenn ich der Einbrecher wäre. Und dann würde ich alles absuchen und die Frau Leupold entdecken …«

»Wieso kommst du auf einen Einbrecher? War etwas kaputt, durchwühlt?«

»Nein. Nur das Geld war weg. Den weißen Kater hab ich auch nirgends gesehen …«

»Sami.«

»Wie auch immer … wenn es kein professioneller Einbrecher war, dann eben ein Nicht-Profi, ein Amateur … lass mich überlegen … ein zufälliger Besucher …«

»Der etwas wollte von der Frau Leupold!«

»Ja, das könnte sein. Aber reingekommen ist er nicht vorne, die Haustür ist abgeschlossen, das hab ich überprüft.«

»Dann muss es jemand sein, der von der hinteren Tür weiß …«

»Er muss sogar noch ein bisschen mehr wissen. Nämlich, dass die Frau Leupold die hintere Tür offen lässt …«

»Jemand, der sie gut kennt. Dass die Hintertür offen ist, haben nicht einmal wir gewusst.«

»Ein Nachbar kann es jedenfalls nicht sein …«

»Nein, die hatte ja keinen Kontakt. Zu niemandem. Hochnäsig wie sonst was. Es muss jemand Nahestehender sein …«

»Der Enkel! Dieser Nichtsnutz, wie heißt er … mit dem affigen Namen …«

»Manfredo … glaub ich. Aber dem gehört das Geld doch sowieso.«

»Warum?«

»Das ist doch der Erbe …«

»Mag sein. Ich kenn ihr Testament nicht. Bevor es aber eine Testamentseröffnung gibt, müsste die Erblasserin erst einmal offiziell gestorben sein, meinst du nicht?«

»Unbedingt. Offiziell. Mit Totenschein und so.«

»Das ist aber kaum möglich, wenn sie noch im ersten Stock liegt, genau an der Stelle, wo der Tod sie ereilt hat. Dieser Manfredo hat sich das Geld genommen und die Oma einfach liegen lassen.«

»Warum macht er so was?«

»Vielleicht hat sie ihn enterbt. Er hat es gewusst und sich genommen, was eben dalag ...«

»Das erklärt aber nicht, warum er den Tod der Großmutter nicht gemeldet hat – von dem Geld hat doch keiner was gewusst, das hätte er doch auch so einstecken können ...«

»Das ist die große Frage: Warum hat er die Großmutter einfach liegen lassen?«

»Was machen wir jetzt? Sollen wir die Polizei rufen?«

»Wieso denn? Was geht uns das Ganze an?«

»Aber wir sind doch beide schon dort gewesen ...«

»Eben. Willst du das der Polizei erzählen? Warum haben wir so lang gezögert? Um rumzuspionieren? Eventuell was mitgehen zu lassen? Nein, nein, für die Polizei ist das zu spät, dann hätten wir es gleich melden müssen. Außerdem: Mich interessiert schon, warum dieser Manfredo sich so komisch verhält – wir warten erst einmal ab und schauen, was passiert.«

*

Es wäre alles ganz anders gekommen, wenn sich Manfredo auf der Fahrt von Wien nach Vorarlberg nicht verspätet hätte. Schuld war der Straßenzustand in Tirol. Dann wäre Manfredo Gonzales Leupold nämlich entscheidende Minuten vor Schott mit der Frau Dr. Leupold konfrontiert gewesen. Der Kater, der Manfredo genauso gern mochte wie dessen Großmutter (mit dieser Marotte stand er unter allen Lebewesen, die beide kannten, allein) – der Kater Sami also hätte sich dem Enkel zugewandt und wäre nicht auf die Idee verfallen, den Nachbarn Schott auf die Kalamitäten in der Leupold-Villa aufmerksam zu machen. Dann wäre Schott nicht in die Dinge verwickelt worden, in die er nun verwickelt wurde, alles wäre ganz anders weitergegangen, wie, wissen wir nicht, anders halt. Aber so ist es nicht gewesen und schuld daran ist der Straßenzustand in Tirol, wo ein verfrühter Schneefall zum Langsamfahren vor dem Arlberg zwang, schuld war letzten Endes das Wetter; so dass wir mit dieser für alle Beteiligten befriedigenden Lösung die Schuldfrage verlassen und uns wieder dem Enkel zuwenden dürfen, den wir fortan aus Gründen erzählerischer Ökonomie einfach Manfredo nennen wollen.

Manfredo stürmte mit lauten »Oma!«-Rufen in den ersten Stock, nachdem er die Haustür aufgeschlossen hatte. So war seine Art, arglos und offen. Er liebte es, sich anzukündigen. Laut. Er liebte es überhaupt, sich zu äußern, das große Wort zu führen, den Mittelpunkt jeder Gesellschaft zu bilden, und so weiter. Er war extrovertiert, um das Mindeste zu sagen. Menschen, die ihm gewogen waren, hielten ihn für interessant-exzentrisch, alle anderen (sie waren bei weitem in der Überzahl) für eine Nervensäge.

Oma antwortete nicht, von Sami auch keine Spur. Manfredo hängte den Kamelhaarmantel an die Garderobe, entledigte sich der Stiefel aus einem Wiener Innenstadtgeschäft, die für das Sauwetter eigentlich zu schade waren, aber gut aussahen, überprüfte im Garderobenspiegel den Sitz der Seidenschalkrawatte (mauve) und seines Haars (blond, dicht) und stieg in den ersten Stock. Als er die Oma auf dem Esszimmerboden liegen sah, ging er neben ihr in die Hocke und begann zu weinen. Die Tränen flossen ansatzlos und perlten über seine Wangen, als ob man hinter seinen Augen einen Hahn geöffnet hätte. Er gab keinen Laut von sich, kein Schluchzen, kein Klagen. Nur Weinen. Leute, die ihn kannten, hätten sich sehr gewundert. Er sah in diesen Minuten anders aus als sonst.

Die Tränen versiegten so schnell, wie sie gekommen waren. Manfredo stand auf, ging zur Kommode, nahm die Wodkaflasche und ein Glas aus dem rechten Fach und goss ein. Er trank in kleinen Schlucken, wie man eine Medizin nimmt, und stieg dann ins Erdgeschoss hinunter. Im Labor war alles, wie es sein sollte. Nichts umgestoßen oder zerbrochen. Auch die Glasgeräte, deren Bezeichnungen er sich ebenso wenig merken konnte wie ihre Verwendung, standen an den üblichen Plätzen auf dem Mitteltisch. Auf dem Labortisch lag nur die leere Plastiktasche, das Geld hatte sie offenbar verräumt, gut so, das war eine stete Quelle von Zwistigkeiten zwischen ihm und der Großmutter, wie sie nämlich mit Geld umging, achtlos, um das Wenigste zu sagen. Sie ließ große Summen im Haus herumliegen, obwohl er ihr schon hundert Mal eingeschärft hatte, sie solle alles Bare sofort in den Tresor legen, wozu hatten sie ihn? »Ganz egal, wer kommt«, hatte er oft argumentiert, »Feuerwehr, Polizei, wer auch immer, und egal, aus welchem Grund – das Labor fällt nicht auf. Du warst Chemielehrerin. Über dreißig Jahre! Das Zeug in den Flaschen – das verstehen sie sowieso nicht. Aber wenn Hunderttausend in kleinen Scheinen herumliegen, dann fällt das auf!« Frau Dr. Leupold sah es ein und gelobte Besserung. Die war jetzt eingetreten, die Besserung, jetzt, wo sie nichts mehr nutzte. Manfredo zitterten die Knie, er musste sich auf die Treppe setzen. Der Schweiß brach ihm aus. Am Horizont tauchte eine Frage auf wie ein Gebirge. Er hatte bisher immer vermieden, sich dieser Frage zu stellen, weil die Gestalt seiner Großmutter, so klein sie war, doch jedes noch so steil aufragende Gebirge verdecken konnte. In ihrem Schatten gab es keine Bedrohung. Das war vorbei. Die Frage lautete: Was soll aus mir werden?

Manfredo Gonzales Leupold machte nun eine Erfahrung, die Menschen seiner Art manchmal zuteil wird, selten zwar, aber wenn, dann mit durchschlagender Wirkung. Als ob in seinem Kopf ein Schalter umgelegt würde, so war es, so empfand er es – dadurch verschwanden eine Menge innerer Einstellungen und eingeschliffener Verhaltensweisen; so viel von dem, was er als integralen Bestandteil seiner Person betrachtet hatte, war plötzlich weg, anderes, von dem er nie eine Ahnung gehabt hatte, stand mit einem Mal im Vordergrund, eine andere Art zu denken, zu fühlen, zu entscheiden, ein anderer Modus der Existenz. Ein Notprogramm für Fälle wie diesen.

Der Tod der Großmutter als Auslösereiz.

Denn jetzt ging es, das war leuchtend klar, nicht um irgendwelchen Kunstkokolores wie sonst in seinem Leben, sondern um die Existenz. Um das Da- und Sosein. Und er konnte zwar weiter *da* sein, aber nicht mehr *so*, wie er das gewohnt war. Mit der Wohnung in Hietzing und dem Audi.

Das Merkwürdigste an diesem neuen Modus war die Ruhe. Sie erfüllte ihn ganz und gar. Kein hysterisches Hecheln, nicht einmal beschleunigter Atem, keine Verzweiflungsattacke, keine »sich überschlagenden Gedanken«, das schon gar nicht; seine Gedanken hüteten sich vor jeder chaotischen Bewegung; sie kamen schön der Reihe nach einer nach dem anderen, wie es die Logik erforderte.

Er könnte den Tresor räumen und die Polizei rufen. Gute Idee? Ganz blöde Idee. Das Labor. Das Labor war ein Problem. Nicht, wenn irgendein Außenstehender die Oma gefunden hätte. Aber sehr wohl, wenn er selber die Oma gefunden hatte. Denn er war keine vertrauenerweckende Existenz, nicht in den Augen der Polizei.

Er setzte sich mit dem Wodka an den Esstisch, blickte auf seine Stiefel. Die sahen teuer aus. Manfredo hatte in diesem Modus die Fähigkeit, sich selber mit anderen Augen zu sehen. Zum Beispiel mit den Augen eines Provinzpolizisten. Personalien, Ausweis. Manfredo ... wie bitte, heißen Sie?

Wieso?

Erklärungen. Also halber Ausländer. So, so. Und der Enkel. Künstler. Aha.

Alles Sachen, von denen eine allein Verdacht erregte, erst recht alle zusammen. Dazu das Outfit. Der Polizist musste das teure Leder nicht erkennen können, es genügte, dass die Stiefel nicht vom »Delka« stammen; der Mantel nicht von H&M. Dazu dann das Labor. Das allein ginge durch, pensionierte Chemielehrerin und so weiter, aber das Labor *und* Manfredo Gonzales Leupold mit seinem Angeberangeziehe in Verbindung mit einem in hohem Maße ungeregelten, vor allem aber lächerlich niedrigen Einkommen – das konnte er nicht riskieren. Eine zu riskante Wette auf die Dummheit der Polizei.

Also durfte der Tod der Oma nicht gemeldet werden. Das geht nun aber nur, wenn die Oma nicht gestorben ist. Die Oma darf nicht gestorben sein, völlig logisch. Sie ist nicht gestorben, sondern verreist. Weit weg. Nach Spanien, jawohl, zu ihrer Tochter. Die Beschwernisse des Alters, das bessere Klima und so weiter … und der Enkel passt derweil auf das Haus auf. Nein, nicht der Enkel, da gab es etwas Besseres, aber das hatte noch Zeit – und »derweil« – was heißt das? Ein paar Monate oder so. Dann würde die Oma entscheiden, dass sie überhaupt unten bleibt.

Manfredo stand auf. Diese hübsch nacheinander sich vorstellenden Gedanken, das Geregelte, das gefiel ihm. Weiter so. Er holte Kehrschaufel und Besen, kehrte die Glühbirnensplitter zusammen. Dann ging er in den Keller. Die Tiefkühltruhe war halbleer wie immer, das Gerät hatte die Großmutter gegen seinen Rat gekauft, viel zu groß für den Einpersonenhaushalt; jetzt war er froh darüber.

Viel Arbeit, anstrengend. Danach war er schweißgebadet. Emotional hatte es ihn nicht so mitgenommen wie befürchtet; die analytische Kühle war geblieben. Die Oma, außerdem, hätte es so gewollt. Dass er weiter *so* sein konnte.

Als er die Truhe wieder eingeräumt hatte, ließ er sich Wasser für ein Bad einlaufen.

# 3

Dr. Romuald Nowak hatte große Probleme zu begreifen, was sein Gegenüber von sich gab. Verstanden, akustisch und inhaltlich, hatte er es schon, aber es als *wahr* zu nehmen, also *wahrzunehmen*, fiel ihm schwer; das Ganze hörte sich an wie eine durchgeknallte Performance-Idee, was für den guten Manfredo typisch gewesen wäre.

Sie saßen in der kleinen Wohnküche des Apartments in Feldkirch-Gisingen am Küchentisch einander gegenüber, Manfredo erwartungsvoll, Dr. Nowak versonnen in seinem Kaffee rührend. Er sagte lange Zeit nichts, nachdem Manfredo zuerst noch viel längere Zeit geredet hatte.

»Ich kann es nicht glauben«, sagte er dann, »ich kann es einfach nicht glauben.«

Manfredo zuckte die Achseln. Dann sagte er: »Ich hätte auch nicht geglaubt, dass du einmal so wohnen wirst. So wohnen müssen wirst …«

Nowak senkte den Blick. Er schämte sich. Scham war das seit Monaten nicht nur bestimmende, sondern geradezu durchsetzende, fast zersetzende Gefühl seiner Existenz. Er hatte, wie er meinte, allen Grund dazu. Andere, das wusste er wohl, hätten es einfach großes Pech genannt, nicht verwunderlich in diesen Zeiten – es war ja abzusehen, dass es viele Leute erwischen würde, auch solche seiner Qualifikation, auch wenn in der Zeitung immer nur von »unteren Einkommensschichten« und »Prekariat« zu lesen war (weil man sich genierte, geradeheraus »Unterschichten« zu schreiben). Wenn Firmen sich restrukturieren, dann erwischt es halt auch die Leistungsträger, nicht nur die Hackler.

Dr. Nowak hatte die Möglichkeit einer solchen Restrukturierung zwar theoretisch anerkannt – wie man die prinzipielle Möglichkeit anerkennt, von einem Meteoriten getroffen zu werden, aber die Wahrscheinlichkeit dafür noch geringer eingeschätzt als den Meteoritentreffer. Dennoch war genau das passiert: Die Wiener Forschungsniederlassung eines multinational tätigen Pharmagiganten war aufgelassen worden; multinational tätig war der Gigant immer noch, nur halt nicht mehr im kleinen Österreich (und nebenbei, auch nicht mehr im großen Japan), aber für Dr. Romuald Nowak war das auch kein Trost. Er hatte versucht, in Wien etwas anderes zu finden. Vergeblich. Er hätte in glücklicheren Tagen die Wohnung am Judenplatz kaufen sollen. Dann hätte er jetzt eine gewisse Rücklage gehabt. Aber damals hatte er sich nicht getraut. Die viel zu teure und viel zu große Mietwohnung konnte er nicht halten; sie erforderte sowieso ein zweites Gehalt. Am besten das einer ehrgeizigen Bankmanagerin. Schon als die gewesene Frau Nowak ausgezogen war, hatte er es gespürt. An vielem. Auch und sehr deutlich finanziell. Als der Job weg war, kehrte er Wien den Rücken, ging zurück nach Feldkirch, eine irrationale, unvernünftige Entscheidung, denn so ein Apartment hätte er in Wien billiger mieten können – wenn es nur darum ging, die Tage des Lebens darin abzusitzen vor dem Fernseher, Fraß in der Mikrowelle aufzuwärmen, zu trinken und das Sparkonto zu lehren, langsam, aber stetig. In Wien waren die Aussichten, aus der Misere herauszukommen, trist. In Feldkirch waren sie schlicht nicht vorhanden. Aber er war hier geboren und konnte Wien nicht mehr ausstehen. Irgendetwas würde sich finden. Gerade hier, in Feldkirch-Gisingen. Und er hatte recht behalten.

»Ich meine, das ist ja nur ein Vorschlag«, sagte Manfredo. »Du hast natürlich auch andere Möglichkeiten. Nicht in der Chemie vielleicht – wie alt bist du jetzt?«

»Zweiundfünfzig.«

»Ts, ts. Nun ja, da wird es freilich ein bisschen schwierig auf dem Markt.«

Manfredo hatte sich nicht verändert. Er redete noch genauso blöd daher wie immer schon. Dr. Nowak kannte ihn schon länger, weil Vorarlberger in Wien dazu neigen, einander zu kennen; eine bestimmte Abart von Vorarlbergern, zu der er gehörte, wie er wohl wusste.

»Zweiundfünfzig, sagst du?«, fuhr Manfredo fort. »Das ist zu alt für die Industrie. Ich glaube, das darf man sagen.«

»Ja.« Nowak war kaum zu verstehen.

»Bliebe die Landesregierung, die haben doch so eine Umweltabteilung mit Labor ...«

»Da hab ich schon gefragt«, sagte Dr. Nowak, eine Spur lauter. »Kein Bedarf.«

»Ach so? Na, dann müsstest du halt von den Rücklagen leben und von der Pension ... später. – Oder aber eben«, fuhr er nach einer Pause fort, »du arbeitest für mich.«

»Für dich«, sagte Dr. Nowak, als wiederhole er einen Satzteil aus einer komplizierten Abhandlung, der er nicht ganz folgen konnte.

»Zu den erwähnten Konditionen, die, wie du zugeben musst, sehr günstig sind. Für dich, mein Lieber.«

»Ich hätte nicht kommen sollen«, sagte Dr. Nowak.

»Verzeih, ich kann dir nicht folgen. Kommen sollen – wohin?«

»Zu dieser verdammten Feier!« Er hatte in den ersten Monaten nach der Jobkatastrophe die kranke Gewohnheit angenommen, die Treffen des Vereins der »Vorarlberger in Wien« zu besuchen.

»Warum? Was war da so Schlimmes? Mir ist nichts aufgefallen, ich war ja auch da.«

»Eben. Du warst da. Wärst du nicht da gewesen, hätte ich dir nichts erzählen können – über mich, die Firma, wie alles den Bach runtergeht.«

»Dann hättest du es jemand anderem erzählt.«

»Nein. Die anderen hatten gar kein Interesse. Die wollten nur Erfolgsgeschichten hören, eine immer noch besser wie die andere. Du hast mir zugehört ...«

»Ich hör den Menschen gern zu«, sagte Manfredo Gonzales Leupold. »Das ist meine Berufung. Ich höre ihnen zu und erfahre so, was sie brauchen.«

»Und das verkaufst du ihnen dann ...«

»Ja, das verkaufe ich ihnen.«

»Du glaubst allen Ernstes, die brauchen kleine, weiße Pillen?«

Manfredo stand auf und ging in dem Einzimmerapartment auf und ab. Er konnte in keine Richtung mehr als fünf Schritte machen, der Raum war klein.

»Ja«, sagte er, »Pillen. Drogen. Das brauchen sie. Wenn du sie hörst, brauchen sie allerdings alles mögliche andere Zeug. Liebe, Zuneigung, Verständnis, Aufgaben, Lebenssinn, andere Eltern, andere Partner, andere Kinder – eine andere Vergangenheit. Verstehst du? Eine andere Vergangenheit! Darauf läuft es hinaus. Wenn ihre Vergangenheit nicht so gewesen wäre, wie sie ist, wäre alles besser für sie ... das sagen sie nicht so, aber es läuft darauf hinaus.«

»Ja, schon gut, das Stück heißt ›Die Apologie des Drogenhändlers‹, ich hab es verstanden ...«

»Das glaub ich nicht, Romuald, dass du das verstanden hast. Ich hab ja selber lang dazu gebraucht. Die Menschen quatschen dir die Ohren voll, was sie brauchen – alles Sachen, von denen jeder weiß, dass man sie nicht bekommen kann. Keine anderen Partner, Eltern, Kinder, Vergangenheit ...«

»Partner schon ...«

»Nein, eben nicht! Das ist ein weitverbreitetes Missverständnis. Die Partner sind ihrer Art nach vorgegeben wie alles andere! Das begreifen viele nicht … aber darauf kommt es nicht an. Wesentlich ist: Die Leute wissen, dass diese Dinge unerreichbar sind. Alle wissen das. Tief in ihrem Inneren sitzt die Erkenntnis: Man kann ein Leben *ver*pfuschen, aber nicht *entpfuschen*. Das Zeitwort *entpfuschen* existiert nicht, oder?«

»Nein, das gibt es nicht«, sagte Dr. Nowak.

»Nun eben: Die Situation ist asymmetrisch. Kaputt geht es schnell, reparieren ist unmöglich oder dauert …«

»Sehr lang«, sagte Dr. Nowak.

»All das wissen die Leute. Ich weiß es auch. Du weißt es. Frage: Warum blasen sie dir dann die Ohren voll mit dem Scheiß?«

Dr. Nowak spielte mit. »Ja, warum?«, fragte er.

»Um eine Ausrede zu haben. Eine Ausrede für kleine, weiße Pillen. Im Unterschied zu anderer Vergangenheit, Lebensglück, Erfüllung und so weiter sind das nämlich Dinge, die sie bekommen können. Kleine, weiße Pillen.«

Er zog eine kleine Pappschachtel aus der Hosentasche und öffnete sie. »Noch so ein Punkt. Meistens sind sie das gar nicht. Weiß nämlich. Schau's dir an!«

Dr. Nowak begutachtete den Inhalt der Schachtel. Die Pillen darin zeigten unregelmäßige, braune Verfärbungen. Weiß war keine.

»Aus Polen«, sagte Manfredo. »Angeblich. Weißt du, was das Braune ist?«

»Dreck.«

»Eben. Die kristallisieren nicht einmal um!«

»Nein, natürlich nicht. Was ausfällt, wird abfiltriert, halbwegs getrocknet und tablettiert. Ausbeute hundert Prozent …«

»Sogar hundertzehn!« Manfredo lachte. Dr. Nowak musste auch lachen.

»Mit dem Zeug überschwemmen sie den Markt. Gewissenlos ist das!«

»Du sagst es. Dagegen deine Produkte – die könnten direkt im Österreichischen Arzneimittelbuch stehen, nicht wahr?«

»Na ja, fast. Auf jeden Fall sind sie umkristallisiert und haben einen scharfen Schmelzpunkt ...«

»Bravo! Sehr brav. Deine Oma war eben sehr gewissenhaft. Und damit der hohe Standard gewahrt bleibt – im Sinne der Volksgesundheit und so weiter –, sollte ich jetzt ...«

»... die Produktion übernehmen. Genau.«

Für Ironie hat er kein Ohr, dachte Dr. Nowak. »Warum machst du es nicht selber? Du weißt doch, wie es geht.«

»Ich hab nicht die Hände dafür. Hat Oma gesagt. Ich hab ihr manchmal geholfen – am Anfang. Sie war nicht sehr begeistert. Sie war mehr für Arbeitsteilung. Keiner kann alles können, hat sie gesagt.«

»Deine Oma war eine kluge Frau.«

Manfredo setzte sich wieder. »Also, was ist?«, fragte er. Dr. Nowak blickte auf, sah Manfredo an. Ein bleiches Gesicht mit hoher Stirn, die Augen hinter den Brillengläsern vergrößert, schütteres, blassblondes Haar. Er sieht richtig scheiße aus, dachte Manfredo, er hat sich nicht gut gehalten, er sah doch früher nicht so aus ... so ... so kaputt. Die Wirkung des Unglücks. Manchen sieht man es mehr an, anderen weniger. Dem Romuald sieht man es sehr deutlich an, in ganz kurzer Zeit. Das ist doch erst ein Jahr her, dass die Firma ... geschieden ist er auch, aber das war er ... wie war das ... ah ja. Geschieden war er schon ein Jahr vorher. Man sagt doch, es dauert ein Jahr, bis sich einer erholt hat von der Trennung. Und dann, als er sich eben wieder derrappelt, kommt das berufliche Aus. Romuald Nowak hatte allen Grund, so auszusehen, wie er aussah. Und wenn du nicht aufpasst, Manfredo, dachte er, siehst du in einem Jahr auch so aus. Du musst verflucht aufpassen!

»Ich werde dir helfen«, sagte Dr. Nowak in die Stille des Apartments. »Ich werde dir helfen. Ich werde euch allen helfen.«

Entgegen seiner Gewohnheit dachte Manfredo noch eine Zeitlang über den letzten Satz nach, als er das eher schäbige Treppenhaus in dem Block in Feldkirch-Gisingen hinunterstieg; aus einem Grund, der ihm jetzt nicht mehr klar war, hatte er versäumt, gleich nachzufragen – »ich werde euch allen helfen« klang doch bedrohlich, oder nicht? Stattdessen hatte er sich auf den ersten Satz konzentriert und sich beeilt, die technischen Einzelheiten zur Sprache zu bringen. Wann würde Dr. Nowak umziehen, wie viel Prozente vom Umsatz wären angemessen und so weiter, wobei der Chemiker die Erstvorschläge Manfredos akzeptiert hatte, mit einer gewissen Hast, wie Manfredo jetzt auffiel; als brenne der Nowak darauf, dass es endlich losging. Manfredo war bei diesen Vorschlägen unter den Marken geblieben, die er als angemessen und im Einklang mit den guten Sitten betrachtete; das gehört sich so. Wie sonst sollte eine Verhandlung zustande kommen, wo jeder ein wenig nachgab und jeder das heimelige Gefühl eines »ehrlichen« Kompromisses empfinden durfte? Aber für solche Umgangsformen hatte dieser Nowak keinen Sinn, typisch Chemiker halt …

Der Umzug erfolgte eine Woche später in einem von Manfredo gemieteten Kastenwagen. Es gab nur eine Fahrt, und nicht einmal da wurde das Auto voll; Manfredo war das peinlich, er hatte die Habseligkeiten Dr. Nowaks an Zahl und Art überschätzt, die persönlichen Besitztümer des Chemikers hätten in einen Kombi gepasst. Viel mehr Raum und Gewicht nahmen jene Geräte in Anspruch, die Dr. Nowak aus den Beständen seiner alten Firma zu stark reduzierten Preisen erworben hatte: ein HPLC-System, Glasgeräte für alles und jedes, eine Vakuumpumpe, sogar ein Infrarotspektrometer – all das war nicht nötig, um die Werke der verblichenen Frau Dr. Leupold fortzuführen, wie ihr Enkel wohl wusste. Andererseits konnte man einem 1a-Chemiker wie dem Dr. Nowak auch nicht seine Spielzeuge und damit jeden Lebensmut nehmen; es war ja klar, dass der gute Romuald Nowak mit der Herstellung von Methamphetamin und Konsorten geradezu olympisch unterfordert sein würde, aus so etwas erwachsen gern Depressionen, Schlampereien, und schließlich und endlich Polizeikontakte. Die aber galt es unter allen Umständen zu vermeiden. »Ich weiß mich trefflich mit der Polizei, doch schlecht mich mit dem Blutbann abzufinden«, fiel Manfredo dazu ein, der an einer ebenso freien wie kurzlebigen Wiener Kellerbühne einst den Mephisto gegeben und über die Sinnhaftigkeit dieses Satzes schon damals gegrübelt hatte. Seit Goethe mussten sich die Verhältnisse radikal geändert haben, denn heute war es genau umgekehrt: Mit dem bisschen Blut aus dem Ohr der Oma hatte er keine Probleme, wohl aber hätte er massive solche, wenn die Polizei auch nur in die Nähe der Kelleraktivitäten käme. Polizei war ganz schlecht.

Sie räumten die Geräte, alle in Kartonagen gehüllt, an einem winterlichen Abend in den Keller der Leupold-Villa. Dr. Nowak stellte sie gleich auf und schloss alles an. Manfredo richtete im ersten Stock das Gästezimmer her. Es war ein großer Salon mit dunklen Möbeln der vorletzten Jahrhundertwende und einem Ikeabett an der Außenwand. Es gab einen Schreibtisch, einen Kasten, ein Bücherregal, ein Sofa, einen kleinen Tisch und einen etwas ramponierten Ohrensessel mit grünem Bezug.

»Sehr schön«, sagte Dr. Nowak beim Betreten des Raumes.

»Freut mich, dass es dir gefällt. Das Bett ist ein Stilbruch, aber sonst kannst du dich fühlen wie Dr. Freud.«

»Warum Freud?«

»Wegen der Epoche. Einen berühmten Chemiker aus der Zeit kenn ich nicht.«

Nowak lachte. Zum ersten Mal seit langer Zeit, es klang, als hätte er ein wenig die Übung verloren. »Mir fielen da schon ein paar ein. Zum Beispiel Karl Theophil Fries, der Entdecker der Fries-Verschiebung. Da lagern sich Phenylester aromatischer oder aliphatischer Carbonsäuren in Acylphenole um.«

»Was du nicht sagst!«

Nowak lachte wieder, lauter diesmal und länger. Er ist, dachte Manfredo, ganz einfach verrückt – es geht ihm gut, wenn er diese Apparate um sich hat und so etwas wie ein Labor; der Anblick von Chemikalienflaschen, das ganze Glasgraffel, das macht ihn high … wie gut, dass ich ihn habe. – Gott segne ihn! Beim letzten Gedanken erschrak er über sich selbst, er hatte noch nie jemanden dem Segen Gottes empfohlen, was einfach daran lag, dass er nicht religiös war, nicht für die sprichwörtlichen zwei Groschen; für seinen Brotberuf, den Vertrieb von indizierten Substanzen, war das ein Vorteil, weil es Skrupel von dieser Seite ausschloss. Und andere Skrupel aus einer privaten Moral, dem Gewissen des Einzelnen oder solchen Sachen – solche hatte er auch nicht, weil es die nach seiner Meinung nicht gab. Ge- und Verbote hatten samt und sonders einen religiösen Hintergrund, wem der fehlte, wie ihm selbst, bewegte sich frei in der Welt.

Wie kam er also auf diesen Spruch? Vom Fernsehen vielleicht; er schaute zu viele amerikanische Serien an, dort wurde das Religiöse als natürlicher Bestandteil des Sozialen behandelt; die Amis hatten sowieso einen Schuss mit ihrer Beterei und »Gott schütze dies und Gott schütze das« … vor allem natürlich Amerika.

(Nun scheint es aber so zu sein, dass bei solchen Sprüchen immer jemand zuhört. Es muss ja nicht unbedingt Gott sein. Jemand halt. Zu diesem Schluss würde Manfredo Gonzales Leupold sehr bald kommen: dass jemand oder etwas seinen Wunsch gehört und den Dr. Nowak »gesegnet« hatte. Wenn man denn den Begriff »Segen« etwas weiter als üblich zu fassen bereit war.) An diesem Punkt wurden Manfredos Überlegungen schlagartig unterbrochen.

Im Augenblick verschwanden Segenswunsch und daran hängende Gedanken aus Manfredos Bewusstsein, verdrängt durch drängende Probleme der Gegenwart. Dr. Nowak hatte die Tiefkühltruhe aufgemacht und einen Pfiff ausgestoßen.

»Davon hast du mir aber nichts erzählt«, sagte Dr. Nowak, ernst und bekümmert. Etwa wie der Pater Spiritual in diesem dreimal verfluchten Internat, wo geistliche Herren versucht hatten, Manfredo das Lernen beizubringen. Für ihn war es die Stimme der Heuchelei und des Terrors, er reagierte auf den bloßen Klang allergisch.

»Was?«, rief er lauter als beabsichtigt. »Ich hab doch gesagt, sie ist tot! Hab ich dir gesagt, ich erinnere mich genau!«

»Meine Güte, reg dich ab! Du hast gesagt, sie ist vom Tisch gestürzt und an den Folgen gestorben.«

»Na also!«

»Ich hatte angenommen, dass sich diesem Todesfall eine in Mitteleuropa übliche Bestattungszeremonie angeschlossen hat – da lag ich wohl falsch …«

Manfredo antwortete mit der typischen Frage, die seit der zweiten Hälfte des 20. Jahrhunderts immer dann auf Vorwürfe geäußert wird, die erhoben werden, wenn etwas nicht so gelaufen ist, wie das in Mitteleuropa bis dato üblich war. Dr. Nowak hatte diese Gegenfrage öfter gehört.

»Was hätt ich denn tun sollen?«

In Mitteleuropa sind die Menschen (nämlich seit der zweiten Hälfte des 20. Jahrhunderts) ein bisschen blöd geworden, so dass ihnen auf alle Anforderungen nur eine Reaktion einfällt, die des geringsten Widerstandes. Ebendenselben Satz hatte Dr. Nowak von seinem Laborleiter Sedlaczek vernommen, als er ihm im Verlauf einer erregten Auseinandersetzung völlige Untätigkeit vorgeworfen hatte – nachdem ihm die Schließungspläne der Konzernleitung geschlagene vier Monate vor der Restbelegschaft bekannt geworden waren. Aber Sedlaczek hatte einen besonderen Vertrag erhalten, wie später bekannt wurde, der seine gewohnte Existenz sicherte – allerdings nur in Kraft trat, wenn er kooperieren und die reibungslose Abwicklung der Vienna Laboratories organisieren würde. Das hat er dann ja auch gemacht … von daher war die Frage berechtigt: Was hätte er denn in drei Teufels Namen tun sollen? Wir sind alle absolut unfrei, dachte Dr. Nowak, wie Sklaven in der Antike; es gibt in unserem Leben überhaupt keine Gabelungen mehr, wo man sich wenigstens zwischen links und rechts entscheiden könnte. Alle gehen den Weg, den sie gehen müssen. Was hätten sie auch tun sollen? Dr. Nowak lachte laut auf.

»Was ist so lustig?«, fuhr ihn Manfredo an. »Glaubst du, das hat Spaß gemacht, die eigene Oma …«

»Nein, nein, beruhige dich, keiner macht dir einen Vorwurf, ich sowieso nicht. Aber du musst zugeben, das hier ist keine Dauerlösung. Ich brauch die Kühltruhe.«

»Wieso denn! Ich meine, da ist doch noch genug Platz – Oma war ja überhaupt nicht groß, eins sechzig oder so, du könntest doch ein Brett reinlegen und die Flaschen oben draufstellen …« Seine Stimme wurde brüchig. Dr. Nowak machte den Deckel zu.

»Manfredo«, sagte er, »nimm dir das nicht so zu Herzen. Es ist deine Oma, das versteh ich schon. Aber sie kann nicht hierbleiben …«

»Aber wir könnten doch eine zweite Truhe …«

»Die Truhe ist keine Lösung! Vergiss es! Deine Oma muss aus dem Haus!«

»Wohin denn?«

Darauf sagte Dr. Nowak zunächst einmal nichts. Es war eine komplizierte Frage. Es missfiel ihm, wie die Dinge liefen. Er hatte gehofft, in den nächsten Tagen mit der Arbeit beginnen zu können. Mit der gefrorenen Oma Leupold im Hintergrund war daran nicht zu denken. Wer mit Provisorien anfing, schleppte den Keim des Misserfolgs ein.

»Wir können sie nirgends hinschaffen«, sagte er nach längerer Pause. »Wir müssen den Leichnam hier im Haus irgendwie … behandeln und in eine leichter transportierbare Form überführen.«

»Was soll das heißen: behandeln? Meinst du auflösen in Schwefelsäure wie in diesem Film … wie hieß er noch …«

»Trio Infernal, glaube ich. Mit Michel Piccoli. War der reine Blödsinn. Der hantiert dort mit den Glasballons rum, als wär das gar nichts … die Trottel haben nicht gewusst, dass Schwefelsäure fast doppelt so schwer ist wie Wasser. So ein Behälter hätte locker fünfzig Kilo gewogen …«

»Darauf kommt es doch nicht an. Es ist ein Film, da geht es um die Kunst der Darstellung, die Schilderung der Zeit, die Charaktere …«

»Quatsch! Du redest reinen, unverdünnten Quatsch! Kunstkacke! Daran krankt ja das Kino, dass man sagt, darauf kommt's nicht an. Solche Fehler zerstören die ganze Illusion. Und darauf kommt es an!«

»Na ja, du kennst dich damit eben aus, aber für die meisten Zuschauer ist das doch gehupft wie gesprungen, ob jetzt der Piccoli mit richtiger Schwefelsäure rumhantiert oder …«

»Es geht ja noch weiter: Die Säure macht aus den Körpern eine rote Brühe. Ich meine, so ein Film kostet Millionen, aber keiner kommt auf die Idee, vorher ein Stückchen Gulasch in einen Viertelliter Schwefelsäure für zwei Franc zu legen und zu schauen, was passiert …«

»Was passiert denn?«

»Es wird schwarz!« Dr. Nowak schrie fast. »Verstehst du? Schwarz! Nicht rot! Die Säure entzieht dem Gewebe das Wasser, zurück bleibt der Kohlenstoff. Und der ist schwarz.«

»Das hätte doch niemand verstanden, Romuald. Die Leute erwarten bei so einer Aktion etwas Rotes, ganz gleich, was wirklich passiert – es hätte gar keinen Zweck gehabt, das vorher auszuprobieren mit Gulasch, das Ergebnis stand von vornherein fest: Es muss eine Badewanne voll roter Suppe sein, richtig gruselig, die Rezeptionshaltung des Publikums erfordert das.«

»Danke, Herr Professor, für Ihre lichtvollen Ausführungen. Man sollte eben immer einen Fachmann dabeihaben. Einen für Ästhetik. Aber wir sind nicht im Film, okay? Wir sind in der wirklichen Welt. Und haben eine wirkliche Leiche am Hals. Sollen wir sie in Schwefelsäure auflösen? Deine Großmutter? Abgesehen davon, dass ich im Moment nicht wüsste, woher ich jetzt auf die Schnelle ein paar hundert Liter Schwefelsäure …«

Manfredo Gonzales Leupold brach in Tränen aus; es gab keine Vorwarnung. Es kullerte nur so über die Wangen. Er schluchzte, tastete nach einem Stuhl, setzte sich. Dr. Nowak war der Auftritt unangenehm. Wie viele Naturwissenschaftler konnte er nicht gut mit Gefühlen umgehen, nicht mit den eigenen, aber mit denen anderer schon gar nicht. Das war auch der tiefere Grund der Scheidung gewesen, jedenfalls blieb ihm das im Gedächtnis haften, was ihm die gewesene Frau Nowak oft und mit der Zeit auch immer lauter zum Vorwurf gemacht hatte; Unfähigkeit, Gefühle auszudrücken und/oder bei anderen zu bemerken und/oder zu verstehen und so weiter.

Ein Gefühl elementarer Art riss ihn aus seinen Gedanken. Etwas Weiches berührte seinen rechten Knöchel, etwas Geschmeidiges, Lebendiges. Eine große, weiße Katze strich ihm um die Beine, ging dann auf Manfredo zu.

»Sami!«, rief der, bückte sich, nahm die Katze auf den Schoß, hob sie hoch, vergrub das Gesicht im Fell. Danach ließ sich Sami im Arm halten, beobachtete Dr. Nowak aus halb geschlossen Augen.

»Er mag dich«, sagte Manfredo. »Er geht fremden Leuten

sonst nicht zu. Das ist eine Auszeichnung, weißt du. Er sieht gleich, dass du ein guter Mensch bist …« Neue Tränen rannen.

»Ich bin kein guter Mensch«, sagte Dr. Nowak, der an einem Kloß im Hals würgte. »Glaube ich nicht. Ich bin nur Realist.« Er wischte sich mit dem Taschentuch den Schweiß von der Riesenstirn. Er fasste sich. »Ich könnte versuchen, mit der Pumpe das Wasser zu entziehen, dazu müsste man nur eine Art Vakuumkammer bauen, eine Art Zylinder – in so einem Haus gibt es doch sicher einen alten Badeofen?«

»Und dann?« Manfredo schneuzte sich geräuschvoll, was Sami aufblicken und die Ohren zurücklegen ließ. Die Katze mag keine lauten Geräusche, dachte Dr. Nowak. Sami. Was war das überhaupt für ein Name? Katze oder Kater? Das Tier blickte ihn mit großen Augen an. Jetzt hatte er den Faden verloren. Die Katze (der Kater) irritierte ihn.

»Ist das eine Katze?«, fragte er.

»Nein, ein kleiner Dinosaurier mit Fell, sieht man doch …« Manfredo schneuzte sich.

»Ich meinte eigentlich, Männchen oder Weibchen …«

»Sami ist ein Kater.« Dr. Nowak kam sich dumm vor. Er spürte eine gewisse Erschöpfung. »Wir sollten erst einmal was trinken«, sagte er.

»Im Schrank ist Kognak.«

»Ich find hier keinen Kognak …«

»Dann hat ihn die Oma ausgetrunken.« Manfredo begann wieder zu schluchzen.

Dr. Nowak beeilte sich mit der Versicherung, vorhanden sei eine Flasche mit sechzigprozentigem Alkohol. »Wenn der nicht vergällt ist …«

»Höchstens mit Benzin …«

Dr. Nowak zog den Schliffstopfen. »Benzin riecht man deutlich«, erklärte er. »Man muss sich schon ein bisschen überwinden. Am besten geht es mit Cola – im Anorganischen Praktikum haben wir das immer so gemacht. Von allen Chemikalien war der vergällte Alkohol immer gleich aus.« Er schenkte zwei Hundert-Milliliter-Bechergläser voll. »Der hier ist astrein, keine Spur von Benzin.« Sie stießen an. Sami legte die Ohren zurück.

»Der Kater missbilligt unser Tun«, sagte Dr. Nowak.

»Er würde nie so tief sinken, Industriealkohol aus Bechergläsern zu trinken …«

»Das ist kein Industriealkohol, das ist feinster Spiritus pro analysi. Trink ihn mit Verstand!«

»Ich werde mich bemühen.« Manfredo nahm noch einen Schluck. »Fühlt sich kalt an.«

»Du solltest einmal einen Achtundneunzigprozentigen probieren. Der ist wirklich kalt! Wie flüssiges Eis bis in den Magen. Gleich darauf explodiert er dir in der Birne.«

»Ihr habt das alles ausprobiert?«

»Wir waren jung …«

Nach einer Weile sagte Manfredo: »Mit diesem Badeofen – da entziehst du das Wasser, oder?«

»Ja, mit Vakuum. Da verlieren wir schon siebzig Prozent an Gewicht. Der Rest wird … zerkleinert und verbrannt.« Er hatte schon deutlichen Zungenschlag. Manfredo bemerkte, dass sich der Chemiker ein zweites Glas genehmigte.

»Mit gefällt das nicht«, sagte er.

»Mir auch nicht«, sagte Dr. Nowak.

Sie tranken eine Weile und hingen ihren Gedanken nach. Sami begann zu schnurren.

»Ich will, dass wir meine Oma begraben. Im Wald. Ganz normal begraben, wie sich das gehört.«

»Eine richtige … äh … Erdbestattung im Wald wäre sicher das Pietätsvollste, was wir mit deiner Frau Großmutter unternehmen können …« Wenn Dr. Nowak besoffen wurde, neigte er zu gewählter Ausdrucksweise. Er stand auf und hob das Glas.

»Auf deine Frau Großmutter! Sie war eine patente Frau, wir werden ihr Werk in ihrem Sinne fortsetzen!«

»Auf dich, Oma!« Manfredos Stimme war schon wieder an der Kippe. Sie stießen an und tranken zwar nicht ex, aber doch jeder einen großen Schluck vom Sechzigprozentigen.

Sami hatte sich verdrückt.

Danach verschwamm alles im Rauschnebel, keiner von beiden wusste später, wie er ins Bett gekommen war, aber das war nicht wichtig. Wichtig war, dass die beiden sich entschlossen hatten, die verschiedene Frau Dr. Leupold zu begraben, wie sie es sich unter den herrschenden Umständen wohl gewünscht hätte. Ohne Musik und Ansprachen (auf Pomp hatte sie zu Lebzeiten keinen Wert gelegt), aber in einem halbwegs als normal zu bezeichnenden Grab üblicher Tiefe, so dass man nicht von »verscharren« sprechen müsste.

Im Wald.

# 4

Manfredo hatte sich einen Einkaufszettel gemacht, ganz klassisch mit Brot, Wurst und diversen Dosen, aus denen er sich in den nächsten Tagen zu ernähren beabsichtigte. Wirklich brauchen tat er nichts davon, er hätte essen gehen können, auch frühstücken ins Hotel »Krone«, aber das erschien ihm aus verschiedenen Gründen nicht opportun. Erstens tat man das als Einheimischer nicht, frühstücken im Hotel, das war nur etwas für Touristen. Zweitens bot ihm der Entschluss zur Selbstversorgung die Möglichkeit des Einkaufens beim SPAR in der Nähe der Villa seiner Großmutter; es war derselbe SPAR, wo die Oma selber immer eingekauft hatte. Dort war sie bekannt, dort würde ihr Ausbleiben auch am ehesten auffallen. Nicht von selbst, aber sicher in der Szene mit der klassischen Dialogzeile »... jetzt, wo Sie es erwähnen, Herr Inspektor – sie ist schon länger nicht hier gewesen ... sicher schon eine Woche oder so ...«.

Das war nicht akzeptabel. Das Nicht-Auftauchen der Frau Dr. Leupold musste erklärt werden, ehe sich auch nur eine Vorform von Verdacht bildete. Und das war seine Aufgabe, diese Vorform von Verdacht zu zerstreuen. Das Vorhaben verlangte frühes Aufstehen. Er stellte sich den Wecker auf halb neun, damit er um neun mit angemessen übernächtigtem Aussehen im Supermarkt erscheinen konnte. Neun Uhr war unumgänglich, weil die Hausfrauen der Umgebung, wie er wohl wusste, um diese Zeit ihre Einkäufe zu erledigen pflegten – jedenfalls der Typus von Hausfrauen, auf den es ihm ankam. Manfredo war klar, dass in der Nachbarschaft über ihn gewisse Vorstellungen existierten, alle kannten ihn, offiziell war er »Künstler« mit dicken Anführungszeichen; von solchen Personen war bekannt, dass sie die Nächte durchmachten und bis Mittag im Bett blieben. Er wusste aus seiner Theaterarbeit: Man darf die Rezeptionserwartungen des Publikums nicht enttäuschen. Das ist das ganze Geheimnis. Auch sogenannte Theaterskandale sind in Wahrheit Inszenierungen, bei denen das Publikum mitspielt – wirklich wütend werden die Leute nur, wenn sie erwartet haben, sich aufregen zu dürfen, und dann nichts passiert. Diesen Fehler wollte er vermeiden. Also ging er ungekämmt und mit einem leichten Alkohol-Hautgout in den SPAR. In der einen Hand die Einkaufstasche der Oma, in der anderen einen extra großen Post-it-Zettel mit den notierten Einkäufen. Schon am Eingang suchte er länger in der Geldbörse nach einer passenden Münze für den Wagen, wobei er, wie er aus den Augenwinkeln bemerkte, von einer der Kaserer-Schwestern beobachtet wurde. Als er endlich das Fünfzig-Cent-Stück gefunden und eingesteckt hatte, schob er den Wagen langsam den Mittelgang hinunter, den Kopf über den Zettel gebeugt, dann wieder den Blick umherschweifen lassend – klar: Dieser Mensch weiß nicht, wo die Sachen auf seinem Zettel in diesem Supermarkt zu finden sind, weil er aufgrund seiner unsoliden und verschwenderischen Lebensweise das Einkaufen nicht gewohnt ist. Im Mittelgang kollidierte er mit dem Wagen der Frau Rhomberg, was zu genuschelten Entschuldigungen Anlass gab, und ja, er sei jetzt wieder im Lande, und ja, der Oma gehe es gut, und nein, sie sei nicht da, sondern verreist. Manfredo drängte mit seinem Wagen weiter an die Wursttheke, weil er dort eine Ansammlung von Frauen entdeckt hatte, die für seine Neuigkeiten mindestens das gleiche Interesse haben dürften wie Frau Rhomberg; die Damen Hämmerle, Hemetsberger, Kaserer … dann Frau Florian oder wie die hieß und noch ein paar, deren Namen ihm nicht mehr präsent waren. Frau Hämmerle begrüßte ihn, als er sich mit seinem Wagen neben sie stellte, sie machte die neben ihr wartende Frau Hemetsberger auf Manfredo aufmerksam, ein Gespräch war danach unausweichlich – von Manfredo mit jener halb widerwilligen Höflichkeit geführt, in der schon jener Hauch von Herablassung zu spüren war, wie sie ein Künstler anschlagen mag, wenn er die Neugier von Provinzklatschtanten befriedigt. Frau Hämmerle und Frau Hemetsberger boten auch die Gewissheit, dass seine Neuigkeiten im Umkreis der Villa schnellstmöglich verbreitet würden. Hinter ihm hatte sich Frau Rhomberg aufgestellt, die dasselbe betreffend Oma Leupold nun noch einmal hörte.

»Das Klima in Spanien ist ja wärmer«, sagte sie von hinten, »das wird ihr guttun.«

»Das hoffe ich«, sagte Manfredo; die minus achtzehn Grad in der Tiefkühltruhe fielen ihm ein, und er lächelte.

»Wo ist denn das?«, fragte Frau Rhomberg.

»Bei Alicante, ein kleines Dorf«, antwortete Manfredo.

»Mir wär das zu heiß im Sommer«, sagte Frau Hemetsberger, »die haben dort ja manchmal vierzig Grad!«

»Man muss jetzt halt schauen, wie sie sich eingewöhnt, vielleicht kommt sie im Sommer wieder her«, sagte Manfredo.

»Und Sie, bleiben Sie jetzt hier, Herr Leupold?«, fragte Frau Hämmerle.

»Nein, ich hab berufliche Verpflichtungen in Wien, am Theater, wissen Sie, da kann ich nicht die ganze Zeit dableiben. Aber ich hab schon jemanden, der aufs Haus aufpasst ...«

Bald darauf war er an der Reihe und las die Einkäufe von seinem Zettel ab. Braunschweiger, zwei Paar Landjäger und ein Schweinsschnitzel.

Hinter der Reihe an der Theke schob Schott seinen Einkaufswagen vorbei. Mit ihm redete niemand, er wurde an dieser Theke schon lange nicht mehr in Gespräche verwickelt, auch nicht an der Kasse. Wie es ihm ging, wussten alle, weil er in den ersten Wochen nach der Entlassung aus einem infantilen Mitteilungsbedürfnis heraus jedem sein Leid geklagt hatte, der sich nicht schnell genug in Sicherheit brachte. Schott hatte mit Erstaunen festgestellt: Die Menschen wollen keine schlimmen Geschichten hören, die Schadenfreude ist weit weniger verbreitet als Kulturpessimisten und Geistlichkeit behaupten. Mein Schicksal deprimiert sie, dachte Schott oft, sie wollen davon nichts hören; das ist doch ein schöner Zug von ihnen. Es rührte ihn. Deswegen waren die Menschen nicht gut, aber auch nicht so schlecht, wie er sie oft selber in seinen Artikeln gemacht hatte. Er fühlte sich aus diesem Grund auch nicht geschnitten oder abgelehnt und war nicht böse, wenn sie ihn nicht im Supermarkt ausfragten. Der Nebeneffekt bestand nun darin, dass er kaum mitbekam, was in der Nachbarschaft vorging. Das Gespräch zwischen diesem Manfredo und der Traube von Frauen, die sich um ihn zu drängen schienen, bekam er aber doch mit, weil das Schlüsselwort »Frau Leupold« in sein Bewusstsein gedrungen war. Erwartet hatte er erinnerungsschwangere Lobreden auf die verblichene Lehrerin, wie gut und nett sie gewesen war, welch kostbare Eigenschaften und entzückende Marotten sie gehabt hatte – stattdessen wurde da von einer Spanienreise geredet. Wieso? Er hatte doch mit eigenen Augen gesehen, wie die Frau Dr. Leupold schon eine Reise angetreten hatte, die sie in alle möglichen Winkel des Universums, in diesseitige und jenseitige Welten geführt haben mochte, aber kaum nach Alicante … fast hätte er sich dazu hinreißen lassen, von hinten, aus der zweiten Reihe heraus, in die Runde hineinzufragen, ob er das mit Spanien auch richtig verstanden habe. Im letzten Moment fiel ihm die Tasche mit dem Geld ein. Es war nicht ratsam, die Aufmerksamkeit dieses windigen Enkels auf sich zu lenken. Er entfernte sich von der Gruppe der Fleisch- und Wurstliebhaber, trödelte ein bisschen im Putzmittelgang herum, nahm noch was zum Geschirrspülen mit und wartete in der Deckung einer Pyramide aus sonderangebotenen Waschmitteltrommeln, bis Manfredo den Laden verlassen hatte.

Er war verwirrt. Dieser Manfredo versuchte offenbar den Tod seiner Großmutter zu verheimlichen. Aber warum? Hatte er sie umgebracht? Nach den Fundumständen war Frau Leupold vom Tisch gefallen. Beim Auswechseln einer Glühbirne … Die Geschichte beschäftigte ihn den ganzen Weg nach Hause. Dort wartete Sami vor der Haustür. Schott erinnerte sich an die Katzenklappe, die er im Baumarkt besorgt hatte. Heute würde er sie einbauen, eine große Erleichterung für Sami, der dann nicht mehr auf der Terrasse oder hinter dem Haus herumlungern musste, bis sein neuer Mensch sich bequemte, eine Tür aufzumachen.

Schott verstaute die Einkäufe, Sami strich ihm um die Beine und ließ jenes Grummeln vernehmen, halb Knurren, halb Krächzen, das Schott jedes Mal an ein wirkliches Sprechen denken ließ, als ob ihm, dem Menschen, in einer unbekannten Sprache etwas erzählt würde. Vielleicht war es aber auch nur eine Bitte um Futter. Sobald er den Napf, den er gleich am zweiten Tag ihrer Bekanntschaft besorgt hatte, mit Trockenfutter füllte, widmete sich der Kater dem Fressen. Die raunende Katzenrede hörte auf. Das wäre schön, wenn er die Sprache der Katzen verstünde. Wie der berühmte Dr. Doolittle – die Romane von Hugh Lofting hatte er als Kind gelesen; alle ausgeliehen von der Leihbibliothek der Arbeiterkammer. Für zwanzig Groschen für zwei Wochen. Viel später wurde dann auf fünfzig Groschen erhöht und noch einmal im Abstand von Jahrzehnten auf zwei Schilling; bald danach war er dann zum Studieren nach Innsbruck gegangen und hatte begonnen, Bücher zu kaufen. Er wollte sie besitzen, nicht ausleihen.

Sami fraß das Trockenfutter; das Behagen, das er dabei empfand, strahlte er ab wie ein Leuchtturm sein Licht. Schott setzte sich daneben auf einen Küchenstuhl und sah dem Kater zu. Er dachte nach.

Er hatte nicht gesehen, wie Frau Leupold vom Tisch gefallen war. Tatsächlich gab es überhaupt keinen Hinweis für einen Sturz vom Tisch als die unmittelbare Nachbarschaft von Leiche und Möbelstück. Schott versuchte sich zu erinnern. Der Gedanke mit der Glühbirne war ihm ganz automatisch gekommen, wieso sollte Frau Leupold sonst neben dem Tisch liegen? Eine Schlussfolgerung, die er aufgrund seiner Zivildiensterfahrungen gezogen hatte; da hatte es in den acht Monaten einige Einsätze zu häuslichen Unfällen gegeben, die meisten Unfälle passierten zu Hause. Jemand stürzte irgendwo herunter, wo er nicht hätte hinaufsteigen sollen. Auf eine ungesicherte Leiter oder einen kippligen Stuhl. Ein Schädelbasisbruch war nie dabei gewesen, nur Armbrüche und Prellungen – lädierte Schlüsselbeine und Rippen hatten Kameraden zu versorgen gehabt. Für den Rettungssanitäter waren alle Möbelstücke potenzielle Todesfallen, von der Fußbank bis zum Tisch, der Großvater, der im Schlaf von der Ofenbank (!) gefallen war und sich das Genick gebrochen hatte, gehörte zu den unausrottbaren Rot-Kreuz-Mythen. Keiner hatte so einen Fall selbst erlebt, aber viele hatten davon gehört, dass es in Imst passiert sei oder in Kufstein. Manche, das musste man auch zugeben, fielen einfach um, ihnen wurde der aufrechte Gang zum Verhängnis, ganz ohne Einrichtungsgegenstände. Am sichersten wäre, dachte Schott, wenn sich die Menschen kriechend fortbewegen würden. In möbellosen Wohnungen, dann würde niemand umfallen und niemand aus der Höhe herabfallen können … Er lächelte bei dem Gedanken. Bei der Rettung war es im Großen und Ganzen besser gewesen, als er befürchtet hatte. Vielleicht hätte er dabeibleiben sollen. Statt das Studium zu schmeißen, zu heiraten und Zeitungsfuzzi zu werden.

Er musste sich konzentrieren: Was wies denn noch auf einen

Unfall hin? Die *deformation professionelle* hatte ihn einen solchen ganz natürlich annehmen lassen, Unfall oder Herzinfarkt, also höhere Gewalt in ihrer reinen Form; etwas anderes war ihnen bei der Rettung nicht begegnet; keine Leute, die nach langen Leiden im Spital starben, die kamen bei der Rettung nicht vor. Und keine Verbrechensopfer. Wenn Frau Leupold eine Glühbirne wechseln wollte – wo war die dann? Sie hätte mit ihr herunterfallen und zerbrechen müssen. An Glassplitter konnte sich Schott nicht erinnern; er hatte nur den Tod der Frau Leupold festgestellt. Ein Gegenbeweis der Unfallthese war das noch nicht. Es war ja immerhin möglich, dass Frau Leupold noch *vor* Auswechseln der Birne gestürzt war. Dann hätten in dem Leuchter über dem Tisch noch alle Birnen eingeschraubt sein müssen. Waren sie das? Schott hatte dem Leuchter nur einen flüchtigen Blick zugeworfen, aufgefallen war ihm nichts. Hätte er Licht gemacht, wäre eine kaputte Birne aufgefallen, aber Licht zu machen kam nicht in Frage … blieb die andere Möglichkeit. Jemand hatte Frau Leupold erschlagen. Der ehemalige Rettungsmann Schott hatte ja nur anhand der Symptome die Todesursache (wahrscheinlich richtig) diagnostiziert, aber die Leiche nicht umgedreht. Ein Schlag auf den Hinterkopf wäre also im Einklang mit den Beobachtungen … müsste sie dann aber nicht vornüber aufs Gesicht fallen? Vielleicht hatte sie der Mörder umgedreht … das führte zu nichts. Alles Spekulationen. Allerdings solche, die sich immer mehr verfestigten. Eine Geschichte. Alles Interessante ist eine Geschichte, etwas, das sich erzählen lässt. Einem anderen, der zuhört oder liest. Die andere Deformierung durch den Beruf, durch den Journalismus. Eine Geschichte lässt sich erzählen, also auch schreiben, und hat Aussicht, vom Chefredakteur angenommen und gedruckt zu werden. Und wie ging die Geschichte? Etwa so: Zwischen dem tunichtgutigen Neffen und seiner Großmutter war es schon seit langem zu Spannungen gekommen. Weil er … weil er keiner geregelten Arbeit nachging, sich in Wien einen Lenz machte und die Großmutter dieses Leben bezahlen ließ. Nun hatte sie ihm ein Ultimatum gesetzt, er soll sich endlich einen Job suchen und so weiter – worauf er in Dornbirn auftaucht. Folge: erbitterte Streiterei. Manfredo erkennt, dass die Oma diesmal hart bleibt, Verzweiflung. Manfredo weiß, wo die Oma ihr Geld aufbewahrt, nämlich nicht auf der Bank, sondern, wie für ältere Mitbürger typisch, in irgendeinem supergeheimen Versteck im Haus, dessen einziger Mangel darin besteht, dass es nicht nur jeder dahergelaufene Berufseinbrecher kennt, sondern auch die nichtsnutzige Verwandtschaft. Es kommt, wie es kommen muss: Manfredo wird von der Oma ertappt, Aufregung, Drohung mit der Polizei, Panik bei Manfredo, stumpfer Gegenstand, Kurzschlusshandlung. Gesteigerte Panik: »Was hab ich nur getan?!« Manfredo rennt weg. Beruhigt sich, kehrt zurück, schnappt sich das Geld – nein, das tut er eben nicht: Denn zwischen dem ersten panischen Weglaufen und dem Wiederkommen war der Nachbar Schott im Leupold'schen Anwesen aufgetaucht und hatte das Geld an sich genommen. Das nun wiederum konnte dem verhinderten Künstler Manfredo Gonzales Leupold nicht entgangen sein, denn wegen des verfluchten Geldes, nicht wahr, hatte die ganze Misere ja angefangen! Was also wird er tun? Sich beruhigen, die Lage überdenken. Schluss: Wenn die Oma gefunden wird, alles aus, wenn nicht, vorläufig alles paletti. Also lässt er die Oma verschwinden …

Als Schott mit seinen Überlegungen so weit gekommen war, hatten sie sich wie gewisse Zementsorten zur Gewissheit verdichtet: So muss es gewesen sein, so ist es gewesen. Und ebenso wenig, wie der überraschte Heimwerker das steinharte Zeug aus dem Anrührkübel wieder herausbekommt, bekam Schott die Grundsatzüberzeugung vom Verlauf dieser Geschichte aus seinem Kopf heraus. Aber Moment: Da war ja noch etwas. Wer das Geld genommen hatte, der hatte vielleicht auch die tote Oma gefunden. Die ermordete Frau Großmutter. Denn, nicht wahr: Für den mörderischen Enkel musste der Dieb von einer Tötung ausgehen, überlegte Schott. Denn dieser Enkel wusste ja, dass er die Oma erschlagen hatte. Mit großer Wahrscheinlichkeit nahm er an, dass jeder andere, der die Leiche fand, von einem Verbrechen ausgehen würde. Das ist, dachte Schott, ein gutes Beispiel für die Abhängigkeit unserer Einschätzung von unserem Vorwissen. Ihm selbst war es ja zuerst genauso gegangen. Durch seine Erfahrung als Sanitäter war jemand, der tot in seiner Wohnung lag, aus dessen Ohr ein bisschen Blut sickerte – auf den Hinterkopf gefallen: vom Möbelstück in unmittelbarer Nähe. Etwas anderes war ihm nicht in den Sinn gekommen.

Manfredo war zu einem anderen Schluss gekommen. Er wusste, warum die Oma so dalag, wie sie dalag. Er würde annehmen, jeder andere würde das auch wissen. Vor allem jener andere, der das Geld geklaut hatte. Was tat nun aber besagter Manfredo (außer die tote Großmutter beseitigen)? Er geht einkaufen! Weit davon entfernt, Hals über Kopf den Ort seiner Tat zu fliehen, bleibt er in aller Seelenruhe hier und erzählt im SPAR das Märchen von der Spanienreise. Also bleibt er uns wohl erhalten. Bis, ja genau: Bis er das Geld gefunden hat. Das Scheißgeld! Na ja, nur ums Geld geht es da gar nicht. Manfredo sucht nicht nur den Dieb, sondern auch den Einzigen, der die Leiche gesehen hat. Den Mitwisser. Um dann, wenn er ihn gefunden hat, was zu tun? (Außer ihm das Geld abzunehmen.) Das war nur allzu klar …

Schott stand so schnell auf, dass Sami von seinem Napf zurückwich. »Nein, Sami, schon gut, du bist nicht gemeint«, sagte Schott, um ruhige Stimmlage bemüht. Sami legte die Ohren an. Überzeugt war er nicht. Schott verließ die Küche, machte die Tür mit großer Vorsicht zu, um den Kater nicht weiter zu beunruhigen. Dass Sami so schreckhaft war, erklärte sich nun zwanglos aus dem, was er erlebt hatte, ein weiteres Detail der Geschichte. Der Kater war Zeuge der Auseinandersetzungen zwischen Frau Leupold und ihrem Enkel geworden. Und Zeuge der ruchlosen Bluttat.

Es war eine völlig idiotische Idee gewesen, das Geld zu nehmen. Geld wird immer vermisst. Wenn nicht gleich, dann eben später. Herrenlose Riesenvermögen finden sich nur in alten Möbeln beim Trödler, das steht dann in der Zeitung und passiert in Wien oder London; Schott hatte noch nie von so einem Fall in geografischer Nähe erfahren. Ein paar Hunderttausend liegen nicht einfach so herum. Und woher hatte die Frau Leupold überhaupt so viel Geld? Dieser Frage war er mithilfe seiner hervorragend ausgebildeten Fähigkeit zur Verdrängung bis jetzt ausgewichen. Sie lauerte auch nicht im Hintergrund seines Bewusstseins, von wo sie etwa psychosomatische Attacken ausführte, nein, er schlief so gut wie schon lange nicht mehr. Er hatte diese Frage vollständig vergessen. Jetzt fielen sie ihm wieder ein, die Frage und die Antworten dazu. Von der Pension hatte sie sich das nicht abgespart, das wäre selbst bei ausgeprägtem senilem Geiz nicht möglich gewesen. Woher kam es dann? Vom Enkel natürlich. Der hatte das Geld bei der Oma geparkt. Damit es nicht bei ihm gefunden werden konnte. Von der Polizei (die Polizei war noch die günstigste Variante), es konnten ja auch dunklere Mächte sein als die österreichische Exekutive, vielleicht hatte Manfredo einen Unterweltboss beklaut, und jetzt war die halbe Russenmafia hinter ihm her; besser: hinter dem, der das Geld jetzt hatte … Aus, Schluss! Schott atmete tief durch und bemühte sich um eine Qigong-Übung, die er in einem Kurs gelernt hatte, damals noch mit Bianca.

Er beruhigte sich. Dass Manfredo Kontakt zu einer wie auch immer gearteten mafiosen Organisation hatte, war unwahrscheinlich; schließlich hieß das doch »organisiertes« Verbrechen. Manfredo hätte niemand, der ihn kannte, mit dieser Bezeichnung in Verbindung gebracht; der Typ war alles Mögliche, aber nicht organisiert. Eher hätte er die Rangliste des unorganisierten Verbrechens anführen können; einer jener aus der Verzweiflung geborenen Überfälle auf Postsparkassen und Tankstellen, von denen man in der Zeitung liest, ausgeführt mit Skimütze, einer Pistole aus dem Zweiten Weltkrieg vom Dachboden und einem Moped als Fluchtfahrzeug. Beute ein paar Tausend Euro. Nach diesen Räubern wurde dann erstaunlich lang erfolglos gefahndet, aber Manfredo hätte ganze Serien solcher Überfälle durchziehen müssen, um auch nur in die Nähe der Summe in jener Tasche zu kommen. Und warum sollte er das tun? Die Oma zahlte doch … In Frage kamen Drogen und Glücksspiel, oder als romantische Version eine anspruchsvolle Geliebte. In Frage kam vieles, das waren alles haltlose Spekulationen. Tatsache blieb, dass Manfredo den Tod seiner Großmutter verheimlichte. Und mit erstaunlicher Kaltblütigkeit nach dem Dieb und dem Zeugen seiner Bluttat suchte. Dieses erschreckende Verhalten passte nicht zu einem Manfredo als verhuschte Künstlerimitation, der nichts auf die Reihe brachte. Woher wusste man denn, dass die Tat im Affekt geschehen war? Eben: Das wusste man nicht. Er, Schott, hatte das nur angenommen, weil es so gut zum allgemein akzeptierten Manfredo-Bild der Nachbarschaft passte.

Je länger er darüber nachdachte, desto unangenehmer wurden die Implikationen, die ein kaltblütiger Manfredo mit sich brachte. Denn dieser kaltblütige, im Gegensatz zum hysterischen von Emotionen geleitete Manfredo hatte die Oma nicht aus Wut, sondern mit Vorbedacht umgebracht. Und war dann auch nicht kopflos weggerannt, sondern … hatte sich versteckt, als der gutmütige Nachbartrottel, ein gewisser Schott, mit lauten »Frau Leupold«-Rufen die Szene des Verbrechens betrat, gewissermaßen hineinplatzte. Manfredo musste annehmen, dass dieser Schott sofort die Polizei verständigte. Bis er entdeckte, dass besagter Schott ein Dieb war; Polizei war danach eher unwahrscheinlich. Also hatte sich Manfredo eine Zeitlang aus dem Haus zurückgezogen und aus der Ferne beobachtet, ob sich irgendwelche staatlichen Organe näherten. Das hatten sie nicht getan, die Organe, weshalb Manfredo davon ausgehen konnte, dass Schott nichts gemeldet hatte. Also konnte er in aller Ruhe die Oma beiseiteschaffen. Wie auch immer. Um sich dann diesem Schott zuzuwenden. Und die Sache zu Ende zu bringen ... Die Türklingel unterbrach seine Überlegungen. Er war fast froh über die Unterbrechung. Je länger er über Manfredo nachdachte, desto scheußlicher wurden die Aussichten. Schott machte auf. Und draußen stand er. Manfredo.

»Guten Tag«, sagte er, »entschuldigen Sie die Störung, ich bin der Enkel von der Frau Leupold ...«

»Weiß ich«, sagte Schott, »weiß ich doch.« Seine Stimme war ruhig, etwas leise, aber gefestigt. Wie bring ich das bloß zustande, dachte er. Wieso taucht der Kerl ausgerechnet jetzt auf. Als ob ich ihn herbeigedacht hätte ... was bedeutet das?

»Ich wollte Sie nur fragen, ob Sie meine ... unsere Katze gesehen haben, so eine weiße mit gelbem Schwanz, Sami heißt er, ein Kater ...«

»Kommen Sie rein.« Schott ging voran, überließ es Manfredo, die Haustür zuzumachen. In der Küche saß Sami neben seinem Futternapf und blickte die Eintretenden mit großen Augen an. Dann miaute er. Sami kam auf Manfredo zu, ließ das übliche Gegrummel hören, strich dem Ankömmling um die Beine. Eine Begrüßung, dachte Schott, wenn das keine Begrüßung ist, weiß ich auch nicht.

»Samischatz!«, sagte Manfredo, bückte sich, streichelte das Tier, kraulte den Hinterkopf, worauf Sami den Kopf emporreckte, damit die Hand auch die Stirn mit einbezog, wo er das Kraulen am liebsten hatte. Wie bei mir, dachte Schott, da macht er es genauso. Der geringelte Schwanz steil nach oben, die Spitze zitterte ein wenig, die Augen halb geschlossen. Nach dem Ratgeber »Meine Katze und ich«, den Schott mit einem Sack Trockenfutter im BayWa-Gartencenter erstanden hatte, waren das Anzeichen einer Katze, die sich wohl und geborgen fühlte. Und nicht einer Katze, die zugesehen hatte, wie dieser Mensch das Frauchen umgebracht hatte; nicht einmal bedroht hatte er sein Frauchen, nicht herumgebrüllt oder so. Schott entspannte sich. Er stand neben dem Herd, seine Hand umfasste den Henkel des großen Topfes, den Schott vorhin abgewaschen hatte; nein, umklammerte ihn. Schott fiel ein, dass er vorgehabt hatte, den Boden ebendieses großen Topfes Manfredo auf die Nase zu dreschen, dann, nachdem das Nasenbein gebrochen war, den unteren Topfrand, wo der Edelstahl besonders dick war, gegen die übrigen Gesichtspartien einzusetzen, bis der verreckte Lump ausspuckte, wo er die Oma hingetan hatte … Schott ließ den Topf los.

»Ich hab versprochen, ich pass auf die Katze auf«, sagte Manfredo, »sie hat es mir noch am Telefon extra eingeschärft, bevor sie gefahren ist …«

»Er stand einfach vor der Tür und hat gekrächzt«, sagte Schott. »Er hat mir leid getan.«

»Ja, das kann ich mir vorstellen«, sagte Manfredo. »Bei mir hat sich was verzögert, drum bin ich zu spät gekommen … er scheint sich bei Ihnen wohlzufühlen.«

»Ja, soweit ich das beurteilen kann, er frisst auch das Futter, das ich gekauft habe, ich hab ja nicht gewusst, welches Ihre Frau Großmutter sonst …«

»Ach, das passt schon, Sami frisst eigentlich alles!«

»Und jetzt wollen Sie ihn abholen?«

Manfredo erhob sich, Sami widmete sich wieder dem Napf.

»Eigentlich …«, begann Manfredo, verstummte dann, als

sei ihm eine Idee gekommen. »Hatten Sie schon einmal eine Katze?«

»Nein, nie. Überhaupt keine Haustiere.«

»Aber der Napf …«

»Hab ich alles extra angeschafft. Auch eine Katzenklappe. Wollt ich heute einbauen.«

»Ach ja? Alles wegen Sami?«

»Na ja, ich hab ja nicht gewusst, wo er herkommt, er ist mir sozusagen zugelaufen, ich habe früher auf Katzen nicht so geachtet, verstehen Sie?«

Ich bin ein Genie, dachte Schott, wirklich und wahrhaftig! Er kannte Sami seit Jahren, jeder in der Nachbarschaft kannte diesen Kater, aber das wiederum konnte Manfredo nicht wissen.

»Woher haben Sie dann gewusst, dass er Sami heißt?«

Ich bin ein Idiot, dachte Schott, ein staatlich geprüfter und vereidigter Vollidiot.

»Die Nachbarn haben das gesagt«, log Schott, »die Kaserers. Ich hab sie gefragt, wem die Katze gehören könnte … aber nicht gleich, nicht am selben Abend, meine ich, als sie vor der Tür stand. Ich weiß nicht … ich hatte einfach die Idee, die kommt von weiter her.«

»So ist das ja auch in der Regel«, sagte Manfredo.

»Wenn ich gewusst hätte, dass der Sami der Frau Leupold gehört …«

»… hätten Sie nach ihr gesehen?«

»Sofort! Katzen sind genauso treu wie Hunde. Jedenfalls steht das so im Katzenbuch …«

»Sie haben sich gleich ein Katzenbuch gekauft?«

»Wenn schon, denn schon.«

»Ich bin Ihnen sehr dankbar, dass Sie sich so um Sami gekümmert haben.«

Ach ja? Erst, als ich die Oma um die Ecke gebracht hatte, fiel mir ein: Wer versorgt denn jetzt die Katze? Schott verdrängte den Gedanken. Das brachte nichts. Also schwieg er. Die nächste Äußerung kam ja auch diesem Manfredo zu.

»Wenn Sie an dem Kater hängen, Herr Schott, dann behalten Sie ihn doch, ich glaube, das wäre auch im Sinne meiner Oma …«

Aha. Im Sinne der Oma. So redet man von den teuren Verblichenen. Durch die Wortwahl gibt er es praktisch zu … Schott konnte es sich nicht verkneifen, er konnte es sich einfach nicht verkneifen, nämlich mit dem Unterton größter Harmlosigkeit zu sagen: »Fragen Sie sie doch.«

»Wen?«

»Ihre Frau Großmutter, meine ich. Sie können Sie anrufen. Sie haben doch gesagt, Sie haben mit ihr telefoniert … oder war das, warten Sie … war das, bevor sie nach Spanien … abgereist ist?«

Manfredo blickte Schott durchdringend an. Das machte dem gar nichts, er war diese Blicke gewohnt. Er kannte sie von seiner Journalistenzeit, von Interviews nach der ersten heiklen Frage. »Durchdringend« war auch nicht das rechte Wort; von solchen Blicken drang gar nichts zu Schott durch, nicht einmal einen Millimeter. Für ihn war das nur ein Signal, dass die Leute wütend wurden. Viel sagten darauf Sachen, die zu sagen sie nicht vorgehabt hatten und die gesagt zu haben sie gleich darauf bedauerten. Eben darauf kam es an. Schott blickte dann immer interessiert zurück, wobei man ehrlicherweise zugeben muss, dass »interessiert« vielleicht nicht das richtige Attribut für Schotts Zurückschauen war. Die meisten seiner Interviewpartner fanden seinen Blick nach diesen gewissen Fragen eher frech und unverschämt.

»Ich werde sie fragen«, sagte Manfredo. »Ich bin sicher, sie hat nichts dagegen.«

»Hauptsache ist doch, Sami fühlt sich wohl«, sagte Schott.

Sein Tonfall war jetzt verbindlich, sein Blick verstrahlte Freundlichkeit und Wohlwollen gegenüber aller Kreatur. Er konnte auch so. Ich hab's noch drauf, dachte er, ich hab's immer noch drauf. Hochgefühl erfasste ihn.

»Sie werden ja keine Zeit haben, sich selber zu kümmern. Sie sind doch in Wien …«, sagte er.

»Ja, ich muss bald wieder weg …«

»Wer passt denn aufs Haus auf? Ich will mich nicht einmischen, aber Sie können so einen Kasten nicht wochenlang leer stehen lassen. Die Ostbanden sind auch hier aktiv …«

»Ich weiß, ich hab schon jemanden im Auge, der aufpasst, aber das muss ich noch abklären.«

Manfredo bückte sich, streichelte Sami, der sich dabei nicht von seinen Trockenfutterbällchen ablenken ließ. Er entspannt sich, dachte Schott. Man spürt es. Er mag die Katze, kein Zweifel. Wieso musste ich ihn provozieren? Die Oma ins Gespräch zu bringen war absolut unnötig und kontraproduktiv … Ich bin ein Idiot. Wenn er misstrauisch wird, geschieht es mir recht. Ich bin, verdammt noch mal, der Typ, der das Geld hat. Hinter dem alle her sind.

»Eine Frage noch«, sagte er. »Wegen der Impfungen, da weiß ich jetzt nicht, was alles …«

»Ich bring den Impfkalender vorbei«, unterbrach ihn Manfredo. »Meine Oma hat das immer penibel durchgezogen, es ist auch nicht so ohne, die Katzengrippe und das ganze Zeug. Ach ja, impfen lassen sollten Sie ihn bei der Frau Dr. Rhomberg, das ist so eine Art Tierklinik, da können Sie auch im Notfall hin …« Er schien froh zu sein, dass sich das Gespräch wieder auf den Kater konzentrierte. Schott bemerkte das, war aber beunruhigt.

»Was meinen Sie mit Notfall?«

»Wenn er einen Unfall hat oder so. Auto…«

»Ist das schon einmal vorgekommen?«

»Gott sei Dank nicht! Aber Sie wissen doch, wie das hier ist. Immer mehr Raser.«

»Also zu Frau Dr. Rhomberg. Gut, werd ich mir merken …«

»Und keine gekippten Fenster, bitte!«

»Ja, davon hab ich in dem Katzenbuch gelesen. Sind Todesfallen, diese Kippfenster.«

Manfredo erhob sich. »Ich bin Ihnen wirklich dankbar, dass Sie den Sami nehmen, Herr Schott. Ich weiß ja nicht, ob der neue Bewohner mit Katzen klarkommt. Viele Leute sind allergisch.« Darauf wusste Schott nichts mehr zu antworten – er äußerte nur noch die Bitte, die Frau Großmutter schön grüßen zu lassen, was Manfredo versprach.

Sie verabschiedeten sich. »Ich hätte es fast vermasselt«, sagte Schott, als der Nachbar gegangen war. Er sprach zu Sami, der mit dem Essen fertig war und aus großen Augen zu ihm aufsah. »Aber ich glaube, er hat keinen Verdacht geschöpft, was meinst du?« Sami kam auf ihn zu, strich ums linke Bein und ließ einen leisen, undefinierbaren Laut hören. Man könnte glauben, dass er mich versteht und mit mir spricht, dachte Schott. Vollkommen irr. Alleinstehende Menschen, die mit ihren Haustieren sprechen. Dazu gehör ich schon. Oder schon bald.

*

Am nächsten Tag kamen Manfredo und Dr. Nowak gewisse Zweifel an der Sinnhaftigkeit der Beerdigungsaktion. In welchen Wald sollte man die Oma überhaupt hineinbekommen? Rund um Dornbirn gab es genug Wälder, alle von ausreichender Größe lagen in der Höhe. Manfredo hatte Bedenken. »Wir müssen gut überlegen, wo. Das hier ist nicht Finnland. Wenn ich dort jemanden begraben will, fahr ich einfach ein paar Meilen in den Wald …«

»Warst du schon dort?«

»In Finnland? Nein, ich stell mir das nur so vor …«

»Wir können deine Oma aber nicht gut nach Finnland exportieren.«

»Ich will ja nur sagen, dass es hier einfach schwieriger ist. Es sind zu viele Leute unterwegs.«

»In der Nacht?«

»Liebespaare, Jäger …«

»Ich wiederhole mich: in der Nacht?«

»Du glaubst nicht, was bei uns alles los ist. Im Gemeindeblatt annonciert einer eine Mondscheinwanderung!«

»Mondschein haben wir doch ausgeschlossen, wir machen das bei Neumond. Morgen.« Dr. Nowak fand das kindisch, weil in diesen Breiten im späten Herbst der Himmel sowieso dauernd bewölkt war, Neumond hin oder her, aber er sagte nichts. Auch das Vorhaben selbst wurde nicht in Frage gestellt.

Der Neumond kam. Wider Erwarten hatte sich zwei Tage vorher ein Hochdruckgebiet über Mitteleuropa etabliert, die Wolken schwanden, der Himmel wurde sternenklar. Diese Sterne strahlten in aller Pracht, dass Dr. Nowak fast glaubte, die Schlagzeile der »Vorarlberger Nachrichten« lesen zu können, als er um acht Uhr am Abend vors Haus trat. »Es ist nicht günstig heute«, sagte er zu Manfredo, der hinter ihm stand. »Es ist viel zu hell.«

»Ach was. Heute bringen wir das hinter uns, basta.«

»Jemand wird uns beobachten, das ist immer so, es kann gar nicht anders sein.«

»Blödsinn! Niemand wird uns sehen. Wir warten noch ein paar Stunden, dann geht es los.«

Dr. Nowak verzichtete auf eine Erwiderung. Das lag auch an seiner prekären Stellung. In einer sehr fundamentalen Weise war Manfredo sein Chef. Marx hatte doch recht, dachte er. Das gesellschaftliche Sein bestimmt das Bewusstsein. Dieser Satz war ihm in den letzten Tagen oft durch den Kopf gegangen.

Mit Manfredo war nicht zu reden, wenn der sich in etwas verbissen hatte. Dann musste es so gemacht werden, genau so. Am Abend seines Einzugs in die Leupold-Villa fand Dr. Nowak auf dem Kopfkissen im oberen Gästezimmer einen Umschlag mit viertausend Euro und einem Zettel, auf dem stand: KLEINE ANZAHLUNG! Nowak schätzte die Dezenz dieses Vorgehens, die Feinfühligkeit hätte er Manfredo nicht zugetraut; tatsächlich wäre es ihm unangenehm gewesen, das Geld »zugesteckt« zu bekommen – wobei jede Art der persönlichen Übergabe den Charakter des »Zusteckens« gehabt hätte. Wie Trinkgeld für einen Liftboy.

Dr. Nowak kannte Manfredo Gonzales Leupold nicht gut genug, um seine Eile betreffs der Beerdigungsaktion richtig einschätzen zu können. Er hielt ihn für einen Windhund, einen unsoliden Zeitgenossen, eine »Künstlernatur« – kurz: Er pflegte das alte Vorurteil der Naturwissenschaftler allen Leuten gegenüber, die nicht wissen, was ein Logarithmus ist: dass es nämlich Trottel sind, die nichts auf die Reihe kriegen. Unter anderen Umständen hätte er sich der idiotischen Aktion verweigert, aber der Verlust seiner Anstellung hatte bei ihm nicht nur zum Verlust der Selbstachtung geführt, wie das bei vielen Naturwissenschaftlern der Fall ist, sondern auch zu einer Einschränkung des Selbsterhaltungstriebs. Wenn sie gesehen wurden, na ja, dann wurden sie eben gesehen, dann hat es halt sein sollen. Was wäre das überhaupt für ein Paragraf? Störung der Totenruhe – das gab es, aber bezog sich das nicht darauf, dass jemand ausgegraben wurde? Sie wollten doch jemanden eingraben … das war sicher auch verboten, aber vielleicht nur eine Ordnungswidrigkeit, ein Verwaltungsdelikt wie Geschwindigkeitsüberschreitung oder Fahren gegen die Einbahn. Immerhin hatten sie niemanden umgebracht. Seine verquere Gemütslage hinderte Dr. Nowak, die plötzliche Eile Manfredos zu hinterfragen. Er hätte sich auch überlegen müssen, dass der Halbspanier seit Jahren mit illegalen Substanzen handelte. Mit Erfolg, ohne erwischt zu werden. Dazu war eine gewisse Gerissenheit nötig und kaltes Blut, das Manfredo auch bei der Entdeckung der Leiche seiner Großmutter bewiesen hatte. Er war keiner, der die Nerven wegwarf, wenn Schwierigkeiten auftauchten. Aber all dies bedachte Dr. Nowak in seiner Chemikerarroganz nicht und unterließ das Nachbohren.

Denn das Beharren Manfredos auf dem heutigen Termin hatte seinen spezifischen Grund in Form eines Zettels, den er aus dem gestern im Briefkasten vorgefundenen DIN-A4-Umschlag hervorgezogen hatte. Im ersten Anschauen hielt er das Ganze für einen idiotischen Werbegag – Druckbuchstaben, die aussahen wie aus einer Zeitung ausgeschnitten; die Idee eines Kreativen einer hiesigen Agentur, das sähe ihnen ähnlich, und gehen würde es um irgendeinen Provinz-Event im weitesten Sinne künstlerischer Natur; aber beim zweiten Hinschauen, vor allem aber beim Lesen des Textes musste Manfredo erkennen, dass die Buchstaben nicht nur so aussahen wie aus der Zeitung ausgeschnitten, sondern ausgeschnitten *waren*, und inhaltlich war es keine Reklame, sondern eine hundsnormale Erpressung.

DU HAST DEINE OMA UMGEBRACHT – 200.000 EURO!

Viel angetan hatte sich der Erpresser mit diesem Schreiben nicht. Die Adresse auf dem Umschlag in Blockbuchstaben, als Absender stand auf der Rückseite doch tatsächlich: »Walter Nemesis, Schillerstraße 1, Feldkirch«. Das war, wie Manfredo wusste, die Adresse des Oberlandesgerichtes. »Nemesis« bedurfte ohnehin keiner Interpretation. Poststempel aus Dornbirn.

Manfredo überlegte. Da wusste also jemand, dass die Oma tot war. Dass Manfredo sie umgebracht hatte, war eine Folgerung von diesem Jemand, der die tote Frau Leupold vor Manfredo entdeckt hatte. Es war jemand im Haus gewesen. Und gegangen, bevor Manfredo auftauchte. Ebenjener Manfredo, der selbst an dem Schlamassel schuld war – musste er doch im SPAR von der nach Spanien verreisten Oma herumtönen, dass es ja alle mitkriegten: dass die Frau Dr. Leupold nicht mehr hier war. Wer anders als der Mörder würde eine solche Vertuschungsaktion starten? Für einen Zufallsbeobachter war der Schluss völlig logisch. Moment: Wenn derjenige diesen Schluss zog, hieß das, er konnte sich keinen anderen Grund vorstellen, aus dem Manfredo den Tod der Großmutter vertuschte – und das hieß ja dann wohl, dass er keine Ahnung von den geschäftlichen Aktivitäten der Frau Leupold und ihres Enkels hatte. Das war eine positive Erkenntnis, Manfredo entspannte sich. Blieb die absurd hohe Forderung. Wie kamen die oder wie kam der auf zweihunderttausend Euro? Glaubte man da, es sei in der Familie Leupold so viel Geld vorhanden? Wer das Wort »Nemesis« kannte und einen Scherz mit der Landesgerichtsadresse machte, verfügte über eine gewisse Bildung und Weltläufigkeit, man durfte davon ausgehen, dass er wusste, was allein für Unterhaltskosten so ein Kasten verursachte, also kein Unterschichterpresser, für den alle Villenbewohner »reich« sind. So einer hätte »Millionen« gefordert. Ohne die geringste Vorstellung, wie viel das wirklich ist. Und ja doch: Millionen hätte allerdings auch der Mittelschichterpresser gefordert – wenn er denn eine Ahnung von den Aktivitäten der Dr. Leupold hätte. Hatte er aber nicht. Diese Zweihunderttausend, das war so eine Zahl für den Anfang, die man ins Spiel brachte. Als Verhandlungsstart. Auftakt fürs Feilschen; man fängt hoch an, damit man nachgeben kann, aber nicht absurd hoch, damit dem Opfer nicht jede Hoffnung geraubt würde. Und Verhandlungen würde es geben, der Zettel war nur die Eröffnungsnote, das erste Gebot sozusagen, weitere Noten würden folgen. Oder

Telefonate. Auf dem Zettel stand ja noch nichts von Terminen, Übergabemodalitäten und so weiter.

Manfredo beruhigte sich. Die Sache sah gar nicht so schlecht aus. Also schön: Dieser Jemand hatte die Oma gesehen. Tot. Und sich was dabei gedacht. Das Falsche. Und von diesem Falschen ausgehend hatte er sich seinen kleinen, schmutzigen Plan ausgedacht und seinen kleinen, schmutzigen Brief geschrieben. Plan und Brief beruhten auf dem Vorhandensein der toten Frau Leupold in ihrem Haus. Man konnte den Herrn auch nicht hinhalten. Er musste doch wissen, dass die tote Oma die einzige Sicherheit für das Gelingen seines Vorhabens war. Wenn sie fehlte, hatte er nichts mehr in der Hand. Ohne Leiche kein Verbrechen – oder so ähnlich. Und wenn er der Polizei einen anonymen Hinweis zukommen ließ? Dann würde Manfredo die Oma erneut ins warme Spanien verpflanzen, wie er das schon im Supermarkt getan hatte. Wenn allerdings Nachforschungen in Spanien keine Frau Leupold zutage fördern würden, nicht einmal eine Spur von ihr; wenn weiters ihre Tochter aus allen Wolken fallen würde, nein, von einer Reise wisse sie nichts – dann allerdings müsste die Polizei ein Verbrechen in Betracht ziehen. Der Enkel stünde unter Verdacht. Motiv? Bereicherung. Gelegenheit? Vorhanden. Er hatte zur Tatzeit kein Alibi, da war er noch im Auto gesessen … etwas drängte sich nun in den Vordergrund, etwas, das er eben selbst gedacht hatte. Das Wort »Tatzeit«. Wie kam er da drauf? Oma war vom Tisch gefallen. Ach ja? Hatte das jemand gesehen? Oma konnte genauso gut erschlagen worden sein. Die kaputte Glühbirne? Konnte auch von jemand anderem zerschlagen worden sein. Damit es so aussah … keine Sekunde hatte er daran gedacht. Bis jetzt.

Dieser Gedanke brachte eine unheimliche Wendung; eine Dimension ihres Todes, die er bis jetzt nicht wahrgenommen hatte. Wer sollte so etwas tun? Eine Beziehungstat war ausgeschlossen. Oma hatte keine Beziehungen unterhalten, nur die zu ihm. Blieb die Tat eines Verrückten.

Oder es ging um Geld. Raubmord. Dann müsste das Geld fehlen. Es war aber da. Im Safe. Manfredo spürte, wie seine Knie nachgaben. Er musste sich setzen. Das nicht. Bloß das nicht! Nach einer Weile stand er auf und ging in den Keller hinunter. Es ist ein Hirngespinst. Das Geld ist im Safe. Ich mach mich nur selber verrückt. Das Geld ist im Safe. Weil sie es dort reingelegt hat. Sie hat es hoch und heilig versprochen. Erst vor ein paar Tagen. – Aber das nutzte alles nichts. Man musste nachschauen, nicht wahr? Seine Finger zitterten, als er den Code eingab. Der Safe enthielt die altbekannten Mappen mit persönlichen Dokumenten, die urkundliche Ausbeute eines langen Lebens und ihre in blaues Leinen gebundene Dissertation über Piperazinderivate. Manfredo hatte nie verstanden, warum sie das dicke Buch ausgerechnet hier aufbewahrte … ach ja: Geld enthielt der Safe keines. Keinen Fünfhunderter, keinen Zweihunderter, keinen Hunderter. Auch keinen Fünfziger oder Zwanziger. Keinen Zehner. Nicht einmal einen einzigen dreckigen, zerknitterten, an den Faltstellen schon eingerissenen Fünfer. Nichts, gar nichts.

Manfredo sank auf den Boden unter der offenen Tür des Safes, der zwischen zwei Regalen mit leeren Marmeladegläsern in die Wand eingelassen war. Kalter Schweiß brach ihm aus. Er lehnte mit dem Rücken an der gekalkten Kellerwand. Er atmete flach. Schwindel hatte ihn erfasst, dunkle Flecken geisterten durchs Gesichtsfeld. Gleich würde er das Bewusstsein verlieren … ich steigere mich rein, dachte er, verflucht noch mal, wenn er das nur ein einziges Mal am Theater hingekriegt hätte, in dieser freien Produktion als Romeo am »Rabenhof«, das war astreiner Stanislawski, der Blutdruck unten bis kurz vorm Umfallen; buchstäblich – aber halt Theater. Das hier war echt, echter ging gar nicht. Das Geld war weg. DAS GELD WAR WEG!

Manfredo krümmte sich am Boden und begann zu wimmern. Diesen kaum vernehmbaren Laut hörte dennoch Dr. Nowak, der im Nebenraum das Infrarotspektrometer kalibrierte. Er kam herüber.

»Geht es dir nicht gut?«, fragte er von der Tür her. Näher kam er nicht. Manfredo deutete auf den offenen Safe. Nun wagte Dr. Nowak ein paar weitere Schritte; Manfredos Zustand hatte wohl doch externe Gründe, obwohl es so aussah, als hätte der von seinen eigenen Pillen ein paar zu viel genommen, die waren nicht ohne. Da konnte heulendes Elend ohne Vorwarnung in Tobsucht umschlagen.

»Da seh ich nur Papiere«, sagte Dr. Nowak.

»Eben.« Manfredo war kaum zu verstehen. Nowak begriff. »Das ist unangenehm«, sagte er.

Manfredo musste lachen. »Die Untertreibung des Jahres! Punkt eins: Ich bin pleite. Punkt zwei: Jemand hat das Geld gestohlen. Und Punkt drei: Vorher hat er noch die Oma umgebracht! Verstehst du: umgebracht!« Er schrie jetzt. Dr. Nowak stieß ihm die Schuhspitze in die Rippen. Manfredo stöhnte auf.

»Punkt vier«, sagte Dr. Nowak, »wird gleich noch einer umgebracht, und zwar du, wenn du nicht sofort mit der Heulerei aufhörst.« In seiner leisen Stimme lag etwas Kaltes und Schweres. Manfredo zog es vor zu schweigen. »Erpresst werden wir auch«, sagte er nach einer Weile und zeigte dem Chemiker den Zettel.

»Na schön«, sagte der.

»Na schön? Weiter fällt dir nichts ein?«

»Reiß dich gefälligst zusammen, ja?« Dann begann er auf und ab zu gehen. »Die werden sich halt gedulden müssen, die Herren Erpresser. Zunächst müssen wir ein bisschen Geld verdienen.«

»Aber ich hab doch nichts …«

»Quatsch! Es ist genug Material für ein paar Chargen da.

Also keine Rede von wegen pleite. Ich mach das Zeug und du verkaufst es wie geplant. Davon gehen wir nicht ab.« Er warf Manfredo einen Blick zu, als erwarte er Widerspruch, aber Manfredo schwieg. Dr. Nowak setzte die Wanderung zwischen den Marmeladeglasregalen fort. »Das Materielle ist also gesichert, das wollen wir festhalten, das ist das Wichtigste. Was nun die anderen von dir angesprochenen Punkte angeht, so werden wir die einen nach dem anderen abarbeiten. Immer schön der Reihe nach.«

»Wie denn?«

»Das wird sich noch herausstellen. Bei der Erpressung können wir einfach warten, was sich tut, die müssen sich ja melden. Bleibt noch die Sache mit dem Raubmord. Das wird schwieriger, ist aber aussichtsreich.«

»Warum?«

»Derjenige wird sich noch einmal blicken lassen, wart's nur ab! Das ist die menschliche Neugier. Und die Gier …«

»Warum sollte er?«

»Das ist doch ein Hiesiger, oder? Es gibt keine Einbruchspuren. Also hat sie ihn hereingelassen oder er hatte sonst Ortskenntnis; wann welche Tür offen ist und so weiter …«

»Du hast sicher recht, aber wie kommst du drauf, dass er …?«

»Er hat nichts in der Zeitung gelesen von seiner Tat. Aber vielleicht im SPAR gehört, dass die Frau Doktor nach Spanien verreist ist. Du hast es ja penetrant genug herumerzählt. Das muss ihn heftig wundern, wo er ihr doch den Schädel eingeschlagen hat. Als einzige Erklärung, warum du den Tod der Großmutter verheimlichst, wird ihm einfallen, dass du etwas ganz Großes deckst, eine Riesensache, wo Polizei absolut unerwünscht ist. Wo noch viel mehr Geld drinsteckt. Und dieses Geld wird ihn anlocken.«

»Und dann?«

»Wird er hierherkommen. Wohin sonst? Das Haus ist sein einziger Bezugspunkt.«

»Na schön. Er kommt her, bricht ein, was weiß ich ... was unternehmen wir dagegen? Wie bereiten wir uns vor?«

»Alarmanlagen, Kameras, das ganze Programm halt. Ich sagte *aussichtsreich*, nicht *einfach*. Ein bisschen was müssen wir schon dazutun. Der Vorteil ist eben, dass er von selber kommt. Wir müssen ihn nicht aufspüren wie die Polizei. Dazu haben wir weder die Mittel noch die Zeit.«

»Und wenn er nicht kommt?«

Dr. Nowak blieb stehen und breitete die Arme aus. »Dann haben wir Pech gehabt. Oder Glück. Kommt drauf an, wie man das sieht. Der Mord an deiner Frau Großmutter bleibt dann ungesühnt. Andererseits ersparen wir uns auch die Durchführung dieser ... wie soll ich sagen ... dieser Sühne.«

Manfredo hatte sich beruhigt. Er stand auf und klopfte sich den Kellerstaub von den Hosenbeinen. »Du hast ja so recht«, sagte er. »Was täte ich ohne dich?« Es war, wie häufig bei Manfredo, nicht klar, ob er das ernst meinte, aber an der mitschwingenden Ironie in seinen Worten erkannte Dr. Nowak, dass sein Kompagnon die Krise überwunden hatte.

»Jedenfalls muss die Oma aus dem Haus«, sagte Manfredo. »Heute noch. Diese Erpressung, das ist doch ein Fingerzeig, oder nicht?«

Dr. Nowak antwortete nicht. Er hielt nichts von überstürzten Aktionen, vom Labor her war er an exakte Planung gewöhnt; Einfälle waren gut, aber wenn sie sofort in die Praxis umgesetzt wurden, gab es in den meisten Fällen ein Fiasko. Aber er sagte nichts. Er wollte mit der chemischen Arbeit beginnen, er brannte darauf, die Zwangspause dauerte schon zu lang. Die Amphetamine würden nebenher gehen, interessieren tat ihn sein eigenes Projekt, an dem er schon lang herumknobelte. Davon wusste Manfredo nichts, und er musste auch nichts davon wissen. Aber es war besser, ihn aus dem Haus zu haben. Am besten mit ein paar Säckchen weißen Pulvers auf dem Weg nach Wien. Je eher, desto besser.

»Hast du eine Schaufel?«, fragte er.

»Alles da. Schaufeln, Spitzhacken, was du willst.«

»Eine Plane brauchen wir auch noch. Oder eine Decke.«

»Ja, ja, schon gut. Mir ist klar, was wir brauchen!«

Dr. Nowak sagte nichts mehr. Er ging ins Labor zurück.

»Wo willst du hin?«, rief ihm Manfredo nach.

»Arbeiten. Irgendwer muss nebenbei auch noch ein bisschen arbeiten, oder? Nach Lage der Dinge bin ich das. Jedenfalls hab ich das Agreement so verstanden ...«

»Schon gut, entschuldige, du hast ja recht, ich bin nur so ... ich weiß nicht ...«

»Alles klar, es ist deine Oma, das verstehe ich schon. Aber wir müssen uns jetzt am Riemen reißen, sonst können wir gleich aufgeben und die Polizei anrufen. Ich wüsste allerdings nicht, wie ich denen den Schlamassel erklären soll – so, dass sie's auch verstehen. Ich versteh es ja selber kaum. Die gefrorene Oma, das Labor, die Erpressung ...«

»Und total unschuldig müssten wir auch noch rauskommen.«

»Siehst du! Das ist kaum möglich. Also lassen wir die Polizei einfach draußen. Einverstanden?«

Manfredo nickte.

»Geh rauf und schenk dir einen Whisky ein. Es dauert noch ein paar Stunden, bis es richtig dunkel wird.«

Dr. Nowak zog die Labortür hinter sich zu und atmete tief durch. Dann fing er an zu kichern. Auf eine bestimmte lautlose Weise – das war übrigens eine von den vielen Sachen, die seine Frau an ihm nicht vertragen hatte. Er setzte sich an den Labortisch. Worauf hatte er sich da eingelassen? Er sollte in diesem Labor illegale Substanzen herstellen. Im Kilomaßstab, nicht als

Zwei-Gramm-Gefälligkeit für einen Kumpel vor dem Techno-Wochenende. Im Nebenraum lag die Leiche einer Frau, die er nicht kannte, bei minus achtzehn Grad in einer Tiefkühltruhe. Und ebendeswegen lief nun eine Erpressung; angeblich war die Dame ermordet worden. Von seinem – wie sollte man sagen? – Chef. Der hatte erst einen Unfall behauptet, jetzt, wo das Geld weg war, kam er auf Raubmord. Fakten: Frau Leupold tot, Geld weg. War aber jemals eines da gewesen? Und wenn ja, hatte nicht vielleicht Manfredo selber, *el jefe*, das Geld genommen? Und vorher der Oma eine über den Kopf gehauen? Das Ockham'sche Messer: Die einfachste Erklärung ist die … daran durfte er gar nicht denken. Ich sollte hier rausgehen und verschwinden, dachte Dr. Nowak, das einzig vernünftige Verhalten. Er machte einen Schritt auf die Tür zu.

– Tut mir leid. Manfredo, die Sache wird mir zu heiß. Ich steige aus. –

– Was fällt dir ein, du kannst mich nicht hängenlassen! –

– Doch, kann ich. –

– Dann zieh ich dich mit rein, ich sage der Polizei … bla, bla, bla … –

Gar nichts könnte Manfredo der Polizei erzählen. Romuald Nowak schon. Interessante Dinge. Er käme in die Zeitung. »Illegales Drogenlabor ausgehoben.« »Drogenring gesprengt.« Und noch ein paar Schlagzeilen mit Drogen. »Rauschgiftprofessorin tot aufgefunden.« Nicht, dass Dr. Romuald Nowak nicht hätte in die Zeitung kommen wollen. Hätte er schon, aber nicht unter diesen Schlagzeilen. Unter anderen, ganz anderen. Jedes Mal, wenn er daran dachte, flimmerte die Luft, sein Atem ging schneller, er sah sich von außen unter einem Haufen Frackträger, er selber auch im Frack, das sah er ganz deutlich, der Frack stand ihm, fand er, dann trat er vor, Carl Gustav begrüßte ihn, die Urkunde, der Applaus … an diesem Herbstabend in Stockholm. Geißel der Menschheit bezwungen ... Wohltäter ... und so weiter. Und so fort. Nein, nicht für Chemie. Chemisch war da nicht so viel dran, dass es für den *Preis* gereicht hätte. Aber für »Medizin und Physiologie« ... wegen der überragenden Bedeutung. Für die Gesundheit.

Dr. Nowak atmete schneller. Immer, wenn er in seinem Tagtraum an dieser Stelle angekommen war, stieg der Blutdruck, das Adrenalin schoss durch die Gefäße, der Kopf wurde hochrot, ihm selber schwindlig, er musste sich dann irgendwo festhalten, an der Labortischkante passenderweise. Die Implikationen ... die Gesundheit der ... der *Menschheit.* Der ganzen Menschheit. Der Gedanke überwältigte ihn, der bloße Gedanke war gleichsam zu riesig für einen Menschenkopf. Viele, viele Millionen mit neuer Hoffnung.

Es war nicht unmöglich. Es war sogar wahrscheinlich. Dass alle entarteten Zellen ein bestimmtes Merkmal trugen, eine Eigenheit, ein winziges Detail, unwichtig im Grunde, im Bereich der Junk-DNA, übersehen bis jetzt, aber doch so wichtig, dass man ... diese Stelle ausnutzen konnte, nur diese eine Stelle, wenn man dort ein Molekül anhängte, das heißt, anhängen tat es sich von selber. Und dabei irgendein Protein störte, das sich ganz in der Nähe anlagerte, anlagern sollte, um weiß der Geier welche Steuerung anzuwerfen oder zu hemmen – das war dann was für die Mädel und Burschen vom Chemie-*Preis.* Sollten die das in den Jahren darauf auseinanderklamüsern. Jetzt war wichtig: Das relativ kleine Molekül verhinderte die Anlagerung des großen Proteins. Wie ein Kleinwagen, über die Begrenzungslinie geparkt, eben so weit drüber raus, dass der dicke Monsterjeep daneben eben gerade nicht in die Parklücke passte, der Fahrer wütend weitersuchen musste.

Wenn das Protein sich dort nicht anlagern konnte, dann passierte etwas anderes, und in der Folge noch etwas anderes, oder sogar mehrere Sachen, was genau, wusste kein Mensch, aber am Schluss – am Schluss starb die Zelle ab. Oder, ja doch, sie wuchs nicht weiter, genau war das noch nicht heraußen; bei dieser Sache kam es auf einen gewissen Optimismus an, ein inneres Feuer. Wer dieses Feuer nicht in sich hatte wie der Idiot Sedlaczek, der konnte das Ziel nicht sehen …

Ja, das wusste Dr. Nowak auch, dass man diese Idee seit Jahrzehnten verfolgte … und der eine Tumor ist ganz anders als der andere Tumor, und daher kann dies nicht sein und jenes ist unwahrscheinlich, und wir sollten uns doch besser auf realistische Ziele und so weiter … Forschungsgequake. Alles nur Verwalter. Die könnten auch beim Finanzamt sein. Oder in der Sozialversicherung.

Und ja, Dr. Romuald Nowak hatte sein Wundermolekül noch nicht. Aber er war nah dran, er konnte es praktisch schon riechen. Die Tests an Zellkulturen, die Prof. Nawratil an der Uni Wien durchführte, waren vielversprechend, sie wurden auch immer besser – und jeder mit dem Verstand eines durchschnittlichen Fünfjährigen hätte nicht ausgerechnet an diesem Punkt die Niederlassung aufgelöst, die Leute rausgeschmissen und die Arbeit von zehn Jahren in den Müll geworfen. Aber genau das hatte man in der Zentrale in Rochester getan. Weil man auf *biologicals* setzte. Große Moleküle, die man von genetisch veränderten Bakterien in Tanks erzeugen ließ. Wie Käse oder Bier. *Biologisch.* Als ob die Grünen die Chemie usurpiert hätten. *Biologicals* waren cool. Die neue Phase der Entwicklung. Biologen wurden angestellt, Chemiker entlassen. Chemie nur noch mit der Vorsilbe »Bio«. Alles bei dreißig Grad. Milde. Biologisch halt … nur etwas Gescheites rausgekommen war bisher nicht, und würde auch nicht in Zukunft, davon war Dr. Nowak überzeugt.

Romuald Nowak war klar, dass man die Sachlage auch anders interpretieren konnte, und darauf hielt er sich viel zugute. Kollegen, die nicht von vornherein als Idioten zu identifizieren waren, beurteilten die bisherigen Ergebnisse viel pessimistischer. Dagegen hatte er nichts; er gehörte nicht zu den bedauernswerten Irren, die sich in eine Idee verrannten und jeden Einwand als neuerlichen Beweis einer finsteren Verschwörung einstuften. Gewisse Dinge musste man in diesem Metier einfach einmal *glauben*, nur um weitermachen zu können. Sonst verflüchtigte sich die Motivation wie verschütteter Diäthyläther auf dem Fußboden; erst sieht es noch nass aus, aber nach ein paar Minuten ist nichts mehr da. Davor sollte sich hüten, wer irgendetwas erreichen wollte; die Sache selbst, die Natur sorgte von sich aus für die unvermeidlichen Rückschläge und Runterzieher.

Er sperrte die oberste Schublade auf und holte seine Schätze heraus. Zwei Dutzend Fläschchen, jedes mit weißem Pulver gefüllt und einer zweistelligen Zahl auf dem Etikett. Jedes Pulver ein weitläufiger Verwandter eines bestimmten Naturstoffs, bei dem Dr. Nowak ein paar überflüssige Arabesken in der Strukturformel abgeschnitten und dafür ein paar unauffällige Details verändert hatte – entscheidende Veränderungen, bewirkten sie doch etwa eine Vertausendfachung der Wirkung gegenüber der Naturform, die in alten Kräuterbüchern wolkig als »blutreinigend« beschrieben wurde. Besondere Aufmerksamkeit hatte das Kräutlein nie erregt, man hatte es gegen alles und jedes genommen, die Wirkung war eher bescheiden gewesen und hatte auf Autosuggestion beruht – die Krankheit, gegen die das Zeug wirklich geholfen hätte, war eher selten, weil die Leute nicht alt genug wurden, um sie zu kriegen, und vorher an einer der beliebten Infektionen starben. Heute wurden sie aber alt genug. Manchmal dachte Dr. Nowak an die strahlende Zukunft, wenn die Menschen nicht mehr an dieser Krankheit sterben würden, die man nicht nennen soll, weil man sie dadurch herbeiruft – woran würden sie dann sterben? Alle nur an Kreislaufschwäche?

Draußen rumorte Manfredo herum, er räumte etwas im

Keller um. Das tat er, um sich zu beruhigen. Manfredo ist leicht zu durchschauen, dachte Dr. Nowak, ein Künstlertyp halt; das ist doch niemand mit einem düsteren Geheimnis. Denn es würde bei einem wie Manfredo nicht lang Geheimnis bleiben. Diese Überlegung beruhigte nun auch Dr. Nowak; dass Manfredo die Oma erschlagen hatte, war unwahrscheinlich, er hätte sich in dem Fall doch nicht einen Mitwisser in Gestalt eines arbeitslosen Chemikers aufgehalst, sondern die Leiche vorher beseitigt. Außer, er war verrückt. Im klinischen Sinn. Dann war alles möglich.

Dr. Nowak seufzte tief auf. Er verräumte die Fläschchen wieder in der Schublade. Es nutzte alles nichts. Wenn er weitere Abkömmlinge seines Moleküls herstellen wollte, brauchte er ein Labor wie dieses hier. Und Geld, ziemlich viel Geld. Beides bekam er nur, wenn er ausreichende Mengen 3,4-Methylendioxymethamphetamin herstellte. Und Abkömmlinge *davon.* Schon wahr: Die Randbedingungen hätten besser sein können. Keine tote Chemielehrerin in der Tiefkühltruhe, kein Erpresserbrief. Aber die Lage war nun einmal so, wie sie war. Was hatten die Randbedingungen mit dem angestrebten Ziel zu tun? Rein gar nichts. Dr. Romuald Nowak fasste einen Entschluss: Er würde dem durchgeknallten Manfredo helfen, mit den anstehenden Problemen fertigzuwerden. Und er würde seine Forschung vorantreiben. Also eine Doppelstrategie verfolgen. Doppelstrategie. Seit ihm dieses Wort eingefallen war, ging es ihm besser. Es hörte sich nach Plan an, wenigstens nach planvollem Handeln, daran konnte man sich mental festhalten.

Manfredo kam herein.

»Hast du den Keller aufgeräumt?«, fragte Dr. Nowak.

»Nein. Ich hab die Oma aus der Truhe genommen.«

Darauf wusste der Chemiker nichts zu sagen.

»Wir bringen sie heute Nacht fort«, sagte Manfredo. »Ins Ried. Ich weiß schon einen Platz.«

»Du willst mitten im Dornbirner Ried ein Loch graben? Auf freiem Feld?«

»Nein, am Waldrand …«

»Da gibt es doch kaum Wald. Was ich gesehen habe, sind alles so schmale Streifen an den Bächen.«

»Was schlägst du dann vor?«

»Wir fahren nach Feldkirch. In die Nofler Au. Oder in die Gisinger Au. Das sind geschlossene Waldgebiete.«

Manfredos Miene hellte sich auf. »Das hättest du aber auch früher sagen können – ich war noch nie dort.«

»Tut mir leid, ich hab nicht dran gedacht, ich hab halt noch andere Sachen im Kopf. Außer Entsorgungs- und Erpressungsproblemen …«

Manfredo lachte. Das war ein gutes Zeichen. Es war wieder mit ihm zu rechnen. Sie würden jetzt diese leidige Geschichte über die Bühne bringen, einfach so, zack, zack, ohne Wenn und Aber. Ohne einerseits und andererseits. Der Terrorismus der Tat oder wie das hieß. Dieses ewige Nachdenken und Planen brachte nicht halb so viel, wie man sich dabei einbildete. Ja, natürlich konnte alles Mögliche passieren. Die Polizei konnte sie anhalten. Keine Frage, das lag im Bereich des Möglichen. Wie oft war er kontrolliert worden?

»Woran denkst du schon wieder?« Manfredo klang gereizt.

»Wie oft mich die Polizei angehalten hat …«

»In welcher Zeit?«

»Solang ich Auto fahre, also … warte … sechsunddreißig Jahre.«

»Lass mich raten: zwanzig Mal?«

»Drei Mal.«

Manfredo lachte so laut auf, als habe er einen unwiderstehlichen Witz gehört. »Du willst mich beruhigen, stimmt's? Ich soll mir keine Gedanken machen …«

»Wie oft war es denn bei dir?«

»Keine Ahnung. Da hab ich keinen Überblick, vielleicht zwei Dutzend Mal. Ist das viel?«

»Würde ich sagen, ja. Du scheinst es anzuziehen. Wir reden ja von Routinekontrollen, oder, wo sie einen einfach rauswinken – nicht weil man ein Rotlicht überfahren hat oder so …«

»Ja, genau, diese Fälle hab ich sowieso abgezogen …«

»Abgezogen? Wie oft war denn das?!«

»Ein paar Mal halt, genau weiß ich nicht …«

»Haben die dich nie mit deiner Ware erwischt?«

»Wieso hätten sie das sollen? Ich bin doch kein Dealer.«

Darauf wusste Dr. Nowak nichts zu erwidern. Nach einer Weile sagte er: »Hör mir jetzt genau zu: *Ich* fahre …«

»Aber das ist doch mein Auto!«

»Hast du Angst, ich mach was kaputt? Ruinier die Schaltung oder was?«

»Nein, ich dachte nur …«

»Ich fahre, weil die Wahrscheinlichkeit, dass sie mich anhalten, deutlich geringer ist als bei dir. Wenn es trotzdem passiert, dann wird es keine Verfolgungsjagd. Wir sind nicht im Kino. Dann bleiben wir stehen, tun, was uns gesagt wird, und erklären alles …«

»Alles?« Manfredo machte eine vage Geste in Richtung Labor.

»Das nicht. Das geht uns nichts an, das war das Hobby der teuren Verstorbenen.«

»Und warum haben wir dann ihren Tod nicht gemeldet?«

»Um die Pensionsversicherung zu betrügen. Du hattest vor, die Rente der Oma weiter zu kassieren.«

»Bist du verrückt? Ich soll zugeben …«

» … dass du Rentenbetrug geplant hast, jawohl! Du hast von der Oma gelebt und warst verzweifelt. Das ist klar und einsehbar, die Polizei wird den Todesfall untersuchen und kein Fremdverschulden feststellen.«

»Aber ausschließen können wird sie es auch nicht.«

»Ich hab nicht gesagt, dass die Sache ein Kindergeburtstag wird! Du musst nur bei deiner Version bleiben. Wenn du mit ihrem Tod nichts zu tun hast, können sie dich nur wegen der Rentensache drankriegen – und wegen Störung der Totenruhe vielleicht …«

»Wieso Störung der Totenruhe? Sie war doch noch gar nicht begraben.«

»Meine Güte, was weiß ich denn? Ich bin kein Jurist …«

»Und wieso schaffen wir sie dann zwanzig Kilometer weit weg und verbuddeln sie nicht einfach in der Nähe?«

»Das ist überhaupt das Beste und wird den Glauben an unsere prinzipielle Harmlosigkeit deutlich erhöhen: Die Gisinger Au war der Lieblingsort deiner Oma, das hat sie oft gesagt, und deshalb soll sie dort ihre letzte Ruhe finden – im Waldfriedhof sozusagen, das wird ja jetzt modern.«

Damit schien Manfredo zufrieden. Er hatte keine weiteren Einwände, auch nicht, als sich Dr. Nowak ans Steuer des Audi setzte, nachdem sie Frau Dr. Leupold in den Kofferraum gelegt und mit ihrem Bettüberwurf zugedeckt hatten. Dr. Nowak fuhr los. Bald darauf sollte er feststellen, dass alle Überlegungen die Anhaltung durch die Polizei betreffend gegenstandslos gewesen waren. Sie wurden angehalten.

Aber nicht durch die Polizei.

# 5

## Stimmen 3

»Ich hab dir gleich gesagt, dass es eine blöde Idee ist.«

»Was? Zu versuchen, Geld aufzutreiben?«

»Erpressung nennt man das. Also red nicht herum …«

»Zuerst hast du es gut gefunden, sogar geholfen, die Buchstaben auszuschneiden …«

»Ja, ja! Und ich bedaure es! Es tut mir leid. Ich hätte schon gar nicht rübergehen sollen. Dann wär uns das alles erspart geblieben.«

»Ja, sicher! Auch die Aussicht auf die Zweihunderttausend.«

»Hör auf! Das glaubst du doch selber nicht, dass der junge Leupold zweihunderttausend abdrückt, einfach so, auf diesen Brief hinauf!«

»Wie war das? Abdrückt – was sind denn das für Ausdrücke!«

»Es färbt eben ab …«

»Was?«

»Das Verbrechersein.«

»Mach dich nicht lächerlich. Du hast Buchstaben aus einer Zeitung ausgeschnitten, weiter nichts.«

»Ja, aus den ›Vorarlberger Nachrichten‹. Das kriegt die Polizei schnell raus …«

»Tja, das schränkt die Zahl der Verdächtigen natürlich ein …«

»Lach du nur! Er ist damit zur Polizei gegangen, die untersuchen jetzt das Papier …«

»Selbst wenn er das gemacht hat, was ich nicht glaube: Was sollten die finden? Wir hatten Handschuhe an.«

»Nur gut, dass ich die vom Tanzkurs noch hatte …«

»Eben. Die würden keine Spur feststellen. Aber er ist mit unserem Schrieb sowieso nicht zur Polizei gegangen.«

»Woher weißt du das? Ich beobachte ihn beim SPAR. Er verhält sich ganz normal, kein bisschen nervös, er unterhält sich mit den Nachbarn, als ob nichts wäre. Ich hab ihn sogar lachen gehört …«
»Was hast du erwartet? Der Mann ist Schauspieler, der weiß, wie man sich verstellt. Ebendieses supernatürliche Verhalten zeigt mir, dass der Brief gewirkt hat.«
»So, so, das zeigt es dir …«
»Ja, genau! Spar dir deinen Sarkasmus. Ich beobachte das Haus jetzt schon ein paar Tage. Es tut sich nichts Außergewöhnliches.«
»Aber das heißt doch nur, dass ihm der Brief völlig egal ist! Der geht ihm am Arsch vorbei!«
»Ich muss dich wirklich bitten, deine Ausdrucksweise zu mäßigen – das kommt alles aus dem Fernsehen, von diesen brutalen Serien, die du spätnachts immer anschaust …«
»Lenk nicht ab! Die ganze Idee war Blödsinn. Du liegst den ganzen Tag mit dem Feldstecher auf der Lauer, ich geh jeden Morgen zum SPAR. Zum Beobachten. Nur, weil der Leupold jeden Morgen dort ist und sich zwei Semmeln holt – ich weiß schon gar nicht mehr, was ich noch einkaufen soll, die Frau Sieber hat mich schon so komisch angeschaut, das ist doch krank, wegen zehn Deka Wurst und einer Packung Streichhölzer in den Supermarkt – ich will dir was sagen: Wir benehmen uns auffällig, nicht der Leupold!«
»Reg dich ab, die Kontrolle war nötig, weil wir doch nicht wissen konnten, ob er nicht etwa die Nerven wegwirft und irgendwas Unüberlegtes macht, abhauen oder so …«
»Und das hätt ich am Morgen um neun an seinen Einkäufen gemerkt?«
»Vielleicht. Vielleicht auch nur daran, dass er gar nicht auftaucht. Dann hätte ich sofort reagiert …«
»Wie denn?«
»Ich hätte angerufen.«
»Ach ja, angerufen? Das ist dein schlauer Plan? Das hättest du doch auch gleich machen können!«

»Eben nicht! Nach so einem Brief muss einer ein paar Tage dunsten. Außerdem können wir beobachten, ob er Besuch von der Polizei kriegt …«
»Wie willst du das wissen? Die kommen doch in Zivil.«
»Überleg doch! Ich habe eine Liste aller Besucher der Leupold-Villa. Außer dem Leupold selber und dem Briefträger war da nur dieser Typ mit Brille und Halbglatze, der … wie heißt er noch …«
»Nowak, Dr. Nowak. Der aufs Haus aufpassen soll, solang die Leupold verreist ist …«
»Und woher weißt du das? Aus dem SPAR! Und du hast die Leute ja nicht ausgehorcht …«
»Nein, sie waren beide dort und haben es der Sieber erzählt, sehr freimütig.«
»Damit es ja alle mitkriegen, genau! In diesem sogenannten Dr. Nowak dürfen wir auch die Quelle des Geldes vermuten. Du glaubst ja wohl nicht, dass sich die Leupold das von ihrer Lehrerpension abgespart hat …«
»Was will der Nowak dann hier?«
»Keine Ahnung. Geld vermutlich. Das er hier deponiert hat. Das Manfredo gestohlen hat. Zum Beispiel. Jedenfalls werden wir uns davon unseren Teil abholen.«
»Wir wissen nicht, ob dieser Nowak nicht gefährlich ist …«
»Na und? Gefährlich sind wir auch.«
»Du meist die alte Luger von Papa?«
»Und die anderen Schätzchen. Und, bitte, was heißt alt? Das ist deutsche Wertarbeit. Und wir können damit umgehen. Du noch besser als ich, das gebe ich gern zu.«
»Also schön, da hast du wohl recht. Dumm kommen brauchen die uns nicht …«
»Das ist die richtige Einstellung! Lass mich nur machen. Ich warte jetzt noch ein paar Tage, dann ruf ich an.«

*

Jede chemische Synthese beginnt mit einer guten Planung. Für Dr. Nowak war das in Fleisch und Blut übergegangen und hatte sich auf sein Alltagsleben ausgewirkt. Jede Handlung, deren Komplexität über Kaffeekochen hinausging, begann für ihn mit einer guten Planung. Umso erstaunlicher war es nachher für ihn selbst, mit welcher Leichtigkeit und Sorglosigkeit er beim anstehenden Problem der Leichenbeseitigung die Manfredo'sche Manier des Durchwurstelns und Improvisierens angenommen hatte. Das konnte ja nur schiefgehen. Das heißt: Schiefgegangen im strengen, katastrophalen Sinn war es ja nicht, nur … aber der Reihe nach.

Dr. Nowak überließ Manfredo das, was dieser unter Vorbereitung verstand – Planung hätte es nicht einmal Manfredo selbst genannt. Was war schon dabei? Man fahre das Auto möglichst nahe an die Haustür, lege die aufgetaute Oma in den Kofferraum, und dann geht es los. Ach ja: Schaufel und Spitzhacke nicht vergessen. Beides gab es im Keller. Mit ein wenig gesundem Menschenverstand sollten diese einfachen Handlungen zu schaffen sein. Dr. Nowak trat in die zweite Reihe und ließ Manfredo – reden. Das tat der im Wortsinn, er kommentierte nämlich das gemeinsame Tun mit lauter Stimme. Wie bei einer Livereportage im Radio. »Jetzt fassen wir die Oma an den Füßen und unter den Achseln und tragen sie … Moment … zur Vordertür. Da legen wir sie erst einmal ab, sie ist immer noch erstaunlich schwer … so: Jetzt löschen wir das Licht im Treppenhaus, damit draußen nicht der Lichtschein verrät, wenn wir die Tür aufmachen …«

»Zu Befehl«, sagte Dr. Nowak. Er konnte das einfach nicht unterdrücken. Manfredo spürte keine Ironie.

»Jetzt öffnen wir die Tür«, fuhr er fort, »und dann …«

»… machen wir den Kofferraum des zuvor bereitgestellten Audi A3 auf«, fiel ihm Dr. Nowak ins Wort.

»Aber zuvor«, sagte Manfredo, »überzeugen wir uns durch

einen raschen Rundumblick, ob nicht zufällige Zuschauer vorhanden sind.« Dank der fortgeschrittenen Stunde (22 Uhr 30) und der relativen Stadtrandlage der Leupold'schen Villa war das nicht der Fall.

Als sie Frau Leupold endlich verstaut hatten, stieg Dr. Nowak auf der Fahrerseite ein, Manfredo akzeptierte das ohne Kommentar. »Wie hast du das gemeint mit den zufälligen Zuschauern? Es könnten doch auch nicht zufällige da sein, die absichtlich zuschauen, gewissermaßen …«

Manfredo lachte auf. »Jetzt hör schon auf und fahr los!«

Das tat Dr. Nowak.

Es wäre für Manfredo günstiger gewesen, dem Einwand seines Compagnons ein wenig mehr Beachtung geschenkt zu haben. Und für Dr. Nowak selbst sowieso. Später schwor er, sich nie mehr von Manfredo auf diese Weise reinziehen zu lassen, viertausend Euro Vorschuss hin oder her. Es war einfach zu gefährlich. Er verstand auch nicht, wie er die lächerlichen »Vorbereitungen« Manfredos in einem Zustand halbsomnabuler Wurschtigkeit hatte akzeptieren können, als ob das laute Aufsagen dessen, was man gerade macht, etwas mit planvollem Handeln zu tun hätte!

Nicht, dass Dr. Nowak oder Manfredo etwas passiert wäre. Nicht einmal dem Kater S. ist etwas passiert, jenem Tier, das wir, wie wir an dieser Stelle mit Erröten feststellen, volle drei Kapitel lang seinem Schicksal überlassen haben, ohne ihn auch nur ein einziges Mal zu erwähnen. Allerdings müssen wir zugeben, dass sich im Leben des Katers S., anders als im Leben Samis, keine besonderen Vorkommnisse ereignet haben. Er ging seinen Katergeschäften nach. In gehöriger Entfernung zur Leupold-Villa, die in seiner Erinnerung negativ konnotiert war; nicht nur wegen des Lärms, den die stürzende Frau Dr. Leupold verursacht hatte. Kater S. empfand – man verzeihe den Anthropomorphismus – ein gewisses Unbehagen bei der Erinnerung an den Vorfall, den er ja ausgelöst hatte. Natürlich »denken« Katzen nicht in Kategorien von Schuld und Verantwortung, sie »denken« überhaupt nicht im menschlichen Sinne, weshalb jeder Versuch, ihr Inneres zu erforschen, zum Scheitern verurteilt ist. Katzenliebhaber hören es nicht gern, wahr bleibt es doch: Was uns am Verhalten der Katzen logisch vorkommt, sind unsere Interpretationen dieses Verhaltens, die uns glauben lassen, wir verstünden, wie die Katze tickt. Dem Tier ist das egal, und wir rühmen uns selber, welch tiefe Empathie für das Tier uns doch gegeben ist – bis die Katze etwas absolut Verrücktes macht, das nicht vorhergesehen ist und nicht interpretiert werden kann.

So etwas Verrücktes unternahm der Kater S. an diesem Abend. Er kehrte zur Leupold-Villa zurück. Oder vielleicht war das gar nicht verrückt? Hatte er nur seinen Schock überwunden und versuchte erneut, die Frau Leupold aufzusuchen, um sie als neuen Menschen, also Katzengott, zu installieren? Wusste er denn nicht, dass sie tot war? Wir wollen nicht so weit gehen und von Kater S. die Einsicht verlangen, dass er sie umgebracht hat. Katzen bringen ihre Götter nicht um, auch wenn Kater S. denken könnte, wie wir denken – das käme ihm nicht in den Sinn. Seinen Gott zu morden ist ein menschlicher Einfall und menschliches Vorrecht und hängt wahrscheinlich mit diesem ganzen Erbsünde-Zeugs zusammen; aber weil das hier kein religionssoziologisches Seminar ist, lassen wir den Gedanken Gedanken sein und beschränken uns auf die schlichte Erkenntnis: Igorabimus. Wir werden nie wissen, wieso Kater S. genau in dem Augenblick vor dem Audi A3 auftauchte, als Dr. Nowak auf der Zufahrtsstraße den dritten Gang einlegte und Gas gab. Kater S. lief quer durch den Scheinwerferkegel. Dr. Nowak gehörte nicht zu den Leuten, die sich ein »Ich bremse auch für Tiere«-Schild an die Heckscheibe kleben – und er bremste auch nicht. Weil er aber zu jenen Leuten gehörte, die eine

Katze trotz ihres im Xenonlicht besonders deutlich urinsteingelben Fells nicht einfach überfahren, verriss er den Wagen und fuhr über den unbefestigten Rand der Straße ins Dunkel. Etwa einen halben Meter weit. Dann veranlasste ihn der Aufprall einer Masse, die deutlich schwerer war als die einer Katze, doch noch zum Bremsen, das nutzte aber auch nichts mehr, weil die Masse über das Auto weg nach hinten flog und mit einem eigentümlich feuchten Geräusch auf dem Asphalt aufschlug.

»Du hast die Katze überfahren!«, schrie Manfredo.

»Das war keine Katze«, sagte Dr. Nowak, der sich wunderte, dass er so ruhig blieb. Als ob ihn das Ganze nichts anginge. »Hast du eine Taschenlampe?«

»Im Handschuhfach.«

»Dann nimm sie raus.«

Manfredo tat, wie ihm geheißen, nur tat er es sehr langsam. Wir sind beide nicht auf der Höhe, dachte Dr. Nowak, was frag ich nach einer Taschenlampe, ich hab ja vor zwei Minuten selber zwei unter dem Sitz verstaut ... ist das der Schock? Vielleicht verzögert. Verzögerung können wir uns aber nicht leisten. Er stieg aus. Manfredo folgte mit der Taschenlampe.

»Das ist keine Katze«, sagte er dann mit leiser Stimme. Es klang ein bisschen weinerlich. »Wo ist die Katze? Hast du sie nicht überfahren?«

»Hab ich nicht. Ich bin ihr ausgewichen. Deshalb ist das ja ...«

»Was ist das?«, unterbrach Manfredo.

»Ein Mensch. Ein Mann.« Dr. Nowak leuchtete die Szene aus. Der Mann lag auf seiner linken Seite, das Gesicht der Straße zugewandt, das rechte Bein halb angezogen. Dr. Nowak spürte, wie er für einen Moment den Kontakt zur Wirklichkeit verlor. Was war das hier? Ein Traum? Oder irgendwas Gestelltes mit versteckter Kamera? Man nannte das »stabile Seitenlage«. Als hätte schon jemand erste Hilfe geleistet; man machte das bei Bewusstlosen, damit sie nicht an ihrer Zunge ersticken. Aber da war ja niemand sonst. Ein verdammter Zufall. Und unnütz. Die stabile Seitenlage bewahrte den Menschen nicht vor dem Ersticken.

Er war schon tot. Dr. Nowak stellte es fest, als er ihm zwei Finger an die Karotis legte. Kein Puls.

»Fass an!«

Manfredo packte das eine Bein des Toten, Dr. Nowak das andere. Sie schleiften ihn zum Auto. Heckklappe auf, dann ein ziemliches Gewürge. Sie waren beide schon erschöpft vom Transport der Frau Dr. Leupold, der Unbekannte wog viel mehr. Sie mussten den Deckel offen lassen, Frau Leupold nahm zu viel Raum ein, die Beine des neuen Opfers hingen über die Ladekante heraus, für zwei Tote war der Kofferraum des A3 zu klein. Die beiden Lebenden keuchten wie nach einem anstrengenden Lauf.

»Du treibst auch keinen Sport«, sagte Dr. Nowak.

Manfredo schüttelte den Kopf. Er schlich um das Heck herum und ließ sich schwer auf den Beifahrersitz fallen. Auch der Chemiker stieg ein. Er wendete und fuhr zur Villa zurück. Manfredo protestierte nicht.

»Hast du die Katze wirklich nicht getroffen, so in der Luft vielleicht? Die sind unheimlich zäh und können auch nach schweren Verletzungen noch wegrennen.«

»Es gab nur einen Schlag, nicht zwei. Glaub mir, der Katze ist nichts passiert. Ich bin auch ein bisschen erstaunt über deine Prioritäten. Wegen einer Katze machst du ein Getue – dass wir einen Menschen überfahren haben, scheint dich nicht zu stören.«

»Das war ein Unfall, okay? Unfälle kommen vor. Die Katze zu überfahren wäre etwas völlig anderes gewesen. Eine … eine Gemeinheit.«

Dr. Nowak hielt den Wagen an. »Ich fass es nicht! Eine Gemeinheit, wenn ich eine Katze überfahre? Mensch, ich hab grade jemanden umgebracht!«

Manfredo hob beschwichtigend die Hände. »Aber Romuald, du kannst doch nichts dafür. Du hast ihn doch nicht mit Absicht überfahren …«

»Natürlich nicht!«

»Eben. Wenn du dagegen die Katze überfahren hättest, dann hättest du ihren Tod oder schwere Verletzungen billigend in Kauf genommen, das wäre verwerflich gewesen.«

Dr. Nowak fuhr weiter. Manfredo dirigierte ihn ums Haus herum. Dort hielten sie vor einem niederen Anbau.

»Was ist das?«

»Ein Geräteschuppen oder so was Ähnliches. Oma hat ihn letztes Jahr ausgeräumt, das ganze Gerümpel zum Sperrmüll gegeben. Jetzt ist er leer und wir können ihn als Garage verwenden. Ich hol die Schlüssel zum Tor, du kannst inzwischen umdrehen …«

»Umdrehen?«

»Zum rückwärts Reinfahren.« Manfredo verschwand. Bald darauf knarrten die Torangeln, als Manfredo die Flügel von innen aufstieß. Dr. Nowak setzte den Wagen rückwärts in die Garage und stieg aus. »Und jetzt?«, fragte er.

»Wir schaffen die Verstorbenen ins Haus, was sonst?«

Ja, richtig. Manfredo hatte das Tor ja von innen geöffnet. Dr. Nowak sah den Lichtschein durch eine offene Tür im hinteren Teil des Schuppens.

»Genial!«, schimpfte er. »Wir hätten also die Oma ganz bequem hier drin verstauen können – stattdessen laden wir sie vor dem Haus ins Auto, auf freiem Feld, damit ja jeder zugucken kann …«

»Es war eh keiner da. Mir ist das mit dem Schuppen erst nach dem Unfall eingefallen. Ich bin ja nicht so oft hier …«

»Das hat alles keinen Plan, was wir hier machen, das ist nicht einmal Improvisation!«

»Bitte, bitte, reg dich wieder ab! Es tut mir ja selber leid. Sei lieber froh, dass ich noch draufgekommen bin. So können wir beim nächsten Mal das Risiko minimieren …«

»Können wir eben nicht! Schau dir das Auto an!«

Der A3 zeigte in der Frontpartie Aufprallspuren einer Größe, die jedem auch nur absichtslos umherblickenden Exekutivorgan ins Auge springen mussten. »Mit dem Auto können wir nicht mehr auf die Straße. Das muss erst repariert werden.«

»Ich kenn da auch jemanden, der macht das schwarz und stellt keine Fragen …«

»Ja, das glaub ich gern, dass du so jemanden kennst! Er stellt keine Fragen? Mag sein. Aber er gibt Antworten, wenn er selber gefragt wird. Von der Polizei zum Beispiel. Und dann? Sind wir am Arsch!«

»Ich dachte nur …«

»Nein, du hast dir gar nichts gedacht. Das ist ja das Problem. Wir gehen zu der Werkstatt, wo du den Service machen lässt, alles ganz offiziell …«

»Opel Berger. Und was sagen wir denen?«

»Dass du einer Katze ausgewichen und gegen einen Baum gefahren bist …«

»Bin ich doch gar nicht! Gefahren, meine ich. Und gegen einen Baum auch nicht …«

»Doch, bist du!«

Manfredo begann zu begreifen. »Ich soll also …«

»Genau. Und zwar jetzt gleich.«

Manfredo schnappte nach Luft. »Das schöne Auto … ich kann das nicht!«

»Es geht nicht anders!«

»Dann mach du das!« Dr. Nowak seufzte. »Also gut. Zuvor laden wir aber noch die Kofferraumpassagiere aus.«

Die Frau Leupold kam in ihr angestammtes Tiefkühldomizil, das unbekannte Unfallopfer ließen sie auf dem Boden der Behelfsgarage liegen; einen Transport innerhalb des Hauses hätten ihre Kräfte auch nicht mehr zugelassen. Alles Weitere verlief schnell und ohne Komplikationen. Dr. Nowak suchte in gehöriger Distanz zum Unfallort einen der Bäume auf der Zufahrtsstraße aus und fuhr mit kurzem Anlauf und geringer Geschwindigkeit dagegen. Stoßstange und Frontpartie zeigten unfalltypische Schäden. Sie stellten das Auto in den Schuppen und widmeten sich dem Unbekannten auf dem Zementboden. Sie hatten ihn auf den Rücken gelegt, so kam man besser an seine Taschen.

Der Mann war Ende vierzig oder Anfang fünfzig, schlank, fast hager. Dunkelblondes, straff zurückgekämmtes Haar, ebenmäßiges Gesicht ohne Merkmale. So wohlproportioniert, dass man sich kein Detail merken konnte. Das Gesicht als Ganzes konnte man sich auch nicht merken. Es sah ein bisschen langweilig aus. Früher hätte man gesagt: gewöhnlich. Der Mann trug unauffällige Freizeitkleidung. Sportschuhe, Jeans, eine dunkelblaue Kapuzenjacke. In seiner Brieftasche steckten zwei Zwanziger, ein Zehner und etwas Hartgeld, eine Bankomat-, zwei Kreditkarten und ein Leseausweis der Landesbibliothek. Der Führerschein lautete auf David Guttmann, die beigefügte Zulassung auf einen Opel Astra. Schlüsselbund. Außerdem ein Bündel Visitenkarten in geschmackvoll zurückhaltender Gestaltung, die Dr. Nowak dem Toten nach seiner äußeren Erscheinung nicht zugetraut hätte. *David Guttmann – Private Ermittlungen* stand dort, darunter Mobiltelefonnummer und Mailadresse.

»Ein Schnüffler«, sagte Manfredo. »Was hat der dort gewollt?«

»Na was wohl? Beobachten natürlich …«

»Etwa uns?«

»Tut mir leid, dass ich das sagen muss – aber manchmal bist du wirklich schwer von Begriff. Wen soll er denn sonst bespitzeln von der Stelle aus?«

»Und wer hat ihn beauftragt?«

»Keine Ahnung. Vielleicht deine Exfrau, weil du immer so im Rückstand bis mit dem Unterhalt …«

»Das ist Blödsinn, ich war nie verheiratet … ach, hör doch auf!« Manfredo merkte erst jetzt, dass sich Nowak über ihn lustig machte. Dr. Nowak fing an zu lachen, Manfredo fiel ein, das entspannte die Atmosphäre. Lachen, dachte Dr. Nowak, war in ihrer Lage erst einmal das Beste, was sie tun konnten.

»Was machen wir jetzt?«, fragte Manfredo nach einer Weile. In seinem Gesicht stand die pure Erwartung. Dr. Nowak war erstaunt und unangenehm berührt.

»Was soll die Frage? Du bist doch der Chef sozusagen. Ich sollte dich fragen, wie es jetzt weitergeht, nicht umgekehrt …«

»Ach, komm, spiel nicht den Unnahbaren! Du kommst mit solchen Sachen viel besser zurecht. Ich bin ein Chaot, das weiß ich selber.«

»Dass ich mit solchen Sachen, wie du dich auszudrücken beliebst, besser zurechtkomme, habe ich bis heute auch nicht gewusst. Und was heißt schon besser? Ich bin froh, wenn ich überhaupt irgendwie zurechtkomme. – Hast du vielleicht eine Zigarette?«

»Ich dachte, du rauchst nicht mehr?«

»Die Dinge haben sich geändert.«

Manfredo verschwand im Haus und kam mit einer Packung Marlboro zurück. Er selbst rauchte, wenn es gesellschaftlich nötig war; in dem drogendurchsetzten Umfeld seiner Großkunden wäre ein Nichtraucher als verdächtiger Exzentriker aufgefallen. Wenn er nicht mehr musste, ließ er es sein, Sucht hatte er nie entwickelt.

Dr. Nowak nahm zwei tiefe Züge, eher er weitersprach.

»Lass uns eine Zwischenbilanz ziehen: Wir haben bis jetzt erstens zwei Leichen, deren Entsorgung zwar theoretisch geklärt, aber praktisch – seien wir ehrlich – gefährlich sein wird. Zweitens haben wir einen Erpresser am Hals, der Geld von uns will, das drittens: jemand gestohlen hat. – Hab ich was vergessen?«

»Nein, ich denke, das wär's ungefähr.«

»Halt: Viertens, das hatte ich vergessen, stehen uns unangenehme Besuche ins Haus …«

»Wen meinst du? Die Polizei?«

»Ich bin schon fast so weit, mir zu wünschen, es wäre die Polizei, dann hätte der Wahnsinn ein Ende … aber so viel Glück haben wir nicht. Unser Freund Guttmann hat ja nicht aus privater Neugier hier herumspioniert …«

»Jemand wird sich wundern, dass er sich nicht meldet.«

»So ist es. Man wird ihn vermissen.«

»Und nachschauen.«

»Genau darauf müssen wir uns vorbereiten. Eine Alarmanlage wäre gut. Waffen. Du hast doch welche?«

Die Frage war Manfredo sichtlich unangenehm. »Wie kommst du drauf, dass ich bewaffnet bin? Das ist doch ein blödes Klischee. Der schießwütige Drogendealer – wie im Kino. Ich bin … äh … Kaufmann.«

Dr. Nowak lachte. »Ach ja, Kaufmann? Du bist ein Verbrecher, und das weißt du. Und ich, wenn dich das beruhigt, bin es auch. Das ist die Sachlage. Also, frei heraus: Hast du was Geeignetes?«

»Ja, Herrgott noch mal! Eine Glock.«

»Illegal?«

»Aber geh! Ich bin einfach auf die BH und hab einen Waffenpass beantragt. Begründung: Ich handle mit Amphetaminen, das ist ein rauher Markt, da muss ich mich schützen, das haben die gleich eingesehen und mich beim Kauf beraten …«

»Mach du nur Witze! Wo ist die Pistole?«

»Hier.«

Manfredo hatte sie in der Hand. Woher sie kam, konnte Dr. Nowak nicht einschätzen. Manfredo hielt das graue Ding mit der Mündung nach unten, es sah wie eine Verlängerung seiner Hand aus, eine Art Prothese, angepasst und lang gewohnt. Dr. Nowak war beeindruckt.

»Kannst du damit umgehen?«

»Einigermaßen.«

»Das ist schön. Bleibt die Alarmanlage ... das sollte ein Fachmann installieren ...«

»Davon rate ich ab.« Manfredo gestikulierte mit der anderen, linken, die Waffenhand blieb zum Boden gerichtet. »Stell dir vor, er schaut zufällig in eine der Kühltruhen.«

»Er wäre irritiert.«

»Mindestens. Und vergiss nicht das Misstrauen, das ihn sowieso schon beim Anblick des Labors befallen hat!«

»Du hast recht, das können wir nicht riskieren. Andererseits ... ich glaube nicht, dass diese Leute hier mitten in der Nacht aufkreuzen. Wenn die was regeln wollen, kommen sie am hellen Tag, wenn es geht, in einer Verkleidung ...«

»Als Paketdienst?«

»Zum Beispiel. Die klingeln ganz normal an der Tür. Vielleicht geht einer hintenrum.«

»Na schön, wir werden die Hintertür durch einen schweren Riegel sichern. Dazu brauchen wir keinen Spezialisten, das trau ich mir zu ...«

»Fein wäre es, wenn du auch bewaffnet wärst – wenn jeder von uns jederzeit schussbereit wäre, könnte uns niemand überraschen. Ich hab leider nur die eine Pistole.«

»Lass nur, ich kann da etwas beitragen. Eine P38, original aus dem Zweiten Weltkrieg.«

»Woher hast du die?«

»Darüber möchte ich nicht sprechen. Jedenfalls werden wir uns hier nicht einfach abknallen lassen!«

»Werden wir nicht!«

»Bleibt die Frage, was wir jetzt mit – du weißt schon – machen.«

»Wir sollten jede weitere Aktion in dieser Hinsicht besser planen und vorbereiten, da hast du sicher recht.«

»Es freut mich, dass du das so siehst! Aber klar: Es ist ja das Merkmal eines erfolgreichen Kaufmanns wie eines erfolgreichen Verbrechers, die Realität zu akzeptieren und sich nichts vorzumachen.«

»Du formulierst das so schön, du solltest ein Buch darüber schreiben.«

»Mach ich vielleicht, wenn das hier alles zu einem guten Ende gekommen ist. Aber zuvor müssen wir etwas mit deiner Oma und Herrn Guttmann machen.«

»Oma kommt wieder in die Truhe, Guttmann bleibt für heute Nacht hier, es ist schon recht kühl. Morgen kaufen wir einen neuen Tiefkühler.«

Dagegen wusste Dr. Nowak nichts einzuwenden. Manchmal war die stupideste Lösung auch die beste. Das Ganze aufschieben, warum nicht? Sie hatten für Entsorgungsaktionen (es waren ja nun schon zwei) ohnehin keine Zeit.

Es geschah, wie es Manfredo vorgeschlagen hatte. Am nächsten Morgen fuhr Dr. Nowak mit der Bahn nach Feldkirch und mit dem Bus weiter nach Gisingen, wo noch sein zehn Jahre alter Suzuki Grand Vitara auf dem Parkplatz des Wohnblocks stand. Er entsorgte den Müll, der sich im Lauf der Zeit im Laderaum des SUV angehäuft hatte, in diversen Sammelbehältern, überlegte, ob er mit dem Wagen durch die Waschanlage sollte, und entschied sich dagegen. Wozu auch? Dann fuhr er nach Dornbirn und mit Manfredo in den Messepark. Sie kauften eine geräumige Kühltruhe. Den verblichenen Herrn Guttmann hatten sie noch am Abend zuvor mit Kabelbindern in eine Hockstellung fixiert, damit er in der Truhe sitzen konnte; im Liegen hätte er nicht hineingepasst, die Truhen, die sie sich im Internet angeschaut hatten, waren alle zu kurz.

»Diese Behälter sind eben ... wie soll ich sagen ... für zerteilte Körper gedacht, nicht für vollständige. Wir könnten also ...«

»Wir werden Herrn Guttmann nicht zersägen«, unterbrach ihn Manfredo. »Das gibt doch eine wahnsinnige Sauerei.«

»Nicht, wenn er tiefgefroren ist! Das ist so ein Trick, den ich in einem Gourmet-Magazin gelesen habe: Die kühlen das Fleisch tief, wenn sie ganz dünne Carpaccioscheiben runterschneiden wollen.«

»Du liest Gourmet-Magazine?«

»Man gönnt sich ja sonst nichts ...«

»Kommt trotzdem nicht in Frage. Wenn der Mann erst eingefroren wird, muss er sowieso in die Truhe – wenn er da reinpasst, wieso sollen wir ihn dann eigentlich wieder rausnehmen? Nur, um Platz zu sparen?«

Diesem Argument wagte Dr. Nowak nichts entgegenzusetzen. Hätte er doch behaupten müssen: Ja, genau, um Platz zu sparen. Für ... für ... den Gedanken wollte er nicht zu Ende denken, so unerfreulich war er. Also sagte er nichts, Manfredo nahm es als Zustimmung. Die neue Truhe wurde im Keller angeschlossen, Guttmann hineingesetzt. Danach zog sich Dr. Nowak ins Labor zurück, um endlich das zu tun, weswegen er hergekommen war. Zunächst wollte er es langsam angehen und gewissermaßen zum Aufwärmen ein Kilo MDMA herstellen. Die nötigen großen Rundkolben und Apparaturen waren vorhanden. Dr. Nowak überlegte sich, wie man einem polizeilichen Besucher wohl das Vorhandensein von zwanzig Liter fassenden Glasgefäßen erklären würde – lief das noch als »Hobby« der nach Spanien verreisten pensionierten Chemielehrerin? Dabei fiel ihm ein, dass man solche Gebindegrößen zur Herstellung pflanzlicher Auszüge verwenden würde; es empfahl sich, ein paar Sorten Früchte und Kümmelsamen anzuschaffen, außerdem Obst für die eigene Alkoholproduktion. Zur Tarnung. Auszugliköre – das war so etwas wie Schnapsbrennen, das verstand hier jeder, das war unverdächtig. Wenn der Inspektor nicht in eine der Kühltruhen schaute, egal in welche … ich muss mich zusammenreißen, dachte er. Diese Nachdenkerei ist abwegig. Wenn jemand hier runterkommt, sind wir so oder so geliefert, da nutzen dann auch keine vorgetäuschten Likörbehälter. Aber was soll man machen? Jetzt heißt es einfach: Augen zu und durch!

*

Fritz Bindl ging in der Küche seiner Wohnung im 16. Wiener Gemeindebezirk auf und ab. Er tat dies schon geraume Zeit, mehr als eine halbe Stunde. Ab und zu trat er auf die Terrasse und schaute in den Innenhof hinunter, ohne dort etwas Bestimmtes wahrzunehmen. Die Wohnung lag im ausgebauten Dachgeschoss eines fünfstöckigen Blocks. Er hatte sie von betuchten Studentinneneltern gekauft, als das Töchterchen ihr Publizistikstudium endlich hingeschmissen und eine Stelle als Marketing-Assistentin im heimatlichen Oberösterreich ergattert und die Eltern von einer finanziellen Last befreit hatte; denn so betucht waren die Eltern auch wieder nicht. Für Bindl hatte die Lage Vorteile. Der Gürtel war nicht weit. Bindl hätte sich etwas weitaus Besseres in Döbling leisten können, aber die Natur seiner Geschäfte machte es opportun, die Aufmerksamkeit amtlicher Stellen, ganz egal welcher, nicht zu sehr auf die eigene Person zu lenken. Und das, was diese Person den ganzen Tag so trieb. Offiziell betrieb die Person Fritz Bindl ein Café im achten Bezirk. Dort hatte er drei Angestellte. Dieses Etablissement warf so viel ab, dass die Dachgeschosswohnung glaubhaft »dargestellt« werden konnte, wie der Steuerberater Mag. Hinterpointner dies ausdrückte; aber eine Villa in Döbling hätte sich eben nicht darstellen lassen. Man darf auch nicht sagen, dass Fritz Bindl sein Café als reine Tarnung betrieb. Im Gegenteil: Er war gern dort, unterhielt sich den ganze Tag lang mit den Gästen. Er fand das interessant. Studenten, Medienleute, durchmischtes Publikum – aber auch wieder nicht so hip, dass er es zu einem Bericht im »Falter« gebracht hätte. Das war ihm ganz recht.

Fritz Bindl war gern Cafetier. Was er sonst noch war, das war er weniger gern, weil die meisten ernsten Schwierigkeiten seines Lebens mit diesem anderen Beruf zusammenhingen. Jetzt zum Beispiel. Er wäre an diesem schönen Herbsttag gern im Lainzer Tiergarten spazieren gegangen. Er liebte die Natur, was die Mehrzahl seiner Untergebenen als Marotte ansah, über die aber keine Witze gemacht wurden. Man konnte nicht wissen, wer sie ihm hinterbrachte, die Witze. Und wie er dann reagierte. Er lachte zwar gern, das hätten alle bestätigt, die ihn kannten, aber er hatte genauso unbestritten keinen Humor. Bei diesen Untergebenen (es handelte sich dabei nicht um das Kaffeehauspersonal) herrschte, man muss es leider sagen, eine Atmosphäre des Misstrauens und gegenseitiger Verdächtigungen. Man muss aber auch sagen, dass dieser negativen Einstellung durch regelmäßige und bedauerliche Vorkommnisse immer wieder Vorschub geleistet wurde. Es lag am Metier und den umgeschlagenen Summen. Ein solches Vorkommnis bahnte sich nun an. Davon wusste noch niemand, aber Fritz Bindl ahnte sein Kommen. Er hatte die Gabe, gewisse Ereignisse früher spitzzukriegen als alle anderen und sich darauf vorzubereiten. Dem verdankte er seine Stellung in der Runde seiner Geschäftspartner (gemeint ist nicht die Innung der Wiener Cafetiers).

Im aktuellen Fall handelte es sich nicht darum, dass etwas passiert war. Passiert war gar nichts, das war es ja eben: Ein Ereignis, das hätte stattfinden sollen, hatte das nicht getan. Ein Bericht hätte eintreffen sollen. Schon seit vier Tagen. Das war nicht geschehen. Man konnte den Berichterstatter auch nicht fragen, ob er den Auftrag vergessen oder das Ergebnis verschludert hatte, denn der Berichterstatter war verschwunden. So etwas hatte es in der Zeit, da Bindl die Geschäfte führte, noch nie gegeben. Er verstand bei Aufträgen, die er erteilt hatte, sozusagen keinen Spaß.

Er trat vom Geländer zurück und ging in die Küche. Die Wohnung erstreckte sich über zwei Etagen, die Wohnküche bildete die obere und dort zugleich den einzigen Raum, über eine schmale Freitreppe war das untere Stockwerk erreichbar, drei Räume, Dachschrägen auf der Straßen-, gerade Wände auf der Hofseite; jene verwinkelte Architektur, die entsteht, wenn der Architekt versucht, möglichst viele Quadratmeter verkaufbare Wohnfläche in die spitzgiebeligen Dachböden der 1880er Jahre hineinzuquetschen. Das Beste an der Wohnung war die Terrasse, wo er Sommerabende mit Trinken verbrachte, über eine Leiter ging es noch einen Stock höher auf eine kleine Plattform auf Höhe der Kamine, von dort bot sich ein Rundblick über die Stadt mit ihren Wahrzeichen, aber Bindl stieg nie hinauf, er hatte keinen Bedarf an schönen Aussichten, und Wien kannte er aus allen Perspektiven. Das mit der Leiter und der Aussicht beeindruckte die Erstkäufer aus der österreichischen Provinz; die allerhöchst gelegene Plattform war bei Dachbodenausbauten inzwischen obligatorisch, schon weil man »zu Silvester das Feuerwerk über der Stadt so schön beobachten kann«.

Es läutete an der Tür. Bindl stieg die Treppe hinunter, er ließ sich Zeit. Hetzen war in seinem Metier eher schädlich, davon hatten ihn unglückselige Vorfälle überzeugt, deren Zeuge er geworden war. Neunzig Prozent davon hätten sich bei Verzicht auf Hetzerei vermeiden lassen – vorausgesetzt, die lieben Kollegen hätten die dadurch gewonnene Ruhe zum nüchternen Überlegen verwendet, aber damit haperte es bei denen, mit dem Überlegen, die waren in ihrer Mehrzahl affektgesteuert.

Bindl sah durch den Spion der spezialverstärkten Wohnungstür, die auch Beschuss aus nächster Nähe standhalten und den Blödmann, der versuchte, hindurchzuschießen, durch die abprallende Munition umbringen würde. Draußen stand Charly. Bindl bediente die drei Schlösser und öffnete die Tür. Er ließ Charly eintreten. Der nickte ihm zu, Bindl deutete auf die Treppe, Charly rannte nach oben, immer zwei Stufen auf einmal, der Chef liebte es, wenn seine Leute sich beeilten. Bindl kam mit bedächtigem Treppensteigen nach, im Kreise seiner Leute bewegte er sich, fanden die, immer wie ein deutlich älterer Mann; ein wenig wie Marlon Brando im »Paten«. Sie machten ihre Witze darüber; es war bekannt, dass er den Film viele Male gesehen hatte. Charly stand in der Küchenmitte, Bindl wies auf einen Stuhl. Charly hätte nicht gewagt, sich ohne Aufforderung zu setzen, niemand hätte das. Bindl setzte sich auch. »Nimm dir ein Bier«, sagte er. Die fistelige Quäkstimme, die sich dauernd zu überschlagen schien, belustigte jeden, der sie hörte (und Bindl nicht kannte). Charly war nicht belustigt. Er kannte Bindl seit vielen Jahren und wusste, wozu der fähig war. Charly nahm sich weisungsgemäß ein Ottakringer aus dem Kühlschrank und machte es auf. Als er die Flasche zum Mund führte, sagte Bindl »Glas!«. Charly entspannte sich. Bei der Bewirtung gab es in dieser Wohnung ein strikt eingehaltenes Zeremoniell. Untergebene, mit denen Bindl unzufrieden war, bekamen gar nichts. Im neutralen Zustand ein Bier aus der Flasche, im Zustand milden Wohlwollens Bier mit Glas. Das war schon die für Charly und seinesgleichen erreichbare

Höchststufe; Wein und harte Getränke wurden dem Vernehmen nach nur an Bindls Kollegen und die Anwälte ausgeschenkt, aber bei solchen Treffen war Charly nie dabei, da saß er im Auto vor dem Haus und passte auf die Tür auf.

Charly holte sich ein Glas und setzte sich wieder.

»Also«, sagte Bindl.

»Er ist verschwunden«, sagte Charly und nahm den ersten Schluck.

»Das heißt ...?«

»Er ist weg, wirklich weg. Offiziell. Die Polizei hat das Auto gefunden. Ganz in der Nähe.«

»Wo wir den Verdacht hatten ...«

»Ja, Chef, zweihundert Meter von dieser Villa.«

»Ich hoffe, du hast sonst alles gecheckt.«

»Aber klar doch! Ich hab mich umgehört, intensiv. Es war bei ihm alles normal in letzter Zeit. Er hat gut verdient. In seinem Beruf, heißt das. Könnte natürlich sein, dass er irgendjemandem auf die Zehen gestiegen ist. Aber um das rauszukriegen, hätte ich dort reingehen müssen. In sein Büro, das ging aber nicht mehr, da waren wir zu spät dran – sein Auto stand im Parkverbot, das fiel gleich auf, wurde relativ rasch abgeschleppt, weil er da irgendwas blockiert hat, eine Ausfahrt, was weiß ich, ein Bonze von der Stadt hat sich aufgeregt und Dampf gemacht, also hat man ihn gesucht. Na ja, und nicht gefunden.«

»Zum Glück.«

»Wie meinst du das, Chef?« Im Gegensatz zu anderen Mitgliedern der Branche schätzte es Bindl, wenn seine Leute Fragen stellten, wenn sie etwas nicht verstanden hatten. Dann erklärte er es ihnen. Allerdings erwartete er, dass sie es nach seiner Erklärung verstanden, denn weiteren Erläuterungen war er, sagen wir – abgeneigt. Dies war auch der Grund, warum Bindl den vor Urzeiten ergriffenen Lehrberuf aufgegeben hatte.

Er konnte Begriffsstutzigkeit nicht leiden und musste sie auch nicht ertragen. Nicht-Begreifen war nur Denkfaulheit und sonst gar nichts. Die meisten Menschen dachten nicht gern, wie sie zum Beispiel nicht gern schwere Sachen heben oder Steuern zahlen. Es hatte nichts mit Können, sondern nur mit Nicht-Wollen zu tun. In seiner jetzigen Position hatte er die Mittel, solche Denkfaulheit zu unterbinden; diese Mittel wären ihm in einer Schulkarriere nicht zur Verfügung gestanden, obgleich sie dort, davon war er überzeugt, ebenso erfreuliche Ergebnisse gezeigt hätten.

Bindl ließ sich mit der Antwort Zeit. Das machte er immer so. Ein Fehler, den nur Anfänger machten, wäre es gewesen, noch einmal zu fragen oder etwas anderes, als sei die erste Frage rhetorisch gewesen. Wer so etwas machte, erregte seinen Zorn. Charly hatte Geduld und Erfahrung genug zu warten.

»Wenn man ihn gefunden hätte«, erläuterte nun Bindl seine Sichtweise, »dann hätte sich die Aufmerksamkeit der Polizei notgedrungen auf seine Tätigkeit konzentriert …«

»Notgedrungen …«, wiederholte Charly. Er sprach so langsam, als habe er das Wort noch nie gehört. Das war aber nicht so; Charly versuchte nur, durch langsames Wiederholen den Eindruck angestrengten Nachdenkens zu erwecken. Bindl schätzte das.

»Wenn ein Sesselfurzer in so einem Provinzkaff Dampf macht, schaut die Polizei genauer hin. Ich kenn doch die Typen! Wenn denen einer etwas am Auto macht, würden sie am liebsten Amok laufen. Da langt es schon, wenn er nur die Einfahrt blockiert. Also wird die löbliche Polizei versuchen, demjenigen noch was Zusätzliches anzuhängen. Wer ist das überhaupt? Ein Schnüffler? Na, mehr braucht's nicht!«

Charly lachte lauthals. Dafür wurde er von Kollegen bewundert und beneidet, dass er ein untrügliches Gespür dafür hatte, wann man bei Bindl lachen durfte. Und wann man musste.

»Wir wollen die Polizei aber nicht in der Nähe dieser Villa haben, verstehst du? Nicht einmal gedanklich. Ich will keine polizeilichen Aktivitäten im Umkreis von dreihundert Metern um dieses Haus. Wenn dort die Quelle ist, dann lassen wir sie selber versiegen, dazu brauchen wir keine staatliche Unterstützung. Was glaubst du, ist passiert?«

Bindl liebte solche Zwischenfragen, die er wie Pfeile aus dem Hinterhalt abschoss, um die unter den Zuhörern zu enttarnen, die Zuhören und Mitdenken nur simuliert hatten. Charly war auf der Hut.

»Ganz klar: Die haben ihn entdeckt und ausgeschaltet. Anders ist das nicht erklärbar.«

»Sehr gut, Charly! Keine Ausflüchte, keine Gedankenfaulheit – wie ich es leider bei anderen feststellen muss ... es ist deine Annahme die unangenehmste und zugleich die willkommenste. Warum?«

Man konnte es mit der Schlauheit bei Bindl auch übertreiben, aber Charly, das wusste er, hatte durch die erste Antwort einen Bonus, da war er jetzt auf sicherem Grund und durfte sich Gedanken machen. Ohne Stress, einfach ein bisschen nachdenken und schauen, was dabei herauskam.

»Nun, äh, unangenehm ... na ja, wenn es so ist, wie ich glaube, dann sind das ziemlich kalte Brüder – ich meine, wenn sie ihn tatsächlich haben verschwinden lassen. Das würde heißen, die fackeln nicht lange ...«

»Sehr gut! Und warum kommt uns das andererseits sehr entgegen?« Bindl blickte Charly mit großen Augen an. Es ist, dachte der, verdammt noch mal wie in der Schule, er wartet auf eine richtige Antwort, er hofft darauf wie damals Herr Fässler, der hat sich über jede richtige Antwort gefreut; nicht wie die anderen Kotzbrocken, die einen nur in die Scheiße reiten wollten. Wenn mehr Lehrer so gewesen wären wie Herr Fässler – dann säße ich jetzt nicht hier, dachte er, dann wäre alles anders gekommen, dann hätte ich einen Abschluss gemacht und nicht mit der Klauerei angefangen. Und Mama hätte es nicht so schwer gehabt … bei diesem Gedanken trat ihm das Wasser in die Augen, er konnte nichts dagegen tun, das war jedes Mal so. Und jedes Mal in einem ungünstigen Moment.

Er nahm einen Schluck Bier, holte tief Luft und sagte mit leiser Stimme: »Uns kommt das entgegen, weil wir jetzt wissen, was los ist. Die Ungewissheit ist vorbei.«

»Sehr gut!« Bindl freute sich. Man konnte es an seinen Augen sehen. In diesem Moment waren sie wie die Augen von Herrn Fässler gewesen waren. Nur bei Bindl kam gleich darauf ein anderer Blick, der ganz anders war als bei Herrn Fässler. Aber das konnte auch nicht anders sein. Bindl war ja nicht der Herr Fässler und das hier war keine Schule. Und Abschluss würde Charly auch keinen mehr machen. Er würde auch nie einen brauchen.

»Du hast mit allem recht«, sagte Bindl. »Genau in dem Augenblick, als unser Mann die Beweise liefern wollte – lassen sie ihn verschwinden. Hört sich nach etwas gut Organisiertem an. Was ist denn das grundlegende Kennzeichen einer Organisation, Charly?«

Charly holte tief Luft. Nein, bitte nicht! Jetzt fiel Bindl total in diese Lehrerrolle, das war mühsam. Das Luftholen war ein Trick von Charly. Leute, die Bindl nicht gut kannten, ließen an dieser Stelle die Luft *raus*, das hörte sich an wie Seufzen. Es *war* Seufzen, und Bindl bekam es mit. Er wurde dann sehr ungehalten. Schlauer war, die Luft reinzuziehen und den Chef Lehrer sein zu lassen.

»Das grundlegende Kennzeichen einer Organisation … dass … dass es mehrere sind, oder?«

Bindl lachte laut auf. Das war gut. Lachen tat er, wenn er sich wirklich amüsierte. Über andere natürlich. Es war mühselig, aber einfach. Für Charly war Bindl wie ein offenes Buch.

»Vollkommen richtig, Charly! Es müssen schon mehrere sein, mindestens so viele, dass es was zu organisieren gibt, verstehst du? Eine Struktur mit Chefs und Mitarbeitern, mit Aufgabenverteilung und so weiter. Wie viele müssten es sein, mindestens?«

»Sicher mehr als zehn, würd ich sagen.«

»Da hast du sehr recht, Charly. Ich sag ja immer: Wo der Charly recht hat, hat er recht!« Er verstrubbelte Charlys blonden Haarschopf beim Vorbeigehen. Jeder andere hätte diese kleine Geste schneller bereut, als er *Nasenbein* sagen konnte, aber Bindl war der Chef. Charly blieb stoisch und sitzen. Bindl wanderte dozierend in der Küche auf und ab. Wie in der Schule eben.

»Es sind bei einer Organisation sicher mehr als zehn Leute. Zehn sind ein Kegelverein, aber keine Organisation. Wie kommen wir überhaupt auf den Begriff? Weil du angenommen hast, sie hätten ihn ausgeschaltet. Organisationen machen das so, unsere zum Beispiel, da hast du recht. Und warum sollte das hier nicht so sein?«

»Ich habe keine Ahnung, Chef. Ich dachte, das liegt auf der Hand.«

»Überleg doch: Wie hat das Ganze angefangen?«

»Du hast diesem Guttmann den Auftrag gegeben, weil uns da jemand Konkurrenz macht, jemand aus dem Westen ...«

»Schön, das ist richtig. Und wie ging's dann weiter?« Bindl war stehen geblieben, stützte vor Charly die Hände auf die Tischplatte. Wie Herr Fässler, wenn er einem etwas so erklären wollte, dass man von selber draufkam.

»Dann hat der Guttmann gemeldet, die Quelle ist in Dornbirn, und er hat den Verdacht, es ist diese Frau Leupold.«

»Genau so war es, gut! Und was hab ich damals noch gesagt?«

Bindl war in deutsches Idiom verfallen. Er sprach wie ein

Piefke, wie immer, wenn ihn etwas aufregte. Er stammte irgendwo aus Ostdeutschland, Ex-DDR, danach zu fragen war nicht opportun.

»Hmm … du hast gesagt, es geht nicht um die Menge, sondern ums Prinzip, man muss … warte … den Anfängen wehren: Das hast du gesagt, Chef!«

Bindl lächelte. Er war glücklich, dass sein Untergebener sich das alles so gut gemerkt hatte. Es war auch keine Kunst, sich das zu merken. *Den Anfängen wehren* war eine Bindl'sche Lieblingsfloskel, die er häufig verwendete.

»Und warum, mein lieber Charly, hab ich wohl gesagt, die Mengen sind nicht das Problem?«

»Weil die Mengen klein sind … ach so.«

»Eben. Ach so! Die Mengen, die diese Leute auf den Markt bringen, sind nicht bedeutend, das könnten wir verschmerzen. Ein kleiner Mitbewerber halt. – Aber wir sind nicht im Lebensmittelhandel. Auch nicht im Textilhandel oder sonst so was. Wir sind ja auch nicht in der verdammten Handelskammer!« Er lachte laut auf, Charly fiel ein. Von allen Untergebenen konnte Charly am glaubwürdigsten Heiterkeit mimen, wenn Bindl etwas von sich gab, was er für witzig hielt. Bindl nahm seinen Rundgang durch die Küche wieder auf. »Halten wir fest: Da steht keine Riesentruppe dahinter. Zwei, drei Leute, mehr nicht …«

»Von denen keiner in der Lage wäre …«

»Sehr richtig, mein lieber Charly! In der Lage wäre, den Guttmann umzubringen. Was heißt umbringen! Das ist die Art Leute, die Auseinandersetzungen scheut. Was das betrifft, gesetzestreue Bürger. Wieso also ist der Schnüffler nicht mehr aufgetaucht?«

»Die haben sich geeinigt.«

»Wie auch immer. Ich habe keine Ahnung, was sie ihm für Märchen erzählt haben, Beteiligungen, was auch immer.«

»Die haben ihm einen Haufen Geld versprochen«, sagte Charly.

»Auf jeden Fall mehr, als ich ihm bezahle. Aber was willst du: Der Mensch ist gierig.«

»Warum hat er sich dann nicht gemeldet? Ich meine, um den Preis hochzutreiben?«

Charly hatte seinen Satz noch nicht beendet, als er seinen Fehler bemerkte. Auf ein Loch gezeigt, ein klaffendes Loch in Bindls Argumentation. Kein Lehrer goutiert so etwas, Bindl erst recht nicht.

»Na und?«, sagte er. Seine Stimme war leise geworden, alle Emotion daraus verschwunden. »Hat sich halt nicht getraut.« Aber den Auftrag zu verweigern und sich einfach nicht zu melden wie ein säumiger Handwerker – das traut er sich schon? Charly war schlau genug, das nur zu denken. Er wusste nun auch, dass die Audienz sich dem Ende zuneigte. Er trank sein Bier aus.

Charly stand auf. »Man sollte die Sache bereinigen«, sagte er.

»Ja, das meine ich auch. Es bleibt ja wohl nichts anderes übrig.« Bindl sah Charly nicht mehr an, er fixierte etwas auf der Terrasse, ein Zeichen milder Missbilligung. Charly verschwand nach unten, Bindl folgte, bediente die Schlösser hinter seinem Adlatus mit großer Sorgfalt. Er fühlte sich besser. Eine Sache hatte sich geklärt, ein Problem würde gelöst werden. Charly wusste, was er zu tun hatte. Er war auch der richtige Mann dafür. Das kostete Geld, einen Extrabonus, darüber wurde nicht gesprochen, aber es wurde bezahlt. Aber Bindl hatte die Erfahrung gemacht, dass diese speziellen Probleme der allerfalscheste Platz waren, wo man sparen konnte. Nicht seine eigene Erfahrung, zum Glück, sondern die von Konkurrenten, bei denen er erste Reihe fußfrei zuschauen durfte, wohin es führte, wenn man etwas in Eigenregie machte, weil es billiger war. Am Schluss bezahlte man mit vielen Jahren Gefängnis oder mit dem Leben.

Das war eine Sache, die seine Mitbewerber nicht einsehen wollten. Zu viele orientierten sich an Serien im Fernsehen, wo die Leute des Gewerbes zu raschen und tödlichen Entschlüssen neigen. Dass dies nur aus dramaturgischen Gründen geschieht, sehen sie nicht ein und lassen sich von puren Phantasiegestalten zu ähnlichem Verhalten verleiten. Kindisch war das, idiotisch. Schon weil die Grundregel übertreten wurde: die Bereiche getrennt zu halten. Dies war dies und jenes war jenes, das eine hatte mit dem anderen nichts zu tun; Arbeitsteilung war wie in allen Bereichen modernen Wirtschaftslebens unumgänglich. Nicht jeder konnte auf allen Gebieten gleich erfahren und erfolgreich sein – die meisten Menschen waren das nicht einmal auf einem einzigen Sektor und kamen mit Müh und Not eben so durch. Solche Leute gab es nicht in seiner Organisation. Seine Leute hatten alle ein spezielles Talent, nur eines, aber das genügte auch. Bindl wusste, dass er selber über Charlys spezielles Talent nicht verfügte; er würde diese Sache im äußersten Notfall wohl auch zuwege bringen, aber deutlich mehr schlecht als recht. Und »recht« reichte hier nicht, das musste hervorragend gemacht werden. Ohne Spuren, ohne Beweise, ohne DNA-Wattestäbchen, Geschossmarkierungen, mitgeschnittene Handygespräche und den übrigen Kokolores. Charly war dazu in der Lage. Wie er das genau machte, wollte Bindl nicht wissen.

Bindl dachte schon an etwas anderes, als er die Treppe zur Küche wieder hinaufstieg. Natürlich dachte er auch nicht mehr an Charlys Einwand. Dieser Guttmann war ein Provinzler wie die Amphetaminköche aus Dornbirn. Die kamen sich alle wahnsinnig gut vor, die Leute aus der Provinz. Die nämlich, die dort geblieben waren. Weil sie entweder zu feige oder zu unfähig waren, sich am einzigen Ort durchzusetzen, der wirklich zählte, in der Hauptstadt. Aber das konnten sie natürlich nicht zugeben, ihr ganzes Leben lang nicht, und kultivierten eben provinziellen Snobismus mit entsprechendem Überlegenheitsgefühl, das so stark sein konnte, dass der Sinn für die Realitäten davor dahinschwand. Bei einem Stadttheaterdirektor oder Intendanten ländlicher Sommerfestspiele war das skurril, im Falle Guttmann wurde es tödlich. Denn Bindl war nicht gewillt, mit metropolitaner Großzügigkeit darüber hinwegzusehen. Den Guttmann würde sein Schicksal ereilen und seine neuen Freunde von der Amphetaminfront auch.

Einen anderen Grund für Guttmanns Schweigen als die Blödheit des Überheblichen konnte sich Bindl nicht vorstellen, das heißt: Er wollte sich nichts anderes vorstellen. Er war, sagen wir es offen, voreingenommen. Das war eine große Dummheit.

*

Sami hatte sich bei Schott gut eingelebt. Er bekam natürlich regelmäßig sein Futter, abwechselnd feucht und trocken; es hatte einiger schwieriger Wochen bedurft, bis »Seine Gnaden, der Kater«, wie ihn Schott nannte, durch mäkeliges Verschmähen oder freudiges Verschlingen jene Marken und Zusammenstellungen an Feuchtfutter bezeichnet hatte, das er zu sich zu nehmen geruhte. Sami mochte Huhn und Kalb, aber keinen Fisch und kein Rindfleisch. Mit Begeisterung fraß er ein wissenschaftlich ausgeklügeltes Trockenfutter, das Schott in einem Gartenmarkt versuchsweise besorgt hatte und das angeblich über alle notwendigen Vitamine und Spurenelemente verfügte, die Sami ein hohes Alter erreichen lassen würden. Er hatte es sogar lieber als das feuchte Futter, weil er, wie Schott vermutete, wahrscheinlich Mäuse jagte und sein Bedarf an Frischfleisch daher gedeckt war. Sichere Gewissheit hatte Schott nicht, denn Sami brachte nie eine Maus ins Haus, wie das Katzen zu tun pflegen, denen es ihre Menschen nicht abgewöhnt haben. Offensichtlich hatte das schon die verreiste Frau Leupold erledigt, und Sami bewahrte entsprechende Zurückhaltung auch im neuen Heim.

Bei seinen Mahlzeiten hatte sich ein eigentümliches Ritual herausgebildet: Es begann damit, dass Schott die Fressnäpfe der Katze (einen für feuchtes, einen für trockenes Futter) im sogenannten Hauswirtschaftsraum aufstellte. Jedenfalls hatte dieser Raum vor vielen Jahren auf dem Plan der Fertigteilfirma so geheißen; die Idee war wohl, dass darin gebügelt und gewaschen werden sollte, Sauerkraut eingestampft und so weiter. Die Waschmaschine stand tatsächlich darin, gebügelt worden war hier aber nie, weil das die ehemalige Frau Schott rundheraus verweigert und Schott selbst nie Lust dazu verspürt hatte. Es standen ein paar Regale herum, es gab ein großes Waschbecken – und neuerdings Nahrung und Wasser für Sami, den Kater. Mit der Lokalität hatte der keine Probleme. Er ließ sich alles zeigen wie ein Feriengast das gemietete Sommerhaus und verzehrte auch – mit den erwähnten Schwierigkeiten und Verzögerungen – die dargebotenen Nahrungsmittel. Die Seltsamkeit setzte ein, als sich die Fütterung eingespielt hatte. Sami erschien dann im Wohnzimmer, strich Schott um die Beine, sandte durchdringende Blicke von unten und ließ statt eines Miau-Lautes das samitypische leise Krächzen hören, das Schott anfangs irritierte: War das Tier krank, litt es an einer Missbildung des Kehlkopfs? Vielleicht die Katzenentsprechung eines Sprachfehlers, der ihn am Miauen hinderte? Schott hatte keine Zeit, über diesen Fragen zu grübeln, weil ihn der Kater zur Begleitung in den Wirtschaftsraum drängte.

»Ich hab dir doch grad vorhin was gegeben«, sprach Schott zum Kater, »das kann doch nicht schon wieder fertig sein!« Er hatte wie die meisten Menschen, die allein mit einem Tier leben, die Gewohnheit angenommen, mit diesem Tier zu reden; allerdings schon am ersten Tag, das dürfte ein Rekord sein. Schott folgte dem Kater. Der Napf war halbvoll, Sami begann daraus zu fressen, ohne Schott eines weiteren Blickes zu würdigen; der Mensch durfte sich wieder zurückziehen. Das wiederholte sich oft. Schott begriff nicht, was ihm das Verhalten des Katers mitteilen sollte. Erst dachte er, Sami wolle ihm zeigen, wie viel respektive wie wenig Futter noch da war, aber Schotts Begleitung in den Wirtschafstraum wurde auch fünf Minuten nach Auffüllen der Näpfe gefordert – wobei Sami dieses Auffüllen mit eigenen Augen verfolgt hatte. Schotts Katzenbücher (es wurden bald mehrere) gaben darüber keine Auskunft, nur die etwas wolkig allgemeine, dass Katzen »zu merkwürdigen Verhaltensweisen neigen«. Mit der Zeit kam Schott zu dem Schluss, dass es sich um ein Ritual handelte. Der Kater verlangte nach so etwas wie der Billigung – oder sollte man sagen: nach dem Segen? – seines Menschen für sein Essen. Eine Art Tischgebet. Dann wäre Sami, dachte Schott, ein besonders frommes Tier, er scheint in mir eine Art höheres Wesen zu sehen. Das anwesend sein soll, wenn er frisst …

Natürlich hatte Schott recht: Genau so war es.

Nach vierzehn Tagen mit dem Tier konnte sich Schott nicht mehr vorstellen, wie es ohne den Kater gewesen, wie überhaupt seine Tage ohne ihn abgelaufen waren. Was hatte er nur gemacht? Nicht viel anderes als eben jetzt. Samis Fütterung nahm kaum Zeit in Anspruch, und die Interaktion mit dem Tier beschränkte sich auf die Abendstunden. Dann kam Sami herein und gesellte sich zu seinem Menschen, der die meisten Abende vor dem Fernseher verbrachte. Die Beine legte Schott auf einen gepolsterten Hocker, der breit genug war; Sami lag dann zusammengerollt neben Schotts Unterschenkeln. Allerdings schätzte der Kater, wenn dieses Arrangement möglichst bis zum Zu-Bett-Gehen eingehalten wurde, soll heißen: Beunruhigungen wie aufstehen und so weiter sollten unterbleiben. Er sprang dann vom Hocker herunter, beobachtete seinen Menschen mit großen Augen, wie der aufs Klo ging und wiederkam, und schien zu überlegen, ob sich weiterer Aufenthalt bei einem so unruhigen Wesen auszahlte. Manchmal kam er dann zurück, manchmal zog er einen anderen Ruheplatz vor – das war ein Charakteristikum dieses Katers, dass er die Behauptung, Katzen seien Gewohnheitstiere, Lügen strafte. Sami war weit entfernt davon, sich dauerhaft an einem bestimmten Ort zur Ruhe zu legen. Er benutzte dazu viele verschiedene Plätze, im ganzen Haus verstreut, als wolle er dokumentieren, dass es *ihm* gehöre, dieses Haus. Schott ließ nach alter Gewohnheit alle Türen offen stehen, so dass Sami überall hinkonnte. Das tat er dann auch. Schott traf ihn an den unwahrscheinlichsten Orten schlafend an, auch an nach menschlichem Ermessen unbequemen und beengten, aber um das menschliche Ermessen ging es da nicht. Wenn Schott nach Hause kam und ihm der Kater nicht im Flur entgegenkam, rief er ihn. Manchmal kam er dann von irgendwoher, manchmal auch nicht. Dann blieb nichts übrig, als unter alle Möbelstücke zu schauen, alle Betten, Kästen und Kommoden, die so viel Bodenfreiheit hatten, dass sich der Kater darunterzwängen konnte. Dort schlief er dann irgendwie.

Untertags war Sami weg. Wo er sich aufhielt, blieb ein Geheimnis wie bei den meisten Katzen. Den meisten Menschen ist das auch egal, sogar den Katzenbesitzern, weil sie untertags ihren Geschäften nachgehen. Da gönnen sie der Katze, dass sie es genauso macht. Nur am Abend sollte die Katze wieder daheim sein. Oder auch nicht – viele zeigen ja auch Verständnis für die nächtlichen Abenteuer des Katers. Aber hat sich schon jemand überlegt, wie das der Katze gefällt? Dieses tagelange Desinteresse? Die Katze geht viele Stunden, manchmal Tage ihrer Wege und ihr Mensch denkt keine Sekunde an sie. Sie fällt ihm erst wieder ein, wenn sie überfällig ist, da sein sollte und nicht da ist. Dann schleichen sich Horrorszenarien in seinen Kopf. Überfahren. Irgendwo eingesperrt, wo sie nicht mehr herauskann, eine Garage, ein Schuppen, ein Keller. Von Katzenfängern geraubt, die sie an die Medizinforschung verkaufen. Und so weiter.

Ebendiese Gedanken gingen durch Schotts Kopf, als er an diesem Abend heimkam und Sami an keinem der Orte fand, die sich der Kater bis jetzt als Schlafplatz ausgesucht hatte. Er trat vors Haus und rief laut: »Sami!« Mehrere Male, in verschiedene Richtungen. Sami kam nicht.

Schott hatte sich an diesem Tag bemüht, auf den Chefredakteur eines Anzeigenblattes einen guten Eindruck zu machen. Vielleicht würde das eine oder andere Artikelchen herausschauen. Nicht, dass er das Geld gebraucht hätte, das nicht gezählte Geld aus der Leupold-Villa würde sehr lange reichen. Er brauchte nicht das Geld, aber eine Beschäftigung. Vor dem Fernseher sitzen und spazieren gehen taten auf Dauer nicht gut. Er war den Termin mit dem jungen Schnösel des Gratisblättchens ganz entspannt angegangen. Noch vor wenigen Wochen hätte er sich schon bei dem Gedanken verkrampft, von einem Menschen abhängig zu sein, der halb so alt war wie er selber und blöd wie die Nacht dunkel außerdem. Deshalb hätte er den Job früher nie an Land gezogen … also schön, ein richtiger Job war es nicht, aber immerhin ein Auftrag über sogar zwei Artikel; einen über Mostbereitung, der andere über Gartenhächsler. Er freute sich darauf, er würde sich richtig reinknien in die Materie, wie er es früher als angestellter Journalist nie hätte tun können – weil zu viel andere Arbeit getan werden musste – und wie er es sich als Freelancer auch nicht leisten könnte, weil bei den lächerlichen Honoraren kein akzeptables Aufwand-Ertrag-Verhältnis zu erzielen war, wenn man kein verschärftes Husch-Husch-Verfahren anwandte. Aber er war ja auch kein gewöhnlicher Freelancer, sondern einer mit Geld im Haus, das vermittelte ein Gefühl enormer Sicherheit.

Aber bevor er den Mostbauern ihre Geheimnisse herauskitzelte und den Gartenmarktmenschen die absolute Unbrauchbarkeit ihrer Billighächsler nachwies (er besaß so ein Modell), musste erst einmal der Kater wieder auftauchen. Ohne Sami konnte er keinen klaren Gedanken fassen, da half keine Summe.

Er ging vom Haus weg. Wohin? Es war egal und ein verzweifeltes Beginnen. Er hatte keine Ahnung, wo der Kater umging, jede Himmelsrichtung galt gleich, überall Gärten, Wiesen und Einfamilienhäuser, zum Glück keine Straßen mit viel Verkehr; Sami hätte weit laufen müssen, um sich überfahren zu lassen. Das Revier eines Katers maß laut Foto im Katzenbuch etwa dreihundert Meter, also sollte Sami sich in etwa diesem Umkreis aufhalten. Schott begann zwischen den Häusern herumzulaufen und nach Sami zu rufen. Er erwartete, darauf angesprochen zu werden, sehnte sich geradezu danach; er wollte mit jemandem über Sami reden, egal, mit wem. »Ich suche meine Katze … haben Sie eine weiße Katze gesehen, eine mit rötlichen Flecken?« Das wollte er sagen, hören, was die Leute antworteten, er war sogar begierig auf die Geschichten über Katzen anderer Menschen. Die auch verschwunden und nach ein paar Tagen wieder aufgetaucht waren, solche Geschichten musste es geben, auch hier … *und dann stand sie plötzlich vor der Tür, als ob nichts gewesen wäre …* ein gutes Ende. Keine Zettel an Zäunen. Mit dem unscharfen Schwarzweißbild einer Katze, vervielfältigt im Kopiershop. Mit eindeutigem Text: Unsere Katze ist seit dem Soundsovielten verschwunden, wer hat sie gesehen … dann folgen Beschreibungen der äußeren Erscheinung mit Details … Schott hatte solche Zettel in der Gegend schon gesehen; mit regentrotzender Plastikfolie überklebt. Viel schienen die Suchmeldungen nicht zu nutzen. Der älteste Zettel war über ein Jahr alt. Aber vielleicht waren die

Tiere wieder aufgetaucht, und ihre Menschen hatten im Überschwang der Freude vergessen, die Suchmeldungen zu entfernen. Für Sami würde es keinen Zettel geben, denn er hatte kein Bild von ihm, wie ihm nun einfiel, er war nie darauf gekommen, ein Foto zu machen, wozu auch? Er hatte Sami ja jeden Tag gesehen – bis heute.

Sami saß neben der Zufahrtsstraße, die zur Leupold-Villa führte. Genau dieses Strässchen war Schott mehrere Male entlanggegangen, entweder hatte sich Sami im Gebüsch versteckt, oder er war von woanders hierherspaziert, als Schott an anderen Orten nach ihm suchte. Sami schien auf Schott zu warten. Ein leichtes Gurren, als ihn Schott aufnahm, es war der Laut, den Schott als Begrüßung interpretierte. Sami ließ sich im Arm halten, obwohl er das nicht so gern hatte und körperliche Berührungen dieser Intensität nur duldete. Schott sprach leise; später konnte er sich nicht erinnern, was für sentimentalen Unsinn er dem Kater ins Ohr geflüstert hatte, die Worte strömten aus ihm heraus, noch mit keinem Wesen hatte er so gesprochen, auch nicht mit seiner Frau in der Jugend Maienblüte. Der Schock über Samis Verschwinden wirkte sich erst jetzt aus, als der Kater wieder da war. Erst jetzt ließ Schott die Emotionen zu, die sich bei der Suche nach dem Tier aufgestaut hatten. Der Kater hatte ihm seinen kleinen, weißen Kopf auf die Schulter gelegt und schnurrte. Schott rieb die Wange am Fell, es fühlte sich warm, weich und trocken an wie kostbares Gewebe aus Fäden unnennbarer Feinheit. Das Bild der Landschaft wurde unscharf, die Augen schwammen in Tränen, die ihm in zwei Strömen über die Backen liefen, nur zwei kühle Rinnsale, er hatte aber das Gefühl, sein ganzes Gesicht sei überschwemmt. Schott konnte nicht gleich zurück, er trat erst auf der Stelle, ging dann in kleinen Kreisen um das Gebüsch, in dem Sami auf ihn gewartet hatte.

Und stolperte.

Ganz leicht nur, etwas lag auf dem Boden, ohne Sami loszulassen, bückte er sich danach. Eine Kamera. Ein Tele aufgeschraubt. Die Kunststoffhülle noch nass vom Tau, sonst schien der Apparat unbeschädigt. Wie kann man einen Fotoapparat dieser Größe liegenlassen? Und warum ausgerechnet hier? Er ging zum Haus zurück, den Kater halb auf die linke Schulter gelegt, die Kamera in der rechten Hand. Noch im Gehen überschwemmte ihn ein Gefühl intensiver Dankbarkeit, wie er es nach der mit Müh und Not überstandenen Lateinmatura das letzte Mal verspürt hatte. In diesem Zustand glaubte er wie viele Menschen mit einer ähnlichen Erfahrung ganz selbstverständlich an die Existenz Gottes, das Erfahrene selbst war ja der Beweis, denn ohne das direkte Eingreifen einer höheren Macht war dieses Erfahrene nicht erklärbar. Und wie ebenfalls bei vielen Menschen (den meisten) hielt diese Überzeugung von der Existenz Gottes nicht an, sondern nahm allmählich ab; wie lange so ein Gefühl anhält, hängt von der Dauer des vorangegangenen Zustandes der Verzweiflung ab, je länger der gedauert hat, desto länger ist man danach auch von der Existenz Gottes überzeugt. Könnte man beide Zeiträume bei mehreren Personen messen, was allerdings noch nie jemand gemacht hat, so würde man die seltsame Entdeckung machen, dass diese beiden Zeiträume nicht linear, sondern durch ein Potenzgesetz verknüpft sind. Die »Zeit des Leidens« ist deutlich länger als die »Zeit des Glaubens«, aber eine Verdoppelung der Leidens- bringt eben keine Verdoppelung der Glaubenszeit hervor, sondern nur eine Steigerung von im Mittel fünfzehn Prozent, unterschiedlich bei den einzelnen Individuen. Es liegt einfach daran, dass der Mensch ein zweifelndes Wesen ist. Infolgedessen hatte sich auch Schott nach erstaunlich kurzer Zeit wieder »derfangen«, wie man im Dialekt sagt, was einfach heißt: Er konnte wieder er selbst sein, der alte Adam gewissermaßen, und sich seinen täglichen Beschäftigungen widmen, ohne von Dankbarkeitstheatralik und religiösen Exaltationen daran gehindert zu sein. Zuerst hielt er dem Kater Sami eine geflüsterte Ansprache, die von Streicheln, Kraulen, Knuddeln und Stirn-ans-Fell-Drücken begleitet wurde, was der Kater beides über sich ergehen ließ, Sprache und Handlungen seines Menschen, obwohl er nichts davon verstand und weit davon entfernt war, dieses menschliche Gebaren mit eigenen Handlungen in Beziehung zu setzen. Sami fühlte sich sozusagen unschuldig. Die Ansprache? Die beinhaltete nur, was man unter den Umständen erwarten durfte: dass der Kater Sami so etwas nie, nie wieder tun dürfe, einfach wegbleiben … und ähnlichen Schwachsinn.

Danach fütterte Schott den Kater mit Leckerli, was eine ausgesprochene Dummheit war, wenn die Verhaltensforscher recht haben, denn dadurch verbindet der Mensch das lange Fortbleiben der Katze mit einer Belohnung. Zu Samis Ehrenrettung sei angeführt, dass der Kater die Situation nicht ausnutzte und von nun an etwa wegblieb, wenn ihm der Sinn nach Leckerli stand. So einer war Sami nicht. Er hatte das auch nicht nötig. Wenn er etwas besonders Gutes wollte (um den seuchenartig verbreiteten infantilen Alemannismus »Leckerli« zu vermeiden), dann machte er das so, wie es alle frommen Katzen machen: Er wandte sich unter Hervorbringung aller Kätzchenlaute seiner Kinderzeit an seinen Menschen – und dann, von diesem zum vollen Napf begleitet, fraß er nicht, sondern blickte seinen Menschen von unten an – nein, nicht »bittend«, sondern einfach so, mit großen, runden und – na schön – unergründlichen Augen, und überließ es dem gottähnlichen Wesen, den nötigen Schluss zu ziehen, dass anderes, das heißt: besseres Futter erbeten war, wenn das vorhandene nicht gefressen wurde. Dann gewährte der Mensch »Knuspertäschchen« oder wie die Dinger sonst heißen, oder er ließ es eben bleiben. Wie ja auch Gott den Menschen gewährt, was sie erbitten, oder aber sich weigert. Unerforschlicher Ratschluss und so weiter. Im Falle Schotts stammte die Verweigerungshaltung aus den Katzenbüchern, die er sich angeschafft hatte. Die warnten unisono vor der felinen Fettsucht, als deren Musteropfer es der Kater »Chunk« in Amerika (natürlich, wo sonst?) mit zwanzig Kilo Lebendgewicht sogar in die globale Berichterstattung geschafft hatte. Frau Leupold, dachte Schott, wird den Kater überfüttert haben. Denn jetzt, da er aus vielen lehrreichen Abbildungen die Maße wohl- und weniger wohlproportionierter Katzen abzuschätzen wusste, kam ihm vor, Sami sei um die Mitte seines Leibes ein bisschen sehr füllig. Er hätte ihn natürlich wiegen können, aber dazu hätte er die Personenwaage gebraucht, die seine Geschiedene beim Auszug mitgenommen hatte. Er war damit einverstanden. Denn wenn sie jetzt noch da wäre, die Waage, würde er den Kater wiegen – und danach kaum dem perversen Gedanken entgehen, selber hinaufzusteigen. Was dann passieren würde, wollte er sich gar nicht ausmalen. Es gäbe nur zusätzliche Probleme. Ihm reichten die Probleme, die er ohnehin hatte. »Wie bitte?«, werden der geneigte Leser und die aufmerksame Leserin einwerfen, »Probleme? Was für welche sollen das denn, bittschön, sein? Hunderttausende unter den Nagel gerissen, ohne dass der Schatten eines Verdachtes auf ihn gefallen wäre, einen netten Kater, der seine Einsamkeit erträglich macht – okay, Einsamkeit ist immer ein harter Brocken, aber he! Andere Männer sitzen im Gefängnis oder sind süchtig oder verliebt in die Schwiegermutter oder kommen nach zwanzig Ehejahren drauf, dass sie eigentlich schwul sind – die haben Probleme! Dagegen dieser Schott: Die Katze ist jetzt nicht wirklich weggelaufen, schön, ist ihm zu gönnen, und wenn er es ein bisschen schlau anstellt (nur ein bisschen), was wird dann das Schlimmste sein, was ihm künftig passieren wird? Dass beim Fernsehen die Salzbrezeln ausgehen …« Da kann ich schwer widersprechen. »Und«, fügen die Rufenden hinzu, »wo wir schon dabei sind, Herr Autor, er soll doch diese Kamera in die Hand nehmen, ausholen und so weit wegwerfen, wie es geht!«

Oh, ihr Heuchler und Pharisäer! Ihr wollt doch gar nicht, dass es dem Schott weiter gutgeht! Ihr wollt doch, dass er sich in die Bredouille bringt, je schlimmer, desto besser. Wie bei allen Menschen, von denen ihr lest oder hört, wollt ihr, dass es sie bis kurz vors Verrecken treibt – und sie sich dann derrappeln, aber wirklich erst im letzten Moment. Wie viele andere dabei draufgehen, ist völlig wurscht, das sind Kollateralschäden, unvermeidlich, das ist halt so, da wird nicht einmal mit der Wimper gezuckt. Die längste Zeit geht das schon so, seit den Anfängen der Erzähltradition. Man zähle nur einmal die »Gefährten« des Odysseus zusammen, die es im Verlauf seiner hirnrissigen Abenteuer erwischt hat. Die sind überhaupt nur dazu da, durch ihr immer Wenigerwerden die Größe der Gefahren zu untermalen, denen der Held entgeht. Und man komme jetzt nicht mit den Göttern des Olymp, die sich wegen jedem Dreck einmischen und jedes eigenverantwortliche Handeln unmöglich machen; diese sogenannten »Götter« sind Symbol gewordene Ausreden für die Unerbittlichkeit der Erzählung: Der Held ist der Gewinner, die anderen sind die Verlierer, passenderweise endet das Ganze dann mit einem Schlussmassaker auf Ithaka, das man vorausahnt: Wenn es schon den Freunden dieses ersten Helden des Abendlandes so beschissen geht, den »Hetairoi«, was wird dann erst aus seinen Feinden? – Und überhaupt: Die richtige Adresse für diese Art von Zwischenrufen sind die Katzen.

Sami und der Kater S.

Nachdem wir uns alle ein wenig beruhigt haben, hatte sich auch Schott ein bisschen beruhigt, Sami beobachtet, wie er die Knuspertäschchen runterspachtelte, sich ins Wohnzimmer gesetzt und die Kamera vorgenommen. Nein, er ist nicht vors

Haus gegangen und hat sie nicht so weit wie möglich weggeworfen. Sondern er hat sie untersucht. So vorsichtig wie möglich. Es war ein ziemlich klobiges Stück, schwer, doch handlich, »Canon« stand über dem Objektiv, an der Seite »EOS-1« und unten rechts »Mark III«. Er erinnerte sich dunkel, dass der Kollege Kloibmüller, der Fotograf, so eine Kamera verwendet hatte, ein Profigerät – über ein Kilo schwer. Schott selber hatte nie fotografiert und sich auch nie für den technischen Prozess interessiert. Interessiert hatte ihn immer nur das Ergebnis. Die Eingeweihten konnten sich stundenlang nicht einig werden, welcher Sensor mit wie viel Megapixel jetzt besser war … nicht zu vergessen die zusätzlichen Features. Pipapo. Eines der Gebiete, wo man sich hineinknien konnte, Zeitschriften abonnieren und vor Freunden mit den neuesten Erwerbungen angeben. Und unheimlich viel Geld versenken.

Aber Schott war in der Lage, die gespeicherten Bilder abzurufen, und das tat er auch. Die ersten in der Reihe waren unspektakulär. Sie zeigten die Leupold-Villa von verschiedenen Seiten, auch architektonische Details in höherer Vergrößerung, besonders Fenster. Und Personen. Frau Leupold war zu sehen, wie sie aus dem Haus ging oder dahin zurückkehrte, auch ihren Neffen Manfredo konnte Schott auf einigen Fotos erkennen, aber interessant war das alles nicht. Die Bilder schienen mit extremem Tele aus großer Entfernung aufgenommen. Dann begann eine zweite Serie, die war schon interessanter. Und beunruhigender. Denn nun hatte sich der unbekannte Fotograf näher ans Objekt herangewagt. Und hinein, man konnte es nichts anders sagen: Aufnahmen aus dem Inneren des Hauses. Fotografiert worden war anscheinend jeder einzelne Raum, dazwischen ein Grundriss, vom Computerbildschirm abfotografiert – und dann die dritte Serie aus dem Hobbylabor der Frau Professor im Keller. Lauter Nahaufnahmen. Dieser dritte Teil des Bilderbogens machte Schott stutzig. Der Mensch hatte offenbar jedes einzelne Glasgefäß und Instrument aufgenommen, das dort herumstand; und weiter einige, die Schott bei seinem Kurzbesuch entgangen oder damals in Nebenräumen verstaut waren. Das meiste konnte er auf dem kleinen Display der Kamera nicht identifizieren; aber etwas daran war seltsam. Er kopierte sich die Bilder auf den Computer und sah sie noch einmal durch. Das Seltsame wurde deutlich: die Größe der Gefäße und der Behälter für die Chemikalien. Schott hatte sich nie mit Chemie befasst und das Fach im Gymnasium gehasst; eine öde Formelstreberei, am besten war es noch gewesen, wenn der Dr. Kalchschmied einen Versuch durchführte, dann wurde wenigstens kein neuer Stoff diktiert. Schott war zwar immer in der hinteren Reihe gestanden, wo sich die höflich Desinteressierten versammelten und den Chemiespinnern gern die erste Reihe überließen, aber sogar als höflich Desinteressierter konnte man nicht umhin, wenigstens optisch wahrzunehmen, was sich einen Meter weiter vorn auf dem Labortisch abspielte. Die dazugehörenden Erläuterungen in Kalchschmieds markantem Oberösterreicherisch gingen ihm beim einen Ohr hinein und beim anderen wieder hinaus. Immerhin war klar, dass die Reaktionsgefäße bei der organischen Chemie einen oder zwei Liter fassten. Und nicht zwanzig. Der Fotograf hatte bei einigen Detailaufnahmen einen Zollstock in den Vordergrund gelegt, damit man sich nicht über die tatsächlichen Dimensionen täuschte; solche Monsterapparate waren in der Schule nie aufgetaucht. Und Chemikalien hatte man damals in einem verschließbaren Schrank untergebracht. In Flaschen und Schraubdosen der Firmen »Merck« und »Fluka« – und nicht in blauen Plastikfässern, Deckeleimern und Glasballons. Und dann die Beschriftung: Da standen keine zungenbrecherischen Namen auf den Etiketten, und auch keine Abkürzungen, sondern Kombinationen wie »A3B« oder »N 22«. Das Ganze sah aus wie eine … Minibrauerei? Nein. Wie ein Drogenlabor. Nur nicht so dreckig und improvisiert wie die Drogenkeller, die im Fernsehen kamen, wenn sie von der Polizei ausgehoben wurden. Das alles hätte ihm schon beim Betreten des Raumes auffallen müssen, aber da war ihm ja nur die halboffene Tasche aufgefallen. Verständlich.

Das Ganze gefiel Schott gar nicht. Man soll nichts aufheben, was andere haben fallen lassen. Keine Kaugummis, keine Brieftaschen, auch keine Kameras. Man kriegt nur Schwierigkeiten. Woher das Geld kam, war jetzt auch klar. Bis zu dieser Minute hatte er, wenn der Gedanke am Horizont auftauchte, reflexhaft »Spekulation« gerufen (innerlich). Warum soll eine verschrobene Gymnasialprofessorin nicht Glück an der Börse haben und mit Hebelprodukten das große Geld machen? Es können doch nicht alle nur verloren haben! Und es können doch nicht nur finstere Mächte den großen Reibach gemacht haben, oder? Die Figur der pensionierten Chemielehrerin, jahrzehntelang unterfordert an diesem Provinzgymnasium, schreit doch geradezu nach der Rolle des heimlichen Finanzgenies, das sich – freilich im angepassten Rahmen – über die Jahre ein ansehnliches Vermögen erspekuliert; und dieses dann, na schön, mit irgendwelchen dubiosen »Umtauschgeschäften« an der Finanz vorbeijongliert. Das würde nämlich sehr klar die Riesenmenge zerknitterter Fünfziger und Hunderter erklären, aus denen dieses Vermögen materiell bestand.

Die Intelligenz dazu hatte sie ja. Eine wirklich schöne Geschichte, sehr glaubhaft. Aber zu schön. Als Redakteur hätte er sie für getürkt gehalten. Aber für ihn als Entwender des Geldes war sie unwiderstehlich, hatte sie doch den Vorteil, dass fast kein moralisches Problem entstand. Das Geld war ja nicht mühselig angespart worden, sondern mit dubiosen Methoden, die Schott nie durchschaut hatte, »gewonnen«; man sprach ja auch von Wetten, wenn die Natur dieser Transaktionen erklärt werden sollte, komplizierte Wetten, keine Frage, aber eben

Wetten, bei denen, jawohl, andere das Geld verloren hatten – aber hatte die jemand mit vorgehaltener Pistole zum Wetten gezwungen?

»Doch wohl nicht«, sagte Schott zu Sami, der, solcherart angesprochen, das Köpfchen hob und ein Ohr etwas nach hinten bewegte, dann doch wieder nach vorn schob und die Augen fast ganz schloss. »Sie hätten es ja auch auf der Sparkasse lassen können, aber das war ja alles zu billig, zu gering, es war ja jeder blöd, der nicht mitgemacht hat! Aktien, Finanzpläne!« Er begann zu lachen. »Finanzpläne! Grade schlau genug zum Scheißen, aber Finanzpläne!« Er liebte es, ordinär zu werden, wenn er sich aufregte. Bianca hatte sich »diese Ausdrücke« immer verbeten, zischend scharf. Für ihn war es wie ein Stolperdraht im vollen Lauf gewesen, er fiel auf die Schnauze, die Luft geht raus und alle Lust am Leben. Sami erhob gegen seine Ausdrucksweise keine Einwände. Auch nicht gegen den Inhalt. Wer schweigt, stimmt zu, noch mehr, wenn er dabei die Augen zumacht. Auch das unterschied ihn von Bianca, die jede These ihres Ehemannes, egal bei welchem Thema, mit steigender Erbitterung bekämpft hatte. Aus reiner Wut. Oder so.

»Bianca ist kein gutes Thema«, sagte er zu Sami. »Sei froh, dass du sie nicht gekannt hast.« Der Kater schien ihm das zu glauben. »Wir haben jetzt auch ein ganz anderes Problem. Dein Frauchen hat jahrelang Drogen gekocht in ihrem Labor dort drüben, stell dir vor, und der saubere Neffe hat sie verbreitet. Der wird sich wundern, wo das Geld geblieben ist, beziehungsweise hat sich schon gewundert …« Schott brauchte jetzt erst einmal etwas zu trinken. Er holte sich den Single Malt aus dem Schreibtisch im oberen Stock, an dem er nun schon so lange nicht mehr gesessen war. Er schenkte sich das Destillat von der Insel Islay ein. Es war das beste alkoholische Getränk der Welt, er besaß die Flasche mit dem unaussprechlichen Gälisch am Etikett schon jahrelang; nur, wo er sie herhatte, wusste er nicht mehr, auf keinen Fall ein Geschenk von Bianca, da war er sich sicher. Und sicher war er sich auch, dass der Stoff wahnwitzig teuer war, er trank nur zu besonderen Gelegenheiten einen Schluck oder zwei. So eine Gelegenheit war jetzt nicht, aber das Geld aus der Villa senkte die Besonderheitsschwelle. Und er konnte besser nachdenken, wenn der Whisky im Organismus kreiste.

Das Geld war also Drogengeld. Was für Drogen? Das lag auf der Hand. Kein Heroin, sondern sogenannte Designerdrogen für die Partypeople, die ihre Rudimentärhirne am Wochenende mit Amphetamin und solchem Scheiß zudröhnten; genau die Figuren, die jetzt rudelweise in der Zeitung rumliefen und Journalismus simulierten; genau die Figuren, die ihn den Job gekostet hatten. Er konnte nur hoffen, dass die Mittelchen schwere, noch unentdeckte Nervenschäden verursachten und den Usern qualvolles Siechtum in der geschlossenen Anstalt und frühen Tod bescheren würden. »Sollen sie doch alle verrecken, die Arschlöcher!« Sami spitzte die Ohren und sah ihn aus großen Augen an. Schott schämte sich. »Nein, symbolisch gesprochen natürlich, Samischatz, oder eher … hyperbolisch.« Ich muss damit aufhören, dachte er. Ich fange an, mich vor dem Kater zu rechtfertigen, das muss aufhören. Liegt auch daran, dass ich mit keinem über diese Dinge reden kann. Schott wusste, dass er beim Nachdenken ein Gegenüber brauchte, das er ansprechen konnte, sonst verhedderten sich die Gedanken in zahllose Abschweifungen, die immer weiter vom Thema wegführten. Ins Nichts. Da war ein Kater als Partner unverzichtbar. Vor allem, wenn er, wie Sami, zuzuhören schien.

»Ein moralisches Problem haben wir mit dem Geld also nicht«, begann er. »Es ist nicht armen Junkies abgepresst worden, es handelt sich nicht um diese Art Drogengeld. – Ja, diese verrückten Clubbing-Typen sind auch irgendwie arm dran, wegen Überhitzung und Weichwerden ihrer Birne und so –

aber wenn wir so anfangen, Sami, dann gibt es keine Unterschiede mehr, keine Differenz, die Welt ist ein einziges Jammertal und so weiter – aber das ist hier keine christliche Erbauungsstunde. Wir müssen die Frage klären, ob von diesen Dingen eine Gefahr für uns ausgeht, für mich und dich, Sami, das verstehst du doch?« Sami ließ die Augenlider sozusagen auf halbe Höhe runter, das hieß ja wohl: Okay, kein Einwand bis jetzt, mach weiter!

»Eine mögliche Gefahr geht erstens von Manfredo aus, der den Verlust des Geldes nicht einfach so hinnehmen wird. Und dann ist da noch diese Kamera. Irgendwer hat der guten Frau Professor nachspioniert, schon länger. Wer kann das sein, was meinst du, Sami?«

Sami streckte die linke Pfote vor und begann sie sauberzulecken.

»Die Polizei? Wohl kaum. Die beschaffen sich nicht Zugang zu Häusern, um erst alles zu fotografieren. Wenn die wo reingehen, haben sie einen Durchsuchungsbefehl, und dann wird beschlagnahmt und festgenommen.« Sami gähnte. »Also war es jemand Illegaler oder Halblegaler – gibt's das, halblegal? Na, auch egal … jedenfalls jemand, der Beweise sucht, der etwas dokumentieren will. Daher auch der Zollstock auf manchen Bildern. Eigentlich, und lach jetzt nicht, sieht das genau so aus, wenn jemand recherchiert. Eine Fotostrecke. Weil er einen Artikel darüber schreiben will. Oder eine Doku drehen fürs Fernsehen. Hat der ›Spiegel‹ Wind von der Sache bekommen, was meinst du, Sami? Eine Titelgeschichte vielleicht. *Die Pillen der Frau Leupold* oder so ähnlich … aber die dürfen doch nicht einfach in ein Haus einbrechen, nur, weil sie vom ›Spiegel‹ sind oder von der ARD, was meinst du, Sami?«

Sami enthielt sich jeden Kommentars. Er war auch viel zu beschäftigt, das Köpfchen zurückzulegen und sich von Schott, der neben ihm hockte, die Stirn streicheln zu lassen, von vorn nach hinten über das seidige Fell bis in den Nacken. Die Augen hatte er zu, im winzigen, halb geöffneten rosa Maul glänzten links und rechts die Eckzähne. Sami schnurrte.

»Erinnere mich dran, dass wir uns bald einmal beim Tierarzt die Zähne anschauen lassen«, sagte Schott. »Das Katzenbuch sagt, man muss das regelmäßig machen lassen. Deine kommen mir schon ein bisschen gelblich vor.«

Mit den Fotos kam er gedanklich nicht weiter. Sami war keine Hilfe. Er lenkte ihn zu sehr ab. Natürlich hatte kein »Spiegel«-Reporter die Fotos geschossen, auch sonst niemand von der Presse. Schon, weil diese Burschen nicht die sündteure Kamera hätten liegenlassen. Es sei denn, sie wären gehindert worden … das verdrängte er. Spekulationen, völlig haltlos. Natürlich: Ein Bedrohungsszenario ließ sich aus allem aufbauen, aus den gewöhnlichsten Einzelheiten, aber damit machte man sich nur selber verrückt.

Ich bin zu viel allein, dachte er. Ich sollte unter Leute gehen. Laut aussprechen tat er das nicht, um den Kater nicht zu kränken.

Schott begann sich zu benehmen wie die Katzennarren (mehr noch -närrinnen), die im Umgang mit ihren Tieren in kindliche Verhaltensmuster fallen. Diese Menschen wissen, dass sie in Bezug auf »Schurrli«, »Max« oder »Mietzi« nicht normal sind und von ihrer nicht katzenhaltenden Umgebung mit einer Mischung aus Unverständnis und peinlicher Berührtheit dabei beobachtet werden, vor allem, wenn sie zuhören müssen, welche schier unglaubliche Intelligenzleistungen ihr Liebling eben erst wieder vollbracht habe. Ganz schlimm bei Hundebesitzern: Schott erinnerte sich, wie ihm der Direktor des Dornbirner Naturkundemuseums, ein promovierter Geologe und beinharter Naturwissenschaftler, gegen Ende eines Interviews versichert hatte, sein Hund sei genauso intelligent wie ein Mensch. Schott hatte erwartungsvoll gegrinst, weil er das für die Einleitung zu einer witzigen Geschichte hielt, es kamen dann aber nur anekdotische Belege für die These des Direktors. Schott hatte sie alle vergessen. Der Mann war ein Extremfall. Katzenliebhaber benahmen sich auch seltsam, aber gleichzeitig wussten sie um diese Verschrobenheit. Und genierten sich dafür. Aber nicht sehr. Man konnte Katzenverrücktheit in aufgeklärten Kreisen auch durchaus zeigen. Katze war nicht so schlimm, eine Marotte halt. Schließlich hatte kein Kater der Weltgeschichte ein Herrchen gehabt wie der Schäferrüde »Blondie«.

Schott schenkte sich noch einen Whisky ein. Allmählich setzte angenehme Beduselung ein. Die Fotos waren ein Problem, das schon, das wollte er gar nicht leugnen, aber kein brennendes. Es würde sich irgendwann herausstellen, wer sie und wann er sie gemacht hatte. Und zu welchem Behufe. Das konnte warten, solang er selber in Deckung blieb.

Bildete er sich ein.

# 6

Am nächsten Tag war Schott unterwegs. Er besuchte zwei private Mosterzeuger, sogenannte *Moster*, für seinen Gratisblattartikel. Der Aufwand, den er mit seinen auf Digitaldiktiergerät aufgenommenen Interviews trieb, stand in keinem Verhältnis zum Honorar, aber das war ihm egal. Er konnte wieder journalistisch arbeiten, das hatte er vermisst. Sehr vermisst.

Als er gegen vier heimkam, machte er sich einen Kaffee und übertrug die beiden Interviews via Stick auf den Computer. Dann fing er an, sie wortwörtlich abzuschreiben. Wenn er nur die Hälfte der Informationen verwendete, ergab das locker zwanzig Seiten, zur Verfügung hatte er vierzig Zeilen – es musste also ordentlich eingedampft werden. Nein, musste es nicht, wie er wohl wusste, seine Aufnahmen hatten nichts zu tun mit seiner Aufgabe; so ging man an eine solche Sache nicht heran, man machte für so ein Artikelchen nicht den Aufwand wie für ein Rundfunkfeature, das war nicht nur Zeitverschwendung, sondern Zusatzarbeit; er wusste jetzt *zu viel* über das Mosten. Die Konzentrierung auf den erlaubten Umfang war jetzt viel schwieriger, als wenn er gar nichts davon gewusst und alles aus dem Internet abgeschrieben hätte. Aber es war seine Zeit. Er konnte es sich leisten. Er hatte einen Riesenpuffer. Er konnte *dilettieren*, wie man das früher genannt hatte, was nicht hieß, dass man etwas nicht gut konnte, sondern nur, dass man nicht davon leben musste. Wie ein Privatdozent. Privatdozent Schott … wo war eigentlich der Kater?

Der fand sich schon beim ersten, suchenden Blick zusammengerollt auf einem Stuhl unten im Wohnzimmer. Als ihn Schott auf den Arm nehmen wollte, fauchte ihn Sami an und versuchte den Menschen mit der rechten Vordertatze zu erwischen, sprang dann mit großem Ungeschick von der Sitzfläche hinunter, was kein Wunder war, weil er dazu nur drei Beine benutzen konnte, das vierte, das linke vordere, hielt er angezogen, vermied es, die Pfote aufzusetzen. Warum, war auch klar. Auf der Vorderseite des Unterschenkels prangte ein dicker roter Fleck und auf der Rückseite ein zweiter. Ein Untier hatte da mitten durchgebissen. Sami litt Schmerzen, das konnte man sehen. Er humpelte an Schott vorbei in Richtung Wirtschaftsraum, aber Schott war schneller, er rannte am Kater vorbei und verriegelte den Sperrmechanismus der Katzenklappe. Schott lief wie auf Autopilot, er wunderte sich nachher, wie gut das alles klappte, wie eine angekündigte Übung bei der Feuerwehr. Er nahm den Katzenkäfig vom Regal und zog die dickledernen Stulpenhandschuhe an, die zum offenen Kamin gehörten und nie benutzt wurden. Den Käfig hatte er zusammen mit der übrigen Grundausrüstung gekauft. Dann packte er den Kater, ließ ihn in einer einzigen, fließenden Bewegung in das senkrecht gestellte Katzenbehältnis gleiten und schloss das Türgitter. Sami begann zu jammern. Es klang wie das Weinen eines Kindes. Jedenfalls kam es Schott, der nie viel Gelegenheit gehabt hatte, Kinder weinen zu hören, so vor. Schott legte die Handschuhe auf den Deckel und wählte die Nummer auf dem Zettel, der bei den Futtervorräten im Regal hing. *Tierklinik Dr. Rhomberg* stand darauf; Schott hatte die Notiz gleich nach der Besprechung mit Manfredo angefertigt. Die Tierklinik Dr. Rhomberg war Tag und Nacht geöffnet.

Schott schilderte der Dame die Leiden des Katers und erhielt die Aufforderung, mit demselben sofort zu erscheinen – nachdem er zugeben musste, Sami mache einen müden, ja trüben Eindruck und das Fell komme ihm, wenn er es recht bedenke, stumpfer vor als sonst. Schott packte den Käfig auf den Rücksitz und fuhr los. Sami ließ sein Wimmern hören, Schott redete beruhigend auf ihn ein, den Kopf halb nach hinten gedreht, was das Fahren etwas unsicher machte. »Wir sind gleich da, Sami, nicht weinen, Sami, wir sind gleich beim Doktor.« Mit knapper Not vermied er es, *Onkel Doktor* zu sagen; die Szene war auch so bizarr genug – ein Rest des Vor-Sami-Schotts sprach in seinem Kopf zu ihm: Du fährst siebzig im Stadtgebiet und passt nicht auf die Straße auf, weil du mit einer Katze auf dem Rücksitz redest! Und weißt du eigentlich, was diese Tierärzte kosten? Die Katze ist nämlich nicht in der Krankenkasse, wenn du das gedacht haben solltest … »Erstens«, erwiderte der Nach-Sami-Schott, »ist das ein Kater, keine Katze, und zweitens kann ich es mir leisten, ich hab ein paar Drogendealer expropriiert, also halt den Rand und red nicht über Dinge, von denen du nichts verstehst!« Vor-Sami-Schott war beleidigt und schwieg, dafür fing Sami wieder an zu jammern. »Nicht weinen, Sami, wir sind gleich da …« Die Fahrt verlief auf diese Art sehr kurzweilig und Schott hatte recht. Sie waren da.

Die Tierklinik befand sich in einem weitläufigen Siebziger-Jahre-Bau am Stadtrand. Die Praxis im Erdgeschoss, darüber wohl noch Wohnungen und Büros. Ein dezentes Edelstahlschild mit mehrzeiliger Aufschrift an der Tür, daraus ging hervor, dass Dr. med. vet. Hildegard Rhomberg von Montag bis Freitag jeweils von 9:00 bis 11:00 und von 14:00 bis 17:00 Uhr ordiniere, am Samstag nur von 9:00 bis 11:00 Uhr. *Notfälle jederzeit!* stand dort noch, eine seltsame Formulierung, überlegte Schott, während er die Tür aufzog, irgendetwas daran passte ihm nicht, es klang fast wie eine düstere Drohung – klar konnten Notfälle jederzeit passieren, es fehlte eine erklärende Ergänzung, etwa: *Notfälle werden jederzeit behandelt* oder so ähnlich, gleich darauf fiel ihm ein: Du bist ein Korinthenkacker erster Ordnung, weißt du das? Er wusste es ja.

Der Warteraum war voll. Schott verzichtete darauf zu zählen. Der Grundriss L-förmig, um die Ecke fand er noch einen

Platz. Er stellte den Korb darauf ab und ging nach vorn. Einen Anmeldeschalter gab es nicht, er klopfte an die mit *Behandlungsraum 1* bezeichnete Tür. Eine junge Dame in weißem Kittel öffnete. Er habe angerufen, sagte er, der Kater sei gebissen worden … ja, gleich, es dauere noch ein bisschen, die Assistentin nahm einstweilen die Personalien auf. Seine und die von Sami. Wann geboren und wo, wann geimpft und so weiter. Stand alles in Manfredos Unterlagen, die er mitgebracht hatte.

In dem Raum lastete nicht jene Wartezimmerstille mitteleuropäischer Arztpraxen, sondern die lockere Atmosphäre eines Theaters kurz vor Beginn der Vorstellung. Alle redeten miteinander. Schott bekam auch gleich mit, worüber. Die Leute redeten über ihre Tiere. Diese Tiere in diversen Körben und Käfigen blieben still. Auch die beiden Hunde saßen bei ihren Besitzern (Herrchen respektive Frauchen) und gaben keinen Mucks von sich, obwohl ihnen gegenüber eindeutig als Katzen identifizierbare kleinere Tiere zwischen den Stangen ihrer Hartplastikkäfige hervorspähten. Ein Vierzehnjähriger hatte eine Pappschachtel mit einem apathischen Meerschweinchen auf dem Schoß. Nur ein dritter, sehr junger Hund, ein Schnauzer, wuselte zwischen den Beinen seines Besitzers herum und ließ ab und zu ein Fiepen hören, leise, aber durch Mark und Bein gehend, von großer Angst zeugend. Schott verstand: All diese Tiere wussten, wo sie waren, aber nicht, was mit ihnen geschehen würde. Sie hielten diesen eigentümlichen Burgfrieden, weil sie spürten, dass es hier um Tod und Leben ging, der Ort hatte die Aura jener Tiere aufgenommen, die hinter der Praxistür gestorben waren – man brachte ja auch die Kandidaten zum *Einschläfern* hierher. Hunde, die eine Million Mal besser riechen konnten als Menschen, mochten den Geruch des Todes in der Nase haben; Katzen erspürten es mit ihrem sechsten Sinn. An einem Ort wie diesem fängt man keinen Streit an. Der Gedanke erfüllte Schott mit Trauer. Darin versinken konnte er aber nicht, weil die freundliche Dame zur Linken wissen wollte, was denn die wunderschöne Katze habe?

Gebissen worden, sagte Schott und erfuhr nicht nur von der Dame zur Linken, sondern auch von der zur Rechten und von dem Herrn schräg gegenüber, einem Hundebesitzer, eine solche Flut der Anteilnahme, dass er verlegen wurde. Dann kamen mehrere Beißgeschichten von Katzen und Hunden, die meistens gut ausgegangen waren, manchmal aber auch nicht, weshalb sofortiger Tierarztbesuch beim ersten Anzeichen obligatorisch sei; wie lange denn der Biss schon her sei? Das wisse er eben nicht, sagte Schott, der mit einem Mal das Gefühl hatte, sich verteidigen zu müssen, er habe nichts gesehen, ihm sei an dem Kater nichts aufgefallen. Das war nun kein Grund zu offenen Vorwürfen, auch nicht zu versteckten, sondern zu weiteren Erläuterungen der Situation: Das sei ja eben das Problem bei Katzen, dass man die Bisse, die sie einander zufügen, unter dem Fell so schwer sieht, weil sie an der Oberfläche gleich zuheilen und innen drin die Infektion zu wüten beginnt. Nach drei Tagen kann es schon zu spät sein. Schott blickte auf Sami. Apathie war eine Untertreibung, wahrscheinlich hatte er Fieber. Aber keine Angst, beschwichtigte ihn die Dame zur Linken, es gebe da ganz hervorragende Antibiotika, die auch schwierige und späte Fälle noch zum Guten wenden könnten.

Und dann wurde er auch schon aufgerufen.

Der Behandlungsraum war so hell, wie er das erwartet hatte, ein großes Fenster auf der gegenüberliegenden Seite, Glasschränke mit medizinischem Material, ein kleiner Schreibtisch, aber kein Sessel für den Patienten, sondern eine Art hoher, schmaler Tisch mit Rollen und Plastikauflage.

»Stellen Sie ihn einfach da rauf«, sagte die Gehilfin und verschwand im Nebenraum. Schott setzte den Käfig ab. Aus dem Nebenraum auf der anderen Seite dröhnten Gesprächsfetzen knapp unterhalb der Verstehbarkeitsgrenze, ein Bass und eine

Frauenstimme, von einem Tier war nichts zu hören. Vielleicht noch ein Arzt oder ein … wie sagt man da? Klient? Patient ist ja das Tier … die Frau wäre dann die Ärztin. Aber so war es nicht. Die Ärztin erschien.

Schlank, groß, pechschwarzes Haar. Sie gab Schott die Hand. Schott murmelte eine Begrüßung. Er war irritiert. Klar, das war die Frau Dr. Rhomberg, sie hatte es selber gesagt, aber etwas stimmte nicht. An ihrem Äußeren. Sie sah nicht aus wie eine Tierärztin. Vielleicht noch wie eine Tierärztin aus einer TV-Serie, aber sogar dafür übertrieben. Sie sah aus wie ein Model. Nein, das kann man auch nicht sagen, dachte er; die haben alle so was Künstliches, Aufgeblasenes, na ja, Aufgespritztes. Die Dr. Rhomberg sah dagegen so aus, wie ein Model eigentlich aussehen müsste, wenn es nicht durch den Modelbetrieb verbogen und entstellt wäre. Sie sah einfach aus wie die schönste Frau der Welt.

Frau Dr. Rhomberg öffnete den Käfig und nahm Sami heraus. Er wollte nicht, stemmte sich mit den Vorderpfoten gegen den Käfigrand. Es nutzte ihm nichts. Dann lag er auf dem Bauch, das verletzte Bein ausgestreckt. Die Ärztin untersuchte es und redete dabei, Schott hörte nicht zu, obwohl er sich bemühte, er konnte den Blick nicht von dem perfekten Schwung ihrer Taille lösen, während sie sich über Sami beugte … Er merkte, dass sie ihn etwas gefragt hatte, und sagte: »Entschuldigung, was haben Sie gesagt?«

»Wann das passiert ist, wollte ich wissen.«

»Ich weiß nicht …« Er begann den Vorfall wiederzugeben, wie er das vor ein paar Minuten im Wartezimmer getan hatte, aber er stockte dabei, wiederholte und verhaspelte sich. Sie blickte auf und sah ihn an. Er verstummte. Sie lächelte. »Halten Sie ihn einen Augenblick fest, ja?« Er hielt Sami fest, sie holte eine Spritze aus dem Glasschrank.

Schott hätte gut daran getan, seine Aufmerksamkeit mehr

dem Tier zuzuwenden als der Rückseite der Frau Dr. Rhomberg, aber der Anblick faszinierte ihn. Diese Frau, dachte er, ist einfach perfekt. So ähnlich müssen die Leute gestarrt haben, als die Venus von Milo ausgegraben wurde. Aber das war eine Statue, ein Phantasieprodukt im Grunde, Wunschtraum eines genialen Bildhauers. Das hier war … *live*. Echt. Sami nutzte die Gelegenheit und entkam dem allzu leichten Griff seines Menschen, der ihn in diese Höhle des Verderbens gebracht hatte, wo der Tod der Artgenossen als dichte Aura über allen Dingen lag. Wieso tat der Mensch das? Sami hatte Todesangst. In diesem Raum waren viele Tiere gestorben und Samis Anwesenheit an diesem Ort konnte nichts anderes bedeuten, als dass er ebenfalls sterben würde. Er spürte, dass er von seinem Menschen verraten worden war. Er sprang von dem Tisch, was mit drei Beinen schwierig war, und flüchtete unter den größten Eckschrank. Dort schmiegte er sich an die Wand.

»Oje!«, sagte Dr. Rhomberg, legte die Spritze weg und kauerte sich ohne Umstände vor dem Schrank nieder, Schott legte sich neben ihr flach auf den Boden. Ihre Knie berührten seinen Oberarm, als er die Hand unter den Schrank auf Sami zuschob. Ich bleib hier liegen, dachte er, der Kater kommt sowieso nicht mehr raus, dann bin ich in ihrer Nähe, denn sie muss auch hier unten bleiben, es ist ihre Praxis, sie ist die Ärztin, sie kann mich hier nicht allein rumliegen lassen, sie muss bei mir bleiben, jawohl, da hilft nichts, jede Minute in ihrer Nähe ist kostbar, das kann mir keiner mehr nehmen, das bleibt! Dr. Rhomberg schien ähnlich zu empfinden, denn jetzt legte sie sich neben Schott auf den Bauch, der spürte die Wärme ihres Körpers an seiner Seite, das eben hat mir immer gefehlt, ging es ihm durch den Kopf, dieses Gefühl. Nichts Sexuelles. Nur diese Wärme, die anders war als jede frühere Empfindung von Wärme.

Sami knurrte und zog sich in die hinterste Ecke zurück. »Das hat er noch nie gemacht«, sagte Schott.

»Sich versteckt?«

»So geknurrt.« Sie lachte. Was war an der Bemerkung komisch? Sie sah ihn von der Seite an. Und lächelte.

»Ihnen liegt viel an dem Kater?«

Jetzt lachte er. »Natürlich! Aber wie kommen Sie jetzt da drauf?«

»Das Tier verschwindet unter dem Schrank und eine Sekunde später liegen Sie flach auf dem Boden, den wir zwar jeden Abend saugen und wischen, aber eben erst am Abend …«

»Soll das heißen, der Boden wird nicht jede Viertelstunde mit Chlorkalk eingesprüht? Entsetzlich – wo ich doch so allergisch bin.« Sie lachte laut heraus.

Er bemühte sich, den Arm weiter unter den Schrank zu bekommen, Sami knurrte, Frau Dr. Rhomberg schob ihre Rechte an der anderen Wand entlang auf Sami zu, so war er von zwei Händen bedroht, die ihn ergreifen wollten, eine von links, eine von vorn im rechten Winkel, in der Ecke, wo er saß, würden sie sich treffen. Er geriet in Panik.

Schott versuchte den Kater mit seinem linken Arm in die Ecke zu treiben, wo ihn die Ärztin hoffentlich zu packen kriegen würde; ich bin ein elender Feigling, dachte er, ich überlasse ihr den gefährlichen Teil des Jobs, sollte man es für möglich halten, genau das tue ich hier – mich drücken. Soll sie doch den Kater packen und gekratzt werden, was unweigerlich passieren wird … wer von uns zwei hat denn Veterinärmedizin studiert! Das glaubst du nicht, dass ich dazu fähig bin. Erschrocken über die eigene Feigheit, wandte er den Oberkörper nach rechts, stieß die Linke noch weiter auf die Ecke zu, um den Kater zu packen, stützte sich mit der Rechten am Boden ab. Nein, nicht am Boden. Auf ihrer linken Hand. Sie protestierte nicht. Auf der Handfläche.

»Ja, so!«, keuchte sie und packte Sami im Nacken, blitzschnell war das gegangen, aber um zu verhindern, dass Sami in einer letzten, verzweifelten Aktion einen Prankenhieb auf die böse Hand seines verräterischen Menschen landete, nicht schnell genug. Es tat weh und wurde nass. Geschieht mir recht, dachte Schott, wegen erwiesener Feigheit vor dem Feind, von Rechts wegen sollte ich erschossen werden. Seine Gedanken verhedderten sich, seine Gefühle noch mehr, Wut auf den Kater, Wut auf sich selbst wegen Sich-idiotisch-Anstellens und gleichzeitig ein lang nicht gekanntes Gefühl, das er nicht einordnen konnte, nur dass es gut war, sehr gut, das wusste er, und dass es mit Trost zu tun hatte und der Überzeugung von glücklicher Zukunft und gutem Ende und so weiter über jedes Ende hinaus; alles wegen ihrer Hand, auf der immer noch die seine lag, nicht mehr gepresst, weil er sich nicht mehr abstützte, seine Rechte lag einfach in ihrer Linken, die Finger griffen halb ineinander, als ob die beiden spazieren gingen, einander haltend. Sie schien das normal zu finden, machte keine Anstalten, sich zu befreien, ihre Hand fühlte sich wohl in der seinen, sie redete mit dem Kater, den sie am Nackenfell gepackt hielt und unter dem Schrank hervorzog, Zentimeter für Zentimeter. Er sträubte sich, hielt nichts vom Herauskommen, stemmte die Pfoten gegen den Boden. So ging es ab und zu wieder ein paar Zentimeter zurück, dann wieder vor. »Komm, Sami, komm, gleich vorbei …« Ein Strom beruhigender Worte, gleichmäßig und leise mit einem gurrenden Unterton. »So ist's gut, braver Sami, lass meine Hand nicht los …« Nein, das hatte sie nicht gesagt, seine Sinne spielten ihm einen Streich, aber nicht alle, nur der Hörsinn, der Tastsinn und der Sehsinn meldeten einfach, was gerade passierte: dass er seine Finger jetzt in die ihren verschränkt hatte und sie die ihren in seine; »Verknotigung« fiel ihm ein, woher kam das? Aus »Ännchen von Tharau«, genau, »… soll unsrer Liebe Verknotigung sein …«, hieß es da, Simon Dach, Barockdichter, wie kam er jetzt darauf? Das Wort war ihm jahrzehntelang nicht mehr untergekommen, das gab es überhaupt nur in diesem Lied, dessen Melodie ihm jetzt einfiel, wo hatte er es her? Und was, zum Geier, soll »der Liebe Verknotigung« sein? Das hatte er vergessen. Was war das überhaupt für ein Wort? Aus einem der berühmtesten deutschen Liebesgedichte, hörte sich aber nach einer unangenehmen medizinischen Komplikation an, nicht nach etwas Erotischem. Eine »Verknotigung« will man sich nicht anschauen, man will nicht einmal wissen, was das ist.

»Was ist denn hier los?«

Eine Stimme aus der Höhe, von hinten, männlich und belustigt klingend. Ach so. Der Ehemann, die männliche Hälfte des Veterinärduos.

Alles aus.

»Helfen Sie uns doch, Dr. Vazquez«, sagte sie so laut, dass es eine Schar interessierter Zuhörer verstanden hätte. Es war aber sonst niemand da. Außer Dr. Rhomberg, Dr. Vazquez, dessen leichter Akzent Schott erst jetzt auffiel. Den die Frau Doktor mit »Sie« ansprach, was sie kaum täte, wenn sie mit ihm verheiratet wäre – und Schott war da, dem dies nun auffiel, und der leise knurrende Sami. Dr. Vazquez murmelte etwas Spanisches, es klang nach Belustigung, und kniete nieder, zwängte sich rechts neben die Frau Doktor an die Wand (denn zwischen die Ärztin und Schott passte nicht einmal mehr das sprichwörtliche Blatt Papier, sie klebten aneinander); dann griff er unter den Schrank und holte den widerstrebenden Kater mit einem einzigen Griff heraus und plazierte ihn auf dem Untersuchungstisch.

Nichts aus.

Alles ging weiter. Zunächst mit dem Aufrappeln vom Boden. Ihre Hände lösten sich voneinander. So sah es aus, so war es ja erforderlich beim Aufstehen. Aber in Wahrheit, das schoss Schott durch den Kopf, in Wahrheit lösten sie sich nicht. Wie auch? Wie das halt so ist mit Verknotigung.

Von Schotts Hand tropfte Blut auf den Boden. Vier scharfrote Spuren auf dem Handrücken. »Machen wir gleich«, sagte Dr. Vazquez und reichte ihm ein Papierhandtuch. »Erst der Kater …«

»Natürlich«, sagte Schott, »ist ja auch eine Tierarztpraxis.« Frau Dr. Rhomberg lachte, dieses Lachen rieselte wie ein feiner Wasserstrahl in Schotts erhitztes Gemüt, dass ihm ganz anders wurde. Er klammerte sich an die Lehne ihres Bürostuhls. »Können Sie kein Blut sehen?«, fragte Dr. Vazquez mit dem leicht herablassenden Unterton des echten Iberers, der jedes Wochenende dampfende Ströme davon im Sand der Arena versickern sieht.

»Doch, doch, ich bin nur zu schnell aufgestanden«, sagte Schott.

»Herr Schott steht nicht nur schnell auf, er legt sich auch schnell hin«, sagte Dr. Rhomberg, »wenn es um seinen Kater geht.« Sie lächelte ihn an und strich den weißen Arztkittel glatt. »Dann wollen wir also …«

Schott wusste nicht recht, was diese Kommentare bedeuten sollten, und hielt den Mund. Die Hand tat weh. Die Ärzte, er und sie, widmeten sich dem Kater, der jeden Widerstand aufgegeben hatte. Er bekam eine Spritze.

»Er muss hierbleiben«, erklärte Frau Dr. Rhomberg. »Bis morgen mindestens.«

»Ist es so schlimm?«, fragte Schott. Ehe sie antworten konnte, hastete Dr. Vazquez ins Nebenzimmer und schloss die Tür.

»Er ist ein wenig … wie soll ich sagen …«

»Spanier?«

»Ja, wir arbeiten seit vier Jahren zusammen.«

»Wie kommt denn ein spanischer Tierarzt …«

»Die Liebe. Immer dasselbe. Er ist hier verheiratet.«

»Glücklich?«

Sie schaute ihn aus großen Augen an. »Tut mir leid«, erklärte er, »berufsbedingte Neugier, das ist wie ein Reflex. Ich bin … war … Journalist … ich weiß schon, dass mich das nichts angeht.«

Sie wandte sich wieder dem Kater zu. »Ich glaube, ja, um Ihre Frage zu beantworten – ich meine, glücklich verheiratet, der Kollege Vazquez. Und nein, um gleich Ihre nächste Frage zu beantworten.« Sie blickte ihn an.

»Tatsache?«, staunte Schott. »Er ist nicht für den Stierkampf? Das wäre meine nächste Frage gewesen …« Er grinste. Sie lachte auf und boxte ihn leicht in die Rippen. »Ich bin übrigens auch – gegen den Stierkampf«, setzte er fort. »Ich vermute, Sie auch, Frau Doktor?«

»Natürlich. Seit vier Jahren … hier, halten Sie ihn fest.« Sami war eingeschlafen. Das kleine Maul stand leicht offen, hinter den spitzen Zähnen schimmerte die rosa Zunge. Frau Dr. Rhomberg kam mit einem Rasierapparat vom Schrank zurück; einen ähnlichen hatte Schott besessen, als er sich noch elektrisch rasierte. Mit wenigen Strichen wurde Samis Bein kahlgeschoren.

»Sie sagten, Sie waren Journalist?«

»Bis vor einem Jahr. Restrukturierungsmaßnahmen.« Darüber wollte sie nun einiges wissen. Eigentlich alles, was er von sich gab. Sie hörte nicht nur zu, sie schien seine Worte aufzusaugen. Er merkte es an ihren Zwischenfragen. Das kann sie gar nicht interessieren, dachte er. Wieso hört sie mir auf diese Art zu? Er kam nicht dahinter. Während dieses Zuhörens (so intensiv, als ob sie hinterher einen Bericht über den traurigen beruflichen Werdegang des Redakteurs Schott schreiben müsste); während sie ihm also zuhörte, reinigte sie Samis Wunde, wovon Schott fast nichts mitbekam und Sami gar nichts. Denn der schlief den Schlaf der Betäubten, und Schott konnte sich, wie die meisten Männer, nicht auf zwei Dinge gleichzeitig konzentrieren. Es ging schließlich um eine lebendige Schilderung der intriganten Zustände in der größten regionalen Zeitung und seine Rolle darin, was bei diesem Thema angesichts des extremen Mangels an Relevanz für alle Menschen außerhalb der Zeitung eine schwere Aufgabe war. Schott gab sich Mühe; er wollte mit allen Fasern seines Herzens, dass sie ihm zuhörte. Er hatte noch nicht begriffen, dass sie ihm mit derselben fast atemanhaltenden Neugier gelauscht hätte, wenn es um das Sammeln von Mineralien oder die Korrespondenz Grillparzers gegangen wäre.

Sie hörte ihn gern reden. Aber das wurde ihr erst später klar. Und ihm auch.

Sami war verarztet und kam in einen Aufwachkäfig auf der Station, das heißt, in einen weiteren Nebenraum der weitläufigen Praxis Rhomberg-Vazquez. Das Reden hörte aber nicht auf, sondern erstreckte sich auf weitere Themen, während Schotts Hand verarztet wurde, und war auch nicht mehr ein-, sondern wechselseitig und breit gefächert über Politik, Kultur und so weiter – so breit gefächert, dass die Sprechstundenhilfe auf die Tür zum Wartezimmer und danach auf die Uhr an der Wand weisen musste, um die Dinge wieder in einen normalen zeitlichen Ablauf zu bringen.

»Wir haben uns verplaudert«, sagte Frau Dr. Rhomberg, »und reden morgen weiter, einverstanden?« Sie gab ihm die Hand, die rechte dieses Mal, und drückte sie fest und schaute ihm in die Augen, und er drückte zurück und schaute zurück, und alles war gut. Weil hoffnungsvoll. Ja, konnte man so sagen. Morgen Nachmittag würde er wiederkommen und Sami abholen und dann … das würde sich weisen.

Er fuhr in einer Art Trance nach Hause. Als er ankam, merkte er, dass er den Transportkäfig in der Praxis vergessen hatte.

*

Charly parkte den Leihwagen in der neuen Tiefgarage in der Dornbirner Innenstadt, genau unter der Durchzugsstraße. Diese Straße zerschnitt die Stadt in zwei Teile, einen östlichen und einen westlichen, wie er dem Internetstadtplan entnommen hatte. Eine merkwürdige Art, eine Straße mitten durch die Stadt zu bauen, aber merkwürdig war noch anderes an diesem Dornbirn. Als er aus der Garage aus der Westseite nach oben kam, fiel sein Blick auf den Marktplatz, hinter dem sich das Parlament erhob. Nein, ein Parlament konnte das nicht sein, es fehlte auch der hohe Sockel wie in Wien, aber was sollte das sonst sein, ein klassizistischer Bau mit sechs gewaltigen Säulen, pseudogriechisch? Daneben stand ein Kirchturm mit steilem Spitzdach, dann gab es noch ein kleineres villenartiges Gebäude, auf der anderen Seite ein rot gestrichenes Holzhaus, Typus Spätmittelalter. An dem Ensemble passte überhaupt nichts zusammen, die großfenstrigen Siebziger-Jahre-Bauten an der rechten Seite des Platzes, die an jedem anderen Ort ein historisches Ensemble verschandelt hätten, fielen hier nicht weiter negativ auf, es gab nichts zu verschandeln. Charly hatte ein Faible für Architektur. Zeichnen war in der Schule das Einzige gewesen, was er gut konnte, aber außer dem Lehrer Fässler war das niemandem aufgefallen. Es hätte etwas aus mir werden können, dachte er oft, wenn die Umstände … er dachte das auch jetzt wieder und gleich darauf an etwas anderes. Es nutzte ja nichts. Denn bei solchen Gedanken kamen oft die Anfälle, so auch jetzt, schwach nur, aber eben doch. Er nahm einen tiefen Zug aus dem Inhalator. Gleich ging es besser. Einen Vorteil hatte dieses Leiden: Es erklärte vieles, was schiefgelaufen war. Wenn man in der Schule so oft fehlt, weil man krank ist, bleibt man zurück, wenn die Eltern nicht aus der Schicht stammen, die auf Teufel komm raus Nachhilfe bezahlt. Sein Vater stand an der Drehbank in einem kleinen Metallbetrieb und hatte mit dem Trinken angefangen, als die Bude

Pleite machte, seine Mutter ging putzen, um das Familieneinkommen aufzubessern. Und der einzige Sohn hatte Asthma. Charly sprach zu niemandem über seine Kindheit, weil er die paar Mal, als er es doch getan hatte, diese Blicke geerntet hatte, die er nicht ausstehen konnte; er wusste selber, dass alles wie ausgedacht klang, ich bin nicht schuld, und zwar an gar nichts, weil ich es so schwer gehabt habe … und so weiter. Nicht einmal seine Freunde glaubten die Geschichte, wie er sie erzählte. Obwohl die Sache mit dem Inhalator allen bekannt war. Weil sie glauben, ich spiele das nur, dachte er oft, in dem Apparat ist nur Wasser, denken sie, kein Asthmamittel. Charly Wichtigtuer, der Einzige in der Branche mit einer so gschissenen Krankheit …

Er hatte versucht, das Leiden durch körperliche Aktivitäten in den Griff zu kriegen, das war zwar nicht gelungen, hatte ihm aber zu Muskeln und sagenhafter Kondition verholfen. Und zu dem Job, den er jetzt hatte. Deswegen war er hier, in dem komischen Dornbirn, das er nur aus Erzählungen kannte, aus übertriebenen. Aber seine Quelle hatte nicht übertrieben, der Platz sah wirklich so scheußlich aus, dass er schon fast wieder einen eigenen Schick hatte. Charly ging nach Süden bis zur Ampel, überquerte die Hauptstraße. Weiter ins Villenviertel. Er hatte die Stadt im Kopf. Aus Gewohnheit. Bei solchen Jobs konnte man sich nicht mit dem Studium von Plänen aufhalten. Das musste alles vorher eingepaukt werden. Das Internet war eine große Hilfe.

So fand er auch sofort die Villa der Frau Leupold. Für die Zwecke der Frau Professor waren Gebäude und Umfeld ideal, da konnte er sie nur beglückwünschen. Ein einzeln stehendes Haus, groß genug für Arbeitsräume, das war wichtig, man brauchte Platz für die Produktion; dabei von außen ohne den geringsten Hinweis, nichts, was auf Werkstatt, Garage oder Lager deutete, ein reines Wohnhaus. Von den Nachbarn so weit entfernt, dass keine neugierigen Blicke durch Fenster oder offene Türen fallen konnten und das Kommen und Gehen schwer zu überprüfen war – aber auch wieder nicht so weit von der Nachbarschaft entfernt, dass etwa der Eindruck des Abgeschiedenen, Isolierten entstanden wäre. Vereinzelte Gebäude besaßen für gewisse Aktivitäten nicht die geringste Eignung, sie regten die Phantasie zu sehr an. Zu viele Menschen fragten sich beim Vorbeigehen, wer wohl dort wohnen, was wohl dort vorgehen mochte. Man konnte genauso gut große Schilder aufhängen. *Drogenlabor* oder *Geheimpuff*. Jede Art erregter Aufmerksamkeit war ganz, ganz schlecht. Auch nach dem Job durfte es solche Aufmerksamkeit nicht geben, unter keinen Umständen. Das erwartete Bindl von ihm, dass nichts herauskam; es durfte für die Öffentlichkeit überhaupt nichts passieren; wenn etwas passierte, und sei es nur so viel, dass es für eine Vierzeilenmeldung in der Zeitung reichte, war die Sache schiefgelaufen. Nicht professionell. Bindl erwartete, dass Charly mit den Leuten redete und die Sache bereinigte. Andere hätten dabei eine stufenweise Eskalation gewählt, erst anonyme Warnungen, dann Gewalt gegen Sachen, erst, wenn die dann stur blieben, härtere Maßnahmen. Bindl hielt davon nichts, es war einer der wenigen Punkte, wo Charly seinem Chef recht gab. Dieses allmähliche Herantasten war überflüssiger Kokolores und gefährlich außerdem. Man konnte in die Leute nicht hineinsehen und wusste nicht, wann und unter welchen Umständen sie die Nerven wegschmissen und zur Polizei rannten. Eine einmalige, harte Aktion war besser. Schock, der nicht überwunden werden, nicht verarbeitet werden konnte. Nicht unten anfangen mit den Maßnahmen, sondern am oberen Ende.

Nur war dieses Mal alles noch ein bisschen komplizierter, als Bindl sich das vorstellte. Charly musste auf der Hut sein, das war er nicht gewohnt. Sonst waren immer nur die anderen auf der Hut. Vor ihm. Genutzt hatte es allerdings keinem von ihnen.

Es kam nicht in Frage, sich bei Nacht und Nebel anzuschleichen, einzudringen und dann zu tun, was getan werden musste. Nicht in diesem speziellen Fall. Charly blieb vor der langen Einfahrt stehen und seufzte. Er wäre lieber woanders gewesen. Er hätte lieber jeden anderen Auftrag erledigt. Aber es nutzte alles nichts. Er musste da jetzt durch und die Sache regeln. So, dass er mit heiler Haut herauskam.

*

Schott setzte sich in den alten Toyota und fuhr los. Etwas zu forsch, der Kies spritzte unter den Reifen hervor, Schott erkannte das Geräusch und grinste; er hatte die Kupplung nicht absichtlich so schnell kommen lassen – aber so ging das eben, wenn man sich so fühlte, so … so dynamisch. Ich fühle mich dynamisch, genau, was ist denn das überhaupt für ein idiotisches Unwort aus der Autofahrerclub-Zeitung, dachte er, *dynamische Fahrweise.* Dabei geht es nur um das Verhalten mittelalter Männer, denen man nicht in die eigene Clubzeitung hineinschreiben kann, dass sie mit ihrer Karre alles Mögliche kompensieren, vor allem aber das eine, was ihnen mehr abgeht als alles andere … nur mir, dachte er weiter, wird dieses eine nicht mehr abgehen, schon bald nicht mehr, also bin ich einer der wenigen, die nichts zu kompensieren brauchen, und fahre trotzdem wie ein Idiot? Aus Freude, aus reiner Lebensfreude, ja doch, das soll es doch auch geben, oder? Warum nicht auch einmal bei mir, wo steht denn geschrieben, dass so was bei mir nicht möglich sein soll, wo bitte? – Na also.

Schott fuhr den Kater Sami abholen. Und die Frau Doktor auch. Vor allem die Frau Doktor. »Reiß dich zusammen«, rief er ins Motorgeräusch des hochgedrehten dritten Gangs, »und fahr nicht wie ein Anfänger!« An der Einfahrt zur Leupold-Villa stand ein Mann in Jeans und Lederjacke, der sich nach dem röhrenden Toyota umschaute, ihre Blicke trafen sich für den Bruchteil einer Sekunde, dann war Schott vorbei und schaltete hoch, hatte aber noch das Erstaunen des anderen gesehen. Dass kein fescher Türkenjüngling hinter dem Steuer des aufgemotzten Autos saß, sondern … sondern ein Wald-und-Wiesen-Einheimischer, und was hieß hier aufgemotzt, das war doch ein hundsgewöhnlicher, alter Corolla, nicht einmal tiefergelegt? Schott grinste und beschleunigte bis zum Ende der langen Zufahrt, bremste dort, wieder Kies aufwirbelnd, und zwang sich zur Ruhe.

Ja, die Chancen standen nicht schlecht, das durfte man sagen. Die Chancen, mehr nicht. Noch war nichts sicher. Er war ja nun keiner, der sich mit Frauen auskannte. Das durfte man sagen, ja doch! Mit Bianca hatte er sich jedenfalls nicht ausgekannt, gegen Schluss überhaupt nicht mehr und früher wohl auch nicht, denn sonst hätte er sie nicht geheiratet. Und wenn er seine früheren Freundinnen Revue passieren ließ – da fängt es ja schon an, was heißt hier, bitte, *Revue*; unter *Revue passieren lassen* stellt man sich einen Laufsteg vor, wo sie an einem vorbeischreiten, eine nach der anderen, darauf kommt es an, damit man sie auseinanderhalten kann; eine Revue ist eine Reihe, es sind also so viele, dass man den Überblick verliert, wenn sie alle auf einem Haufen stehen … Der Ausdruck war unangebracht, von wegen Haufen – die konnte er mit einem Blick erfassen, dazu musste er keine Reihung aufstellen. Er erinnerte sich an jede, und bei keiner hatte er sich richtig ausgekannt, wenn man mangelndes Sich-Auskennen als Begründung für Scheitern nehmen will.

Es war ernüchternd, sich die Sache unter diesem Aspekt klarzumachen. Aber, das sollte man dann doch auch festhalten: Keine hatte sich so betragen wie die Frau Dr. Rhomberg.

In keiner Anfangsphase. Er schien ihr zu gefallen … ach, Blödsinn, was soll diese bedenkenträgerische Vorsicht? Er *gefiel* ihr! Punkt, aus. Gefiel sie ihm? Ist der Papst katholisch? – Mit ihrem Verhalten kannte er sich, wie er zugeben musste, wieder nicht aus, aber vielleicht kam es ja darauf gar nicht an; vielleicht lag der Fokus der Sache woanders, nicht beim Auskennen oder Nicht-Auskennen.

Und natürlich konnte alles ganz anders sein, dachte er. Als er die kurze Betonstiege zur Eingangstür der Tierklinik hinaufstieg. Nicht angeborener Pessimismus ließ ihn daran denken, sondern bittere Erfahrung: Es konnte sein, dass er alles missverstanden hatte (um es freundlich auszudrücken), es konnte sein, dass ihm eine geschäftsmäßig kühle Frau Dr. Rhomberg den behandelten Kater und eine saftige Rechnung aushändigen würde, aber keine Erinnerung mehr daran hatte, wessen Hand sie noch gestern gedrückt, über wessen dumme Witze sie voller Herzlichkeit gelacht hatte. Fast gurrend gelacht hatte. Er kam, wir müssen es betonen, auf diese absonderliche Idee nicht, weil er verrückt war, sondern genau dies schon erlebt hatte. Sogar zwei Mal. Natürlich unter anderen Umständen (die hier nichts zur Sache tun) und nicht mit einer Tierärztin, aber eben doch. Frauen reagierten manchmal so. Kumpel, die er früher noch gehabt, denen er diese Geschichten erzählt hatte, wollten es nicht glauben; er übertreibe oder habe etwas falsch verstanden, sagten sie. Das konnte ja sein, aber es handelt sich dabei nicht um eine akademische Diskussion, sondern um sein Leben; in diesem Leben fürchtete er nichts so sehr wie enttäuschte Erwartungen, weshalb er sich immer bemühte, keine zu haben, Erwartungen nämlich. Hoffnungen schon gar nicht. Beides bezog sich auf die Zukunft, aber während die Erwartung wenigstens durch ein Mindestmaß an Empirie gestützt war, kam die Hoffnung aus dem reinen Irrationalen, da war überhaupt nichts dahinter, außer der kindliche Wunsch, alles möge gut ausgehen. Der Unterschied zwischen beidem war ein ständiger Streitpunkt mit Bianca gewesen, was kaum mit Philosophie, aber viel mit der täglichen Praxis zu tun gehabt hatte. Er verhalte sich ganz falsch, hatte sie ihm vorgehalten, wer nicht hoffe, dürfe auch nichts erwarten, hatte sie oft gesagt und das auch begründet, daran erinnerte er sich noch, aber an das Argument selber nicht mehr, vergessen oder verdrängt.

Das Einzige, was er hoffte, als er sich im wie immer übervollen Wartezimmer niederließ, war, dass er sich nichts vormachen würde, egal, was geschah. Er seinerseits würde aber auch ihr nichts vormachen, das nahm er sich vor. Er beobachtete erst die Anwesenden mit ihren Tieren, auffallend viele Hunde heute, die Stimmung war aufgekratzt und kommunikativ wie gestern, aber er hatte nicht die innere Ruhe, sich darauf einzulassen. Statt sich gleich anzumelden, folgte er einem Einfall, ging vor die Tür und rief den Redakteur des Gratisblättchens an. Er kenne da jetzt eine Tierärztin, zufällig, ob man nicht einmal eine Reportage machen könne, »Ein Tag in der Praxis« oder so. Der Redakteur sagte zum Vorschlag erst einmal nichts, nur, was er äußerstenfalls dafür zahlen könne. Als Schott die lächerliche Summe kommentarlos akzeptierte, überschlug sich der andere vor Begeisterung; genau diese Art von Geschichten sei es, was man in seinem Blatt erwarte und schätze, das Ganze habe aber nur Sinn, wenn man eine Doppelseite mache und natürlich mit Fotos, bitte! Schott versprach die Lieferung eines gründlich recherchierten Artikels mit selber beigesteuerten Fotos bis in zwei Wochen (nächste Woche würde erst der Mosterei-Artikel erscheinen). Das lief ja prima, dachte er, als er in den Warteraum zurückkehrte; ich weiß gar nicht, was die Kollegen alle haben, die Arbeitsmöglichkeiten mit der lokalen Presse sind doch ausgezeichnet, wenn man sich ein bisschen an die Gegebenheiten anpasst und unrealistische Vorstellungen aufgibt – zum Beispiel die, von der eigenen Arbeit leben zu können. Er meldete sich an. Die Frau Doktor habe gleich Zeit für ihn, richtete die Gehilfin mit hörbarem Widerwillen aus; Schott vermochte nicht einzuschätzen, was da im Hintergrund gelaufen war. Praxisinterna. Diffizile gruppendynamische Gleichgewichte.

»Ich brauch Sie dann auch noch«, sagte er. »Für ein Interview. Fürs Wochenblatt. Wenn die Chefin nichts dagegen hat …«

»Was für ein Interview, wieso …?«

»Ein Artikel. ›Tierarzt heute‹, so ähnlich halt. Da kann ich ja schlecht nur die Ärztin interviewen, es geht um alle Beteiligten, verstehen Sie? Wie heißen Sie?«

»Angelika. Haben Sie die Frau Doktor schon gefragt?«

»Was gefragt?«

Die Frau Doktor war von hinten herangetreten. Schott gab ihr die Hand und erklärte sein Anliegen. Was er dabei sagte, hätte er schon zwei Sekunden später nicht mehr wiederholen können, er sprach auf Autopilot, sah der Frau Doktor (der schönsten Frau der Welt nebenbei) ins Gesicht und hielt ihre Hand und spürte, wie sie gedrückt wurde. Seine Hand. Von ihr. Alle Zweifel verschwanden wie Schnee in der Sonne. Auch der Praxisraum erschien heller als gestern, obwohl draußen derselbe zähe Herbsthochnebel die ganze Welt ins Depressionsgrau drückte. Sie ließen zögernd los, beide, Schott kehrte zu seinem Stuhl zurück, es dauere noch ein bisschen, das hatte er mitbekommen, sonst aber nichts von allem, was sie ihm noch gesagt hatte; die Wärme ihres Händedrucks – er war versucht, an »Innigkeit« zu denken – überschwemmte seinen sensorischen Apparat und blockierte alle anderen Sinne; wenn sie will, dass ich verstehe, was sie sagt, darf sie mir nicht die Hand geben, dachte er, das kann sie nicht verlangen, dass ich da noch zuhöre, ich bin schließlich kein Multitasker. Allmählich fiel ihm ein, worum es in dem kurzen Gespräch gegangen war; ja, natürlich, die Frau Doktor hat nichts gegen eine solche Reportage und steht auch selber zur Verfügung …

Ich grinse vor mich hin, dachte er, und beobachte die Wartezimmergenossen, ob ich von ihnen beobachtet werde, aber da ist nichts, obwohl ich vor mich hin grinse wie ein Honigkuchenpferd. Die Leute waren zu sehr mit ihren Tieren beschäftigt. In einem Menschenwartezimmer wäre er aufgefallen. Was hatte er bloß noch gesagt? Ach ja, dass er sie zum Abendessen einlade, wann immer sie wolle, da könnten sie dann alles besprechen, interviewmäßig und so weiter … und sie hatte zugesagt. Hatte sie zugesagt? Daran konnte er sich nicht erinnern, es war der Eindruck eines vagen Einverständnisses, aber den Wortlaut brachte er nicht mehr zusammen. Bin ich verrückt, das ist doch das Wichtigste! Nein, das war es eben nicht, seltsamerweise. Dieses Abendessen war nur ein Ritual, eine Formalität. Wenn sie dieses Mal nicht zusagte, dann eben das nächste Mal; in Wahrheit waren sie beide über das Stadium des Ausgehens hinaus, weit hinaus, sie wusste das, und er wusste es, in Wahrheit sahen sie schon bis ans Ende ihrer Tage und dabei den anderen immer neben sich. Jedenfalls war das so bei Schott.

Als er hereingerufen wurde, wartete Sami schon in seinem Transportkäfig. Das gebissene Bein war weiß verbunden. »Oben lassen, so lang es geht«, sagte die Frau Doktor, »er wird ohnehin versuchen, den Verband abzureißen, aber das lässt sich nicht verhindern.« Sami machte nicht den Eindruck, etwas abreißen oder sonst etwas tun zu wollen. Er hatte die Augen halb geschlossen, der Kopf ruhte auf dem unverletzten Vorderbein.

»War es schlimm?«, fragte Schott.

»Nein, das Übliche halt. Ich musste die Wunde mit einer Sonde ausspülen, der Biss ging ja durch – er hat sich da wohl einen wirklichen Feind gemacht.«

»Ein Untier«, sagte Schott.

Die Frau Doktor lachte (wieder mit jenem unvergleichlichen, von Schott noch nie von einer Frau vernommenen gurrenden Unterton). Schott überlief es heiß und kalt. Er zwang sich zur Konzentration.

»Wichtig«, sagte sie, »er darf heute nicht raus. Er ist noch ein bisschen groggy …«

»Futter?«

»Normal, wenn er will. Viel Appetit wird er nicht haben. Wasser nicht vergessen, er braucht zu trinken.«

»Apropos Futter …«

»Ach ja, ich hab im Kalender nachgeschaut: Wie wär's heute Abend?«

»Ich hol Sie um acht ab …« Sie verabschiedeten sich, gaben sich die Hand. Er nahm den Transportkorb in die Linke, von seiner Rechten strömte die Wärme ihres Händedrucks den Arm hinauf. Bildete er sich ein. Auch, dass der PVC-Boden des Wartezimmers weich war wie Watte, das konnte doch nicht sein. Die merkwürdigen Empfindungen verschwanden erst, als er den Korb mit Sami auf dem Rücksitz verstaut hatte und losfuhr. Kaum war das Auto in Bewegung, begann Sami zu jammern, aber lang nicht so intensiv wie auf der Herfahrt. Da hat es aber jemand sehr eilig gehabt, sagte eine winzige Stimme in seinem Kopf. Wie wär's heute Abend? Da scheint es jemand gar nicht erwarten zu können …

Halt's Maul!, sagte Schott. Die Stimme schwieg beleidigt. Aber recht hatte sie doch. Glauben konnte Schott das alles nicht.

*

Romuald Nowak schlief schlecht, seit einer Woche schon. Es lag nicht an dem Haus, dieser Villa, die mehr Annehmlichkeiten bot, als er erwartet hatte. Vom Wohnkomfort her war alles da, an der Heizung wurde auch nicht gespart, es war, alles in allem, überraschend gemütlich. Gerechnet hatte er mit lauwarmen Gusseisenheizkörpern aus dem Jahre 1964 und mit Zugluft an allen Orten, wo man es vermuten, und einigen, auf die man von selber nicht kommen würde. Nichts davon. Das Haus war auch ruhiger als seine Bleibe im modernen Gisinger Wohnblock; wärmetechnisch super, akustisch miserabel.

Der Grund seiner Schlaflosigkeit war schlichte Sorge. Angst hatte er nicht. Dr. Nowak trug seine P38 aus dem Zweiten Weltkrieg in einem einigermaßen bequemen Schulterhalfter. Die Waffe hatte er von einem Onkel geerbt, das Halfter bei einem Militariahändler in Deutschland erworben. Nun gehörte aber Dr. Nowak nicht zu jenen Zeitgenossen, die glauben, der bloße Besitz einer Schusswaffe umgebe sie mit einem unsichtbaren Schutzschirm – ohne dass sie je einen Schuss daraus abgefeuert hätten. Dr. Nowak hatte aus seiner Waffe schon sehr viele Schüsse abgefeuert. Er konnte nicht nur *damit umgehen*, wie das bei vielen Waffenbesitzern immer heißt, sondern er konnte treffen. Auf zehn Meter Distanz acht von zehn Mal in den Kopf zum Beispiel. Er würde natürlich niemandem in den Kopf schießen. Sondern in den Bauch. Wo keine Rippen das Projektil ablenken konnten. Und er würde nicht einmal schießen, sondern dreimal, rasch hintereinander, um die Chance zu erhöhen, dass die große Pfortader getroffen, besser gesagt: zerfetzt wurde, weil er die beliebte und bewährte 9 × 19 mm Parabellum-Munition mit »hollow point« verwendete. Ja, so einer war Dr. Nowak, wir wollen es nicht beschönigen. Ein böser Mensch. (Was sonst soll man sagen?) Dr. Nowak fühlte sich mit seiner Waffe sehr wohl, er beherrschte den Umgang damit wie im Schlaf und war sich seiner Ziele sicher. Sorge bereitete ihm nicht der zu erwartende Abgesandte der Wiener Unterwelt, sondern die finanzielle Situation. Die Barreserven gingen allmählich zur Neige, und Manfredo pflegte, das hatte er festgestellt, einen nonchalanten Umgang mit Geld, der Romuald Nowak geradezu befremdete; hatte er doch angenommen, bei einem Drogendealer gehe es erstens, zweitens und drittens ums Geld und danach um lange nichts … Hier schlug wohl die künstlerische Ader des Manfredo Gonzales Leupold durch, eine gewisse Unbekümmertheit in finanziellen Belangen. Er hätte einen Agenten gebraucht, der Verträge aushandelte, Abrechnungen sammelte und Belege fürs Finanzamt. Manfredos seltsamer Umgang mit Geld kam vielleicht von seiner Tarnexistenz als Schauspieler und Performancekünstler. Offenbar verdiente er dabei so wenig, dass es eh schon wurscht war …

Manfredo hätte also jemanden gebraucht, der diese materiellen Belange im Auge behielt. Ihn, Romuald Nowak. Davon fühlte er sich überfordert. Hatte Manfredo je angedeutet, Dr. Nowak solle diese Rolle übernehmen? Nein, hatte er nicht. Aber Dr. Nowak gehörte zu den Menschen, die, sobald in ihrer Umgebung Probleme auftauchen, diese bemerken und sich sofort für ihre Beseitigung verantwortlich fühlen. Und das, wenn es irgendwie geht, dann auch tun. Die Probleme beseitigen. Ein guter Mensch, der Dr. Nowak. (Was sonst soll man sagen?)

Die ständigen Verzögerungen des Projekts konnte er kaum mehr ertragen. Er hätte längst mit der Produktion jener Substanzen beginnen sollen, deren Verkauf die Ebbe in der Kasse beheben würde. Es war tatsächlich eine »Kasse«, eine Stahlschatulle nämlich, in die ihn Manfredo ohne weiteres hatte hineinschauen lassen. Ein Girokonto kam ja bei der speziellen Natur des Geschäfts nicht in Frage, auch kein normales Sparbuch. In der Schatulle lagen ein Büschel Hunderter und noch mehr Zehner und Zwanziger herum, doch als Nowak sie zählen wollte, machte Manfredo den Deckel zu. »Nicht zählen, das bringt nur schlechte Stimmung.«

»Warum denn?«

»Weil es immer zu wenig ist. Hat Oma immer gesagt. Sie hat

auch nie gezählt. Solang noch Geld da ist, passt es ja. Man darf nur den Boden nicht sehen, hat sie gesagt.«

»Welchen Boden?«

»Na, den von der Schatulle.«

Dr. Nowak fiel keine Erwiderung ein, aber mit dieser Form der Finanzgebarung würde er sich nicht anfreunden. Klar: Alles war gut, der Boden der Geldkiste bedeckt – aber woher nahm man die Gewissheit, dass ebendies so blieb? Dafür gab es keine Garantie.

Nowak hatte zwei Webcams installiert, die eine überwachte die Vorderseite der Villa, die andere die Rückseite. Von außen waren sie schwer zu entdecken. Außerdem gab es nun auf beiden Seiten des Hauses wattstarke Lampen, gekoppelt mit Bewegungsmeldern, an die auch die Kameras angeschlossen waren. Bei Durchsicht der Aufzeichnungen erschien jedes Mal aber nur der Kater Sami auf dem Bildschirm, wenn er seinem ehemaligen Domizil einen nächtlichen Besuch abstattete. Er zeigte, sofern man das auf dem kleinen Monitor beurteilen konnte, keine Anzeichen von Überraschung oder Erschrecken, wenn das grelle Licht anging; er schien sich auf seinen Wegen nicht stören zu lassen, betrat das Gesichtsfeld von irgendeiner Seite und verließ es auf der gegenüberliegenden, ohne die Lampe eines Blickes zu würdigen. Wie ein Model auf dem Laufsteg. Sami machte, soweit Dr. Nowak und Manfredo das mitbekamen, auch keine Anstalten, die Villa zu betreten, obwohl die alte Katzenklappe offen stand, er ging in der Nacht nur am Haus vorbei, kontrollierte sein Revier, das sich durch den Umzug ja nicht verändert hatte. Manfredo fand Samis Verhalten tröstlich. »Das heißt doch, er hat sich bei diesem Schott gut eingewöhnt, was meinst du?«

»Hmm«, sagte Dr. Nowak, der sich für das Thema nicht sehr interessierte (aus seiner Weigerung, eine Katze zu überfahren, darf man nicht den Schluss ziehen, er stünde Katzen oder Tieren überhaupt emotional nahe). Im Augenblick, das heißt, im konkreten Sachzusammenhang der Videoüberwachung ging ihm Sami durch seine nächtlichen Spaziergänge auf die Nerven. Dr. Nowak wartete auf ein Zeichen verdächtiger Annäherung, auf eine sinistre Gestalt, die sich auf dem Grundstück herumdrückte, um etwa eine Gelegenheit auszuspähen, wie man unbemerkt in die Leupold-Villa eindringen – und den Schlaf der Bewohner in einen ewigen verlängern könnte. Um das zu verhindern, hatte Dr. Nowak die Bewegungsmelder zuerst nicht mit grellem Licht, sondern einem Alarm im Haus gekoppelt, der nicht draußen, wohl aber drinnen zu hören war. Das hatte auch funktioniert. Schon in der zweiten Nacht war er aus dem Bett gesprungen, in zwei Sekunden putzmunter und voller Adrenalin, war mit entsicherter Waffe durch die Hintertür vors Haus gerannt und hatte mit einer Fernbedienung die Rundumfestbeleuchtung eingeschaltet – vor dem Haus saß Sami, der ihn mit großen Augen anschaute und seinen Rundgang unterbrochen hatte, weil vielleicht noch weitere Sensationen geboten wurden außer Lichtspielen und einem aufgeregten Menschen. Dr. Nowak fluchte und ging wieder ins Bett. Als in der nächsten Nacht die Dinge den nämlichen Verlauf nahmen, erkannte Dr. Nowak, dass er die Sicherheitsarchitektur des Systems ändern musste. Er hielt das Alarmwecken auf die Dauer nicht aus. Er schlief aus schon erwähnten Gründen ohnehin schlecht, nach einem Sami-Alarm mitten in der Nacht konnte er nicht mehr einschlafen. Also stellte er den Alarm ab und schaltete den Bewegungsmelder auf die Lampen. Das würde Eindringlinge vertreiben. Manfredo hatte Zweifel.

»Meinst du wirklich, die lassen sich von ein paar Lampen abhalten?«

»Nein … ja … Herrgott noch mal, was weiß denn ich? Ist das eigentlich alles, was du beitragen kannst? Du redest daher wie jemand, den das alles nichts angeht!«

»Reg dich nicht auf, ich wollte doch nur darauf aufmerksam machen ...«

»Ja, ja, schon gut ...«

Nicht nur hatten Diskussionen mit Manfredo keinen Sinn, er war auch nicht in der Lage, zur Erhöhung der Sicherheit beizutragen. Er schlief wie ein Stein, der Alarm weckte ihn nicht auf, jedes Kind konnte ihn mit einem Kissen ersticken, mehr Gewaltanwendung war dazu nicht nötig. Manfredo schien sich deswegen aber keine großen Sorgen zu machen. »Du wirst das schon hinkriegen«, sagte er. Dr. Nowak verstand: Die Sicherheit war nun allein seine, Romuald Nowaks, Angelegenheit und Aufgabe. Schon vom Augenblick an, als er die Kameras erwähnt hatte. Manfredo verhielt sich wie ein Vierjähriger, dem die Kindergartentante die Schuhe zubindet; das kann sie, dafür ist sie da, da braucht der kleine Manfredo sich keinen Kopf zu machen. Pathologische Reaktion einer nie geforderten, verhätschelten Generation, die nie erwachsen wurde. Das erfüllte Dr. Nowak mit Bitterkeit. Alles blieb an ihm hängen. Die Lösung mit den Lampen war nicht ideal, das wusste er selber, aber es fiel ihm keine bessere ein. Also beließ er es dabei.

Die Überzeugung, der Feind komme in der Nacht, hatte sich so in ihm festgesetzt, dass er ihn nicht erkannte, als er vor der offenen Tür stand. Manfredo war für Besorgungen in der Stadt, Dr. Nowak saß bei einem verspäteten Frühstück in der Küche, es läutete an der Tür, mitten am Vormittag, Dr. Nowak dachte an gar nichts und machte auf.

Charly trat ein, als sei er hier zu Hause. »Ist Manfredo da?«, fragte er.

»Einkaufen«, erwiderte Dr. Nowak. Seine Stimme klang leise, er war eingeschüchtert. Charly machte die Tür zu. »Und wer bist du?«

»Nowak, Romuald Nowak.«

»Romuald, soso. Sag einmal, Romuald, wieso machst du

einfach die Tür auf, wenn jemand läutet? Hm? Kannst du mir das verraten? Ihr wisst doch beide, dass jemand kommt. So jemand wie ich. Ich meine, wenn ich nicht ganz falsch liege, dann muss euch doch der liebe Guttmann darauf hingewiesen haben, oder?«

»Guttmann hat uns nichts mitgeteilt.« Das ist die lautere Wahrheit, dachte Dr. Nowak.

»Nichts mitgeteilt, aha.« Charly fing an zu lachen. »Also habt ihr niemanden erwartet?«

»Doch, schon …«

Charly deutete fragend auf die Tür.

»Wir dachten, es bricht jemand ein … in der Nacht. Davor hatten wir wirklich Angst.«

»Ach so? Und wenn einer am hellen Tag kommt, nicht?«

»Wenn einer in der Nacht kommt, will er uns gleich umbringen, haben wir halt gedacht …«

»Klingt logisch. Aber warum denkt ihr, das passiert nicht, wenn ich am Tag komme?«

»Nein, nicht sofort. Zuvor gibt es Verhöre, Demütigungen, Quälereien …«

Charly runzelte die Stirn. »Woher hast du diese Ideen?«

»Aus Mafiafilmen. Hauptsächlich.«

»Aha. Nehmen wir an, das stimmt, was du dir vorstellst. Wieso bist du dann so ruhig?«

»Ich bin nicht ruhig. Schau nur auf meine Stirn! Sie ist ganz nass!« Dr. Nowak trat nahe an Charly heran, deutete mit der Linken auf seine schweißbedeckte Denkerstirn. Der Typ ist verrückt, dachte Charly. Verrückt geworden vor Angst. So was kommt vor. Er grinste. Die Situation war absurd. Er hatte nicht vor, jemanden zu demütigen oder »zu verhören«. Er hatte auch nicht vor, jemanden umzubringen. Nicht in diesem Fall.

Er hätte das halt früher sagen sollen. Nicht gleich, aber früher. Fünf Sekunden oder so. Aber er grinste nur, weil ihn die Situation amüsierte. Insbesondere das Grinsen war ganz schlecht. Weil Dr. Nowak genau so ein Grinsen erwartet hatte. Wenn er diesem Charly unter anderen Umständen begegnet wäre, hätte er an ihm manches Unerwartete entdecken können, die natürliche Intelligenz mancher Vertreter bildungsferner Schichten, Mutterwitz und vieles mehr. So aber sah er nur dieses fettige Grinsen, das Zeichen des körperlich Überlegenen, des gewaltbereiten Schlägers, das Zeichen des Abschaums. Also sagte er: »Natürlich haben wir auch am Tage Angst vor euch, aber nicht so viel wie in der Nacht …«

»Warum?«

»Untertags sind wir besser vorbereitet.« Mit diesen leisen Worten stieß Dr. Nowak seinem Gegenüber die Spitze des selbstgebauten Tasers in den Bauch. Charly brach mit einem Laut des Erstaunens zusammen, während ein paar Tausend Volt durch seinen Körper strömten. Er hatte großes Glück, weil Dr. Nowak die Wirkung nur ungefähr berechnet und nicht an einem lebenden Objekt getestet hatte. (Manfredo wollte sich partout nicht zur Verfügung stellen.)

Nein, eigentlich, wenn wir es genau bedenken, hatte Charly gar kein Glück; das ist nur so eine Redensart, man sollte bei der Wahrheit bleiben und die Dinge nicht mit wolkigen Umschreibungen verklären. Die Menschen sind, was sie sind. Zum Beispiel Dr. Nowak war sehr empfindlich, wenn er geduzt wurde. Noch dazu von so einem Abschaum-Proleten. Das konnte er nicht leiden. Er nahm die vorbereiteten Kabelbinder und fesselte Charly die Hände auf dem Rücken und die Füße an den Knöcheln zusammen. Aber diese Schlägertypen hatten sicher Tricks, um sich aus jeder Lage zu befreien, jedenfalls, wenn die Fesseln von einem Laien angelegt wurden, wie Dr. Nowak einer war. Daran hatte er vorher schon gedacht und leider keine andere Lösung gefunden. Er konnte nicht riskieren, diesem Tier die Betätigung seiner Glieder zu gestatten, dann kam nämlich Kickboxen und der ganze asiatische Scheiß, von dem er keine Ahnung hatte. Besonders die Beine waren gefährlich.

Er hatte vorgesorgt. Dr. Nowak untersuchte die Taschen des Bewusstlosen, tastete die Hosenbeine ab. Ein Ausweis auf den Namen Karl Korak, sonst aber nichts, keine Waffen. Weder Messer, Pistole, Schlagring noch irgendetwas ähnlich Unerfreuliches. Dafür, und das war seltsam, ein Inhalator. So seltsam auch wieder nicht, diese Typen waren doch alle mehr oder weniger auf Drogen, die auch inhaliert werden konnten, Aufputschmittel und so. Also war dieser Korak jemand, der sich selber in einen Gewaltrausch versetzte und dann seine Gegner mit bloßen Händen umbrachte. Und tödlichen Tritten natürlich. Dr. Nowak brach der Schweiß aus, er begann zu zittern und musste sich neben seinem Gefangenen auf den Boden setzen. Er war vorhin, das wurde nun klar, dem Tode entronnen. Gerade noch so eben. Dieser Berufskiller, dem er arglos wie ein Schaf die Tür geöffnet hatte, hätte ihn mit einem einzigen Schlag umbringen können; mit einem Schlag, so rasend schnell ausgeführt, dass ein Zeuge von der Zufahrt her nicht einmal etwas gesehen hätte. Er legte den Inhalator ab.

Der Mann, der laut Ausweis Korak hieß, stöhnte. Er nuschelte etwas vor sich hin, was Dr. Nowak nicht verstand. Er stand auf und trat dem Liegenden in den Bauch.

»Nur, bis ich zurück bin«, sagte er. Als er aus dem Keller heraufkam, erwartete er, seinen Gefangenen nicht mehr vorzufinden und eine Sekunde später Opfer eines brutalen Angriffs des Killers zu werden, der sich, weiß der Satan, wie, aus seinen Fesseln befreit hatte. Aber Charly lag noch immer auf dem Boden der Diele und stöhnte. Dr. Nowak war erstaunt und erleichtert. Wieder hatte er das Gefühl, einer großen Gefahr im letzten Augenblick entronnen zu sein. Aber was hätte er machen sollen? Außer, sich so schnell wie möglich Hilfsmittel zu besorgen. Dazu musste er den Delinquenten ein paar Sekunden allein lassen. Aber jetzt war die Zeit der verbrecherischen Sorglosigkeit vorbei. Als Erstes würde er dafür sorgen, dass dieser Korak ihn nicht treten konnte. Er hatte einen großen Hammer mit Hartplastikkopf mitgebracht, einst angeschafft, um Zaunpfähle mit einer eigens angepassten Muffe in den Boden zu schlagen. Der Hammer war nicht so schwer wie einer aus Eisen, würde aber seinen Dienst tun, weil man ihm beim Schlag auch als körperlich relativ Ungeübter verheerende Rasanz geben konnte. Die P38 hatte Dr. Nowak auch mitgebracht, er steckte sie als letzte Rückversicherung in den Hosenbund.

Charly hatte sich auf dem Boden umgedreht, so dass er die Kellertür im Blick hatte. Als Dr. Nowak mit dem Hammer auftauchte, erkannte Charly, dass er in großen, sehr großen Schwierigkeiten steckte.

»Hören Sie«, sagte er mit leiser Stimme, »das ist alles ein Missverständnis, ich kann es aber aufklären!«

»Ach ja, ein Missverständnis! Genau das habe ich mir auch gedacht. Und wie höflich man plötzlich geworden ist: Jetzt heißt es auf einmal *Sie*. Aber Sie haben ja recht, lieber Herr, es ist ein Missverständnis. Es besteht darin, dass Sie der Auffassung waren, diese Provinzidioten lassen sich einfach so abschlachten … von einem Tier, hervorgekrochen unter einem Stein, von einem Wiener Scheißproleten!« Er holte mit dem Hammer aus, nur ein wenig, und ließ den Kopf auf Charlys linkes Schienbein fallen (ehrlich gesagt, half er dem Hammerkopf durch leichtes Drücken ein bisschen nach. Beim Fallen.) Charly schrie auf und wurde blass.

»Hören Sie auf!«, presste er dann heraus. »Ich wollte Ihnen nichts tun und dem Manfredo auch nicht, das schwöre ich!« Dr. Nowak schlug wieder zu, diesmal etwas fester und aufs linke Knie. Charlys Heulen erfüllte das ganze Haus. Als es zu einem Wimmern abgeklungen war, sagte Dr. Nowak: »Sie werden ja wissen, wie das jetzt weitergeht, mein Lieber. Wenn Sie es nicht wissen, weil Ihnen die Phantasie dazu fehlt, dann darf ich Sie aufklären: Ich zerschlage Ihnen jetzt mit diesem Hammer jeden einzelnen Knochen. Mit den Füßen fange ich an, erst mit dem linken, dann kommt der rechte dran, dann arbeite ich mich über die Schienbeine hoch, einen Vorgeschmack konnte ich Ihnen ja eben schon liefern – wie das dann wird mit den Schienbeinen. Dann kommen die Knie an die Reihe …«

»Was wollen Sie?«, unterbrach ihn Charly. Unterbrechen war riskant, aber bei Typen wie diesem Nowak das einzige Mittel. Charly kannte solche Leute. Die taten nie etwas Gewalttätiges, bis sie der Zufall darauf brachte. Und dann konnten sie nicht mehr aufhören; wie die Menschen, die nach der ersten Zigarette schon süchtig sind und eine Woche später eine Schachtel rauchen. Die fanden kein Ende mehr. So einer würde ihn totschlagen. Davon musste er ihn abbringen. Es kam darauf an, die Sache wieder auf eine rationale Grundlage zu stellen, auf ein Wollen und Erwarten und Kriegen. Auf Tausch, das Rationalste von allem. Dr. Nowak (da hatte Charly Glück) war jemand, der darauf ansprach.

»Wer hat Sie geschickt?«

»Hat denn Manfredo gar nichts erzählt?«

»Nein.«

Charly begann zu erzählen, während in seinem linken Bein der Schmerz wütete wie ein reißendes Tier. Er unterbrach sich selber, zog scharf die Luft durch die Zähne, um nicht laut herauszuschreien. Lange Pausen durfte er nicht machen, sonst brachte er den Nowak wieder auf die andere Spur, weg vom Tausch Wohlverhalten gegen Informationen. Zurück zur reinen, sich selbst genügenden Gewalt, die nur ein Ziel hatte: absolute Vernichtung. Er erzählte von Bindl, dessen Rolle in Wien, von seiner eigenen, Charlys, Rolle in Bindls Organisation. Er redete und redete. Es kam darauf an, die Rede nicht zu unterbrechen, eigentlich wie bei einer Prüfung; solang der Kandidat redet, stellt der Prüfer keine Zwischenfragen. Charly holte mit seiner Erzählung immer weiter aus und berührte immer weitere Kreise seiner Wiener Existenz: die Kumpane in der Organisation, deren Charaktereigenschaften, die er in düsteren Farben schilderte, ihre Marotten und sexuellen Verhältnisse bis hin zu ihren Lieblingsspeisen. Der Schmerz im Knie ließ allmählich nach, der im Schienbein blieb fast unverändert. Charly dachte daran, dass der Verrückte auf die Idee kommen könnte, noch einmal auf dieselben Stellen zu schlagen, er geriet in Panik und fing an zu hecheln.

»Was haben Sie?«, fragte Dr. Nowak.

»Nichts. Ich frage mich nur, was für Sie speziell interessant wäre, ich will Sie ja nicht langweilen.«

Dr. Nowak grinste. »Das wäre keine gute Idee«, sagte er. »Nun ja … da Sie so auskunftsfreudig sind, erzählen Sie mir doch etwas mehr über diesen Bindl. Wo wohnt er denn, zum Beispiel?«

Charly nannte die Adresse.

»Kommt mir nur ein bisschen … unterklassig vor«, sagte Dr. Nowak. »Ich meine, dieser Bindl verdient doch einen Haufen Geld. Wieso wohnt er dann im Sechzehnten?«

»Zur Tarnung! Es ist nah am Gürtel, aber doch eher unauffällig …«

»Und in Gürtelnähe hat er sein Lokal, verstehe. Wie kommt man da rein?«

»Ins Lokal?«

»Nein, das ist zu gefährlich. In seine Wohnung.«

»Überhaupt nicht, vergessen Sie das, das ist viel zu gut …«

Charly unterbrach sich selber mit einem spitzen Aufheulen, als ihm Dr. Nowak den Hammer mit voller Wucht aufs Schienbein drosch. Auf dieselbe Stelle wie beim ersten Mal. Der spitze Schmerz zog sich nur allmählich zurück, hinterließ ein fressendes Reißen im Bein. Dr. Nowak ließ ihm Zeit, bis Charly wieder so weit war, zu hören, was man ihm sagte.

»Unterlassen Sie, wenn Sie mit mir reden, im eigenen Interesse Formulierungen wie *das können Sie nicht* oder *das dürfen Sie nicht* oder ganz allgemein Imperative … Sie wissen doch, was ein Imperativ ist, oder?«

»Befehlsform …«, ächzte Charly.

»Ja, eben! Ich nehme von Ihnen keine Befehle entgegen, verstehen Sie mich? Und jetzt will ich jede kleine Einzelheit über die Wohnung von diesem Bindl sowie die Wohnungen, die daneben liegen, wirklich alles, auch das, was Ihnen bedeutungslos vorkommt. Sie haben es jetzt in der Hand. Reden oder …« Er pochte mit dem Hammerstiel auf den Fußboden. »Dieses Klopfen ist die letzte Warnung, verstehen Sie? Dann ist Schluss!«

Charly nickte heftig. Der Mann war verrückt, ganz eindeutig umgekippt. Er kannte solche Leute, in seinem beruflichen Umfeld kamen sie gehäuft vor. Leute, die sozusagen auf der Kippe standen. Manchmal fielen sie runter, und dann gab es kein Halten mehr. Das Problem hier war, dass dieser Mensch mit dem Hammer nichts von der Gefahr des Runterfallens wusste. Die Fragen nach Bindls Umfeld waren irreal, er hatte keine Ahnung, worauf er sich da einließ, außerdem schien er anzunehmen, er komme durch mit dieser Nummer. Glaubte der, er, Charly Korak, würde sich das einfach so gefallen lassen?

»Damit Sie sich nicht in irrealen Zukunftsvisionen verlieren«, fügte Dr. Nowak einen Nachsatz hinzu, »nein: Sie werden das hier nicht überleben. Machen Sie sich keine Illusionen. Sie haben nur die Wahl zwischen zwei Arten des Abgangs. Eine vermittels einer Substanz, die Ihnen die Sinne raubt – und die andere.« Dr. Nowak klopfte mit dem Hammerstiel.

Charly erzählte alles, was er über Bindls Verhältnisse wusste. Die Wohn- wie die privaten Umstände. Dr. Nowak brauchte nicht mehr zu klopfen, von Schlimmerem zu schweigen. Nach langer Redezeit fragte Charly, ob er eine Frage stellen dürfe. Dr. Nowak erlaubte es.

»Ist Ihnen nicht aufgefallen, dass ich unbewaffnet bin?«

Dr. Nowak nickte. Charly fühlte sich ermuntert. Hoffnung begann zu keimen.

»Das ist ungewöhnlich, oder nicht? Man sollte doch annehmen, ein Killer hat irgendwas zum Killen bei sich. Und wenn er schon am hellen Tag einen Besuch macht, dann doch wohl eher in einer Verkleidung, in einer Uniform. Als Paketbote oder so. Ich aber habe meine Privatsachen an. Gut, die Jeans sagen nicht viel, Jeans hat jeder, aber die Jacke! Die hab ich schon seit zwanzig Jahren … Sie können jeden in Wien fragen. Wenn mich einer beschreiben soll, dann sagt er: Das ist der Charly mit der schiachen Lederjacke!«

Die schwarze Jacke sah wirklich abgewetzt aus, besonders an den Ellbogen.

»Worauf wollen Sie hinaus?«, fragte Dr. Nowak.

»Wenn jemand einen Mord begehen will oder halt nur irgendwas Ungesetzliches, dann schaut er doch, dass er nicht erkannt wird. Dann zieht er sich doch nicht extra so an, dass er leicht identifiziert wird!«

Dr. Nowak betrachtete den Gefangenen und sagte nichts. Charly sagte auch nichts. Dann sagte Dr. Nowak: »Das klänge alles ganz gut, wenn Sie kein Amphetamin-Junkie wären …«

»Was? Amphetamine? Speed und so Zeug? Bitte, verstehen Sie doch: Wir verteilen das Zeug, also ich zumindest … ach was, das ist kompliziert, es stimmt schon, es gibt da einige … aber wie kommen Sie auf die Idee?«

Dr. Nowak holte den Inhalator aus seiner Jackentasche.

»Der ist fürs Asthma.«

»Sie haben Asthma?«

»Schon lang …« Charly blickte zu Boden. Dr. Nowak las die

Aufschrift auf dem Einsatz. Die Lösung enthielt Fenoterol. Ein Beta-2-Sympathomimetikum, die übliche Bedarfsmedikation. Das konnte natürlich alles getürkt sein. Andererseits: Warum sollte ein Mensch wie dieser Korak sich die Mühe machen, sein Speed in einem Asthmainhalator zu tarnen? Wegen der Polizeikontrollen. Nun ja, wenn das eine Rolle spielte, wäre es dann nicht vernünftiger, das Zeug als unauffälliges Pülverchen einzunehmen wie die anderen Drogenabhängigen? Woher hatte er überhaupt die Idee, Amphetamine würden mit einem Apparat inhaliert? Irgendwo gelesen? Er kam nicht drauf.

Dr. Nowak stand vor einer unangenehmen Erkenntnis. Die Wahrscheinlichkeit, dass sich in dem Ding Fenoterol befand und nicht Pervitin, war hoch. Er hatte sich von den Umständen beeinflussen lassen. Er hatte einen Schläger erwartet und schon vorher mit bestimmten Eigenschaften ausgestattet, ohne ihn je gesehen zu haben. Mit sehr negativen Eigenschaften. Die hatte dieser Korak auch, da war sich Dr. Nowak sicher. Nur die Eigenschaft, an Asthma zu leiden, war nicht auf der Liste gestanden. Und wie war jetzt die Rede auf den Inhalator gekommen? Ach ja, im Zusammenhang mit der fehlenden Bewaffnung … die Sache wurde unangenehm. Vor Dr. Nowaks geistigem Auge tauchte in Riesenbuchstaben das Wort »Arschloch« auf. Er wusste, wer damit gemeint war.

»Was wollten Sie denn dann?«, fragte er. »Wenn Sie schon behaupten, uns nicht malträtieren zu wollen, Manfredo und mich …«

»Ich hatte den Auftrag von Bindl, die Sache zu bereinigen, da haben Sie recht. Nur weiß Bindl nicht alles …«

»Was ist denn hier los?«

Manfredo war eingetreten. »Um Gottes willen, Charly, was ist denn mit dir?« Manfredo stürzte auf den am Boden Liegenden zu, half ihm, sich aufzusetzen.

»Du kennst den?«, fragte Dr. Nowak.

»Natürlich. Was glaubst du denn, wer mir das Zeug in Wien abnimmt?«

Dr. Nowak ließ den Hammer fallen, Gepolter auf dem Dielenboden.

»Der ist ja gefesselt!« Manfredo hatte die Kabelbinder entdeckt. Er brachte sie nicht auf, dazu brauchte man ein Messer. »Hat er ...?«

Charly nickte. Manfredo stand auf. »Wieso hast du ihn gefesselt?«

»Er wollte uns umbringen.«

»Ist nicht wahr!«, rief Charly.

»Komm mit«, sagte Dr. Nowak und verschwand im hinteren Teil des Hauses.

»Ich komm gleich wieder und mach dich los«, sagte Manfredo. »Es wird sich alles klären.« Dann ging er dem Chemiker nach. Charly ließ den Oberkörper wieder auf den Boden gleiten, so dass er auf die linke Seite zu liegen kam. Das war auch nicht bequem, aber gewisse Muskelpartien konnten sich entspannen. Alles würde sich aufklären, hatte Manfredo gesagt. Manfredo würde eine Schere mitbringen oder ein Messer und die Kabelbinder durchschneiden. Dann würde Charly seine Hand- und Fußgelenke massieren und den verlegen herumstehenden Chemiker nicht aus den Augen lassen, aber so, dass der das nicht merkte. Manfredo auch nicht. Denn dann, nach einer gewissen Zeit, wenn die Blutzirkulation in den Gelenken wieder in Gang gekommen wäre, würde er anfangen, den Chemiker zu verprügeln. Methodisch. Mit diesem Plastikhammer. Er würde ihn totschlagen, ganz einfach. Das war nicht das, was er vorgehabt hatte, es war nur das, was Bindl von ihm erwartete. Das war seltsam: Jetzt würde er genau das tun, was Bindl ihm aufgetragen hatte, was er aber auf keinen Fall hatte tun wollen. Vorgehabt hatte er, Manfredo auf ein anderes Absatzfeld zu führen, nach Süddeutschland oder in die Ostschweiz, er hatte da schon ein paar Kontakte geknüpft. In Wien ging es nicht mehr. Er wunderte sich im Nachhinein, wie lang das gutgegangen war, andererseits: Bindl war ein paranoider Idiot, das heißt, er war paranoid und ein Idiot. Überall witterte er irreale Verschwörungen, während er ganz real nach Strich und Faden beschissen wurde. Ein Teil des Geschäfts ging am großen Bindl einfach vorbei. Und er merkte es nicht. Andere hatten es schon gemerkt. Nicht alle waren paranoide Idioten. Der Weber-Toni zum Beispiel. Der fiel ihm jetzt ein, obwohl das schon Jahre zurücklag …

*

»Bist du denn völlig übergeschnappt!«, schrie Manfredo. »Mit einem Schocker? Du hast Charly Korak mit einem Schocker außer Gefecht gesetzt?«

»Ja, hab ich. Jetzt reg dich wieder ab. Ich hatte ja keine Ahnung, wer das ist … du hast nichts gesagt.«

»Weil das ein Bereich ist, der dich überhaupt nicht berührt, Charly gehört zum Absatz, du bist für die Produktion …«

Jetzt brüllte Dr. Nowak.

»Mich nicht berührt?! Ach so? Was ist denn das hier? Ein Großkonzern oder was! Mach dich doch nicht lächerlich. Du hättest es mir sagen müssen!«

»Ich hatte doch keine Ahnung, dass der Bindl ausgerechnet ihn herschickt. Ich hab gedacht, Charly hält sich bedeckt, so ist die Regel. Keiner macht einen Mucks, keiner macht auf sich aufmerksam, keiner mischt sich ein, ich mich nicht in seine Sachen, er nicht in meine. Jeder löst seine eigenen Probleme, verstehst du?«

Dr. Nowak sagte nicht. Er schenkte sich einen Kognak ein.

»Dir sollte doch klar sein«, setzte Manfredo fort, »dass ich in Wien eine Verteilerorganisation brauche – oder hast du geglaubt, ich lauf selber herum und verhökere das Zeug in Briefchen?«

»Ich habe gar nichts geglaubt«, sagte Dr. Nowak. Er dachte an den immer noch gefesselten Charly Korak. Gefesselt musste er bleiben. Sonst würde er mit Romuald Nowak schreckliche Dinge anstellen.

»Das war doch überhaupt alles Charlys Idee«, sagte Manfredo. »Wir haben uns kennengelernt … er hat von Oma erfahren, und dass uns das Wasser bis zum Hals steht, und gesagt, da könne er vielleicht helfen, wenn Oma die Synthese hinkriegt, dann hat sie angefangen, es zu probieren, Charly hat den Stoff geprüft und war begeistert …«

Dr. Nowak hörte nicht mehr zu. Der Gründungsmythos der Leupold-Korak Ges.m.b.H., seit vielen Jahren erfolgreich im Amphetamingeschäft tätig, interessierte ihn nicht. Natürlich: Er hätte früher danach fragen sollen. Wer verteilt das Zeug, wer steckt da noch mit drin, wie ist es mit der Konkurrenz? Aber das hatte er nicht getan. Fragen. Weil er nichts davon wissen wollte, gar nichts. Wer viel fragt, kriegt viel Antwort. Auf diese Antworten war er nicht neugierig. Weil sie ihn vielleicht von der Sache abgehalten hätten; was heißt »vielleicht«? Sicher hätten sie das. Dann wäre aber auch aus seinen Chemieplänen nichts geworden. Aus denen wurde nun allerdings sowieso nichts, wenn die Dinge in diesem Stil weiterliefen. Bis jetzt hatten sie nur Probleme und noch kein einziges Gramm verkauft. Verkauft ist gut, dachte er. Noch nicht einmal hergestellt. Weil dauernd was dazwischenkam. Wie jetzt dieser Korak. Der würde ihn umbringen. Den Schocker könnte er vielleicht noch verzeihen, das war ein unglückliches Versehen, pure Dummheit. Aber die Sache mit dem Hammer – da ging nichts mehr, das war klar. Das konnte einer wie Korak nicht einfach so hinnehmen. Der Hammer und die Todesdrohung …

»… dann treffen wir uns, ich übergebe ihm das Päckchen, krieg das Geld und Schluss. So läuft das. Weiter hab ich mit dem Verkauf nichts zu tun. Das ist alles seine Sache.« Manfredo deutete in Richtung Diele.

»Ja, ja, verstehe …« Dr. Nowak wirkte zerstreut. Er trank den Kognak aus. Im hinteren Hosenbund drückte die P 38. Es bleibt mir nichts übrig, dachte Dr. Nowak. Es muss sein. Und verschiedene andere Dinge mussten auch noch sein.

»Du entschuldigst dich bei ihm«, sagte Manfredo.

»Was?«

»Du sagst, dass es dir leid tut, das ist doch nicht schwer.«

Ach ja, Manfredo wusste ja nichts von dem Hammer. Er hatte ihn zwar gesehen, musste ihn gesehen haben, hatte aber nicht die nötigen Schlüsse daraus gezogen. Eine Art Seelenblindheit, nicht sehen, was man nicht sehen will. Ohne den Hammer ging die Sache gut aus, kein Zweifel, Fehler kommen vor, ein Versehen, das kann passieren …

*

Charly dachte an den Weber-Toni … wie der verschwunden war. Und wieder aufgetaucht. In der Lobau. Stückweise. Ja, das mit dem Weber-Toni hatte ihn mit einer tiefen Befriedigung erfüllt, die Beseitigung dieser Krätzen. Und gleich danach der andere, den sie einfach »Jugo« nannten. Die Erzählungen, die sich bald um die Leichenfunde rankten, die Sachen, die da aufkamen. Was er alles mit ihnen gemacht hatte, vorher. Angeblich hatte der Dr. Schnaderer, der Pathologe, verlauten lassen, so etwas habe er in dreißig Jahren Berufserfahrung noch nicht gesehen. Es waren gewisse Übertreibungen dabei (für das meiste, was man ihm unterstellte, hätte er gar nicht die anatomischen Kenntnisse gehabt), aber er musste selber zugeben, dass er da ein bisschen übers Ziel hinausgeschossen war. Beim

Weber-Toni und beim »Jugo«. Er hatte sich selber nicht mehr einbremsen können. Deshalb erkannte er jetzt auch die Gefahr, die von diesem durchgeknallten Chemiker ausging: Bei dem war es dasselbe. Das Nicht-mehr-aufhören-Können. Aber die Sache hatte sich ja erledigt, Manfredo war noch rechtzeitig aufgetaucht. Zum Glück.

Aus dem hinteren Teil der Villa tönten Stimmen, die hellere Manfredos und der Bass von dem Spinner mit dem Hammer. Die stritten sich. Manfredo machte dem anderen Vorwürfe; verstehen konnte Charly nichts, aber es war keine harmlose Diskussion, klar. Manfredo war auch öfter zu hören, der andere in Verteidigungsposition, das war gut, das hieß nämlich, Manfredo hatte hier immer noch das Sagen. Er begann zu überlegen, wie er weiter reagieren sollte. Erstens aktuell, wenn er die Kabelbinder los war, und zweitens auf längere Sicht. Aktuell würde er dem Chemiker erst einmal eine Abreibung verpassen. Etwa im Verhältnis eins zu zwei zu seiner eigenen – ach was, sagen wir ruhig: eins zu drei. Der Mann mit der Stirnglatze würde eine Woche nicht mehr laufen können. Und er würde denselben Plastikhammer dazu verwenden. Aber nur die Beine, keine oberen Extremitäten, Rumpf oder, Gott bewahre, gar den Kopf! Das wurde alles noch gebraucht. Chemiker wuchsen nicht auf Bäumen, noch weniger solche, die fähig waren, die für sie typische spießige Lebensweise abzulegen und das Geld weniger konventionell zu verdienen. Der Stoff vom Manfredo hatte 1a Qualität, viel besser als das andere Zeug. Man konnte es teurer verkaufen. Und an eine andere Klientel. Charly kaufte gern beim Meinl am Graben ein, er genoss die Atmosphäre des Ladens, das Angebot: *das beste Lebensmittelgeschäft Österreichs*. Natürlich: So einen Laden konnte er nicht aufmachen, da wäre die Polizei dagegen – aber er bemühte sich, in seiner Branche so etwas wie ein geheimer Meinl am Graben zu sein. Also konnte er den Chemiker nicht zum Krüppel schlagen, andererseits musste Widerstand, welcher Art auch immer, gebrochen werden, und zwar nachhaltig, für immer. Das gelang, wenn überhaupt, nur durch Terror. Hier das rechte Maß zu finden, war diffizil …

Charly wurde aus seinen Überlegungen gerissen. Im Gesichtsfeld war etwas aufgetaucht, das dort auf keinen Fall auftauchen durfte.

Sami.

Charly kannte Sami nicht, er hatte ihn nie zuvor gesehen. Er hatte auch nichts gegen den Kater persönlich, er konnte nur die ganze Art nicht leiden. Art im biologischen Sinn. Felis silvestris catus. Charly war hochallergisch gegen Katzenhaare. Sie lösten Asthmaanfälle bei ihm aus. Sami blieb stehen und betrachtete den unbekannten Menschen, der dort auf dem Fußboden lag. »Geh weg!«, rief Charly, »hau ab!«

Katzen soll man nichts befehlen.

Es mag ja sein, dass sie wirklich nicht verstehen, was man ihnen sagt. (Obwohl Millionen Katzenhalterinnen und -halter in aller Welt das Gegenteil bezeugen würden, aber wir wollen hier keine Debatte mit der Neurozoologie anfangen, das bringt ja nichts.) Was sie aber sicher mitkriegen, die Katzen, ist der imperativische Ton. Den können sie nicht leiden. Sie hassen Lärm und – bildlich gesprochen – alle Rufzeichen am Satzende. Sie haben ihren Standpunkt schon vor Jahrtausenden im alten Ägypten klargemacht und nicht gemacht, was die Tochter des Pharao von ihnen wollte. Nicht einmal das, was der Pharao selber verlangt hat. Wie wahrscheinlich ist es da, dass ihr Nachfahre den Befehlen eines Wiener Drogenhändlers ohne Schulabschluss nachkommen wird? Eben. Und noch etwas muss man bedenken: Wie alle Raubtiere hatte auch Sami ein untrügliches Gespür für den Vitalzustand anderer Lebewesen. Wenn diese Lebewesen sehr viel größer sind als der Kater selbst, hängt sein Leben buchstäblich von der korrekten Einschätzung ab. Mit dem Menschen, der dort auf dem Boden lag, stimmte etwas nicht. Er bewegte sich nicht, wie Menschen das tun, wenn sie im Vollbesitz ihrer Kräfte sind. Abgesehen davon, dass er eben die Horizontale eingenommen hatte, was Menschen viel seltener tun als Katzen und wenn, dann nur auf spezifischen Unterlagen (Bett, Sofa). Grund genug, sich die Sache näher anzuschauen.

»Geh weg!«, schrie Charly. »Bitte, geh weg. Hilfe! Hilfe!« Das war nicht der letzte Hilferuf Charly Koraks, aber der lauteste. Die folgenden waren viel leiser, weil er Schwierigkeiten mit dem Ausatmen hatte. Er versuchte Sami mit den Beinen wegzustoßen. Weil die Beine gefesselt waren, stellte er sich dabei so ungeschickt an, dass von diesen Tritten keine Bedrohung ausging. Sami begriff: ein neues Spiel, dafür war er immer zu haben. Also umtänzelte er den am Boden sich im Kreis drehenden Korak, der noch dazu ein rhythmisches Pfeifen hören ließ, interessant. Bei den raschen Bewegungen Samis flogen immer mehr mikroskopisch feine Haarpartikel in der Luft herum … der Inhalator. Der Inhalator würde ihn retten. Der lag auf dem Boden. Charly bekam ihn hinter dem Rücken zu fassen. Aber am Rücken nutzte er nichts. Er nutzte gar nichts. Ein Inhalator fern des Mundes ist für einen Asthmatiker so nützlich wie ein Schuh oder eine Kleiderbürste.

Man darf es ruhig aussprechen: Einen Teil seiner vielen Sünden hat Charly Korak noch hinieden gebüßt. In den letzten fünf Minuten seines Lebens.

*

Der Suada des Manfredo Gonzales Leupold hörte Dr. Nowak nur noch mit halbem Ohr zu. Er wird ihn losbinden, dachte er. Und einen Augenblick später haut mich dieses Tier zusammen. Spitalsreif, so heißt das doch immer. Wobei diese Herren dann denken, ich könne noch froh sein, wenn ich mit dem Leben davonkomme. Sein Gesicht rötete sich, der Schweiß brach ihm aus. Manfredo deutete das als Angst und hatte keine bessere Idee, als auch noch in diese Angstkerbe zu hauen. »Ja, ich weiß nicht, ob ich den Charly von seiner Rache abhalten kann – das sag ich dir ganz offen. Ich kenn ihn schon lang, aber was du dir geleistet hast, das hat noch keiner mit ihm abgezogen! Ich weiß nicht, was passiert, wenn ich ihn losbinde …«

»Dann find's doch raus«, sagte Dr. Nowak. Seine Stimme klang ruhig, weder zittrig noch hoch, das irritierte Manfredo. Der Chemiker sah aus, als ob er Angst hätte, aber Dr. Nowak hatte keine Angst, sondern eine Sauwut. Ich leg sie alle beide um, dachte er. Den Totschläger sowieso. Und den Hysteriker gleich hinterher. Ein einziges blödes Wort und er ist dran …

Sie gingen hinüber in die Diele, Manfredo voran mit einer Küchenschere. Dr. Nowak hielt auch etwas in der Hand, das war bedeutend schwerer als die Schere. Er hielt es hinter dem Rücken verborgen. Charly rührte sich nicht. Manfredo legte ihm zwei Finger an die Halsschlagader.

»Kein Puls. Er ist tot.«

Unter anderen Umständen hätte Dr. Nowak protestiert und die Einleitung von Wiederbelebungsmaßnahmen gefordert, aber die bläuliche Gesichtsfarbe und die noch bläulicheren Lippen wiesen deutlich darauf hin, dass hier nicht mehr zu helfen war.

»Du hast ihn umgebracht«, sagte Manfredo mit dumpfer Stimme.

»Ja, natürlich, durch Fesselung der Hand- und Fußgelenke. Also stranguliert …«

Manfredo blickte auf. »Stranguliert, wieso …«

»Na, unabsichtlich halt! Ich konnte doch nicht wissen, dass er ein Außerirdischer ist, der durch Finger und Zehen atmet.« Er begann zu lachen.

»Deine blöden Witze sind unpassend, das kannst du dir sparen ...!«

Dr. Nowak lachte laut auf. »Entschuldige, du hast recht, es liegt an unserer speziellen Lage. Wie viele haben wir denn jetzt ... lass mich einmal nachzählen, eh ich was Falsches sage: Also erstens deine verehrte Frau Großmutter in Kühltruhe eins – ich nummeriere sie schon einmal vor, damit wir dann nicht durcheinanderkommen –, sodann den Herrn Guttmann in Kühltruhe zwei und ab heute ...«

»Hör auf, das ist nicht lustig!«, schrie Manfredo. Aber sein Schreien ging in ein hysterisches Gelächter über und dann ohne Absatz in ein Schluchzen. Dr. Nowak zog ihn hoch und nahm ihn in die Arme. Manfredo ließ es geschehen.

»Warum hab ich immer solches Pech?«, jammerte er. »Warum ich? Was hab ich denn getan?«

»Setz dich erstmal, ich hol dir was zu trinken.« Dr. Nowak führte Manfredo ins Wohnzimmer und plazierte ihn auf einem Stuhl, dann brachte er eine dickbauchige Flasche und zwei Gläser. Manfredo saß zusammengesunken am Tisch wie ein sehr alter, sehr kranker Mann. Dr. Nowak schenkte ein, sie tranken ohne anzustoßen.

»Auf deine Fragen« begann der Chemiker, »gibt es erstaunlicherweise sogar Antworten ...«

»Welche Fragen?«

»Du wolltest doch wissen: Warum hab ich solches Pech, was hab ich denn getan? Das mit dem Pech musst du im größeren zeitlichen Zusammenhang sehen. Du hast jahrelang illegale Drogen vertickt und bist nie dabei erwischt worden. Ich würde das unverschämtes Glück nennen. Wenn jetzt das Pendel in die andere Richtung ausschlägt, darf einen das nicht wundern, das war unausweichlich. Und die zweite Frage beantwortet sich genauso: Du hast mit Drogen gehandelt, das hast du getan!«

Manfredo schneuzte sich. »Ich bin mit den Nerven runter«, sagte er. »Das hätte nicht passieren dürfen ...«

»Es ist aber passiert. Er war Asthmatiker. Ich habe gelesen, das kommt gar nicht so selten vor.« Das war gelogen, Dr. Nowak hatte nie etwas über Asthma gelesen, sein Konzern war auf diesem Gebiet nie aktiv gewesen.

»Wenn er den Inhalator hätte verwenden können ...«

»Ja, ja, ja! Wenn, wenn! Wenn du mir was über diese famose Verbindung zur Wiener Unterwelt erzählt hättest, dann hätte ich ihn nicht geschockt und gefesselt! Aber du hast nicht, deshalb habe ich! Hör auf damit, du machst uns nur beide verrückt.«

»Was sollen wir denn jetzt machen?«

»Wir kaufen erst eine neue Kühltruhe ...«

Jetzt war es Manfredo, der laut herauslachte. »Schon wieder? Wird das nicht langsam auffällig?«

»Wir fahren diesmal nach Feldkirch.«

»Ach so, ja dann ... dann ist ja alles in Ordnung!«

»Spar dir deinen Sarkasmus. Wir haben eine Menge Probleme, wir müssen uns jetzt zusammenreißen, um da wieder rauszukommen ...«

»Probleme, das kannst du laut sagen. Was wird dieser Bindl sagen, wenn Charly nicht mehr auftaucht?«

»Du kennst den Bindl?«

»Nur aus Erzählungen ...«

»Davon hast du mir auch nichts gesagt.«

»Ich habe dir eine Menge nicht gesagt. Ich wollte dich nicht beunruhigen. Du solltest ja nur für das Technische zuständig sein ...«

»... und du fürs Geschäft, verstehe. Also schön, Herr Unternehmer, was gedenken Sie jetzt zu tun?«

Manfredo fasste sich, man konnte sehen, wie seine Lebensgeister zurückkehrten. Und er merkte nicht, dass er auf den

Arm genommen wurde. Er sagte: »Prinzipiell ist mit Charlys … Ausscheiden … noch nicht alles verloren. Was den Absatz betrifft, meine ich. Charly hatte zwei Mitarbeiter, die kenne ich beide. Die würden mir das Zeug auch weiterhin abnehmen, da bin ich ziemlich sicher!«

»So, so, ziemlich sicher. Was sagst du ihnen denn, wenn sie dich nach Charly fragen? Dass er plötzlich verstorben ist?«

»Ja, genau! Das stimmt ja auch, überleg doch: ein Asthmaanfall, leider mit tödlichem Ausgang! Das kommt häufiger vor, als man denkt, hast du selber gesagt …«

»Moment …«

»Nein, warte: Wir machen sein Auto ausfindig, fahren es her, setzen ihn rein und stellen es irgendwo ab … ein Unfall, wenn man so will. Der Inhalator war leer, Charly hat geschlampt, Nachfüllen vergessen. Schluss, aus, Nikolaus!«

»Ja, das ist ein feiner Plan und würde die Anschaffung einer weiteren Kühltruhe ersparen. Nur: Wie erklären sich die Markierungen der Kabelbinder an seinen Gelenken?«

Manfredo sackte zusammen. »Hast du eine bessere Idee?«

»Keine, was Charly betrifft. Aber Charly kann warten, gewissermaßen. Wer nicht warten kann, ist sein Chef, der Bindl im Sechzehnten.«

»Du weißt, wo der Bindl wohnt?«

»Ja, Charly hat es mir erzählt, er hat überhaupt eine ganze Menge erzählt …«

»Wieso …?«

»… er mir so viel erzählt hat? Wozu, glaubst du, war der Hammer?«

»Du hast …«

»Ich hab alles aus ihm rausgeprügelt, jawohl. Deswegen bin ich jetzt genau über Herrn Bindl informiert, seine Lebensgewohnheiten, seine persönlichen Verhältnisse, einfach alles. Ich wette, ich weiß mehr darüber als du …«

»Du hast ihn … ich fass es nicht!«

»Ich dachte, wir seien uns einig, von wegen, wir lassen uns nicht einfach abknallen? Das ist erst ein paar Tage her, da hast du noch groß herumgetönt.«

»Ich konnte doch nicht wissen, dass …«

»… dass es ernst wird? Was hast du denn gedacht? Dass sich alles in Wohlgefallen auflöst?«

»Eben: wegen Charly. Ich hab gedacht, der regelt das schon irgendwie, er saß ja an der Quelle, er war die rechte Hand vom Bindl. Wenn irgendwas gelaufen wäre, dann hätte er mich gewarnt.«

Dr. Nowak stand auf und beugte sich über den Tisch. »Soll das heißen, du hast ihn erwartet?«

»Nicht ihn persönlich, eher eine Nachricht, so was halt …«

Dr. Nowak setzte sich wieder. Er fühlte sich müde, große Mutlosigkeit befiel ihn. Mit diesem Manfredo hatte das alles keinen Zweck. Er hätte damals wirklich die Wohnung am Judenplatz kaufen sollen, dann wär jetzt alles so viel leichter …

Manfredo verhinderte Dr. Nowaks Abgleiten ins Selbstmitleid. »Was sollen wir wegen Bindl unternehmen?«, fragte er. »Das scheint mir momentan das dringendste Problem zu sein.« Dr. Nowak wunderte sich, wie schnell sich Manfredo vom Charly-Schock erholt hatte. Die Regenerationsfähigkeit der Jugend, dachte er, oder das Unvermögen, reale menschliche Bindungen einzugehen – aber klar: Wer die tote Oma in die Kühltruhe stopft, wird außer ein paar Anstandstränen wegen eines Kriminellen keine emotionalen Umstände machen. Was war das? Abgebrüht? Das traf es nicht; abgebrüht sind Leute wie Charly, die eine Fülle negativer Erfahrungen hinter sich haben. Aber Manfredo? Was war dem schon passiert? Nun ja … du bist ein Narr, schalt sich Dr. Nowak, du hast keine Ahnung, was Manfredo alles passiert ist.

»Wenn wir gar nichts machen, taucht bald der Nächste aus

Bindls Truppe auf, vielleicht zwei oder drei«, setzte Manfredo seine Überlegungen fort. Er klang ganz ruhig, als handle es sich um eine intellektuell anregende, aber für das praktische Leben bedeutungslose Erörterung. Dr. Nowak riss sich zusammen.

»Wir fahren nach Wien«, sagte er, »und bereinigen das. Zuvor aber stelle ich eine ordentliche Portion von dem Stoff her, die nehmen wir gleich mit. Du verhältst dich ruhig, du rufst niemanden an, kein Kontakt, verstehst du?«

Manfredo nickte. »Du hast einen Plan?«

»Ja, den hab ich.« Weitere Auskünfte gab Dr. Nowak nicht, und Manfredo schien zufrieden damit zu sein. Sie tranken ihren Kognak aus und verfrachteten den recht schweren Charly Korak in den Keller. Am folgenden Vormittag kauften sie wieder einmal eine Gefriertruhe, am Nachmittag begann Dr. Nowak mit der Arbeit, derentwegen er nach Dornbirn gekommen war. Manfredo ließ ihn werkeln, im Haus war alles still, Romuald Nowak spürte, wie er langsam zur Ruhe kam. Er war von seinen Zielen weit abgewichen, das musste er zugeben. Aber die erste Abweichung, die Auflassung des Wiener Konzernlaboratoriums, hatte nicht er zu verantworten, sondern andere im fernen Rochester. Erst für alles Weitere war dann er persönlich verantwortlich. Aber eben: Ohne dieses erste Verlassen der vorgezeichneten Lebensbahn hätte es alles Folgende nicht gegeben, kein Fitzelchen davon. Er hätte niemanden totgefahren und keine Leiche in einer Kühltruhe verstaut; er hätte keinem Wiener Unterweltler mit einem großen Plastikhammer die Knochen kaputtgehauen und, nachdem dieser aus ungeklärter Ursache verschieden war, die Leiche in einer weiteren Kühltruhe verschwinden lassen. Er hatte mit der größten Selbstverständlichkeit Dinge getan, die all die Jahre zuvor nicht in seinen wüstesten Albträumen aufgetaucht waren. Dagegen war die illegale Herstellung von zwei Pfund Methylendioxymethamphetamin fast eine Lappalie, vergleichbar einer Geschwindigkeitsübertretung um zehn Kilometer pro Stunde. Aus irgendeinem verqueren Grund tröstete ihn dieses absurde Argument, das vor keinem Gerichtshof halten würde. Aber vor dem Gerichtshof in seinem Kopf hielt es.

Er widmete sich seiner Arbeit.

# 7

Herr Hämmerle machte einen guten Eindruck. Der erste Eindruck ist, das wusste die Magistra Horty, der entscheidende, das stand zwar in allen Unterlagen, aber niemand von den Leuten, die so etwas für Marketingseminare verfassten, hatte eine wirkliche Ahnung von der Sache; die wussten nicht, was *erster Eindruck* in der Praxis hieß und *wie* wichtig er tatsächlich war. Außerdem konnte man nirgends lernen, den *richtigen* ersten Eindruck zu haben.

Als er im Maklerbüro auf sie zukam, taxierte sie ihn und ordnete ihn ein. Mittelständler, Vorarlberger, das war schon am Telefon klar gewesen. Guter Anzug, teurer Mantel, geputzte Schuhe. Direkt aus dem Hotel hierher, alles musste schnell gehen, zack, zack. Wahrscheinlich selbständig, der Herr Hämmerle hatte für diese Sache nicht alle Zeit der Welt.

Er sei auf der Suche nach einer nicht zu teuren Eigentumswohnung, hatte er am Telefon gesagt, da sei er auf diese Wohnung gestoßen, die müsse eben auch als Studentenwohnung zu verwenden sein, wenn es in der Verwandtschaft dann so weit sei. Die Frau Magistra hatte alles verstanden; hier handelte es sich also um den Typ Vorarlberger, dessen Neffen und Nichten Studiengebühren und ähnliche staatliche Eingriffe nicht so besonders zu spüren kriegen würden, auch keine unangenehme, studiumbehindernde Wohnsituation etwa in einer fünfköpfigen WG in einem renovierungsbedürftigen Altbau. Wie es die Frau Magistra erlebt hatte, bevor sie Frau Magistra war. Sondern die junge Verwandte des Onkels (Horty tippte auf die Lieblingsnichte) würde, nachdem sie endlich die Matura geschafft hatte, in eine neu hergerichtete, eingerichtete Dreizimmerwohnung einziehen dürfen. Im obersten Geschoss mit traumhaftem Blick über Wien – nicht, dass der jungen Dame dieser Blick das Geringste bedeuten würde – Frau Mag. Horty hasste das verwöhnte Flittchen jetzt schon, obwohl sie gar nicht wusste, ob dieses überhaupt existierte; wenn es aber existierte, würde es diese Wohnung mit der gleichen Selbstverständlichkeit betrachten wie das ganze bisherige Leben.

Frau Hortys professionelles Lächeln war etwas gezwungen, was dem Herrn Hämmerle aber nicht auffiel; auf der Fahrt in den Sechzehnten redete sie viel, nicht nur über das spezielle Objekt, sondern über den ganzen Bezirk, die allgemeine Situation sowie die spezielle punkto Ausländer, nicht ohne zu betonen, hier gebe es genau die richtige Mischung … und ein berühmtes türkisches Restaurant sei auch ganz in der Nähe.

Es gab einen Lift bis zum fünften Stock, dann eine kurze Treppe ins ausgebaute Dachgeschoss. Die Räume waren kahl und sehr hell; keine Möbel, die Malerarbeiten noch im Gange. Herr Hämmerle sah sich alles genau an. Er sprach nicht viel und fügte sich ins Schema des maulfaulen Vorarlbergers. Aber er war sympathisch, irgendwie. Wenn er zehn Jahre jünger wäre … aber das waren müßige Träumereien.

Herr Hämmerle betrat die Terrasse und sah sich alles genau an. Er lächelte sie an, zum ersten Mal, seit sie sich getroffen hatten. Das Lächeln galt nicht ihr, sondern dem Objekt. Es schien ihm zu gefallen.

»Wie ist denn die Nachbarschaft?«, wollte er wissen.

»Ganz ruhig. Rechts ein Alleinstehender, soweit ich weiß, ein Cafetier, der ist am Abend immer weg. Und links wird renoviert, das dauert aber noch eine Weile, da wohnt jetzt niemand.«

Dann erkundigte er sich noch nach den Malerarbeiten. Sie musste zugeben, dass die noch ein bisschen dauern würden, diese Woche gebe es eine Unterbrechung, dafür sei aber die Besichtigung bequemer möglich, ohne Farbkübel und Gestelle. Er nickte. Die Wohnung gefalle ihm, sagte er und gab ihr eine Handynummer. Es sei zwar nicht so eilig, bis zum nächsten Herbst sei sowieso noch Zeit, aber er wolle kein langes Verfahren daraus machen. Er habe am Wochenende noch ein paar Termine und werde sie am Montag anrufen. Dabei lächelte er. Sie kannte dieses Lächeln von vielen Provinzlern, die ihre Freude, das Richtige gefunden zu haben, einfach nicht verbergen konnten. Wiener würden in so einem Fall nicht grinsen wie ein Hutschpferd, damit gab man dem Verkäufer oder Makler einen geldwerten Vorteil. Sie stammte aus Oberösterreich und hielt die Wiener grundsätzlich für falsch.

Herr Hämmerle fragte im Lift noch etwas nach den Malerarbeiten, welche Farben denn verwendet würden, er lege Wert auf reine Naturfarben, keine Dispersion; Mag. Horty konnte ihn beruhigen, Dispersion werde schon lange nicht mehr verwendet (sie hatte keine Ahnung, ob das stimmte). Aber so wichtig, wie er tat, war ihm das nicht, das wusste sie einfach, das sagte ihr die Erfahrung. Hämmerle war ein heißer Kandidat, jetzt durfte sie nur nicht den Fehler machen, allzu sehr zu drängen. Auch der Hinweis auf einen anderen Interessenten, der schon kurz vor dem Abschluss stehe, wäre in diesem Fall kontraproduktiv. Vorarlberger hassten solche Tricks. Auf der Straße verabschiedete sich Herr Hämmerle mit einem freundlichen Lächeln und Händedruck, er nehme die Tram, um die günstige Verkehrsanbindung gleich einmal auszuprobieren! Sie stieg ins Auto und war sich sicher, mit Herrn Hämmerle möglicherweise schon am Montag, sicher aber bis Mittwoch den Vertrag abzuschließen.

Sie sollte ihn nie wiedersehen.

Manfredo war von dem Plan nicht begeistert.

»Wie kommen wir denn rein? Das bleibt die alles entscheidende Frage.«

»Ach was! Diese Frage ist nebensächlich und entscheidet gar nichts. Ich hab das geprüft. Ist ganz einfach. Ich hab hinter der Ecke gewartet, bis die Makler-Tante weg war, bin zurück und hab an einer Klingel geläutet. Summton – Tür offen. Ich brauchte nicht einmal die Geschichte vom vergessenen Handy zu erzählen.«

»Ja, schön, das ist die Haustür. Und oben?«

»Da gibt's nur eine Behelfstür, so eine für den Rohbau, weil sie die richtige erst einbauen, wenn das teure Zeug geliefert wird, die Küche und so. Das Ding brechen wir einfach auf.«

Manfredo sagte nichts mehr zum Thema Tür. Überzeugt schien er nicht. »Ich hab die Sachen in einem Baumarkt besorgt, ich hoffe, es passt …«

Dr. Nowak schlüpfte in die Malerkluft. Die weiße Jacke war etwas zu weit. Manfredo hatte sich für einen blauen Overall entschieden und diesen schon einmal mit Farbspritzern verziert. »Wenn ich auch ganz in Weiß daherkomme, sieht das zu geleckt aus, wie im Film«, sagte er. »In der Realität ist nichts vollkommen, auch nicht die Adjustierung des Malergehilfen.«

»Der Gehilfe bist du?«

»Das bin ich doch sowieso. Realität und Fiktion stimmen überein.«

»Na schön. Pack den Overall ein, wir brechen auf.«

»Was? Jetzt schon? Ich dachte …«

»Es hat keinen Zweck zu warten. Nächste Woche sind die Maler wieder dort, also müssen wir die Sache jetzt durchziehen. Wir fahren getrennt und treffen uns vor dem Haus. Wenn der andere noch nicht da ist, spazieren wir um den Block. Ich im Uhrzeigersinn, du entgegengesetzt.« Dr. Nowak legte den Finger auf den Stadtplan, den er auf dem Küchentisch in Manfredos Wohnung ausgebreitet hatte. »Wir treffen am besten kurz hintereinander ein. Beide in Zvilkleidung, die Malermontur im Gepäck.«

»Warum müssen wir dort um den Block laufen?«

»Falls wir uns verpassen. Dann müsste der eine auf den anderen warten. Wo? Vor dem Haus? Wenn jemand einfach so herumsteht, fällt das viel mehr auf, als wenn er in Bewegung ist …«

»Wieso denn? Jeder würde denken, der wartet halt auf jemanden.«

»Eben! Das würde allerdings jeder denken. Jede übrigens auch. Und jedem und jeder würde es wieder einfallen, wenn die Polizei fragt: Ist Ihnen etwas aufgefallen? Das vermeiden wir so.«

Manfredo sagte nichts mehr, obwohl ihm einiges auf der Zunge lag. Zum Beispiel, ob es nicht noch auffälliger wäre, wenn man einen Mann mit einer Reisetasche dauernd um einen Block herumlaufen sieht. Ein, zwei Mal mochte das angehen, aber ab dem dritten Mal musste es doch aussehen wie eine Performance, »Der Ewige Jude heute« oder so. Warum konnten sie nicht einfach zusammen hinfahren, in derselben Straßenbahn? Manfredo hätte das gern gewusst, aber er wagte nicht zu fragen. Die Dinge hatten eine Entwicklung genommen, die ihm missfiel. Er kannte sich nicht mehr aus. Nowak kannte sich aus. Sagte er. Er hatte ihn als Chemiker angeheuert, aber jetzt plante der Mann Sachen, an die Manfredo nie gedacht hatte, und zum Denken kam er nicht mehr, Romuald Nowak war schneller. Sie hatten auch keine Zeit, das war nicht zu bestreiten; es ging nicht an, den Lauf der Dinge durch langwierige Analysen zu verzögern. Sie mussten schneller sein als Bindl.

Er packte die Sachen, die er mitnehmen sollte, in seine Reisetasche, Nowak tat das Gleiche mit den seinen. Auch so ein Punkt: Warum zwei Reisetaschen, warum konnte einer nicht einen Rucksack nehmen? Oder einen Koffer? Zwei Männer mit Reisetaschen, das war doch auffällig – hatte Stanislaw

Lem nicht etwas darüber geschrieben? Was würde man annehmen, wenn einem lauter Leute mit einem Gipsbein begegnen? Er brachte nicht mehr zusammen, worum es dabei gegangen war, irgendwas über den Charakter der Realität oder unser Bild von ihr oder so ähnlich. Er hätte das Thema ansprechen sollen, er tat es nicht, Manfredo Gonzales Leupold hatte allen Mut verloren.

Am späten Nachmittag brachen sie auf.

Alles lief ohne Probleme. Manfredo war zuerst in der betreffenden Straße, er lief brav an der Hausnummer vorbei und begegnete Dr. Nowak auf der anderen Seite des Blocks. Sie gingen miteinander zu ihrem Ziel, jetzt, meinte der Chemiker, sei das wieder unauffälliger. Völlig verrückt. Nowak läutete an der dritten Klingel von oben. Niemand meldete sich. Es geht schon schief, dachte Manfredo. Wir sind noch nicht einmal drin und schon geht es schief. Und es liegt einfach daran, dass wir Amateure sind. Wir haben keine Ahnung von dem, was wir hier tun. Ich nicht und Nowak auch nicht. Das ist nicht unser Metier. Was ist das überhaupt für eine Art, in ein Haus einzudringen: einfach so lang klingeln, bis jemand aufmacht?

Bei der dritten Klingel folgte das Summen des Öffners, ohne dass sich jemand über die Sprechanlage gemeldet hätte. Dr. Nowak machte die Tür auf und grinste. Er ging den schmalen Flur entlang zum Lift. Sie fuhren zum fünften Stock empor.

Als er die Tür sah, war Manfredo erleichtert; zwar mit Zylinderschloss, aber sonst ein Behelfsmodell für den Bau mit dünnem Türblatt. Sie zogen die Malerkluft an. Das Schloss gab dem Druck des Brecheisens sofort nach. Sie traten ein. Dr. Nowak zog die Tür zu. Wenn man nah herankam, sah man den Schaden, aber vom Treppenhaus fiel er nicht auf. Profis hätten diese Witztür aufgebracht, ohne Spuren zu hinterlassen, aber sie waren halt keine Profis. Damit mussten sie leben.

»Wir lassen sie einfach offen, ganz weit auf, verstehst du?«

Manfredo stellte das mitgebrachte Kofferradio in die Diele der leeren Wohnung und schaltete ein. »Eine offene Tür, Popmusik und ein Farbeimer – die Handwerker sind da!«

»Vorurteile! Das ist typisch für dich!« Aber Dr. Nowak meinte es nicht ernst. Er war erleichtert. Er hatte bei diesem Plan nicht alles bedenken und voraussehen können, dazu war keine Zeit gewesen. Ohne Improvisation würden sie nicht ans Ziel kommen, das wusste er, und es behagte ihm nicht. Aber er konnte nichts dagegen tun, Manfredos Mithilfe war ein Gewinn für das Unternehmen, keine Frage.

Sie öffneten Farbkübel, tauchten Rollen in die Farbe und begannen das Wohnzimmer zu streichen, das heißt, sie nässten mit der Farbe einen Teil der Wand, damit es ein wenig nach Arbeit aussah. Gegen fünf begann die Dämmerung, um sechs war es dunkel. Dr. Nowak trat auf die kleine Terrasse. Nach vorne ging es fünf Stockwerke nach unten, der später angebaute Liftschacht deckte die Terrasse nach links weitgehend ab. Eine nur eins fünfzig hohe Mauer bildete die Begrenzung auf der rechten Seite, darauf ein Geländer, das die Terrasse der höher gelegenen Nachbarwohnung sicherte. Diese Terrasse war größer, die dazugehörige Wohnung wohl auch. Sie zu besichtigen hatte Dr. Nowak aber ebenso wenig Gelegenheit gehabt wie viele andere Zeitgenossen, die zu gern gewusst hätten, wie es darin aussah. Dr. Nowak interessierte das nicht. Die Wohnung war dunkel, das war entscheidend. Keine Abweichung von den Gewohnheiten des Besitzers.

»Worauf wartest du?« Manfredo war herausgekommen.

»Dass es dunkel wird.«

»Es ist doch dunkel …«

»Nicht dunkel genug. Und jetzt geh wieder rein und mal eine Wand an.«

Auch Dr. Nowak beteiligte sich in den nächsten beiden Stunden an der Malaktion. Meistens ging er nur mit einem

Eimer oder einer Rolle durch die hell erleuchteten Zimmer, was man von der gegenüberliegenden Hofseite gut sehen konnte; nichts konnte in Österreich harmloser sein als ein paar fleißige Schwarzarbeiter, die nach Feierabend ihr Gehalt aufbessern. Manfredo bewegte sich weniger, ab und zu trug er die Klappleiter durch die Räume, die meiste Zeit saß er aber auf dem Boden der Küche, die von außen nicht eingesehen werden konnte, an die Wand gelehnt und las »Die Brüder Karamasow« in einer Dünndruckausgabe. Von der Tür her kamen keine Geräusche. Gegen zehn machten sie alle Lichter aus und warteten noch eine Stunde in der Nähe der Terrassentür. Dr. Nowak beobachtete die Fenster auf der anderen Hofseite. Eines nach dem anderen wurde finster. Niemand schaute irgendwo heraus. Tief unter ihnen brannte die schwache Funzel der Hofbeleuchtung, die Terrasse lag schon in tiefem Dunkel. Manfredo holte die Klappleiter und stellte sie in die hinterste Ecke der Terrasse. Dr. Nowak stieg hinauf und über das Geländer. Manfredo wunderte sich über die Behendigkeit des Älteren.

Dann wartete er. Wenn jetzt jemand in die Wohnung kam, war alles aus, hatte Nowak gesagt. Es gab keine Möglichkeit, die aufgebrochene Tür von innen zu verbarrikadieren, das war die Schwachstelle bei dem Plan. Manfredo spürte seinen Puls bis in den Hals schlagen. Er stand neben der Eingangstür, in der Hand ein Stück Rohr. Dr. Nowak wusste nichts davon. Manfredo würde nicht »alles aus« sein lassen. Es ging nicht darum, nur ins Gefängnis zu kommen. Sie würden das Gefängnis nicht überleben, dafür würde Bindl sorgen, wenn er vom Einbruch in der Nachbarwohnung erfuhr. Und wenn er dann zwei und zwei zusammenzählte. Manfredo kannte da eine Geschichte von einem merkwürdigen Todesfall in der Haft, aber davon hatte er seinem Partner nichts erzählt. Manfredo würde zuschlagen, ganz gleich, wer sich für die aufgebrochene Tür interessierte.

Niemand kam.

Nur Dr. Nowak kam von der Terrasse zurück. Nach so kurzer Zeit, dass Manfredo befürchtete, es sei etwas schiefgelaufen. Hatte der Chemiker das wichtigste Utensil vergessen? Nowak grinste. »Abmarsch«, sagte er nur. Manfredo verbarg das Rohr in der Reisetasche. Sie trugen beide schon Zivil. Dr. Nowak verstaute die Arbeitshandschuhe, dann ging er mit seiner Tasche voran. Sie verließen das Haus, ohne jemandem zu begegnen. Auf dem Rückweg benutzten sie verschiedene Routen und saßen, als Fritz Bindl spät in der Nacht nach Hause kam, schon in Manfredos Wohnung in der Auhofstraße.

*

Schott war nervös. Das Abendessen lief nicht so, wie er das erwartet hatte. Obwohl er sich doch vorgenommen hatte, gar nichts zu erwarten, saß er nun da und … und … er wusste nicht, was nicht stimmte. Es stimmte doch alles! Sie saß ihm gegenüber und hörte zu. Er redete über den Artikel, er redete darüber, was er schon alles über den Beruf des Veterinärs recherchiert hatte, dann redete sie und korrigierte Missverständnisse oder Fehlinformationen, dann redete wieder er. Und dann kam das Essen. Alles sachlich und nüchtern. Ernst. Als ob es um eine »Spiegel«-Titelgeschichte ginge und nicht um ein Wald-und-Wiesen-Artikelchen für das regionale Gratisblatt.

Vielleicht lag es auch am Lokal. Es war nicht das, was er ihr vorgeschlagen hatte, nämlich das »Guth« in Lauterach. Gehobene Gastronomie. Das sei doch zwei Nummern zu fein für ein Geschäftsessen, hatte sie gesagt, ein bisschen gelacht und ein Chinarestaurant in Dornbirn vorgeschlagen, auf das er selber nie verfallen wäre – nicht im Zusammenhang mit Essen-Gehen-in-weiblicher-Begleitung. Und Anbahnung … wovon auch immer. Er hatte sie in der Praxis abgeholt und beim Bestellen mit Erleichterung festgestellt, dass sie offenbar gerne aß und ein ordentliches mehrgängiges Menü »für zwei Personen« vorschlug. Und sich nicht, wie er schon befürchtet hatte, mit einem Husch-Husch-Teller Bami Goreng begnügte. Sie aß langsam und mit Genuss, das passte schon, nur kam er ums Verrecken nicht aus dieser vermaledeiten Businesstalk-Gesprächsspur; wie in einem Albtraum, wo man zu fliehen versucht und nicht wegkommt, blieb er redenderweise am Tierärztlichen hängen. Sie beantwortete seine Fragen mit aller gewünschten Ausführlichkeit, er hätte gleich das Aufnahmegerät mitlaufen lassen sollen und Stoff für zehn Artikel gehabt, aber es interessierte ihn nicht, nicht an diesem Abend, solang nicht geklärt war, ob … ich werde einfach still sein, dachte er, die Sache ist ohnehin gelaufen. Ich hab's verbockt. Wieder einmal.

Die Gesprächspause schien sie nicht zu stören, sie widmete sich mit großer Intensität der *pikanten Ente*. Und dann begann sie von sich zu erzählen. Er hörte zu, stellte Zwischenfragen. Offenbar die richtigen an den richtigen Stellen. Das interessierte ihn jetzt, er dachte nicht mehr an die Richtung, die das Gespräch hätte nehmen sollen, verkrampfte sich nicht mehr beim Versuch, ebendiese Richtung einzuschlagen, was ihm nicht gelungen war; er ließ es einfach laufen. Dann begann sie ihm Fragen zu stellen. Er antwortete. Es waren keine weltbewegenden Dinge, die sie voneinander erfuhren. Sie war geschieden, er war geschieden. Sie stammte aus einer kinderreichen Familie und hatte zwei Brüder und eine Schwester, er war ein Einzelkind. Ihre Eltern lebten noch, seine nicht. Er erzählte viel, sie erzählte viel. Beim Zahlen hatte er das Gefühl, ausgeredet zu haben, er hatte alles gesagt, was ihm eingefallen war, er hatte nichts zurückgehalten. Jetzt spürte er – Zufriedenheit. Sie hatte ihm zugehört und er ihr. Und wenn es dabei bleiben sollte, war es auch gut. Nicht, dass es nicht besser werden könnte – aber wenn es so blieb, hatte es sich gelohnt. Er verließ das Lokal mit einem Gefühl physischer und emotionaler Sättigung. Sie hatte sich bei ihm eingehängt. Er hoffte, sie sei genauso zufrieden. Frag sie doch, sagte jemand in seinem Kopf, frag sie einfach!

»Sind Sie zufrieden?«

»Du«, sagte sie, »es muss heißen: Bist du zufrieden? Ich heiße Hildegard.« Er blieb stehen. Sie waren schon hundert Meter am Auto vorbeigelaufen. Er sah sie an. »Ich fühle mich geehrt«, sagte er, »leider wird es jetzt ein bisschen peinlich …«

»Lass mich raten: Du heißt Ambrosius!«

»Äh … nein … findest du Ambrosius lächerlich?«

»Ich finde Namen überhaupt nicht lächerlich – außer, sie sind lächerlich, natürlich … das hört sich jetzt meschugge an …«

»Lass nur, ich weiß, was du meinst.«

»Nun gut, wie heißt du denn?«

»Mauritius.«

»Mauritius Schott? Das hat was.«

»Haben meine Eltern auch gesagt – zu Schott musste einfach was Längeres dazu. Mir wäre es doch lieber gewesen, sie hätten sich für was Normaleres entschieden, Alexander oder so …«

»Mauritius ist ein wunderschöner Name. So hieß der Anführer der thebäischen Legion, den der Kaiser Maximian zusammen mit seinen christlichen Kameraden hat umbringen lassen.«

»Woher weißt du das?«

»Nicht alle Ärzte sind so beschränkt, wie sich das die Allgemeinheit vorstellt!« Das klang ein bisschen schärfer, als sie vielleicht beabsichtigt hatte.

»Entschuldige«, sagte er, »ich wollte in keiner Weise …«

»Schon gut, die meisten sind's ja doch …«

»Was?«

»Beschränkt.« Sie lachten beide. »Ich hab mich nie Mauritius nennen lassen, immer nur Schott«, sagte er. »Die Kollegen haben sich daran gehalten. Jetzt ist es sowieso wurscht.«

»Warum?«

»Kollegen hab ich keine mehr und sonst ist auch niemand da, der mich wie auch immer nennen könnte …«

»Das stimmt nicht«, sagte sie mit leiser Stimme. Sie war stehen geblieben. Die Straße war still, rundum nebelfeuchtes Herbstnachtdunkel. Sie waren im Reden immer weiter vom Auto weggegangen, in Nebenstraßen eingebogen. Im Moment wusste er nicht genau, wo sie sich befanden, ringsum Einfamilienhäuser in finsteren Gärten. Das irritierte ihn.

»Was stimmt nicht?«, fragte er.

»Dass niemand da ist, der dich Mauritius nennen könnte.«

Sie nahm seinen Kopf zwischen ihre Hände.

»Ich bin da«, sagte sie.

Dann küsste sie ihn.

*

Als Fritz Bindl in dieser Nacht nach Hause kam, war er schlecht gelaunt. Es gab keinen speziellen Grund dafür; im Café, wo er sich kurz hatte blicken lassen, war alles so wie immer – das heißt, so schlecht. Wenn er ehrlich war (und das war er ab und zu), musste er sich eingestehen, dass die Nachlässigkeit und Faulheit seiner Angestellten an diesem Tag keineswegs das bekannte Maß überschritten hatte, sie waren dieselben elenden Verlierertypen wie immer, was ihm völlig egal sein könnte, wenn das für ihn nicht so teuer gewesen wäre, das Urassen mit Betriebsmitteln, die Langsamkeit beim Bedienen der Gäste et cetera. Darum musste er ja in Abständen dort höchstselbst erscheinen und die Bande ordentlich in den Hintern treten, damit wenigstens die Minimalperformance eines Kaffeehausbetriebs gewährleistet war. Kollegen aus der »Branche« machten sich hinter seinem Rücken lustig über diesen Eifer, den geldgeilen Cafetier zu geben – was sie nicht verstanden, war ganz einfach, dass eine gute Tarnung eben gar keine Tarnung ist, sondern gewissermaßen echt, das hieß in seinem Fall: Das Café musste auch für sich bestehen können, als kommunale Begegnungsstätte. Bestehen auch vor dem Finanzamt und den diversen Magistratsabteilungen, die mit Bewirtungsbetrieben befasst waren. Das ganze Drumherum musste einfach stimmen, das Publikum hatte den erwartbaren sozialen Querschnitt aufzuweisen – und durfte nicht vorwiegend aus Leuten bestehen, die »etwas kaufen« wollten. So etwas wäre über kurz oder lang aufgeflogen. Damit das aber so war, musste er die hohen Wiener Ansprüche punkto Kaffeehauskultur, Gemütlichkeit und so weiter ganz einfach erfüllen und konnte keine Schlampereien dulden. Das galt natürlich als typisch »Piefke« und bestätigte alle Vorurteile über seine Herkunft, aber darauf war er stolz.

Was ihn heute dazu gebracht hatte, seinen Oberkellner, den »Herrn Walter«, zusammenzuscheißen, wusste er nicht mehr, als er die Sicherheitsschlösser an der Wohnung betätigte. Irgendwas mit der Abrechnung. Er hatte sich, das sah er nun ein, über Gebühr aufgeregt. Er würde morgen ein bisschen zurückrudern und Walter einen erhöhten Bonus in Aussicht stellen, Weihnachten war nicht mehr weit. Der Gedanke an Weihnachten besänftigte ihn wie immer, was ihm selber unbegreiflich war. Er hatte eher unerfreuliche Kindheitserinnerungen in diesem Punkt; an Weihnachten waren in seiner gutbürgerlichen Herkunftsfamilie, wie es sich gehörte, die Konflikte ausgebrochen, die das Jahr über unterdrückt wurden. Lehrbuchmäßig. Er konnte sich an keine schönen Weihnachten erinnern. Nur das Betriebsweihnachten war schön, es gab eine Feier, einen das Brachenübliche weit übersteigenden Bonus für alle, Alkohol von herausragender Qualität in großen Mengen, ein 1a-Catering mit so Erlesenem, dass die Angestellten, die im Lauf des Jahres neu eingetreten waren, große staunende Augen bekamen wie die kleinen Kinder. So geizig er sich übers Jahr betrug, so großzügig zeigte er sich auf dieser Feier, die zur Legende geworden war. Der Bindl, hieß es, ist eine Krätzen, aber die Weihnachtsfeier …

Er schenkte sich einen Kognak ein und öffnete die Tür zur Terrasse. Draußen war es still und dunkel. Fritz Bindl genoss diese Augenblicke, wenn er weit nach Mitternacht seine Terrasse betrat, vom Geländer in den Hof blickte, in die dunklen Fenster auf der anderen Seite, den riesigen Schatten der Platane auf der Hausfront, erzeugt durch die winzige Lampe der Hofbeleuchtung, die er nie anders als brennend gesehen hatte, wahrscheinlich war sie Tag und Nacht an, das war aber auch schon wurscht, höchstens fünfzig Watt, das ewige Licht.

Auf dem Geländer lag Tau, er merkte es, als er die Arme aufstützte. Die Feuchtigkeit drang durch den Stoff seines Baldessarini-Hemds. Er ärgerte sich, das gab sicher Flecken, er hätte besser aufpassen müssen, schon der Terrassenboden war ja mit Tau bedeckt, das fiel ihm erst jetzt richtig auf, ein nasser Film auf den Fliesen. Er ging zur Tür zurück. Auch der Griff war nass. Als ob es genieselt hätte. Auf der Straße war ihm das nicht aufgefallen, da war alles trocken gewesen; lag vielleicht an der Höhe der Terrasse. Er betrachtete die Hand. Die Feuchtigkeit glitzerte im Schein der Innenbeleuchtung. Das war gar kein Wasser, eher so was wie Öl. Es roch auch. Irgendwie nach Mottenkugeln. Komisch. Dann wurde das Licht schwächer, zurückgedimmt. Aber er hatte keinen Dimmer an dieser Lampe. Etwas stimmte nicht. Sein Gesichtsfeld verengte sich. Als ob er durch ein Bullauge schaute, kreisrund und ringsum schwarz. Er begann zu keuchen, lief in die Wohnung zurück. Fritz Bindl spürte, wie der Schweiß aus allen Poren brach. Das Bullauge wurde langsam kleiner, das Innere dunkler. Er machte die große Wohnzimmerlampe an, die Helligkeit nahm zu. Was war das für ein Zeug? Er wusch sich die Hände, zog das Hemd aus. Dunkle Flecken auf den Ärmeln. Das war auch kein Wasser. Er begann zu zittern, erst die Arme, dann die Beine; dauernd musste er Speichel schlucken, Tränen rannen ihm übers Gesicht, obwohl er nicht traurig war, sondern wütend. Er setzte sich und rief Charly an. Dessen Handy war abgeschaltet, ihm fiel ein, dass sich Charly nicht gemeldet hatte, schon länger nicht, als gut für ihn war … genau, die Sache mit Charly, da hatte er etwas vorgehabt, aber dann … die Gedanken flogen dahin, er konnte sich nicht konzentrieren, was mit Charly los war, fiel ihm nicht ein, der Atem ging schwer, er keuchte. Die Nase lief, der Schleim kroch über die Lippen aufs Kinn, er versuchte ihn mit dem Ärmel abzuwischen, aber es kam immer neuer. Er zitterte so stark, dass er sich nicht mehr auf den Beinen halten konnte, er setzte sich auf einen Stuhl am Esstisch, trotz der Festbeleuchtung lag die Wohnung im Dämmerlicht, Gegenstände in ein paar Meter Entfernung verschwammen in grauem Nebel. Etwas Schlechtes gegessen. Das schoss ihm ein, er hatte sich vergiftet, Sehstörungen, hieß es nicht, dass man das kriegt von verdorbenem Fisch? Hatte er heute Fisch gegessen? Er wusste nicht mehr, was er heute gegessen hatte, aber mit dem Gedanken an Fisch wurde ihm übel, er kotzte einen Riesenschwall auf den Boden. Er fühlte sich so schwach, dass er nicht mehr aufstehen konnte, die Brust tat ihm weh, das Zittern erfasste jetzt den ganzen Körper, er wollte die Rettung anrufen, schaffte es aber nicht, die richtigen Tasten am Handy zu drücken, die Koordination war weg. Er rutschte vom Stuhl, seine Hosen wurden warm und nass, er fiel auf den Boden.

*

»Das ist seltsam«, sagte sie.

»Was denn?«

»Dass ich mich so gut fühle. Schon vorher …«

»Seien wir ehrlich«, sagte er, »das sind nur die Hormone.«

»Was meinst du?«

»Dass ich mich jetzt so gut fühle …« Sie lachte. »Du hast eine merkwürdige Art, Komplimente zu machen!«

»Nein … versteh doch, ich meine, das kann doch gar nicht sein, das ist doch …«

»Ich weiß, was du meinst. Ich fühl mich auch … gut …« Sie wandte sich ihm wieder zu, legte den Arm auf seine Brust. Er sah sie nur im schwachen Gegenlicht des Fensters, draußen versank die Welt in der nebligen Nässe der Novembernacht, das Zimmer ging auf den Garten hinaus, dahinter die Gärten der Nachbarhäuser, die den Laternenschein der Straße abhielten. So herrschte fast völlige Dunkelheit, in die aber vom Himmel das erste Grau kroch. Wir sehen das nur, dachte er, weil wir so lange ins absolut Dunkle geschaut haben.

Ihre Haut schimmerte. Er strich mit dem Zeigefinger darüber hin. Sie wandte sich ihm zu. Wie lange sie nun schon nebeneinander, nein: miteinander in dem breiten Bett lagen, konnte er nicht sagen. Eine halbe Stunde. Aber vielleicht nur zehn Minuten. Nach einer hektischen Einleitungsphase mit Kleider-Runterreißen und -Verstreuen hatte sich, sobald sie in der Horizontalen waren, große Ruhe ausgebreitet. Es gab keine Ungeduld, keine Hast. Sie konnten sich Zeit lassen.

*

Im engen Gesichtsfeld tauchte Jimmy auf, Charlys Vertretung. Jimmy war einer Eingebung gefolgt, das hätte er nicht tun sollen, denn Jimmy war nicht der Hellsten einer, es hatte seinen Grund, dass er nur Charlys Vertretung war, sein einziger Vorzug lag in seiner Schlägerstatur. Leute seines Schlages sollten nicht auf Eingebungen hören, sondern möglichst immer nur tun, was man ihnen sagte. Jimmys Eingebung hätte, um etwas Nützliches zu bewirken, ihn auch viel früher befallen müssen, als sein Chef noch im Kaffeehaus weilte, und hätte darin bestehen müssen, Fritz Bindl am Betreten seiner Wohnung zu hindern, wie hätte das aber funktionieren sollen … so kam die Eingebung in Form des diffusen Eindrucks einer schrecklichen Gefahr, in der Bindl schwebte. Dieser Eindruck veranlasste Ludwig Prohaska (so hieß er wirklich), seinen Chef anzurufen, respektive, als sich der nicht meldete, in die Wohnung zu fahren und mit dem Nachschlüssel und dem Code die Tür zu öffnen. Er fand seinen Chef im oberen Stock auf dem Rücken liegend. Der Raum stank nach der Scheiße, die einen großen, braunen Kreis um Bindls Unterleib gebildet hatte, der Mann war nass von oben bis unten, der Mund schleimverschmiert, das Hemd nassgeschwitzt, als er sich über ihn beugte, roch er den scharfen Urin, der den Scheißegestank durchstieß. Kein Zweifel, was hier passiert war. »Wo sind die!«, schrie er. »Sag, Chef, wo sind die?« Aber Bindl konnte nicht antworten, denn nun begannen die Krämpfe am ganzen Körper. Jimmy durchsuchte die Wohnung. Sie war leer. Er trat auch auf den Balkon, schaute über die Brüstung in den Hof. Niemand zu sehen. Er schloss die Balkontür.

Klar, was hier passiert war. Der Russe hatte auch so ausgesehen. In dieser Scheune im Waldviertel. Jimmy war dagegen gewesen. Dieser Scheißapparat! Aber die anderen wollten unbedingt den Apparat ausprobieren, er kam aus Serbien angeblich, da hätten sie tolle Erfolge damit gehabt und was noch alles … aber wie er bedient wurde, das wussten sie nicht so genau, wie das ging mit der Spannung, sie hatten ihn vielleicht zu hoch eingestellt, und wo genau die Elektroden hinsollten, wusste auch keiner, nur nicht in Herznähe, hieß es, sonst geht er gleich hops, also an die Eier. Dann hatte der Russe gebrüllt, und dann hatte er sich angeschissen von oben bis unten, man wusste nicht, wegen dem Strom oder aus Angst, jedenfalls war er dann tot, und sie hatten diese Riesensauerei. Und jetzt hatten diese Leute dem Chef aufgelauert und so einen Apparat verwendet. Allerdings: Diese Krämpfe hatte der Russe nicht gehabt. Fritz Bindl schüttelte es von Kopf bis Fuß durch, als ob er unter Strom stünde, aber nirgends war ein Draht zu sehen. Jimmy wusste nicht, was er tun sollte. Bindl war immer dagegen, jemand Offiziellen anzurufen, keine Polizei, keine Rettung. Er ging auf den Balkon, um eine zu rauchen. Die Tür ließ er offen. Er lehnte am Geländer und schnippte die Asche in den Hof. Wenn das mit Bindl nicht besser wurde, musste er doch die Rettung rufen. Aber noch war Zeit. Erst müsste er den Chef in die Badewanne stecken. In dem Zustand konnte er ihn den Sanitätern nicht zeigen. Er ging hinein, packte sich Bindl auf die Schultern und trug ihn ins Badezimmer hinüber. Dort legte er ihn in die Wanne und ließ Wasser einlaufen. Erst einmal den gröbsten Dreck wegspülen, dann ausziehen. Im Badezimmer war es finster, obwohl das Licht brannte. Richtige Funzelbeleuchtung. Der Schweiß brach ihm aus. Bindl war schwer. Er musste sich erst einmal setzen.

*

Sie schloss die Augen und war innerhalb der nächsten Minute eingeschlafen. Darum beneidete er sie. Er drehte sich mit großer Vorsicht auf den Rücken, um sie nicht zu wecken, und verschränkte die Arme unter dem Kopf. Ihr Schlafzimmer kam ihm so vertraut vor, als ob er schon Jahre darin zugebracht hätte.

»Stört dich das Bett?«, hatte sie gefragt.

»Warum sollte es mich stören?«

»Weil es mein Ehebett ist. Oder mein Ex-Ehebett … oder sagt man: Ehe-Exbett?«

Er hatte gelacht und sie in den Arm genommen. Mauritius Schott hatte begriffen, dass man bei diesem Punkt nicht verweilen sollte; alles, was mit ihrer vergangenen Ehe zu tun hatte, war ein bisschen heikel. Sie sprach nicht gern über ihren geschiedenen Mann, brachte ihn aber über Umwege ins Gespräch. Wie jetzt mit der Ehebettgeschichte. Er hatte gesagt, es störe ihn nicht, selbstverständlich nicht, wie käme er denn dazu, solang es sie nicht stört – und wenn doch, dann könnten sie ja auch zu ihm? Nein, nein, hatte sie gesagt, das sei schon in Ordnung.

Im weiteren Verlauf der Dinge hatte der etwas geisterhafte ehemalige Partner der Frau Dr. Rhomberg keine Rolle mehr gespielt – das heißt: Wenn er recht darüber nachdachte, konnte er das gar nicht behaupten; er hatte diesen Menschen nicht gekannt, geschweige denn, wie er sich an ebendiesem Ort, in diesem Bett betragen hatte. Sie schon. Ich bin ein Miesepeter, dachte er, ich finde immer ein Haar in der Suppe. Sogar, wenn gar keine Suppe da ist. Ich muss mich ändern, jawohl, das werde ich. Ändere ich mich eben … noch im Einschlafen war er davon überzeugt, dass er das fertigbrächte, eine grundlegende Charaktereigenschaft einfach abzulegen wie ein Hemd. In seinem Alter. Einfach so. Im Einschlafen in jener Nacht glaubte er das wirklich.

Weil der Sex die Menschen mit ungeheurem Optimismus erfüllt. Jedenfalls die Männer.

*

Ludwig Prohaskas Zögern verdankten Mitglieder des Wiener Roten Kreuzes mit einiger Wahrscheinlichkeit ihr Leben; ebenjene, die einem Notruf des Ludwig Prohaska nachgekommen wären. Wenn er ihn denn getätigt hätte. Das tat er aber nicht. Als er sich dazu entschloss, war es um ihn schon so dunkel, dass er die Tasten des Mobiltelefons nicht mehr erkennen konnte, was aber keine Rolle spielte. Die Hände zitterten schon zu stark. Seine Pupillen waren kleiner als Stecknadelköpfe, davon kam die relative Dunkelheit. Er kroch auf dem Boden herum, sein Erbrochenes mischte sich mit den diversen Körperflüssigkeiten, die Fritz Bindl auf dem Boden ausgebreitet hatte; er kroch so lang herum, bis die Krämpfe den ganzen Körper erfassten und ihn in der Nähe der Terrassentür festnagelten, wo sich Blase und Darm entleerten. Man weiß ja nicht, ob die Wiener Rot-Kreuz-Leute nicht doch das Balkongeländer oder den äußeren Griff der Terrassentür berührt hätten; mit ziemlicher Sicherheit hätten sie aber die beiden Patienten an den Armen gefasst, wodurch Spuren der Flüssigkeit, die Fritz Bindl für Tau gehalten hatte, auf ihre Haut gelangt wären. Die Einmalhandschuhe, die sie angesichts des Zustandes ihrer Kundschaft angezogen hätten, boten gegen diese spezielle Substanz keinen Schutz, dazu hätten sie aus sogenanntem Butylkautschuk bestehen und nach spätestens einer halben Stunde mit einer speziellen Dekontaminationslösung abgeschrubbt werden müssen.

Aber das alles passierte den Rot-Kreuz-Leuten nicht, denn Jimmy verstarb unter entsetzlichen Krämpfen zwanzig Minuten nach seinem Chef. Die Terrassentür blieb offen, so dass der Regen, der in der Früh des nächsten Tages einsetzte, in Verbindung mit dem böigen Westwind der hereinbrechenden Kaltfront nicht nur so viel Wasser in den Raum ließ, dass der Parkettboden aufquoll und ruiniert wurde, sondern auch die allmähliche hydrolytische Zersetzung jener Flüssigkeit besorgte.

Bindls und Prohaskas Fehlen fiel zunächst weder im Café noch in der Organisation weiter auf. Sie waren es gewohnt, den

Chef und seine Mitarbeiter tagelang nicht zu sehen, keiner vermisste sie. Wäre es nach ihnen gegangen, hätte bis zum ersten Versuch der Kontaktaufnahme ruhig eine ganze Woche vergehen können, aber Manfredo duldete das nicht.

»Was ist, wenn dort jemand auftaucht, der keine Ahnung von dem Zeug hat?«

»Was meinst du?« Dr. Nowak klang scharf. Er ärgerte sich. Nicht über Manfredo. In diesem Augenblick fiel ihm Verschiedenes ein, was er – kaum begreiflich – wohl einfach verdrängt hatte, so musste es gewesen sein. Er wusste genau, was Manfredo meinte. Er war entsetzt. Über sich selbst.

»Du hast doch gesagt, der Stoff ist fürs Gelände – um es dauerhaft zu … zu … damit man es nicht betreten kann.«

»Ja, stimmt, du hast ja recht, verdammt noch mal …«

Kurze Zeit später erhielt die Wiener Polizei einen anonymen Anruf von einem Prepaid-Handy, dass auf den Wiener Unterweltboss Bindl ein Anschlag mit einem Nervengift geplant sei, man solle bei einer Nachschau nichts berühren und auf ungewöhnliche Gerüche achten. Dann hatte der Anrufer auch schon aufgelegt. Ein ABC-Trupp des Bundesheeres wurde angefordert, nachdem Herr Bindl nirgends aufzufinden war, aber auch nicht die Wohnungstür aufmachte. Der Trupp drang über die leerstehende Nachbarwohnung ein, nachdem von der dortigen Terrasse aus festgestellt worden war, dass Bindls Terrassentür trotz Regenwetter weit offen stand. Mit verschiedenen Testgeräten wurde dann der Stoff nachgewiesen. Reste auf dem Balkongeländer, wo das feuchte Wetter schon die Zersetzung eingeleitet hatte; relativ größere Mengen an den beiden Leichen, die rasch als Fritz Bindl und Ludwig Prohaska identifiziert waren. Die Antwort hieß:

Soman.

Manfredo las den Namen zwei Tage später in der Zeitung. Dr. Nowak war zum Billa einkaufen gegangen und hatte von dort den »Kurier« mitgebracht. Während Dr. Nowak Brot toastete, las ihm Manfredo vor; das Thema hatte die Presse geradezu elektrisiert, dass der Stoff aus dem ehemaligen Ostblock stammte, galt als so gut wie sicher.

»Stimmt das?«, fragte Manfredo. »Du hast das Zeug von den Russen?«

»Ach woher! Aber es ist gut, dass es so geglaubt wird. Ich hab's natürlich selber hergestellt ...«

»Was? In meinem Keller?«

»Natürlich nicht! Wo denkst du hin? Ich hatte eine kleine Menge davon früher einmal synthetisiert.«

»Was verstehst du denn unter einer kleinen Menge?«

»Ein paar Gramm, warum?«

»Warum? Du fragst, warum? Entschuldige, vielleicht bin ich begriffsstutzig, aber das sollte doch eher ich fragen. Warum hast du so was Verrücktes gemacht? Das ist doch wahnsinnig giftig!«

»Na ja, stimmt. Wahnsinn und giftig. Es hat sich halt so ergeben ... man weiß ja auch nie, wozu man es brauchen kann – das hat sich ja jetzt herausgestellt. Dass man es brauchen kann, meine ich.« Er servierte die Toastscheiben. Dazu gab es Butter, heimischen Bienenhonig und zuckerreduzierte Marillenmarmelade mit hohem Fruchtanteil. Dr. Nowak schenkte den Kaffee ein. Manfredo nahm einen Schluck und verzog das Gesicht. Er hatte in der Wiener Wohnung keinen Automaten, nur eine Filtermaschine. Das Umgewöhnen brauchte immer zwei Tage.

»Du wirst in den nächsten Tagen noch einen Haufen Zeug über Nervengase lesen«, sagte der Chemiker. »Alles Unsinn. Es sind keine Gase, damit fängt es schon an. Soman hat einen Siedepunkt von fast zweihundert Grad, das bekanntere Sarin von an die hundertfünfzig. Natürlich ist ein gewisser Dampfdruck da, aber die Substanz ist deswegen noch kein Gas, sondern ein Öl.«

Manfredo schmierte sich eine Semmelhälfte mit dünnflüssigem Honig. Er kleckerte eine erkleckliche Menge über die Finger. Dr. Nowak sah es und war irritiert.

»Und wie heißt es dann richtig«, fragte Manfredo und leckte sich die Finger ab. Dr. Nowak bemühte sich, nicht hinzusehen.

»Kampfstoffe. Nervenkampfstoffe. Sie blockieren die Acetylcholinesterase, was zu einer unkontrollierten Reizleitung führt …«

»Esterase also … so, so …« Manfredo klang, als habe er seit Stunden über dieses geheimnisvolle Wort meditiert. Dr. Nowak biss in seine Marmeladesemmel. »Ja, diese Überschwemmung mit Nervenreizen führt zu Krämpfen und zum Tod. Erforderlich sind geringste Mengen. Der bekannteste ist, wie gesagt, Sarin.«

»War da nicht vor Jahren etwas mit dieser Sekte in der U-Bahn in Tokio?«

»Damals wurde Sarin freigesetzt. Auf eine unglaublich bescheuerte Weise!« Dr. Nowak lachte laut heraus, Semmelkrümel flogen über den Tisch bis fast zu Manfredos Teller. Jetzt war es an dem, irritiert zu sein.

»Stell dir vor, die haben das Sarin in kleine Plastiksäckchen eingeschweißt, die in der vollbesetzten U-Bahn fallen lassen und dann – halt dich fest – mit der Schirmspitze ein Loch reingestoßen! Mit der Schirmspitze!«

»Entsetzlich«, sagte Manfredo ohne große Gemütsbewegung.

»Nicht wahr? Was für eine Idiotie … Sarin siedet bei etwa hundertfünfzig Grad …«

»Das hast du schon erwähnt …«

»Na eben! Das ist ungefähr so wie bei Kerosin. Wenn ich das in einem U-Bahn-Waggon ausschütte, wird es anfangen nach Benzin zu stinken. Aber es wird nicht so schnell verdunsten wie zum Beispiel Äther. Im Gleichgewicht sind dann in jedem Kubikmeter Luft zweiundzwanzig Gramm Sarin enthalten …«

»Reicht das nicht?«

»Locker! Locker, sag ich dir!« Dr. Nowaks Augen glänzten, er unterstrich seine Worte durch ausdrucksvolle, ausholende Gesten mit dem Buttermesser. »Wenn Menschen nur eine Konzentration von einem Zehntelgramm pro Kubikmeter eine Minute – nur eine einzige Minute lang! – einatmen, stirbt schon die Hälfte von ihnen!«

Manfredo war beeindruckt. »Dann müsste es ja Hunderte Tote gegeben haben in dieser U-Bahn, was sag ich: Tausende!«

»Das sollte man annehmen.« Dr. Nowak richtete sich halb aus seinem Stuhl auf, fixierte Manfredo mit starrem Blick. »Bei einem richtig ausgeführten Einsatz kommt aus so einem Waggon keiner mehr raus, verstehst du? Kein Mensch, keine Maus, keine Fliege, keine Ameise, nichts, was auch nur so was Ähnliches wie ein Nervensystem hat! Und was war in Tokio?« Er stand auf, begann in der geräumigen Küche auf und ab zu laufen. Das Marmeladebrot hielt er in der linken Hand, das Buttermesser in der rechten. »Wie viele Tote hat es gegeben bei diesem famosen Anschlag? In fünf verschiedenen Zügen? An diesem berühmten 20. März 1995?« Er blieb stehen. »Du wirst es nicht erraten.«

»Fünftausend?«

»Kalt, ganz kalt.«

»Ich habe keine Ahnung … zehntausend? Nein, das ist zu viel … andererseits: In Tokio brauchen sie doch angeblich Leute, die die Passagiere in die Waggons pressen …«

»Ein Hinweis: Du musst in die andere Richtung.«

»Fünfhundert?«

»Immer noch kalt …«

»Um Gottes willen! Wie wenig denn noch? Etwa nur hundert?«

»Zwölf!«, schrie Dr. Nowak. »Gezählte zwölf Leute haben den Löffel abgegeben!«

»Entsetzlich!«

»Du sagst es. Zwölf Tote. Schön, es gab noch dreitausend Verletzte, was heißt Verletzte: Atemnot und Miosis ...«

»Was ist das?«

Wenn die Pupillen eng werden ...«

»Das ist eine Verletzung?«

»Wenn man so will. Und natürlich jede Menge Nachwirkungen: Schlafstörungen, alle sind psychisch angeschlagen, der Schock, das Trauma und so weiter ...« Er malte mit der Messerspitze eine elegante Kurve in die Luft. »Tandaradei!« Er setzte sich wieder, ließ sich auf dem Stuhl zusammensacken. »Zwölf Tote. Der ganze Aufwand für zwölf Tote! Die hatten eine geheime Fabrik für das Sarin, verstehst du? Wenn jeder ihrer Agenten zwei Leute mit einem Hammer totgeschlagen hätte, wär es aufs selbe rausgekommen ...«

»Furchtbar ...«

Dr. Nowak kaute seine Semmel. Er sah verdrossen aus. Um die Stimmung aufzulockern, sagte Manfredo: »Vielleicht hätten sie nur mehr Zeit gebraucht – ich meine, das dauert doch, bis die zweiundzwanzig Gramm verdunstet sind.«

»Damit hast du ein wahres Wort gelassen ausgesprochen«, antwortete Dr. Nowak heftig kauend. »Aber das ist es ja immer: Da macht man ein großes Tamtam, und dann werden einfachste physikalisch-chemische Zusammenhänge – ignoriert!«

»Hättest du es denn besser gefunden, wenn diese Sekte den Anschlag richtig organisiert hätte?«

»Was? Wieso ... nein, natürlich nicht, furchtbar ist so was. All diese Fanatiker. Ich spreche ja nur prinzipiell ...«

»Fürs Prinzipielle ereiferst du dich aber ganz schön ... und gestern das: War das auch nur – prinzipiell?«

»Ich verstehe die Frage nicht, höre aber Kritik heraus, dafür hab ich ein Gespür. Was willst du mir also sagen?«

»Na ja, wenn man hier zwischen den Zeilen liest – das scheint ein ziemlich scheußlicher Tod gewesen zu sein. Ich frage mich …«

»Ob wir wirklich dieses grauenhafte, schreckliche Soman einsetzen mussten?« Dr. Nowak stand wieder auf. Er hatte schon drei Tassen Kaffee getrunken, das tat ihm nicht gut, wie Manfredo schon seit längerem hatte feststellen müssen. Der Chemiker wurde dann laut und ein bisschen ungerecht.

»Du hast natürlich recht mit deinem Einwand«, rief Dr. Nowak ihm von der anderen Seite des Tisches zu. Es war noch kein Schreien, aber kurz davor. »Das nächste Mal werde ich mich etwas zurückhalten und ein wirksames Schlafmittel verwenden. Ich misch es ihm einfach in seinen Gute-Nacht-Kakao – dann gleitet er schmerzlos hinüber, wenn er in der Wanne liegt! Du muss mir nur noch mitteilen, wie ich das anstellen soll – nämlich überhaupt näher als fünf Meter an ihn ranzukommen!« Das war jetzt ein Schreien. Manfredo duckte sich.

»Beruhige dich bitte! Ich hab's nicht bös gemeint …«

»Ganz offiziell: Findet die Vernichtung des Verbrechers Fritz Bindl durch den Nervenkampfstoff Soman deine uneingeschränkte Billigung?«

»Selbstverständlich, das war ja ein besonderer Fall, wir hatten doch keine andere Chance. Ich wollte nur … anregen, wenn es wieder zu so einer unangenehmen Situation kommen sollte, dass du dir dann vielleicht eine etwas weniger brachiale Methode überlegst, das dürfte dir bei deinem reichen chemischen Wissen doch nicht schwerfallen. Ich meine, wir sind doch Humanisten …«

»Humanisten? Ja, besonders ich!« Dr. Nowak lachte, es klang wie Ziegengemecker. Er setzte sich wieder. Er wirkte ruhiger. »Keine Angst, ich lasse das Verstreichen von Soman auf

Balkongeländern und Türgriffen nicht zur Gewohnheit werden. Schon weil es viel zu gefährlich ist – ich hab mir fast in die Hosen gemacht dabei. Du hast Glück, dass ich noch hier sitze. Ich hatte ja keinen besonderen Schutzanzug oder so …«

»Wieso hast du mir nichts davon gesagt?«

»Ein Tröpfchen, was sage ich, der Bruchteil eines Tröpfchens auf die Haut – und *ich* stünde heute in der Zeitung. Statt Bindl. – Und was hätte ich sagen sollen? Die Wahrheit hätte dich doch nur wahnsinnig nervös gemacht. – Gibst du mir bitte die Butter rüber?«

*

Dr. Nowak spürte zum ersten Mal seit langer Zeit das gute Gefühl. Das Laborgefühl. In einem Labor zu stehen und etwas Sinnvolles zu tun. Etwas absolut Sinnvolles. Das ohne Ausflüchte und Hilfskonstruktionen so genannt werden konnte. Dr. Nowak hatte es aber aufgegeben, davon zu sprechen. Nur seine Oberen in der Firma wussten davon, und sogar die waren skeptischer als bei anderen Syntheseprogrammen. Obwohl sie alle Studien kannten, obwohl sie wussten, wie nahe er dran war, der Dr. Nowak am »Durchbruch«.

Und er war wirklich nahe dran.

Denn es könnte ja sein, nicht wahr? Es widersprach keinem Naturgesetz, dass eine solche Substanz existieren konnte, die a) unschädlich, b) nicht süchtig machend und c) absolut wirksam war. Es widersprach nur dem … dem … wie sollte er das nennen … dem Common Sense einer Medizinerkultur, die alle paar Generationen vergaßen, was sie vorher behauptet hatten. Den größten Blödsinn nämlich. Die Säftelehre. Davon abgeleitet hatten sie Behandlungsmethoden, denen ganze Völkerscharen zum Opfer gefallen waren, wenn man nur alles zusammenrechnete. Aber das störte keinen, dass die Mediziner allesamt dumm waren wie Brot. Nicht, dass sie nichts gewusst hätten. Nicht, dass sie nicht die eine oder andere Krankheit heilen würden. Sogar viele Krankheiten, soll sein. Dr. Nowak warf ihnen vor, dass sie *dumm* waren; wesensmäßig dumm, dumm als ontologische Kategorie verstanden.

Er hatte es seit langem aufgegeben, sich über diesen Punkt etwas vorzumachen. Er konnte nur mit unumstößlichen Beweisen dagegen aufkommen. Mit einer großen, besser: sehr großen Zahl von Personen, die an dieser Krankheit litten, die niemand nennen wollte – und geheilt wurden. Geheilt. Nicht eine Verlängerung der Überlebenszeit um so und so viele Monate stand zur Debatte, sondern Heilung. Nebenwirkungen würde es geben, das wusste er jetzt schon, und sie würden mindestens eine Medizinergeneration lang aufgebauscht und übertrieben werden, bis sich seine Substanz durchgesetzt haben würde. Das noch zu erleben, war ihm nicht vergönnt, so alt konnte er nicht werden.

Er bereitete neue Synthesen vor. Er baute eine Glasapparatur auf, in der eine bestimmte Reaktion ablaufen würde. Einen Dreihalskolben mit Rührwerk, Thermometer und Tropftrichter. Der Dreihalskolben hing in einem Eisbad, die Reaktion verlangte Kühlung. Klassische organische Synthese. Er würde mit dieser Apparatur an dem Molekül eine gewisse Veränderung vornehmen, eine Reduktion. Er würde ein Keton zum Alkohol reduzieren. Das Molekül, das er dazu ausersehen hatte, war nicht das einzige. Eine ganze Reihe wartete darauf, alle waren sie strukturell ähnlich, enge Verwandte. Alle mussten getestet werden. Natürlich nicht an kranken Menschen. Nur an Ratten. In Wien gab es noch jemanden, den Prof. Nawratil, der diese Tests durchführen würde, fast illegal, denn mit der Schließung der Wiener Konzerndependance waren auch die Kooperationsprojekte mit der Universität Sofia zum Erliegen gekommen, aber Nawratil hatte es verstanden, diese Tests unter anderem Titel weiterlaufen zu lassen. Vorausgesetzt, Nowak lieferte die Substanzen. Nawratil hatte keine Vorurteile und glaubte an die Chance. Die Chance auf ein Krebsheilmittel, das diesen Namen verdiente.

Nowaks Vorgänger bei diesem Projekt hatte eine Wurzel untersucht, die von alters her gegen alles Mögliche verwendet wurde, allerdings mit eher geringem Erfolg, weshalb die Pflanze sogar in den einschlägigen Kräuterbüchern nur sporadisch vorkam. Der Einsatz gegen Tumorzellen war ein Geniestreich gewesen, ein Aufbruch ins Unbekannte, geleitet von nichts anderem als ... Dr. Nowak wusste nicht, woher seinem Vorgänger diese Idee gekommen war. Bei näherer Untersuchung stellte sich dann heraus, dass die Wirkung von anderen in der Pflanze vorkommenden Substanzen konterkariert wurde; ohne diese Störeinflüsse war die Unterdrückung des Zellwachstums viel stärker, stärker noch als die gängiger Zytostatika. Und besser noch: Die einzelnen Verbindungen zeigten je nach Struktur unterschiedliche Wirksamkeit, strukturelle Effekte sind immer gut, weil sie die Hoffnung begründen, durch Einbau der richtigen Seitenkette das Mittel zu einem Blockbuster zu machen.

Dr. Nowak hatte die Strukturen über Jahre hinweg systematisch variiert. Und dann hatte die Zentrale in Amerika die Geduld verloren. Man konnte diese Dinge so oder so sehen und geteilter Meinung sein, aber eben: Es ging um Meinungen, im Grunde um Glauben und Hoffen. Niemand kannte die Wahrheit, am wenigsten allerdings, davon war Nowak überzeugt, kannte sie der Intrigantenhaufen in Rochester. Natürlich konnte er scheitern, das lag in der Natur der Sache. Aber wissen würde man das am Ende des Projekts und nicht in der Mitte. Friedrich August Böttger fiel ihm ein, den sein Kurfürst festgesetzt hatte, um Gold zu machen – da war es genau umgekehrt gewesen: Der Herrscher Sachsens war überzeugt, dass es gelingen würde, wenn nur der Goldmacher nicht einem besseren Angebot hinterherlief. Gold kam keines heraus, aber Porzellan. Die Kurfürsten von Rochester hatten Dr. Nowak nicht ein-, sondern ausgesperrt, aus dem Labor rausgeworfen. Weil ihnen der Glaube fehlte. Man würde in dreihundert Jahren auch nicht mehr von ihnen reden, wie man heute über August den Starken redete. Das hatte alles kein Niveau.

Es kam nun nur noch darauf an, die richtige strukturelle Veränderung am Molekül zu finden, die das optimale Ergebnis brächte. Dr. Nowak hatte aus den fast endlosen Möglichkeiten, die sich hier boten, von Anfang an die richtige gewählt; er war im Gewirr der möglichen Wege gleich ins richtige Seitengässchen eingebogen. Wer hatte ihn angeleitet? Sein chemischer Instinkt. Sonst nichts. Die Gasse, das spürte er, war nicht sehr lang. Es kam jetzt nur noch darauf an, das richtige Haus zu finden. Das sagte ihm wieder sein Instinkt. Das richtige Haus unter zwei Dutzend. Die richtige, die alles entscheidende Struktur. Zwei Dutzend Synthesen, alle einander ähnlich, von jedem Stoff eine ausreichende Menge für die lieben Labortiere des guten Professor Nawratil – dann war es gelaufen. Eine unter diesen zwei Dutzend, vielleicht auch zwei, da wollte er sich nicht festlegen, eine würde aber sicher der goldene Topf sein, der einer von einer Geißel geplagten Menschheit Erlösung und ihm selber Reichtum und Würden verleihen würde. Was war Grund und Ursache dessen, warum würde das alles so sein? Weil Dr. Nowak ein Genie war, darum. Er dachte selten darüber nach, das war kein Thema für einen nüchternen Wissenschaftler, aber nachher, wenn sich alles erfüllt haben würde … dann käme dieses Wort doch zur Sprache. In der Presse, in allen Medien. Er musste damit umgehen, das heißt, jetzt schon überlegen, wie er damit umgehen sollte. Es widerstrebte ihm. Nicht aus angeborener Bescheidenheit, sondern weil es nicht den Tatsachen entsprach. Wenn jemand im Sand eines Baches ein Goldnugget fand und dann nach weiteren suchte – in der Meinung, da müsste noch mehr zu finden sein: War dieser Jemand dann ein Genie? Nein, der war ganz normal. Nur wenn er das eine Körnchen einsteckte, damit heimging und nichts weiter unternahm, würde man ihn mit Recht einen Trottel nennen. Nicht Dr. Romuald Nowak war genial, der die Goldader suchte, die fast schon an der Oberfläche sichtbar war, sondern die anderen, die das nicht taten, waren Idioten, setzten das Glück der Menschheit aufs Spiel. Aber so würde er das in den vielen TV-Interviews nicht formulieren können. Das war ein Problem …

Er brauchte eine Flasche Diboran und öffnete die Tiefkühltruhe. Es war die falsche. Dr. Nowak erschrak, aber nur ein bisschen. Aus einem eisverkrusteten Gesicht starrte ihn der Detektiv Guttmann an. Die »Toten Augen von Dornbirn« gewissermaßen, glasig, kalt und leer. Er lachte, machte die Klappe wieder zu. Das war auch noch ein Problem. Bevor sie hier das Fernsehteam für die N24-Doku »Das Wunder von Dornbirn« hereinließen, mussten die »Toten Augen« verschwunden sein und auch der ganze Amphetamin-Quatsch Manfredos, das Ganze musste als astreines Forschungslabor eines exzentrischen, gleichwohl unbeirrbaren Privatgelehrten aufgemacht werden, der seine ganze Zeit und sein ganzes Geld geopfert hatte … und so weiter. Dieser Underground-Touch musste weg, das Behelfszeug, die Plastikeimer, die Gummischläuche aus dem Baumarkt, der ganze unseriöse Amateurchemiker-Klimbim.

Er machte eine andere Tiefkühltruhe auf, diesmal die richtige, und entnahm eine Flasche Diboran, gelöst in Tetrahydrofuran.

Er musste die Synthesen nur noch durchführen.

Also fing er damit an.

## Stimmen 4

»Ist der Tee fertig?«

»Ja doch! Gleich …«

»Du brauchst gar nicht so zu sein … ich kann nichts dafür, dass ich krank bin …«

»Krank! Krank, wenn ich das schon hör! Du bist ein bisschen verkühlt, das ist nicht krank …«

»Ich hab achtunddreißig sieben!«

»Ja, okay. Das ist erhöhte Temperatur, kein Fieber …«

»Man soll bei Grippe drei Tage fieberfrei sein, bevor man überhaupt aufsteht …«

»Sicher, bei Grippe. Aber du hast keine Grippe. Du bist nur verkühlt. Strategisch verkühlt …«

»Was willst du damit sagen?«

»Es ist doch interessant, dass du das jedes Mal kriegst, wenn irgendwelche Entscheidungen anstehen.«

»Das ist doch … das ist einfach nicht wahr! Ich bin empfindlich, wegen dieses Dings im Kopf, das weißt du genau – wenn es sich momentan ruhig verhält, heißt das nicht …«

»Ja, ja, schon gut. Ich hab ja nicht behauptet, dass du das extra machst, krank werden. Und es spielt auch keine Rolle. Es verzögert das Ganze halt ein bisschen …«

»Ich hab Angst …«

»Ja, natürlich. Verständlich. Jetzt trink deinen Tee.«

»Ich kann doch nichts dafür. Du hättest halt den nächsten Schritt tun müssen. Anrufen.«

»Herrgott, hab ich doch probiert! Die sind beide weg, der Leupold und dieser Gnom mit dem Bart, der Nowak …«

»Du hast schon angerufen? Und mir nichts davon gesagt!«

»Ja, hab ich. Angerufen und dir nichts gesagt. Aus gutem Grund. Sobald du merkst, dass irgendwas weitergeht, wirst du krank, ich kenn dich doch …«

»Das ist nicht wahr, ich …«

»Reg dich ab, es ist einfach so. Was war, als ich dir erzählt hab, der Nowak ist wieder da? Na, was war da? Keine vier Stunden später bist du schon im Bett gelegen.«

»Mit Fieber!«

»Mit erhöhter Temperatur, aber das hatten wir schon. Und das liegt auch nicht am Kopf … ist auch nicht wichtig. Wichtig ist, dass wir uns darüber klarwerden, was wir machen. Ich frag dich jetzt ganz im Ernst: Sollen wir die Geschichte weitermachen oder nicht?«

»Natürlich, wir haben das doch …«

»Nein, weich nicht aus! Du stehst nicht hundertprozentig hinter dieser Sache, du hast Angst … nein, lass mich ausreden! Ich versteh das, ich mach dir keine Vorwürfe … mir ist selber mulmig dabei. Aber es geht um einen Haufen Geld …«

»Ja …«

»Also, was ist?«

»Warum brauchst du mich zum Anrufen?«

»Jetzt stell dich nicht blöd! Du wohnst in diesem Haus, es betrifft dich also auch … Herrgott noch mal, ich kann nichts machen, wenn du krank im Bett liegst! Ich brauch dich doch, verdammt!«

»Etwas leiser bitte! Dass du dich immer gleich so aufregst … und wozu, bitte, brauchst du mich? Das ist überhaupt komisch bei dem Plan. Erpresser arbeiten meistens solo. Im Krimi wenigstens …«

»Im Krimi! Wir sind aber nicht in einem Roman! Das ist das wirkliche Leben hier. Und im wirklichen Leben haben wir bis jetzt alles zusammen gemacht! – Nimm es einfach zur Kenntnis. Ich brauche dich. Und wenn du mir nur den Rücken freihältst …«

»Mit der MP?«

»Na ja, zum Beispiel. Ich kann das nicht allein. Ich brauch Deckung. Dieses Geld – das ist doch kriminell, so viel ist klar …«

»Das ist doch das Gute dabei, moralisch, mein ich. Solchen Leuten Geld wegzunehmen ist dann kein Diebstahl mehr. Nach meinem Rechtsempfinden. – Schenkst du mir bitte noch Tee ein?«

»Ja, natürlich … die Moral ist mein geringstes Problem bei der Sache … das Geld gehört Kriminellen. Das sind aggressive Typen. Ich möchte wissen, warum die beiden abgehauen sind.«

»Auf unseren Brief hinauf?«

»Ja, wieso sonst? Das war ja kein Werbezettel …«

»Verstärkung holen …«

»Und dazu fahren sie weg? Gleich alle beide? Nein, wenn die Verstärkung brauchen, rufen sie einfach an … wenn es für die beiden so etwas wie Verstärkung überhaupt gibt.«

»Als sie weggefahren sind, hab ich gedacht, jetzt haben sie die Panik gekriegt …«

»Ich weiß, was du gedacht hast! Dass die Sache ausgeht wie das Hornberger Schießen, gib's doch zu! Die beiden Ziele weg, keine Erpressung, keine Umstände, Friede, Freude, Eierkuchen … ich hab das ja selber geglaubt. Ich hab gedacht, ich hab's vermasselt. Den Brief zu scharf formuliert, was weiß ich. Ich hab ja noch nie jemanden erpresst …«

»Aber jetzt sind sie wieder da. Was hast du jetzt vor?«

»Das ist nicht die Frage: Was hast *du* vor. Die Frage lautet: Was haben *wir* vor. Verstehst du? Mehrzahl. Ich hab dich vorhin was gefragt und warte auf eine Antwort. Machst du mit?«

»Also schön, ja. Aber du musst mich auskurieren lassen. Mit Schüttelfrost nutz ich gar nichts …«

»Schön, dann sind wir uns einig. Der nächste Schritt erst, wenn du wieder auf dem Damm bist. – Nimm wenigstens ein Mexalen!«

*

Katzen haben in einem Labor natürlich nichts verloren. Auch sonst keine Tiere, aber Katzen ganz besonders nicht. Wegen ihrer Neigung, auf Tische zu springen und etwas umzustoßen – jedenfalls existiert diese Gedankenverbindung in den Köpfen aller Chemiker, die keine Katzen kennen. Katzen kennende

Menschen dagegen wissen, dass diese Tiere nicht dazu neigen, irgendetwas *umzustoßen*, sondern sich mit hoher Eleganz und unvergleichlicher Geschmeidigkeit auf hohen Anrichten und schmalen Möbelsimsen voranbewegen; zwischen Blumenvasen hindurch, denen grassierende Designidiotie das denkbar ungünstigste Verhältnis von Standfläche zu Höhe oktroyiert hat – ohne diese Behälter umzustoßen. Oder auch nur zu berühren. Die Neigung der Katzen beschränkt sich aufs *Herunterreißen*, wenn sie sich an herabhängende Tischtücher krallen, was natürlich alles in Bewegung setzt, das auf dem Tuch steht. Aber hat jemand auf einem Labortisch je ein Tischtuch gesehen? Die Oberfläche dieser Tische ist rauher als die polierten Flächen der meisten Möbel, um eben Wegrutschen von Gegenständen auszuschalten; eine Katze geht darauf so sicher wie wir auf trockenem Asphalt. Und die Gefäße? Bechergläser haben eine große Grundfläche, die unten dicken, oben schmalen Erlenmeyerkolben sind mit ihrem Sanduhrquerschnitt zum grafischen Symbol für alles »Chemische« geworden; die Rundkolben schließlich können nur in angepassten Korkringen stehen und nicht umfallen. Zwar: Der gemeine Wald-und-Wiesen-Idiot kann alles umschmeißen, aber Sami gehörte nicht dazu. Deshalb war der Schrei des Entsetzens, der sich Dr. Nowaks Kehle entrang, als er Sami zur halboffenen Tür hereinkommen sah, unnötig, unangebracht und in dem Sinne kontraproduktiv, als er Sami zutiefst erschreckte (der Schrei) und ihn dazu veranlasste, eine erhöhte Position aufzusuchen, also sprang er auf einen Tisch. Es ist dies aber nur eine Interpretation seines Verhaltens, für die wir uns nicht verbürgen können. Was im Kopf einer Katze vor sich geht, bleibt in Wahrheit unergründlich wie die Wege des Herrn.

Zu Zeiten der Frau Dr. Leupold selig war Sami oft im Labor gewesen, diese Katzenkennerin hatte nichts dabei gefunden, weil sie ihrem Kater jene Vernunft zutraute, die er wahrscheinlich auch besaß. Es war nie etwas vorgefallen. Der absolut katzenignorante Dr. Nowak war kurz vor einem Panikanfall und versuchte mit »Weg!« und »Raus!« und »Geh!« und, ach ja, mit »Husch!« (Husch! Man glaubt es kaum …) – versuchte also den Kater mit diesen inferioren, eines Akademikers unwürdigen Lautäußerungen, begleitet von Armgefuchtel, zu vertreiben. Bei einem Krokodil hätte er damit mehr erreicht, vermutlich auch bei einem Kamel. Aber nicht bei Sami. Der strich, ohne Dr. Nowak auch nur eines Blickes zu würdigen, zwischen den Gegenständen auf dem breiten Tisch herum, blieb dann stehen und leckte sich die Vorderpfoten. Wir dürfen darin eine Verlegenheitshandlung sehen, wie das intensive Suchen nach Handy oder Taschentuch, wenn wir Zeuge einer unglaublichen Peinlichkeit eines Mitmenschen werden müssen, und der Boden, auf dem wir gerade stehen, wegen seiner Dichte und Festigkeit sich weigert, uns darin versinken zu lassen. Dr. Nowak, immerhin ein göttliches Wesen im Katzenuniversum, benahm sich in hohem Maße peinlich, unwürdig und ungöttlich, zwang Sami geradezu, irgendetwas zu tun, was ihn so in Anspruch nahm, dass er nachher glaubhaft versichern könnte, gar nichts bemerkt zu haben … Nahrungsaufnahme ist für Katzen eine solche, alle Aufmerksamkeit absorbierende Tätigkeit. Weil es sich um Verlegenheitstun handelt, braucht das Fressen auch nur angedeutet zu werden; das Auflecken imaginärer oder tatsächlicher Krümel vom Boden eignet sich dazu besonders. Und Krümel gab es auf dem Tisch reichlich; sie lagen in winzigen Schälchen, die eine Reihe am hinteren Rand bildeten.

Dr. Nowak erstarrte. »Nicht«, sagte er. »Nicht …!« Laut kam das nicht mehr, die Stimme versagte ihm. Der weiße Kater schnüffelte an den Proben, die er noch einmal umkristallisieren und besonders rein für das NMR darstellen wollte. Er wagte nicht, näher an das Tier heranzugehen; der Kater würde dann sonst was anstellen, was er jetzt schon machte, war schlimm genug. Der Puls schlug in den Hals. Er zwang sich zu Ruhe. Okay, was konnte passieren? Dass die Katze von dem Zeug fraß. Es war ungiftig, das hatten die Versuche an den Ratten gezeigt. Das heißt, an diesen Substanzen hatten die Ratten das noch nicht gezeigt, die waren ganz neu und existierten im Augenblick nur in Keller der Leupold-Villa in Dornbirn und sonst nirgends im Universum, aber wegen der Toxizität war der Analogieschluss erlaubt: Die bisher getesteten Verwandten waren alle ungiftig gewesen. Relativ. Na ja.

Er konnte die Proben wegschmeißen, wenn die Katze daran geleckt hatte, das war klar. Er müsste die Arbeitsschritte der Vorreinigung bei allen vierunddreißig Proben wiederholen, eine Riesenarbeit, das schon. Aber schuld war er selber. Er hatte die Tür offen gelassen, ganz einfach. Dass der Kater ab und zu sein früheres Domizil aufsuchte, war zu erwarten gewesen. Dr. Nowak beruhigte sich, der Puls im Hals war nicht mehr spürbar, er durfte nur kein Drama aus der Sache machen, die Proben würden dem Kater nicht schmecken, bald würde er das Interesse verlieren. Sie schmeckten ihm tatsächlich nicht, er roch nur dran, das konnte er deutlich sehen.

Der Kater ging alle Schälchen durch. Systematisch.

Bei einer verweilte er länger. Nummer siebzehn. Der Kater kauerte sich hin, hielt die Nase an die Substanz, begann zu schnurren. Es klang wie eine langsam laufende Maschine. Jetzt erschien die rosa Zungenspitze im weißen Mäulchen. »Nein, fang nicht damit an …«, sagte Dr. Nowak.

Aber es nutzte nichts, obwohl der Chemiker nicht laut geworden war. Sami nahm eine Kostprobe der weißen Kristalle aus der Schale mit der Nummer siebzehn.

Die großen Dinge passieren genauso wie die kleinen, sie kündigen sich nicht an, auch wenn das später regelmäßig so behauptet wird; ihr Geschehen ist nicht von einer Aura begleitet, es ertönt keine dramatische Musik. Das gibt es nur im

Kino. Die großen Dinge, an denen die Schicksale ganzer Völkerschaften hängen, passieren einfach.

Sami war nach der Kostprobe der Nummer siebzehn wieder auf den Boden gesprungen und schüttelte den Kopf. Daran erinnerte sich Dr. Nowak später: dass der Kater Sami den Kopf geschüttelt hatte. Dr. Nowak bildete sich ein – und es war ihm klar, dass es sich um bloße Einbildung handeln musste –, eine gewisse Missbilligung aus diesem Kopfschütteln des Katers herauslesen zu können, in dem Sinne etwa: »Was ist denn das für ein Dreck ... unfassbar!« Sami setzte sich auf die Hinterpfoten und begann sich mit den vorderen Pfoten die Augen zu reiben. Das Mäulchen stand halb offen, die rosa Zungenspitze schaute heraus, dann ließ er die Reinigungsversuche sein, die Augen waren nun offenbar klar genug.

Sami begann Dr. Nowak anzusehen. *Anzusehen.* Wie er noch nie angeschaut worden war. Nicht von einer Katze. Aber auch von keinem anderen Lebewesen jemals.

Dann begann Sami zu miauen.

Das wird man bei einer Katze nicht ungewöhnlich finden, aber Dr. Nowak, der keine Ahnung von Katzen im Allgemeinen und von Sami im Speziellen hatte, fand es ungewöhnlich. Nämlich so, dass ihm die Nackenhaare zu Berge standen. Ein Frösteln überlief ihn bei dem durchdringenden Ton, der aber nichts Klagendes, Forderndes, Aggressives oder aber Wehmütiges und so weiter an sich hatte, gar nichts, was in irgendeiner Form interpretierbar gewesen wäre; die Sache, so erklärte er sich das viel später, war vielmehr so, dass dieser Katzenton etwas ausdrückte, eine Empfindung, vielleicht aber auch ein Signal, einen Hinweis – aber etwas, das bisher im Universum des Menschen noch nicht ausgedrückt worden war. Noch nie bis zu jenem Spätherbsttag im Kellerlabor der Leupold-Villa in Dornbirn. Dr. Nowak spürte ein eigenartiges Kribbeln der Kopfhaut und war sich nicht sicher, ob sich nicht etwa nur die Nacken-, sondern auch seine spärlichen Haupthaare aufrichteten; ob ihm also nicht im Wortsinn die Haare zu Berge standen. Dabei fühlte er aber keine Angst. Er war ganz ruhig, das Herz schlug ihm wieder bis zum Hals, aber langsam diesmal, unaufgeregt. Er schluckte. Wieder miaute der Kater. Dabei legte er den Kopf in den Nacken wie ein heulender Wolf und schickte den nie zuvor gehörten Ton an die weißgetünchte Decke, wo noch das grün-braune Gesprenkel einer vor Jahren durchgegangenen Chromtrioxid-Oxidation zu sehen war.

Ein anderer wäre seinem kreatürlichen Instinkt gefolgt und abgehauen. Raus aus dem Labor, raus aus dem Haus mit dem unheimlichen Kater, der einen Laut von sich gab wie kein anderes Tier, vom dem man je gehört hätte. Aber Dr. Nowak war nicht so gepolt. Er vertraute keinem Fluchtinstinkt.

»Ach!«, sagte er, »was haben wir denn da?« Noch ein paar Mal: »Ja, was haben wir denn da?«, während er zur Rückseite des Tisches trat und die Schale begutachtete. Weiße Kristalle wie in den übrigen Behältern. Nichts deutete auf eine Besonderheit. Sami schwieg. »Da hat das Kätzchen aber was ganz Besonderes gekriegt, was, Sami? Ein ganz besonderes Leckerli … Nummer siebzehn also. Na gut, warum nicht?«

Dann machte Dr. Nowak einen Fehler. Er schaute Sami an.

Später erinnerte er sich an alles, was davor und danach geschah, aber dieser spezielle Augenblick, als er dem Kater einen beiläufigen Blick zuwarf – der war gelöscht, nicht mehr da. Wie ein Digitalschnitt. Dr. Nowak wusste noch, dass er in die Augen des Katers geschaut hatte, konnte sich auch des vage unangenehmen Gefühls vergewissern, das er dabei empfand, aber der Anblick selber war weg. Seine nächste bildliche Erinnerung: die Schale mit der Nummer siebzehn, in die er den angefeuchteten Finger steckte, um eine Spur des körnigen, weißen Pulvers aufzunehmen. Dann der Geschmackseindruck auf der Zunge, mäßig bitter. Riechen tat das Zeug nach nichts.

Macht man so was? Probieren, wie es schmeckt? Nein, tut man nicht! Andererseits lag die aufgenommene Substanzmenge sicher im unteren Mikrogrammbereich, oder doch nicht? Hatte er aus Versehen ein etwas größeres Korn in den Mund bekommen – und nichts davon bemerkt, weil die Substanz eine leichte Betäubung der Mundschleimhaut hervorgerufen hatte? Während der Tat war ihm seine Handlungsweise so selbstverständlich vorgekommen, dass er sich erst nach ein paar Minuten die Frage stellte: Moment, bin ich durchgedreht? Ich hab gerade das Präparat siebzehn mit der Zunge geprüft. Wieso? Wieso, um alles in der Welt, hab ich das getan?

Er setzte sich auf einen Stuhl. Im Kellerlabor war alles wie immer. Die Neonlampe brannte. Der vermaledeite Kater saß schon wieder auf dem Tisch. Wie war er da raufgekommen? Dr. Nowak hatte ihn nicht springen sehen. Puls zweiundsiebzig, wie er mit der Hand an der Karotis maß. Also normal. Keine ungewöhnlichen Empfindungen. Die Substanz »konnte« etwas, so nannte man das bei den Adepten der pharmazeutischen Chemie. Was sie »konnte«, ließ sich noch nicht absehen, eine Wirkung auf das Nervensystem war nach den Reaktionen des Katers aber wahrscheinlich. Allerdings: Diese Wirkung schien zeitlich sehr beschränkt, das Tier verhielt sich wieder völlig normal. Nicht wie beim berüchtigten Kurzzeitnarkotikum Phencyclidin, das die damit behandelten Hunde dazu veranlasst hatte, Personen anzubellen, die gar nicht da waren. Bis im psychedelischen Klima der Sechziger irgendein Acidhead auf die Idee gekommen war, das Zeug selber einzuwerfen, was die Substanz unter der Bezeichnung »angel dust« ihre Karriere als Horrordroge Nummer eins beginnen ließ. Ein Stoff, von dem man klinisch verrückt werden konnte. Entwickelt zum Ruhigstellen in der Veterinärmedizin.

Aber das war alles Unsinn. Chemisch war er mit seinen Derivaten von Phencyclidin so weit entfernt wie die Erde vom

Mond … wie kam er jetzt auf diesen Vergleich? Beginnende Gedankenflucht? Blödsinn. Natürlich fiel jedem Chemiker und Pharmakologen bei diesem Thema der gute Albert Hoffmann ein, der im Jahre 1943 nach einem Selbstversuch mit dem von ihm synthetisierten LSD zwei Tage total high rumgelaufen oder -gefahren war. Mit dem Fahrrad. Abgefahren im Wortsinn. Dr. Nowak lachte. Nein, in die Nähe kam er nicht. Als Wissenschaftler hatte er an Drogen kein Interesse, an solchen aus der Psychoabteilung kein Interesse zum Quadrat. Er musste sich schwer zusammenreißen, seine Abneigung nicht zu sehr auf seinen gegenwärtigen Brotberuf wirken zu lassen: der Synthese genau jener psychoaktiven Substanzen, die er verabscheute. Natürlich nicht die Substanzen an sich, sondern die Konsumenten. Die Chemie wurde gewissermaßen durch den Menschen beschmutzt … was heißt hier: Menschen? Sollte man Wesen, die unter einem flachen Stein hervorkriechen, tatsächlich so nennen?

»*Sei nicht so selbstgerecht.*«

»Ich bin nicht selbstgerecht. Ich bin nur realistisch. Auch typisch: Wenn man was gegen das Weichzeichnermenschenbild sagt, ein Zerrbild wohlgemerkt, wird gleich ad personam argumentiert …« Dr. Nowak lachte auf. Dann verstummte er.

Große Stille breitete sich aus. Man hätte nun eine Uhr ticken hören können, aber in dem Kellerlabor gab es keine Uhr. Dr. Nowak wurde es unbehaglich. Etwas stimmte nicht, etwas Grundsätzliches. Er hatte einen verbalen Angriff abgewehrt, obwohl er sich das schon seit langem abgewöhnt hatte, es brachte ja nichts, gar nichts, diese Leute sind ideologisch verblendet durch ihren Pseudohumanismus … immerhin war der hier jetzt still, ungewöhnlich eigentlich; durch Widerspruch reizt man die Menschen erst recht zur weiteren Suada, bla, bla, bla … Moment … Moment.

*Wer* war still?

Anders rum: Wer hatte vorher gesprochen? *Sei nicht so selbstgerecht.* Dr. Nowak drehte sich auf dem Stuhl zur Tür um. Ging nur langsam, vielleicht doch eine gewisse Beeinträchtigung der Motorik durch Nummer siebzehn … an der Tür war niemand.

»Manfredo!«, rief er. »Manfredo! Bist du das?«

*»Nein. Manfredo ist noch in Wien.«*

»Ach so. Ja dann …«

Dr. Nowak drehte sich wieder zurück. Sehr langsam. Die Bewegung fiel ihm schwer. Nummer siebzehn. Also doch eine stärkere Wirkung. Aber die Bewegungshemmung war nicht das Problem. Das Problem saß auf einer Ecke des Labortischs. Ich sollte Angst haben, dachte Dr. Nowak. Den Verstand zu verlieren. Aber ich habe keine Angst. Obwohl:

Der Kater spricht zu mir.

*»Ja«*, sagte der Kater Sami, *»ich spreche zu dir.«*

Später, viel später, versuchte Dr. Nowak sich an die Stimme des Katers zu erinnern, aber diese Erinnerung war gelöscht, er brachte es nicht mehr zusammen. Jetzt sagte er: »Das ist nicht möglich. Tiere können nicht sprechen.«

*»Ach ja? Das ist jetzt interessant. Weil: Ich spreche doch, oder etwa nicht?«* Sami drehte das Köpfchen zur Seite. Seine Schwanzspitze schlug in langsamem Rhythmus auf die rauhe Klinkerplatte des Labortischs. Katzen machen so etwas, alles normal. Nur, dass sie sonst nicht sprechen. Weil sie es nicht können. Weil ihr Gehirn nicht dazu gebaut ist. Nicht komplex genug …

*»Aber deins ist komplex genug, ja?«*

Sami kratzte sich mit der Hinterpfote am Ohr. Seine Stimme klang etwas gepresst. Unsere klänge auch gepresst, wenn wir uns mit dem Fuß am Ohr kratzen würden, dachte Dr. Nowak.

»Das ist eine Halluzination«, sagte er dann.

*»Eine was?«*

»Eine Halluzination – das ist, wenn man etwas wahrnimmt,

was in Wirklichkeit gar nicht da ist. In meinem Fall ist es aber eine sogenannte Pseudohalluzination, weil ich mir darüber klar bin, dass dein Sprechen nicht real ist.«

Der Kater blickte ihn mit großen Augen an. Nicht so wie vorher, als Sami selber von Nummer siebzehn genascht hatte, aber so intensiv, wie einen Katzen manchmal anschauen.

*»Ich hab das Wort noch nie gehört«*, sagte Sami, *»Halluzination.«* Er sprach es langsam aus, die Silben skandierend. *»Ich bin ja auch nie auf dem Gymnasium gewesen.«*

»Ja klar«, sagte Dr. Nowak.

Das *Gymnasium* skandierte der Kater ebenso wie die *Halluzination*. Es schien ihm Spaß zu machen, diese Worte auszusprechen.

»Woher kennst du denn das Wort *Gymnasium*?«, fragte Dr. Nowak.

*»Von Gott.«*

»Wie bitte?«

*»Von Gott. Also von Manfredo. Manfredo ist auch Gott. Und der Mann natürlich.«*

»Ach ja … interessant. Der Mann ist Manfredo?« Eine sprechende Katze mit religiösem Wahn. Wirklich interessant.

*»Aber nein! Früher war die Frau Gott. Aber sie ist gestorben. Vom Tisch gefallen, verstehst du? Der böse Kater hat sie runtergestoßen.«* Sami zog hörbar die Luft ein. Die Erinnerung an Frau Leupold schien ihn mitzunehmen.

»Wer ist das, der böse Kater?«

*»Der andere Kater, der gelbe. Er ist böse …«*

»Aha. Er ist also böse … ich hab ihn hier noch nie gesehen.«

*»Hier traut er sich nicht rein. Er geht nur draußen herum. Und sucht etwas zum Verschlingen.«*

»Ah ja … das haben die bösen Katzen so an sich, verstehe.«

*»Das glaube ich nicht, dass du das verstehst. Er ist nicht böse, wie ihr böse seid. Nicht von sich aus. Er ist so erschaffen.«*

»Und du bist der gute Kater? Du bist gut erschaffen?«

*»Du machst dich lustig über ernste Dinge.«*

»Keineswegs. Ich unterhalte mich mit einem Kater, das hab ich bisher noch nie gemacht. Mich wundert, dass ich nicht schreiend davonlaufe …«

*»Könntest du nicht.«*

»Wieso?«

*»Du bist gelähmt.«*

Der Kater hatte recht. Dr. Nowak war es nicht möglich, auch nur den kleinen Finger zu rühren. Angst stieg in ihm hoch. »Sag mir, Sami«, sagte er, »ist das gefährlich, geht das vorbei?«

*»Das weiß ich nicht.«*

»Nein, wie könntest du auch. Du weißt nur, was ich weiß, alles, was du sprichst, kommt aus meinem eigenen Gehirn, das von dieser verdammten Droge benebelt ist! Du hast doch auch davon probiert! Spürst du nichts?«

*»Ich bin ein bisschen munterer. Zum Reden aufgelegt.«*

»Aha.« Die Halluzination spürt also bei Einnahme des Halluzinogens eine deutlich mildere Wirkung als der halluzinierende Proband; zumindest behauptet sie das, die Halluzination. Falsch. Sami selbst war ja real, nur seine Behauptung halluziniert. Jetzt schaute er sich im Labor um, als verfolge er ein kleines Objekt im Raum.

*»Was ich nicht verstehe«*, sagte er dann, *»ist das mit der Wirklichkeit, was du vorhin gesagt hast. Dass du etwas hörst, was niemand sagt. Ich verstehe das nicht. Ich spreche doch mit dir. Ich rede zu dir …«*

»Ja, du willst mir sagen: Ich rede, also bin ich. So weit kommt's noch! – Du redest, weil ich rede, weil Teile meines Gehirns dich reden lassen. Alles, was du sagst, stammt aus meinem Kopf!« Er seufzte. Die Halluzination eines sprechenden Katers war ja ganz nett, wenn man den ersten Schock überwunden hatte, aber aus offensichtlichen Gründen doch irgendwie steril. Der Kater würde mit philosophischen Spekulationen anfangen, weil dazu der Dr. Nowak in seinem innersten Hirnkammerl eine Neigung hegte, mit dem verballhornten Descartes fing es ja schon an. Und es würde sich herausstellen, dass der Kater Sami erstaunlich viel Ahnung von organischer Chemie hatte, da konnte er noch so oft behaupten, das Wort »Halluzination« nicht zu kennen. Sami »wusste«, was Dr. Nowak wusste, keinen Deut mehr.

*»Ho de speiron eis to pneuma ek tou pneumatos therisei zoän aionion«*, sagte der Kater und sprang vom Tisch.

»Was?!«

*»Du kannst kein Griechisch?«*

»Nein, verdammt! Was soll das heißen?«

*»Wer auf den Geist sät, der wird vom Geist das ewige Leben ernten.«*

»Das hast du jetzt erfunden!«

*»Keineswegs. So steht es im Brief des Paulus an die Galather, Kapitel 6, Vers 8. Ich wiederhole es dir, damit du es dir merkst – für nachher. Ho de speiron eis to pneuma … sprich mir nach!«*

»Ho de speiron eis to pneuma …«

*»… ek tou pneumatos therisei zoän aionion …«*

»… ek tou pneumatos … theriso…«

*»… therisei! Therisei – dritte Person Einzahl, Futurum von therizein, das heißt ›ernten‹ – das kann doch nicht so schwer sein! Du warst doch auf dem Gymnasium, du kennst ja das Wort ›Halluzination‹.«*

»Ich hab Griechisch abgewählt. Zugunsten von Französisch …«

*»Ach so. Na, macht nichts. Sprich mir einfach nach: … ek tou pneumatos therisei zoän aionion …«*

»… ek tou pneumatos therisei zoän aionion …«

*»Na also, geht doch!«*

Dr. Nowak atmete schwer. »Das ist nicht möglich …«

*»Dass ich Griechisch kann und du nicht? – Ja, da hast du jetzt ein kleines Problem … ich muss weiter. Mach's gut!«*

»Warte! Warum soll ich mir diesen Satz merken?«

Der Kater, schon zum Gehen gewandt, blieb stehen. *»Zwei Gründe: Erstens sollst du ihn später überprüfen …«*

»Wann später?«

*»Wenn der zweite Grund eingetreten ist. Dir wird gleich etwas begegnen …«*

»Warum gehst du dann?«

*»Weil ich den Anblick nicht ertrage, verstehst du? Im Sinne von ›Weh, ich ertrag dich nicht! – Du gleichst dem Geist, den du begreifst, nicht mir!‹ – Sag bloß, das kennst du auch nicht!«*

»Ich habe keine Ahnung …«

*»Du hast nie den ›Faust‹ gelesen? Sag, was war das für ein Gymnasium, wo du angeblich warst? Ach ja, eines, wo man Wörter wie ›Hallizion‹ lernt … oder ›Hallizinon‹ oder wie auch immer …«*

Dann geschah etwas Entsetzliches. Der Kater begann zu lachen. Katzen lachen nicht. Man wird einwenden, dass auch Hunde und andere Tiere das nicht tun, aber bei denen ist das Lachen wenigstens *vorstellbar.* Das heißt, die Phantasie des Menschen vermag die Physiognomie des Tieres so zu verbiegen, dass ein lachendes Gesicht herauskommt. Wer keine Phantasie hat, greift auf Computergrafik zurück. Die kann auch eine Katze zum Lachen bringen, es ist aber *unnatürlich*, soll heißen: unnatürlicher als etwa ein lachender Hund. Alle Katzenartigen sind ernst. Es handelt sich hier um eine metaphysische Konnotation, die allen Menschen mit auch nur geringem Wirklichkeitsbezug (die also schon einmal einer Katze ins Antlitz geblickt haben) vollkommen klar ist: Katzen lachen nicht, Punktum! Tun sie es doch, ist die Struktur der Realität gefährdet, respektive fällt diese (die Realität) gerade auseinander. Dr. Nowak sollte erfahren, dass eine lachende Katze, die einen Abgang macht, erhebliche seelische Unannehmlichkeiten andeutet.

An das Lachen selbst erinnerte er sich später nicht mehr. Es war schrill, das wusste er noch, aber nicht, wie Sami dabei geklungen hatte. Die Pseudohalluzination eines sprechenden Katers. Mit der man gescheit über Philosophie diskutieren konnte, die Natur der Wirklichkeit und solchen Kokolores. Aber jetzt, da der Kater weg war, wurde es anders. Dr. Nowak wünschte sehr bald, der Kater wäre geblieben. Denn nun begannen die *richtigen* Halluzinationen, nicht Nicht-Pseudos. Die der Betroffene für wahr hält, für Bestandteil der Realität. Das lag daran, dass Nummer siebzehn erst jetzt die volle Wirksamkeit entwickelte. Aber das war eine Erklärung, die Dr. Nowak auch nichts half, nachdem alles vorbei war und er das *Es* überlebt hatte.

Was geschah?

Die Wände waberten, verloren ihre dichte Struktur, farbige Ränder tauchten an den Rändern der realen Laborgegenstände auf; es gab auch Musik, akustische Sensationen; irgendwas zwischen gregorianischem Choral und Syntheziser-Gejaule. Es war im Grunde das, was man sich am Beginn des 21. Jahrhunderts von einem ordentlichen Halluzinogen erwartet. Eine Kompression aller Filmbilder zum Thema *andere Realität*, *fremde Welten* und so weiter. Das alles hätte Dr. Nowak nicht aufgeregt. Was ihn irritierte, war die offene Kellertür, durch die Sami verschwunden war. Die Öffnung strahlte in einem reinen, tiefen Schwarz, obwohl man doch dort nur die grauen Wände des Vorraums sehen sollte. Von dem Schwarz ging eine Bedrohung aus. Dr. Nowak begann sich unwohl zu fühlen. Dann wurde das Schwarz auf der linken Seite etwas heller, zuerst grau, dann gab es ein Licht, das langsam heller wurde. Darin lag das Problem.

Etwas kam näher.

*Es.*

Dr. Nowak wusste nicht, was es war. Nur *Es*. Aber es war groß, keine Frage. Wenn *Es* die Tür erreicht hatte, würde *Es* hereinschauen und Dr. Nowak erblicken. Alles wäre gut gewesen, wenn er die Tür hätte schließen können, das wusste er, aber die lästige Lähmung, eine Nebenwirkung von Nummer siebzehn, hatte nun den ganzen Körper erfasst. Er konnte keinen Finger rühren. Und was war so schlimm daran, wenn *Es* hereinschaute? Dr. Nowak wollte *Es* nicht sehen. Denn dann würde er sterben. Ganz einfach.

Dr. Nowak hatte Todesangst.

Es gibt einen Bericht über das russische Schiff *Iwan Wassilii*, das in den ersten Jahren des 20. Jahrhunderts im fernen Osten unterwegs war. An Bord ereigneten sich mehrere Selbstmorde, ausgelöst durch die Anwesenheit einer Entität, die nicht gesehen oder gehört, nur gespürt werden konnte. Sie löste Angst aus. So große Angst, dass manche Matrosen den Freitod wählten. Als sich der letzte Kapitän auch umgebracht hatte, ließ die Mannschaft das Unglücksschiff in der Nähe von Wladiwostok am Ufer auf Grund laufen und floh. Das Schiff moderte jahrelang vor sich hin, bis es jemand anzündete. Das Rätsel wurde nie gelöst.

Dr. Nowak hatte die Geschichte vor Jahren in einem Sammelband über unheimliche Begebenheiten auf See gelesen und vergessen. Jetzt fiel sie ihm wieder ein. Die Matrosen hatten jenes Wesen nie gesehen und ihre Handlungsfreiheit behalten. Er würde sehr bald etwas sehen und konnte nicht fliehen. Er konnte nicht über Bord springen. Rühren konnte er sich auch nicht. Also würde er *Es* sehen.

Dr. Nowak begann zu schreien. Er verstummte erst, als *Es* die Tür erreicht hatte und in den Raum sah.

Das *Auge Gottes*.

Danach war alles anders.

# 8

Ich hab schon mehrere Male versucht, Sie anzurufen!«

»Ja und?« Dr. Nowak meinte die Frage ehrlich, ohne jeden ironischen Unterton. Das Gefühl für Ironie hatte ihn verlassen.

»Sie brauchen gar nicht so zu tun … es hat keinen Zweck, sich zu verstecken …« Die Stimme klang dumpf. Wahrscheinlich ein Tuch vor der Sprechmuschel. Aus irgendeinem Grund hatte Dr. Nowak die Vorstellung eines altmodischen Telefonhörers aus schwarzem Bakelit, das untere Ende mit einem Taschentuch umwickelt. Obwohl das unwahrscheinlich war. Anonyme Anrufer meldeten sich per Prepaid-Handy. Und woher wusste er, dass dieser Anrufer anonym war? (Oder die Anruferin, die Stimme klang durch die Dämpfung so verzerrt, dass sich das nicht entscheiden ließ. Sie war auch schwer zu verstehen.) Die Stimme hatte keinen Namen genannt, aber Dr. Nowak hatte auch nicht danach gefragt, wie ihm erst jetzt auffiel. Er ging einfach davon aus, dass der Anrufer anonym bleiben würde. Früher hätte er gefragt und sich aufgeregt. Früher. Also gestern oder besser: vor hundert Jahren.

»Sie müssen das Tuch ein bisschen wegnehmen«, sagte er dann. »Ich kann kaum was verstehen …« Das kam auf der anderen Seite nicht gut an. »So werden Sie uns nicht los!«, keifte die Stimme.

»Ich will Sie gar nicht loswerden«, sagte Dr. Nowak mit großer Ruhe. »Ich möchte Sie nur verstehen können und wissen, was Sie von mir wollen …«

»Das Geld!« Die Stimme klang nun sachlicher und besser verständlich, offenbar hatte sie doch eine Lage Stoff vom Mikro entfernt.

»Ihr seid die mit dem Brief aus Zeitungsbuchstaben?«, fragte Dr. Nowak. »Sehr schöne Arbeit … hohe Sorgfalt, keine eingerissenen Ecken, saubere Schnittkanten. Gratuliere …«

»Wollen Sie mich veralbern?«

»Keineswegs. Aber saubere Arbeit muss man loben dürfen, meinen Sie nicht?«

Am anderen Ende der Leitung blieb es eine Weile still.

»Sind Sie noch da?«, wollte Dr. Nowak wissen.

»Ja, natürlich …«

»Also, was kann ich für Sie tun?«

»Ich hab doch schon gesagt, wir wollen das Geld …«

Dr. Nowak seufzte. »Die Unterhaltung wird etwas mühsam, finden Sie nicht? Das Geld haben Sie doch schon erwähnt. Also sagen Sie mir jetzt einfach: wann und wo …«

Die Stimme räusperte sich und begann dann einen langen Sermon mit der Beschreibung eines Treffpunkts. Und zweihunderttausend in kleinen Scheinen. Dr. Nowak sagte, das sei kein Problem, das Geld liege sowieso in kleinen Scheinen vor, eine Bemerkung, die am anderen Ende der Leitung wieder zu längerem Verstummen führte. Danach ließ sich die Stimme alles von Dr. Nowak wiederholen. Am Ende sagte er: »Schönen Tag noch!« Der Gruß wurde nicht erwidert.

Dr. Nowak ließ sich wieder auf das Sofa zurücksinken, auf dem er schon die Nacht verbracht hatte. Und den Rest, der vom gestrigen Tag übrig geblieben war. Wenn das überhaupt der vergangene Tag war; jede Sicherheit über den zeitlichen Ablauf hatte sich verflüchtigt, Dr. Nowak hielt es für möglich, mehr als vierundzwanzig Stunden geschlafen zu haben. Er hielt jetzt viel mehr Dinge für möglich als vor dem *Ereignis.*

Das *Auge Gottes.*

Das er gesehen hatte.

Nur eine Metapher natürlich. Das *Auge Gottes* war ihm eingefallen, kurz bevor jenes *Es* die offene Tür erreicht hatte, um hineinzusehen. Die drei Worte waren das Letzte, woran sich Dr. Romuald Nowak erinnerte, danach hatte eine Sicherungssoftware in seinem Hirn alles Weitere gelöscht, und zwar, da war er sich ganz sicher, unter dem Schutzschirm dieser Formulierung: *Das Auge Gottes.* Wäre ihm, so dachte er, kurz *davor* diese Formulierung nicht eingefallen, hätte er den Verstand verloren. Weil man das tut, den Verstand verlieren, wenn man als sterblicher Mensch Gott schaut. Darüber gab es Legenden, Sagen, Berichte. Der Mensch war nicht dazu geschaffen, Gott in seiner eigentlichen Gestalt zu erblicken; er starb davon oder wurde mindestens unheilbar verrückt. Ihn, Romuald Nowak, hatte nur der letzte, allerletzte rationale Gedanke gerettet, einen Schutzschirm aufgestellt, der den Anblick nicht so tief dringen ließ, dass die Verstandeskräfte irreparabel beschädigt würden.

An den Anblick selber konnte er sich nicht erinnern, das war alles gelöscht. Er kam erst nach langem Schlaf wieder zu sich, auf dem Sofa, das aufgesucht zu haben er sich allerdings auch nicht erinnern konnte – leicht möglich, dass noch weitere Handlungen dem Gedächtnis entschwunden waren, Ausfahrten mit dem Auto, Spaziergänge, Liebesabenteuer, Verbrechen. Wenn ihn die Polizei mit Videoaufzeichnungen wovon auch immer konfrontieren sollte – er würde alles zugeben müssen. Nur, warum er dies oder das getan hatte, würde er nicht sagen können. Er hoffte einfach, dass er den letzten Tag (oder die letzten zwei Tage) nur auf dem Sofa verbracht hatte.

Beim Erwachen fühlte er sich zerschlagen wie nach einer durchzechten Nacht; zwar ohne bitteren Geschmack im Mund, zwar ohne Kopfweh und Übelkeit, aber doch wie unter den Nachwirkungen von zu viel Alkohol von allerdings ausgezeichneter Qualität. Und es war in diesem langen Schlaf etwas mit seinem Gehirn passiert. Das spürte er allmählich, als er wieder ins Labor hinunterging. Er erinnerte sich an den sprechenden

Kater. Und an die Bibelstelle. Laut sprach er sie sich vor. Ohne Zögern und Stocken. *Ho de speiron eis to pneuma ek tou pneumatos therisei zoän aionion.* Ganz einfach. *Wer auf den Geist sät, der wird vom Geist das ewige Leben ernten.*

Logisch irgendwie. Was genau »auf den Geist säen« bedeutete, hatte er noch nicht herausgefunden, aber so schwierig konnte das auch nicht sein, mit ein bisschen Nachdenken würde er dahinterkommen. Diese Stimme – die wollte also Geld. Natürlich, alle wollen Geld. Wieso auch nicht. Beim Gedanken an Geld überfiel ihn eine große Müdigkeit, er musste sich setzen. Nein, doch besser hinlegen. Auf das Sofa im Wohnzimmer. Nein!, sagte eine Stimme in seinem Kopf. Es war seine eigene Stimme, das wusste er. Es war also nicht so, dass er jetzt plötzlich Stimmen hörte. »Ich höre keine Stimmen«, sprach er laut in die Stille des Raumes. »Nur meine eigene.« Ja, ja, sagte die Gedankenstimme in seinem Kopf, schon klar, du bist nicht schizophren oder so, das ist auch kein Flashback, du musst nur aufpassen mit dem Hinlegen. Du musst wach bleiben!

Wieso?, fragte sich Dr. Nowak.

Etwas an dieser Substanz ist höchst ungewöhnlich, meinst du nicht? Ich halte Schlafen für gefährlich, ich weiß nicht wieso, nur so ein Gefühl …

Was soll ich denn sonst machen? Ich bin einfach noch müde …

Quatsch! Du bist nicht müde, das ist unnatürlich. Trink Kaffee!

Das tat Dr. Nowak. Die Stimme im Kopf war die Stimme des rationalen Naturwissenschaftlers. Die würde ihn retten, ganz klar. *Auge Gottes* war natürlich Blödsinn. Wenn es keinen Gott gibt, kann der auch kein Auge haben; einfach eine sehr starke halluzinogene Wirkung von Nummer siebzehn war das gewesen, das war auch schon alles. *Entheogen.* Das Wort fiel ihm ein, er hatte einmal etwas darüber gelesen. Zusammengesetzt aus den griechischen Worten »en« gleich »in«, »theos« gleich »Gott« und »genesthai« gleich »bewirken, erzeugen« … also etwa »im Inneren Gott bewirken«. Beschreibt die Sache doch recht gut, das kam also von innen, nicht von außen, weder aus der diesseitigen noch einer hypothetischen jenseitigen Außenwelt …

Woher weißt du das?

Das liegt doch auf der Hand, dieses Gefühl des Einsseins mit dem Universum, das ist doch typisch für diese Art Drogen …

Nein, du Trottel! Das mein ich nicht! Woher weißt du, was *entheogen* heißt?

Hab ich wo gelesen …

Red keinen Müll! Das müsste ich wissen! Du hast nie etwas über die griechische Herkunft dieses Wortes gelesen!

Na schön, mag sein, aber das kann man sich als Abendländer doch zusammenreimen – *gen* hat was mit *erzeugen* zu tun, liegt doch auf der Hand, *Gene, genetisch …*

Ja, ja, bla, bla! Aber die Nennform *genesthai*! Woher weißt du das? Wie heißt denn die erste Person Singular?

*Genomai* … glaub ich …

Na also! *Woher weißt du das?*

Die Stimme verstummte. Er brauchte sie auch nicht mehr zum Diskurs. Das Problem war herauspräpariert. Er konnte Griechisch. Hatte es aber nie gelernt. *Genomai.* Das kriegte man nicht einfach so mit als Abendländer. Und dann dieser Satz der Katze. *Ho de speiron eis to pneuma ek tou pneumatos therisei zoän aionion.* Logisch. *Speiron* war Partizip, eigentlich »der Säende« – im Deutschen besser als Nebensatz aufgelöst: »wenn einer sät« oder »derjenige, der sät« oder aber lutherisch »wer sät«, *eis to pneuma:* »auf den Geist«, *eis* mit Akkusativ, was sonst? Und so weiter. Er zerlegte den ganzen Satz in einzelne grammatische Partikel, es war nichts Geheimnisvolles dran, kein besonders anspruchsvolles Griechisch das Ganze – aber er hatte das nie gelernt. Jetzt konnte er es. So wie einer, der es gelernt hat. Im Gymnasium. Nur der Romuald Nowak konnte das nicht sein. Der hatte sich damals für Französisch entschieden statt für Altgriechisch. Nur zwei Spinner, deren Namen er nicht mehr wusste, hatten sich für die tote Sprache entschieden. »Tote Sprache«, das war gut! Die Sprache war in Nowaks Kopf durchaus lebendig. Nicht, dass der halluzinierte Kater mit altgriechischen Zitaten um sich warf, war das Problem. Sondern der Dr. Nowak, der viel über Chemie wusste, aber nichts über Griechisch – umgekehrter Alzheimer, fiel ihm ein. Die Dementen vergessen, was sie gelernt haben, ich aber weiß, was ich nie gelernt habe.

Er setzte sich und begann nachzudenken. Sehr gründlich. Erst hier und jetzt setzte die große Wandlung bei Dr. Romuald Nowak ein. Nämlich jene, die einen neuen Menschen hervorbringt und so weiter. Geglaubt wird so etwas heute nicht mehr, weil man reflexhaft dazusagt: Und dann stellt sich heraus, dass der Neue wie der Alte ist; auch der Betroffene selbst, Romuald Nowak, hatte solche Bedenken und Einwände. Bis ihm das Wort *metanoia* einfiel, das er auch niemals gelernt hatte, von dem er aber wusste, dass es »Umkehr« hieß. Und dass damit nicht jene »Umkehr« gemeint war, die man in einem Selbsterfahrungsseminar im katholischen Bildungshaus St. Sowieso zu unternehmen meint, und auch nicht die Umkehr in einem Ashram in Goa. Sondern eben die Metanoia, das völlig andere, das aus dem Geist kommt. *Therizein ek pneumatos* halt; aus dem Geist ernten. Steht ja so dort!

*Aus dem Geist ernten* ist aber etwas völlig anderes als *aus einem Zwanzig-Liter-Rundkolben ernten* – und das, was geerntet wird, ist deutlich weniger anschaulich oder fassbar als ein Kilo 3,4-Methylendioxymethamphetamin. Die Interessen ändern sich bei dieser Ernte mit.

Das hat Romuald recht bald gemerkt.

## Stimmen 5

»Was stimmt denn jetzt schon wieder nicht?«

»Was soll nicht stimmen, was meinst du?«

»Ich seh dir doch am Gesicht an, dass irgendwas faul ist!«

»Ach woher … es ist nur …«

»Was?«

»Dieser Nowak …«

»Was ist mit dem? Gestern hast du noch gesagt, alles paletti, alles wunderbar, keine Sperenzchen, mit allem einverstanden – hast du etwa noch einmal angerufen, und jetzt macht er einen Rückzieher?«

»Nein, macht er nicht. Ich hab nur – nachgedacht …«

»Und?«

»Das geht alles … wie soll ich sagen … zu glatt. Ich war natürlich euphorisch zuerst. Eben, weil gar kein Widerstand kam von wegen: *Ich hab das Geld nicht* oder *Das dauert aber seine Zeit, bis ich das Geld hab* und so weiter, das kennt man doch …«

»Ja, aus Filmen! Das darfst du nicht vergessen. Wie Leute sich bei Erpressung verhalten, wissen wir nur aus dem Fernsehen. In Wirklichkeit ist das alles anders, könnt ich mir vorstellen.«

»Vielleicht hast du recht. Vielleicht sind reale Leute viel kooperativer. Ich weiß halt nicht … weißt du, er war nicht einmal verärgert oder so, was von ihm kam, war so eine Art – Gelassenheit, ja, genau. Als ob ihm alles wurscht wäre.«

»Der Manfredo ist doch weg, oder?«

»Definitiv. Hat er auch zugegeben.«

»Könnte doch sein, dass es ihm wirklich wurscht ist mit dem Geld …«

»Wieso?«

»Weil's nicht seins ist. Sondern das von Manfredo.«

»Das würde aber heißen …«

»… dass der Nowak nicht der Chef bei der Sache ist, jedenfalls nicht der Geldgeber. Sonst würde er das nicht so cool wegstecken.«

»Zweihunderttausend immerhin ...«

»Ja, zweihunderttausend. Je länger ich drüber nachdenke ... du schilderst das so, als ob das für die nur Kleingeld wär.«

»Den Eindruck hatte ich, ja.«

»Was sollen denn das aber für Geschäfte sein, wo man solche Summen aus der Portokasse zahlt?«

»Da gibt's schon welche. Waffen, Drogen, Menschenhandel, aber im ganz großen Stil. Das sind dann aber Sachen, die nicht in Dornbirn durchgezogen werden. Mafia, irgendwelche Kartelle ...«

»Aber solche Leute würden doch nicht zahlen ...«

»Da hast du recht, die würden uns durch den Wolf drehen, aber nichts bezahlen, keine zehn Cent. Das heißt, dieses Angebot ...«

»Ist überhaupt nichts wert. Punkt a: Manfredo und Nowak sind keine Großkriminellen, Punkt b: Zahlen werden sie nicht. Daraus folgt Punkt c: Die führen was im Schilde. Gegen uns. Gefällt mir gar nicht. Was sollen wir denn jetzt tun?«

»Wir gehen hin. Wir beide. Du nimmst die MP 40 vom Papa. Mit Schalldämpfer. Ich nehm die Luger. Du gehst zuerst an den Treffpunkt und versteckst dich dort. Ich zeig dir noch genau, wo.«

»Um was zu tun?«

»Du kannst Fragen stellen! Um mich zu decken, natürlich. Wenn dieser Nowak falschspielt – oder sonst einer, den er mitbringt –, trittst du in Aktion.«

»Und ...«

»Ja, genau.«

»Glaubst du, er bringt das Geld mit?«

»Das ist mir, ehrlich gesagt, jetzt auch schon egal. Wenn er es dabeihat, gut. Wenn nicht, dann *holen* wir uns das verdammte Geld! Wir lassen uns von denen doch nicht auf der Nase rumtanzen!«

*

Romuald wunderte sich über den Treffpunkt. Als Erpresser hätte er selber einen Ort im Zentrum gewählt, etwa den Dornbirner Wochenmarkt, wo sich jeden Mittwoch und Samstag Menschenmassen tummeln; quantitativ nicht zu vergleichen mit zum Beispiel der Wiener Mariahilfer Straße an einem Einkaufssamstag vor Weihnachten, aber doch so belebt, dass unüberlegte Aggressionshandlungen des Opfers eher auszuschließen sind. Weil im Grenzfall dann halt doch die Vernunft obsiegt. Das Einzige, was gegen eine belebte Fußgängerzone als Übergabeort spricht, ist die Unmöglichkeit, unerkannt zu bleiben – man kann dort nicht vermummt hingehen, ohne aufzufallen. Unerkannt bleiben muss der Erpresser aber nur, wenn er selber jenes Verbrechen begangen hat, auf dem die Erpressung gründet, zum Beispiel eine Entführung. In diesem Fall hat das Opfer die ganze Welt *für* sich. Und die Polizei. Wenn das grundlegende Verbrechen das Opfer begangen hat, besteht kein Grund, die eigene Identität zu verschleiern, denn das Opfer hat alle Welt und die Polizei *gegen* sich. Es wäre also am einfachsten, den Betreffenden in seinem Haus aufzusuchen und die vereinbarte Summe abzuholen. Im Grunde bestünde auch keine Notwendigkeit, am Telefon die Stimme zu verstellen, diesen Zinnober mit Taschentuch vor der Sprechmuschel aufzuführen und so fort. Aus dem Verhalten der Stimme war zu schließen, dass der oder die Erpresser entweder so dumm waren, dass sie nicht wussten, wie eine Erpressung funktioniert, oder dass sie sich ihrer Sache nicht sicher waren: Es könnte ja sein, dass die Leiche der Frau Leupold schon beseitigt worden war, dadurch der Erpressung gleichsam die logische Grundlage fehlte, aber selbst als Straftat bestand und verfolgt werden konnte. Dann erschien das Opfer am Treffpunkt ohne Geld, aber mit Polizei. In diesem Fall wäre ein entlegener menschenleerer Treffpunkt besser. Solche Überlegungen hatten die Erpresser offensichtlich geleitet, denn als Treffpunkt wurde ein

Waldstück oberhalb von Dornbirn vereinbart, das sogenannte »Kirchle«. Dr. Nowak hatte keine Ahnung, wo das lag, die Stimme unternahm auch keinen Versuch, ihm die Geografie zu erklären. Romuald wurde nur eingeschärft, das Geld, sein Handy und eine Taschenlampe mitzunehmen, dann in Richtung Ebnit zu fahren und jenseits der Brücke, die über die »Rappenlochschlucht« führte, an einer bestimmten Stelle links abzubiegen, nach dreihundert Metern anzuhalten und auf weitere telefonische Anweisungen zu warten. Die Rappenlochschlucht kannte Romuald wie jeder gebürtige Vorarlberger von einem Schulausflug, das »Kirchle« war ihm allerdings nur dem Namen nach bekannt. Er informierte sich im Internet. Es handelte sich beim »Kirchle« um eine sogenannte Gletscherrandschlucht aus der Endphase der letzten Eiszeit. Das Schmelzwasser von den Bergen fand seinen Weg noch auf halber Höhe von den Eismassen des Talgletschers versperrt und konnte nur parallel dazu abfließen, wobei es sich im Lauf weniger tausend Jahre tief ins weiche Kalkgestein grub und schluchtartige Gebilde schuf. Nicht das Eis gab nach, sondern der Fels. Bis der Talgletscher dann doch geschmolzen war, das Wasser kürzere Wege nach unten fand und die ausgewaschenen Höhlungen trocken zurückließ. Eine solche Trockenschlucht war das »Kirchle«. Kein Bach am Grund, sondern meterdicke Schichten Buchenlaub von den Bäumen ringsum. In einem Heimatbuch aus der Bibliothek der Frau Dr. Leupold fand Romuald noch andere Hinweise: Es gab neben dem »Kirchle« noch andere Trockenschluchten, aber so unzugänglich im steilen Gelände, dass es einem Deserteur aus Dornbirn gelungen war, den ganzen Zweiten Weltkrieg dort unterzutauchen. Nur im Schutz der Dunkelheit habe er sich ins Tal begeben und von Helfern mit Lebensmitteln verpflegen lassen; ein Wunder sei es gewesen, dass er die halsbrecherischen Klettereien unbeschadet überstanden habe.

Romuald tat, wie ihm geheißen. Er fuhr um Viertel vor vier in Richtung der Berggemeinde Ebnit, bog nach der Brücke links in einen Forstweg ab und parkte das Auto nach dreihundert Metern. Von hier aus würde es zu Fuß weitergehen, nahm er an. So war es auch. Vier Minuten nach seiner Ankunft meldete sich die Stimme auf dem Handy.

»Steigen Sie aus und gehen Sie rechts weiter. Da kommt dann ein Fußweg von rechts, es ist aber kein Schild dort, sie müssen aufpassen, dass Sie nicht vorbeilaufen.«

Romuald versprach aufzupassen. Er fand den Pfad und bog ein. Lichter Mischwald, Fichten, Tannen und Buchen, deren rötliches Laub den Boden bedeckte. Auf dem Fußweg bildeten die Blätterschichten rutschigen Untergrund, der immer gefährlicher wurde, je steiler das Terrain abfiel. Romuald tastete sich Schritt für Schritt nach unten. Das »Kirchle« kam in Sicht, ein zwei oder drei Meter breiter Spalt im Felsen, der Pfad verschwand vor dem Eingang hinter mannshohen Felsbrocken. Der Chemiker kam näher, hinter den Felsen ging es noch steiler nach unten. Er blieb stehen. Das Handy läutete.

»Gehen Sie einfach runter, es sind nur noch ein paar Meter!«

»Und dann?«

»Dann legen Sie das Geld auf den Boden und gehen zum anderen Ausgang.«

»Zu welchem Ausgang?«

»Dem von der Höhle natürlich …«

»Das ist keine Höhle, oben ist doch alles offen.«

»Ja, wenn schon! Gehen Sie einfach weiter!«

»Vergessen Sie's! Ich lege dort kein Geld ab, ich will Sie sehen!«

»Was? Warum denn?«

»Das ist halt meine Bedingung … ich bin auf Ihre Bedingungen eingegangen und zu diesem hirnverbrannten Treffpunkt gewandert, jetzt gehen Sie auf meine ein …«

»… aber …«

»Kein Aber! Sie haben von jetzt an zwei Minuten, sich zu zeigen, dann mach ich mich auf den Rückweg!« Um eine fruchtlose Debatte zu verhindern, schaltete er das Handy ab. Eine Minute war noch nicht verstrichen, als zwei dunkle Gestalten aus dem Schutz der Bäume traten. Sie hatten ihn die ganze Zeit beobachtet, was ihn nicht wunderte. Beide trugen grüne Lodenpelerinen und Filzhüte, an den Füßen Bergschuhe. Jedes Gesicht hinter einem dunklen Schal, nur die Augenpartie frei.

»Ich hätte auch so was anziehen sollen«, sagte Romuald und deutete auf die Schuhe der Vermummten. »Dann hätt ich mich eher runtergetraut.« Er deutete auf seine schwarzen Halbschuhe. Die beiden kamen näher. Arme und Hände waren nicht zu sehen, aber dass die hintere Figur etwas Längliches unter der Pelerine verbarg, war zu erkennen; Romuald vermutete, dass es sich nicht um einen waagrecht gehaltenen Spazierstock handelte, obwohl er diese Möglichkeit einen Augenblick erwog. Aber das hieße, dass die beiden noch dümmer waren als erwartet, das war keine realistische Option.

Er machte zwei Schritte nach vorn, zog die P38 aus dem Hosenbund und schoss in den Boden. Dort spritzte Laub auf, zehn Zentimeter neben dem linken Bergschuh der Figur mit dem verdächtigen Gegenstand.

»Fallen lassen!«, schrie er, »los, sofort fallen lassen!«

»Ich kann nicht, ich hab's umgehängt!« Die Stimme klang heiser und hoch. Romuald richtete die Mündung auf den Kopf der vorderen Gestalt. »Tu, was er sagt«, ließ die sich nun vernehmen. Etwas tiefer die Stimme, aber definitiv auch nicht die eines Mannes. Das stimmte Romuald milde, was ihn selber wunderte. »Was soll das heißen, umgehängt?«, fragte er.

»Na, umgehängt halt! Der Riemen über den Kopf, verstehen Sie? Ich muss erst den Umhang ausziehen …« Die Person nahm den Hut ab, zog die Pelerine über den Kopf. Zum

Vorschein kam eine MP 40 am langen Ledergurt, vorne war ein Riesentrumm Schalldämpfer montiert, offensichtlich eine Amateurkonstruktion. Romuald fing an zu lachen. »Mit dieser Adjustierung rennen Sie in der Gegend rum? Was machen Sie, wenn Sie die MP rasch verschwinden lassen müssen, bei einer Polizeikontrolle zum Beispiel?«

»Daran haben wir nicht gedacht ...«

»Das sehe ich. Und nun zu Ihnen ...« Er sprach die andere Vermummte an. »Runter mit dem Umhang! Ich will die Hände sehen. Und die blöden Schals nehmt ihr auch ab, alle beide!« Sie taten wie geheißen. Romuald blieb die Luft weg.

»Das scheint Sie zu erstaunen«, sagte die vordere. Der selbstgefällige Unterton war nicht zu überhören.

»Sie wohnen doch beide ...«

»Ja, wir wohnen dahinter, das unauffällige Haus – man kann auch sagen, das schon ein bisschen baufällige Haus ...«

»Jetzt übertreibst du aber!«, protestierte die andere. »Es ist nicht baufällig ... es ist ...« Sie begann zu keuchen, sank auf die nassen Herbstblätter.

»Was hat sie?«, fragte Romuald.

»Sehen Sie, das ist typisch«, sagte die andere. »Sobald jemand krank ist, wird er oder sie nicht mehr angesprochen! Es wird nur noch *über* die Person gesprochen. Sie fragen mich, was sie hat? Warum fragen Sie sie nicht direkt? So geht ihr mit allem um, was die geringste Schwäche zeigt!«

»Entschuldigung, ich wollte nicht ...«

»Ach was, ich weiß schon, was Sie nicht wollten! Jemanden ansprechen, der krank ist. *Krank!* Denn sonst könnte die Krankheit ja überspringen, nicht wahr!«

»Ich wollte wirklich nicht ...«

»Erzählen Sie mir doch nichts! Meine Schwester hat Krebs. Einen Tumor ...«

»Hören Sie auf!«, brüllte Romuald. »Sofort aufhören!«

»Einen Dreck werde ich tun!« Sie kreischte jetzt.

Margit Kaserer kreischte alles heraus, was sich jahrelang aufgestaut hatte. Über die Behandlungen, die nichts nutzten, den Tumor im Kopf ihrer Schwester Marie, der immer größer wurde, langsam, aber doch. Romuald bekam fast nichts davon mit, weil er dagegen anbrüllte; später konnte er sich nicht mehr erinnern, was er alles von sich gegeben hatte. Er wollte von dem Thema nichts hören, keinen Satz, kein Wort, keine Silbe, nicht einen Ton. Aber Margit Kaserer war nicht die Person, die sich von einem Dr. Nowak einschüchtern ließ. Es lag an ihr und dem Leben, das sie bisher geführt hatte. Aber auch an der Stimme des Chemikers, die immer schwächer wurde, je mehr er sich aufregte. Und aufregen tat er sich schon, wenn er das Wort »Tumor« nur hörte, dann beschleunigte sich sein Puls, der Atem wurde flach, er verlor die Kontrolle.

Wie jetzt.

Er zog das Sprühfläschchen aus der Manteltasche und sprühte Margit Kaserer eine Landung mitten ins Gesicht. Die hustete, verschluckte sich, würgte unverständliche Satzbrocken hervor und ging in die Knie. Ihre Augen waren weit aufgerissen, ebenso der Mund, aus dem nur noch ein schwaches Gurgeln kam. Romuald trat schnell ein paar Schritte zurück. Sein Herz raste, er atmete schwer. Margit Kaserer brach zusammen, blieb halb auf der Seite liegen. Die Droge wirkte.

Die unerfreuliche Begegnung hätte hier ihr Ende finden können, wenn nicht Marie Kaserer mit dem Weinen angefangen hätte. Sie kauerte immer noch an derselben Stelle, wo ihre Kräfte sie verlassen hatten, und schluchzte vor sich hin. Romuald sprang auf sie zu und brüllte: »Sei still, sei still, sei still!«

Dann begann er ihr den Inhalt der Flasche ins Gesicht zu pumpen. Sie wehrte sich nicht, sank nur hintenüber, während ihr das Lösungsmittel übers Gesicht lief. Es war nass. Er pumpte weiter, sprang dann ein paar Schritte zurück. Margit

Kaserer lag stöhnend halb auf der Seite, Marie auf dem Rücken. Ihre offenen Augen blickten starr in den grauen Spätherbsthimmel. Vielleicht war sie tot. Er hatte keine Ahnung von der *dosis letalis*. Sein Atem ging schwer, er stolperte in der dichter werdenden Dämmerung auf dem Pfad zurück, den er gekommen war. Die Panik hatte sich zwar etwas zurückgezogen, bestimmte aber immer noch sein Handeln. Und die Panik befahl: weg, weg, weg! Dagegen konnte er nichts machen.

Erst im Auto beruhigte er sich so weit, dass er über andere Dinge nachdenken konnte als rasende Flucht. Die Ratio bekam die Oberhand, nur allmählich, aber doch. Er zwang sich, ruhig zu atmen, ruhig und gleichmäßig, das war das Wichtigste. Er hatte Mühe, auf dem engen Waldweg den Wagen zu wenden, als er losfuhr, spritzte der Kies unter den Hinterrädern auf. Auf der Brücke über die Schlucht kam er weit nach rechts, bis auf Zentimeter an die Begrenzungsmauer; nach der Brücke zwang er sich zum Anhalten und Durchatmen. Nach zehn Minuten fuhr er weiter. Langsam und vorsichtig, nach Sitte des Landes. Nicht auffallen. Er dachte über den Vorfall nach. Er warf einen Blick auf das Fläschchen auf dem Nebensitz. Ein Parfümflakon, den seine Frau beim Auszug vergessen hatte. Er war halbleer. Was hatte ihn dazu gebracht, so durchzudrehen? Und dann wegzulaufen? Das war alles in hohem Maße kontraproduktiv und nicht seine Art. Er kannte die Antwort: eine Nachwirkung von Nummer siebzehn. Ein Flashback. Nur diesmal ohne das *Auge Gottes*. Ein hundsgewöhnlicher Wutanfall, irrational bis dort hinaus, ausgelöst durch … ja, wodurch? Das hatte er vergessen. Tatsache blieb: Die Hälfte von der Lösung war einer der Kaserer-Schwestern im Gesicht gelandet. Was das für Auswirkungen haben würde, wusste er nicht. Die andere Dame mit dem einzelnen Sprüher – was die erleben würde, war auch nicht sicher. Wenn *ihm* das schreckliche *Auge Gottes* erschienen war, hieß das nicht automatisch, dass es bei den

Schwestern Kaserer auch so sein würde. Und *gesehen* hatte er wohl etwas, aber es gab keine Erinnerung daran, nur an die Angst, die ihn beherrscht hatte, aber auch dabei, das war seltsam, setzte schon ein Abschwächungsprozess ein, eine Art progressiver mentaler Löschung; er konnte sich noch an die Angst erinnern, sie aber nicht mehr nachempfinden. Dagegen war die Angst vor seiner Blinddarmoperation immer noch gegenwärtig, da war er achtzehn gewesen, das entsetzliche Gefühl des Ausgeliefertseins. Bis zur Gleichgültigkeitsspritze war das damals so gegangen, nie zuvor und nie wieder danach hatte ihm ein verabreichtes Medikament so wohlgetan wie diese Spritze. Das wusste er alles noch. Nach fast vierzig Jahren.

Daheim begann er die Folgen seines Tuns zu bedenken. Er war in Panik weggelaufen und hatte die Erpresserinnen ihrem Schicksal überlassen. Verwerflich, feige, moralisch indiskutabel, kein Zweifel. Es hätte doch genügt, sie in Schach zu halten, zu entwaffnen, das war ihm ja schon gelungen ... nein, das hätte eben nicht genügt. Sie hätten sich gerächt und ihn angezeigt, am selben Abend noch. Wenn er sie nicht umbringen wollte (und das wollte er eben nicht), dann ... ja, dann gab es wohl keine andere Möglichkeit, als sie außer Gefecht zu setzen. Mit Nummer siebzehn. Mit Gift. »Machen wir uns nichts vor, es ist eine hochwirksame Substanz ...« Er sprach laut in dem leeren Wohnzimmer der Leupold-Villa, wo er sich mit einem Whisky auf dem Sofa niedergelassen hatte. »Ich hätte sie genauso gut erschießen können ... was meinst du, Sami?« Der weiße Kater war hereingekommen und blickte ihn mit großen Augen an. »Kein Griechisch heute?« Sami gab keinen Laut von sich, Romuald lachte laut auf. »Die eine von den beiden hat wahrscheinlich eine Überdosis erwischt und ist tot, was meinst du?« Sami äußerte nichts, begann nur, sich zu putzen. »Du hast recht, Sami, was für eine blöde Frage. Peinlich ... woher sollst du das wissen? Du weißt es nicht, ich weiß es nicht, niemand weiß es. Was wir allerdings wissen, ist etwas über die Wirkung der anderen Dosis. Dieser eine Sprüher auf die zweite der sauberen Schwestern Kaserer. Die wird sehr lang schlafen, da darf ich von mir auf sie schließen. Vorher das *Auge Gottes* sehen oder etwas Ähnliches und dann schlafen … verdammt!« Er stand auf und begann mit großen Schritten im Raum auf und ab zu gehen. »Die wird erfrieren, Sami, in der Nacht hat es schon Minusgrade! Wenn keiner vorbeikommt und sie findet … und warum sollte das einer um diese Zeit, ach Scheiße!« Er nahm noch einen Schluck. Dieses Reden mit der Katze war ungesund, fast genauso wie das Reden der Katze selber. Beides deutete auf schädliche Verschiebungen der Normalität.

Er überlegte. Die eine Kaserer-Schwester schon tot, die andere erfroren. Besser konnte es doch gar nicht laufen, oder? Doppelselbstmord? Unfall? Die Gerichtsmedizin würde sich hinter dem Ohr kratzen, bildlich gesprochen. Keine Verletzungen, keine Spuren von Gewalteinwirkung, keine Drogen – denn, nicht wahr, Fremdsubstanzen findet man nur mit geeigneten Tests. Wenn man aber die Substanz noch nicht kennt, gibt es auch keinen Test dafür, sie bleibt unentdeckt. Natürlich würde die Polizei aufkreuzen und sich nach dem Thema des Handygesprächs erkundigen – da musste er sich nur etwas harmlos Nachbarliches ausdenken – oder etwas weniger Harmloses: Beschwerden über Sami, den Kater, genau, weil der immer den Kaserer-Gemüsegarten benutzt, um … »und die wollte einfach nicht glauben, dass der Kater gar nicht mehr hier wohnt, sondern drüben beim Herrn Schott, aber abgesehen davon, Herr Inspektor, was soll man da machen, der Herr Schott oder wir, der Herr Leupold oder ich: Wie hindert man eine Katze daran, dass sie ihr Geschäft verrichtet? Soll ich sie einschläfern deswegen? Sagen Sie selbst! Diese Kaserer-Schwestern sind doch nicht ganz dicht, also ehrlich!« Genau das könnte er sagen. Und was würde die Polizei antworten?

Schön, Herr Dr. Nowak, und jetzt wollen wir uns einmal Ihren Keller anschauen! Warum? Einfach so! – Blödsinn. So würde die Polizei nicht reagieren. Es sei denn – natürlich! Es sei denn, sie hätte das Tagebuch der Margit Kaserer gefunden, die Polizei, oder das der Marie Kaserer, spielt keine Rolle, wo alles haarklein drinstand, in dem Tagebuch ... über die tote Frau Leupold und – warum nicht, wo wir schon dabei sind – den toten Herrn Guttmann und den Kauf verdächtig vieler Kühltruhen.

Alles Blödsinn! Das Tagebuch ist der Deus ex Machina mindertalentierter Drehbuchautoren, die zu spät draufkommen, dass der Mörder straffrei davonkommt, wenn alles so läuft, wie sie es sich bis dahin ausgedacht haben. Das Tagebuch ist nur ein billiger Trick.

Alles in Ordnung. Alles löste sich von selbst. Romuald Nowak ging ins Vorzimmer. Alles löste sich in Wohlgefallen auf. Er setzte sich auf die zweite Treppenstufe, um sich die hohen Schuhe anzuziehen. Sami sah ihm aus dem Wohnzimmer zu. »Wir überlassen die miesen Erpresserinnen ihrem Schicksal, was, Sami?« Der Kater ließ ein leises Gurren hören. Kein Vergleich mit geschliffenem Griechisch, aber immerhin. »Wir lassen sie einfach verrecken, diese Scheiß-Kaserer-Schwestern!« Er zog sich den roten Pullover an. Die Nacht würde kalt werden, der Wetterbericht hatte gewarnt. »Du glaubst mir nicht, Sami? Du meinst, ich rede nur so daher?« Der Kater blickte ihn mit runden Augen an.

»Weißt du was, Sami? Du hast völlig recht.« Romuald zog den dicken Wintermantel an. »Ich sollte die beiden krepieren lassen. Aber ich kann nicht. Verstehst du das?« Der Kater gab keine Antwort. »Ich kann einfach nicht. Ich versteh es selber nicht ...« Er öffnete die Tür.

Draußen stand Margit Kaserer. Sie trug noch immer den Umhang, aber nicht mehr den Schal vorm Gesicht. Sie breitete die Arme aus, als wolle sie Romuald umarmen, überlegte es sich aber anders, kam nur einen Schritt auf ihn zu, fiel auf die Knie und umarmte seine Beine.

»Gott segne Sie, Dr. Nowak!«, rief sie aus.

Würde man behaupten, Romuald Nowak sei überrascht gewesen, so wäre das eine krasse Untertreibung. Er war wie vom Donner gerührt. Er wusste nicht, was das Verhalten der Margit Kaserer bedeuten sollte, vor allem, weil sie keine weiteren Erklärungen von sich gab, sondern anfing zu schluchzen. Romuald erwog, sie an den Armen aufzuheben, aber diese Geste hatte er bisher nur in Sandalenfilmen gesehen, wo große Gefühle auf diese Art ausgedrückt werden, kam nicht in »Quo vadis?« so eine Szene vor? Er erinnerte sich nicht.

»Bitte, Frau Kaserer, beruhigen Sie sich …«

Das war lahm, er wusste es selbst. Nach einiger Zeit schien sich Margit Kaserer zu erholen, sie stand von selber auf, fasste mit beiden Händen seine Rechte und hielt sie fest. Sie wollte etwas sagen, aber die Gemütsbewegung verhinderte das, Tränen rannen ihr übers Gesicht, sie schluckte mehrmals. Er betrachtete sie. Im SPAR war ihm der verkniffene Zug an den Kaserer-Schwestern aufgefallen, den sie beide an sich hatten, nicht nur um den Mund, das Gesicht als Ganzes stand unter einer Spannung – aber nicht jener, die von Botox oder unterspritztem Hyaluron kommt, sondern von schlichter, langdauernder, lebenverzehrender Wut. Das war jetzt weg, die Züge wirkten weich, sie sah jünger aus.

»Herr Doktor …«, begann sie, ein Schluchzen verhinderte die geplante Rede.

»Kommen Sie rein«, sagte er. Sie folgte ihm ins große Wohnzimmer, er plazierte sie in einen Sessel und ging in die Küche, um zwei Tassen Kaffee aus der Maschine zu lassen. Während der durchlief, dachte er nach. Warum mach ich das? Es ergab keinen Sinn. Die Frau hatte ihn vor wenigen Stunden bedroht, um eine Riesensumme erleichtern wollen. Was war Erpressung anderes als Raub? Und jetzt ließ er sie eintreten und bot ihr Kaffee an. Aber es hatte ja schon mit dem Plan begonnen, die Schwestern Kaserer zu retten. Gegen jede Logik, gegen jedes wohlverstandene Eigeninteresse, gegen jede Zukunftsaussicht, die ihm geblieben war. Er trug die Tassen hinüber. Margit Kaserer hatte sich beruhigt.

»Es tut mir so leid«, begann sie. »Wir hätten nicht …«

»Wo ist Ihre Schwester?«, unterbrach er sie.

»Daheim. Sie schläft.«

»Wie haben Sie das geschafft? Sie war doch bewusstlos …«

»Ich hab sie zum Auto geschleift, ein Stück getragen. Es ging dann irgendwie …«

»Ich wollte Ihnen helfen«, sagte er mit leiser Stimme. »Eine Nacht im Freien wäre … ich weiß nicht …«

»Haben Sie deshalb den Mantel an? Ach, Herr Doktor, das ist … ich meine, wir haben es doch verdient …« Sie begann zu weinen. Er nutzte die Unterbrechung, den Mantel und die Winterschuhe auszuziehen.

Als sie sich beruhigt hatte, begann sie zu erzählen. Von dem eher schlechten Verhältnis zu Frau Dr. Leupold wegen des Katers, von der Entdeckung der Leiche der Frau Dr. Leupold und der nachfolgenden Entdeckung des Verschwindens der Tasche mit dem Geld, worauf ihnen dann die Idee gekommen sei … sich einen Anteil davon zu holen.

»Einen recht beträchtlichen Anteil«, unterbrach sie Romuald.

»Ja, Sie haben ja recht«, sagte sie darauf. Er wartete, ob noch irgendeine Erklärung oder Entschuldigung nachgeschoben würde, aber Frau Kaserer blieb stumm.

»Sie dachten, er hat sie umgebracht?«, fragte er.

Frau Kaserer nickte. Sie wirkte erschöpft. Sie trank den Kaffee in kleinen Schlucken, obwohl er nach ihrer ausführlichen Erzählung nur noch lauwarm sein konnte. Vielleicht eine Nebenwirkung der Droge, dachte er, Temperaturmissempfindung, das könnte doch sein, man müsste … er merkte, wie seine Gedanken um diesen Aspekt von Nummer siebzehn zu kreisen begannen, obwohl eine Missempfindung doch das Harmloseste war, was Nummer siebzehn auslöste. Es lag daran, dass er sich langweilte. Er hatte Mühe, sich auf die Auslassungen der Margit Kaserer zu konzentrieren. Zwei Leute versuchen etwas durchzuziehen, wovon sie keine Ahnung haben; sich das anzuhören, war kein Vergnügen. Nicht, dass er gewusst hätte, wie man eine zünftige Erpressung aufzieht, aber dass diese Sache eher nicht mit einem Brief beginnen sollte, dessen Buchstaben aus den »Vorarlberger Nachrichten« ausgeschnitten wurden, das war offensichtlich – wie bei einem schlechten Film, dachte er: Man sieht zu und weiß, das Zeug ist schlecht, ohne dass man den Punkt oder die Punkte namhaft machen könnte, wo das Ganze den Bach runtergeht …

»Wozu hätten Sie denn das Geld gebraucht?«, fragte er. Das war an der Kaserer'schen Erpressung vielleicht noch das Interessanteste.

»Zum Leben halt«, sagte sie, »es war ja nicht mehr viel da … Geld meine ich.«

»Haben Sie denn so geprasst?« Romuald lachte, es klang gezwungen, weil die Frage blöd war. Man musste Margit Kaserer ja nur anschauen, um zu begreifen, dass die Bezeichnung »prassen« ihren Lebensstil noch nie beschrieben hatte und nie beschreiben würde. Sie trug unter dem fadenscheinigen Mäntelchen einen erbsenpüreefarbenen Pullover und dunkle Hosen aus einem Stretchmaterial, wie es in den sechziger Jahren des vorigen Jahrhunderts bei Skihosen modern gewesen war. Dazu abgenutzte Stiefeletten von besonders scheußlichem Braun.

»Wir hatten schon Geld von den Eltern. Das ist aber alles für die Behandlung draufgegangen, drum sind wir jetzt sehr knapp. Wir wollten schon lang die Heizung sanieren, aber dazu müssten erst einmal die Fenster gemacht werden, die sind in einem Zustand …«

»Moment – welche Behandlung?«

»Na, die von der Marie. Das hat alles einen Haufen Geld gekostet, die Krankenkasse zahlt ja nicht alles …«

Das war wohl wahr. Das Ding in ihrem Kopf. Das Gespräch erstarb. Das große Thema saugte alle Gesprächsbereitschaft auf; es fällt nicht nur schwer, dachte Romuald, über Krebs zu sprechen, es fällt sogar schwer, über etwas anderes zu sprechen, sobald der Krebs einmal genannt ist. Es half nur, das Thema zu wechseln.

»Und jetzt geben Sie die Erpressung auf?«, fragte er.

»Was? Ja, natürlich, was denken Sie denn von uns? Wir sind … völlig geläutert.«

»Bitte, was sind Sie?«

»Geläutert! Wir haben eingesehen, dass es grundlegend falsch war, was wir getan haben.«

»Moment – einfach so?«

Jetzt lachte Margit Kaserer laut auf. »Aber natürlich nicht, wo denken Sie denn hin! Es wurde uns natürlich gesagt …«

»Wer hat Ihnen das gesagt?«

»Na, Gott natürlich. Wer denn sonst?«

»Aha. Gott hat Ihnen das gesagt. Persönlich. Ja, dann … er ist Ihnen erschienen?«

»Ja! Das heißt, an den Anblick kann ich mich nicht mehr erinnern, man sagt ja, das Antlitz Gottes ist für Sterbliche unerträglich …«

»Ja, davon habe ich auch schon gehört. Dann versteh ich aber nicht, wieso Sie hier sitzen, ich meine, Sie müssten doch eigentlich tot sein …«

Für Ironie war Margit Kaserer unzugänglich. »Das ist ja eben das Gute an der Sache, wie es gelaufen ist: Ich hab das

Antlitz Gottes vergessen, verstehen Sie? Wenn man es vergisst, macht es einem nichts. Das ist so ähnlich wie bei den Leuten, die einen schweren Unfall haben, sie können sich an den Unfall selber gar nicht mehr erinnern, das ist alles gelöscht …«

»Amnesie, aha. Klingt vernünftig.«

»Ja, eben. Das ist alles sehr fein eingerichtet, meinen Sie nicht?«

»Frau Kaserer, ich will jetzt nicht Ihre religiösen Gefühle verletzen, aber Sie wissen schon, dass ich Sie kurz davor mit einer Substanz besprüht habe …«

»Ja, Herr Doktor, dafür wollte ich Ihnen noch einmal herzlich danken, auch im Namen von der Marie! Ohne diese Substanz wäre es natürlich nicht möglich gewesen – und wir würden beide noch in der Sünde verharren!«

»In der Sünde verharren, soso … Frau Kaserer, ich wollte eigentlich sagen, dass Ihre religiösen Erfahrungen nur von dieser Substanz ausgelöst wurden. Ohne diese Substanz hätte es das alles nicht gegeben. Diese moralische Einsicht …«

»… die Umkehr!«

»Ja, genau, die Umkehr, das *Auge Gottes* …«

»Das *Auge Gottes* – das haben Sie schön gesagt! Daran sieht man es: Sie sind halt ein gebildeter Mann, Herr Dr. Nowak!«

»Was? – Ja, mag sein. Aber darum geht es eigentlich nicht, es ist doch ganz egal, wie wir das nennen, mir kam das nur passend vor, die Bezeichnung meine ich … der Stoff ist einfach eine entheogen, eine Substanz, die …«

»… die sozusagen *Gott erzeugt*, ich weiß schon: von *theos*, das heißt *Gott*, und dem Zeitwort *genesthai*, das heißt *erzeugen, erschaffen.*«

»Woher … woher wissen Sie das?«

»Na, woher wohl? Von den vielen Stunden Altgriechisch. In der Handelsakademie …«

Sie lachte laut heraus. Es klang hell wie eine Glocke.

»Sie sollten sich jetzt selber sehen!« Sie wischte die Lachtränen mit dem Taschentuch ab. »Sie schauen ganz entgeistert aus, Herr Doktor! Aber keine Sorge, das ist halt eine Nebenwirkung, oder! Sie dürfen nur nicht vergessen, das auf den Beipackzettel zu schreiben … wie soll man das formulieren: kann zu Kenntnissen des Altgriechischen führen!« Sie lachte wieder laut heraus. Er spürte, wie er den Boden unter den Füßen verlor. Das machte ihn ungehalten.

»Schön, diese Sache mit dem Griechisch ist ein bisschen seltsam, das gebe ich zu, aber auch dafür wird sich eine rationale Erklärung finden lassen! Das ist auch gar nicht so schwer …« Der Boden unter den Füßen wurde wieder dicht. »Wie wär es damit: Wir benutzen ja nur einen Bruchteil der Speicherkapazität unseres Gehirns. Was, wenn das Griechische schon seit Urzeiten in dem unbenutzten Teil aufbewahrt wäre? Meine Substanz aktiviert einfach diese Kenntnisse. Da kommen vielleicht auch noch andere Sprachen zum Vorschein! Sehen Sie, da braucht es gar nichts Übersinnliches!«

Margit Kaserer lächelte auf die herablassende Art Erwachsener, wenn sie unausgegorenes Kindergeplapper vernehmen.

»Ach, Herr Dr. Nowak! Dass es mit euch Studierten immer so schwer ist! Sie sträuben sich gegen das Offensichtliche.«

»Ich sträube mich? Nein, liebe Frau Kaserer, *Sie* sträuben sich! Und zwar gegen die klare Einsicht in die Fakten. Dazu nur eine Frage: Warum sollte Gott, der Ihnen doch angeblich erschienen ist, den Umweg über eine Substanz nehmen, die der Dr. Nowak in einem Kellerlabor in Dornbirn synthetisiert hat? Gott, der sprichwörtlich Allmächtige! Warum erscheint er Ihnen nicht einfach so? Ohne den Umweg über – ich wiederhole: Romuald Nowak, Kellerlabor, Dornbirn!«

»Aber Sie wissen doch: Seine Wege sind unerforschlich.«

Sie stand auf. »Wir werden uns nicht einigen«, sagte sie. »Darauf kommt es aber auch nicht an. Wichtig ist …«

»… die Umkehr«, sagte er.

»Metanoia«, sagte sie.

Er lächelte. Sie lächelte auch.

»Wie viel brauchen Sie denn?«, fragte er. »Wirklich zweihunderttausend?«

»Ach woher! Mit dreißigtausend sollte es sich locker für die Fenster und eine neue Heizung ausgehen.«

»Das Problem besteht nur darin: Ich habe keine Dreißigtausend …«

»Aber da lag doch ein Haufen Geld auf dem Tisch, in so einer bunten Plastiktasche.«

»Das Geld ist aber nicht da, Frau Kaserer. Als wir heimgekommen sind, hat Manfredo gedacht, seine Oma hat es in den Safe gelegt. Dort war es nicht – ich kann Ihnen den Safe zeigen, er ist leer.«

Margit Kaserer überlegte. »Dann hat es jemand gestohlen.«

»Es bleibt keine andere Erklärung übrig«, formulierte Romuald und wunderte sich über die eigene Umständlichkeit.

»Wo haben Sie so viel Geld eigentlich her?«, fragte Margit Kaserer.

»Drogen«, sagte Romuald. »Frau Leupold hat sie hier erzeugt. Unten im Keller. Davon haben die beiden auch gelebt, Manfredo und die Oma. Ecstasy, solche Sachen halt.«

»Drogen also …«, Margit Kaserer schüttelte den Kopf, »warum hat er sie dann umgebracht?«

»Wer wen?«

»Der Manfredo seine Oma.«

»Ach woher, der hat sie doch nicht umgebracht! Wieso auch? Er hat ja ganz gut davon gelebt. Sie hat das Zeug hergestellt, er hat's in Wien verkauft …«

Margit Kaserer schaute ihn mit großen Augen an.

»Ja, was glauben Sie denn«, fuhr er fort, »was der Unterhalt von so einem Kasten kostet? Ich hab die Ölrechnung vom letzten Jahr gesehen. Achttausend Euro!«

»Achttausend … Wahnsinn!«

»Ja, eben! Das zahlen Sie nicht einfach so von einer Professorinnenpension!«

Schweigen breitete sich aus. Margit Kaserer setzte die achttausend Euro Heizkosten ins Verhältnis zu ihren eigenen, das konnte man ihr am Gesicht ablesen. »Dann ist ihr Tod aber sehr unangenehm für den Manfredo«, sagte sie schließlich, »schon rein finanziell, meine ich.«

»Das können Sie laut sagen. Schon deshalb ist die Idee, dass er sie umgebracht hat, völlig …«

»Ja, schon gut, er war es nicht. Wer aber dann?«

»Niemand! Sie ist vom Tisch gefallen und hat sich das Genick gebrochen. Beim Glühbirnenwechseln. So hat er sie gefunden.«

»Wieso hat er dann nicht die Polizei …?«

Romuald deutete nach unten. »Im Keller steht ein ganzes Labor. Mit sehr verdächtigen Chemikalien. Wie soll man das der Polizei erklären?«

»Verstehe. Und wo ist die verstorbene Frau Leupold jetzt? Auch gestohlen worden?«

»Es wäre mir fast lieber, wenn es so wäre, das können Sie mir glauben!« Romuald schilderte nun die einzelnen Unglücksfälle, die der Unfall der Frau Dr. Leupold nach sich gezogen hatte. Er ließ nichts aus. Er kam gar nicht auf die Idee, etwas zu verschweigen. Danach fühlte er sich erschöpft. »Sie haben es auch nicht leicht«, sagte Margit Kaserer nach längerer Pause. Er breitete die Arme aus und seufzte. Es gab nichts mehr zu sagen. Sie verabschiedete sich. Er versicherte ihr, bei der nächsten Charge der Produktion an sie zu denken; die Dreißigtausend für die Renovierung müssten sich problemlos abzweigen lassen. Sie bedankte sich und ging. Romuald ließ sich in den Sessel fallen, in dem sie eben noch gesessen war, und schenkte sich einen Whisky ein. Das Reden hatte ihn erschöpft, aber er fühlte sich wohl. Er hatte alles gesagt, was zu sagen war.

Ja, er hatte alles gesagt. Besser: ausgeplaudert. Er hatte einer Person, die er kaum kannte, die außerdem versucht hatte, ihn zu erpressen, alle Geheimnisse anvertraut, auf denen sein Leben basierte. Ja, so konnte man das ausdrücken. Er hatte sich verhalten wie ein kompletter Narr. Margit Kaserer wusste jetzt alles. Nicht nur von den Drogen, sondern auch von den diversen Verstorbenen in ihren eisigen Behältnissen im Keller der Leupold-Villa. Letztere Kenntnis war unnötig; die Polizei würde schon von selber draufkommen. Wenig wahrscheinlich, dass die merkwürdige Häufung von Tiefkühltruhen (nur Truhen, keine Schränke!) nicht auffiele und den mit der Untersuchung betrauten Herrn Inspektor nicht einen Blick in die eine oder andere Truhe riskieren ließe – während der Drogenlaborbeschlagnahmungsaktion. Wenn Margit Kaserer zur Polizei ging, waren sie im Arsch. Vielleicht ist sie schon auf dem Weg dahin. Oder sie telefoniert gerade. Jetzt, in diesem Augenblick.

Nein.

Tat sie nicht. Das wusste er. Das hatte er so sicher im Kopf wie die Synthese von 3,4-Methylendioxymethamphetamin. Sie würde nicht zur Polizei gehen. Denn sie hatte das *Auge Gottes* gesehen. So wie er. Das *Auge Gottes* hat ganz unterschiedliche Wirkungen. Ihn hatte es zum Reden gebracht, Margit Kaserer brachte es zum Schweigen. Ihm ging es jetzt besser, ihr, das wusste er, ging es auch besser. Und ihrer Schwester Marie auch. Es konnte nicht anders sein.

Eine Idee begann zu keimen. Eine so wertvolle Substanz durfte der Welt nicht vorenthalten werden. Wenn zwei oder drei die innere Umkehr erfahren, dann war das nicht genug. Viel mehr Menschen sollten das *Auge Gottes* sehen. Am besten alle Menschen auf der Welt. Das war technisch nicht möglich. Nicht möglich für ihn, Romuald Nowak, hier und heute. Aber eine recht große Zahl von Menschen konnte er mit seinen Mitteln – doch zur Umkehr bewegen. Es brauchte ja nur geringste Mengen. Und er hatte doch die Möglichkeit … die Menschen zur Einnahme seiner Substanz zu bewegen. Weil sie glaubten, etwas anderes einzunehmen. Weil sie es freiwillig tun würden. Er musste nicht mit einem Flakon durch die Straßen laufen …

Ungiftig war es auch. Sonst hätte Marie Kaserer die hohe Dosis nicht überlebt. Aber diese Detailfragen konnte er später klären. Jetzt galt es zu handeln, bevor Manfredo aus Wien zurückkam. Er musste eine anständige Portion von Nummer siebzehn herstellen, um damit die nächste Lieferung des Amphetamins zu verschneiden. Die Probanden würden nicht wissen, was sie da zu sich nahmen. Das machte nichts, er hatte es ja auch nicht gewusst. Und Nummer siebzehn war ein blöder Name. Er würde seine Entdeckung »Theophanin« nennen, abgeleitet von »Erscheinung Gottes«. Ein paar Tausend Einzeldosen Theophanin – und die Haupt- und Residenzstadt Wien würde ein anderer Ort sein, ein besserer als jetzt.

Er machte sich an die Arbeit.

*

Es lief ganz prächtig. Anders ließ sich das nicht sagen, fand Schott, prächtig eben. Kommt von »Pracht«. Hat was Barockes, viele Farben, ausladende Formen, Goldglanz und ein bestimmtes Lebensgefühl. Eine hochadlige Dame (wer, hatte Schott vergessen) hatte geschrieben, am Hof des vierzehnten Ludwig sei man »mit einem Lächeln schlafen gegangen und mit einem Lächeln erwacht«. Das bezog sich natürlich nicht auf die Domestiken, aber sonst – wenn das die Definition des Barocken war, dann befand sich Mauritius Schott in einer eminent barocken

Phase. Mit gewissen Abstrichen selbstredend: Seine Angebetete musste am Tage arbeiten, versicherte aber, die Arbeit in der Praxis sei noch nie so gut gelaufen wie zurzeit. Und die Nächte ein Rausch. Also Lächeln rund um die Uhr. Manchmal fragte er sich, ob das, was sie in der letzten Nacht miteinander angestellt hatten, tatsächlich passiert war oder übermäßiger Einbildungskraft entsprang; aber dann beruhigte er sich mit der Selbsterkenntnis, dass ihm zu solchen Ausschweifungen die Phantasie fehlte; also musste alles, woran er sich erinnerte, wohl wirklich geschehen sein. Wieso konnte er aber Dinge tun, die er nicht imstande war, sich auszudenken? Wir lösen diesen vermeintlichen Widerspruch mit dem Hinweis, dass Schott ja nicht allein war – seine Phantasie hätte ihn im Stich gelassen, die der Dr. Hildegard Rhomberg aber nicht. Kurz: Das Rauschhafte an den Nächten ging auf ihre Rechnung. Und mit diesem Hinweis wollen wir es bewenden lassen. Einerseits, weil der spezifisch barocke Zustand nicht allzu lang dauerte (... nein, nicht das Buch zuklappen!), andererseits, weil die erzählende Literatur nicht von *Zuständen* lebt, sondern von *Zustandsänderungen.* Es muss etwas passieren. War der Ausgangszustand idyllisch, ist der nächste, nachdem eine *Änderung* eingetreten ist, weniger idyllisch. Oder überhaupt gleich das Gegenteil. Das liegt in der Logik der Sache, da kann der Erzähler nichts dafür.

Dennoch bleibt es rein logisch ein Rätsel, warum Mauritius Schott auf die Idee verfiel, seiner Angebeteten die Bilder auf der gefundenen Canon EOS-1 zu zeigen. Hätte er das Ding nicht einfach in einen Schrank räumen und dort vergessen können? Oder beim Fundbüro abgeben? Nein, das hätte er nicht. Er musste (das ist aber nur eine Theorie) seine geliebte Hildegard in seine Geheimnisse einweihen. Jetzt werden Sie einwenden, das größte Geheimnis sei doch der Diebstahl des Geldes in der Leupold-Villa, und damit haben Sie recht, aber eben: Es ist sein größtes Geheimnis, und damit fängt man nicht an. Sondern mit einem kleineren. Um zu sehen, wie die Partnerin darauf reagiert. So hat es sich Schott selber danach zusammengereimt. Viel später. Als die anderen Sachen alle schon passiert waren. Denn wenn sie ihm, so hat er sich überlegt, nach Kenntnisnahme der Kameraauffindungsgeschichte gleich mit der Polizei gekommen wäre, hätte er mit der Geldauffindungsgeschichte nicht mehr herausrücken müssen. Es war, so sagte er sich später, die Sehnsucht nach Vertrauen, was ihn veranlasst hatte, Hildegard in die Kamerageschichte einzuweihen. Ich bin ein Idiot, sagte er sich, ich war immer einer und werde immer einer bleiben. Und ich habe noch Glück gehabt …

Sie saßen nebeneinander auf dem Sofa im Wohnzimmer und betrachteten die Bilder auf dem Display der EOS-1. Schott hatte ein Bier vor sich, Hildegard die Kamera. Er war gespannt auf ihre Reaktion. Sie zappte durch die Bilder und sagte nichts.

»Hast du die auch auf dem Computer?«, fragte sie.

»Ja«, sagte er. Das wäre die letzte, wenn auch nicht besonders aussichtsreiche Gelegenheit gewesen, die Frau Dr. Rhomberg von der Betrachtung der vergrößerten Bilder abzubringen. Auf dem Display der Kamera konnte man keine Details erkennen. Aber er ließ der Sache ihren Lauf. Er sagte »ja«. Also musste er ihr das Verzeichnis mit den Fotos auf seinem Computer öffnen. Weshalb sich das Geschehen vom gemütlichen Wohnzimmer in das ungemütliche Zimmer im ersten Stock verlagerte, das er als Büro benutzte. Sie sah sich die Bilder auf dem Computer an und betrachtete sie mit großem Interesse. Nur die aus dem Kellerlabor der Leupold-Villa. Er stand hinter ihr, sie saß auf dem einzigen Stuhl. Die Atmosphäre lud sich auf, das spürte er. Sie fuhr in den Laborbildern vor und zurück, näherte das Gesicht dem Bildschirm.

»Das ist ein Drogenlabor«, sagte sie.

»Das hab ich mir auch gedacht. Ich war mir nur nicht sicher, ich hab doch keine Ahnung von Chemie …«

Der Schweiß brach ihm aus.

»Wir müssen die Polizei verständigen«, sagte sie. Er fing an zu lachen. Es war aus.

»Was ist daran lustig?«

»Nein, nein, hat nichts mit dir zu tun ...« Er beruhigte sich. Er sollte jetzt weinen, es war ihm danach zumute, es ging aber nicht, keine einzige Träne. Es wäre so schön gewesen. Im Grunde war es aber klar, dass er eine Frau wie Hildegard nicht verdiente; er hätte auch von Anfang an draufkommen können. Das ging einfach nicht. Für ihn gab es nur Frauen vom Bianca-Typ. Es ging jetzt nur darum, die Sache zu Ende zu bringen. Zivilisiert, ohne Zusammenbruch, ohne Geheul. Das konnte und würde er alles anhängen, wenn sie weg war. Wenn sie sein Haus verlassen hatte. Dann würde er zusammenbrechen. Und dann würde er selber sein Haus verlassen. Ein paar Jahre. War das jetzt schwerer Diebstahl? Oder leichter? Gab es das überhaupt, leichten Diebstahl – was war eigentlich der Unterschied zu Raub? Fragen über Fragen, die er dann mit seinem Anwalt diskutieren konnte. Ach richtig, einen Anwalt brauchte er auch. Günther Hagen fiel ihm ein, mit dem war er in die Schule gegangen ...

Hinter Schott ertönte Miauen. Er drehte sich um, Hildegard auf ihrem Stuhl auch. Sami saß in der Tür und forderte menschliche Aufmerksamkeit. Jetzt trabte er auf Hildegard zu und sprang ihr auf den Schoß. Er setzte sich aufrecht hin, was auf den abschüssigen Oberschenkeln nicht einfach war, drehte ihr den Kopf zu, dann schaute er wieder Schott an, seinen neuen Gott. Als warte er auf den Beginn der Vorstellung. Man soll Katzen nicht warten lassen, dachte Mauritius Schott. Noch weniger als Menschen.

»Gut, dass du kommst, Sami«, sagte Schott. »Würdest du dich um ihn kümmern?« Hildegard schien verwirrt.

»Sprichst du jetzt mit mir?«

»Natürlich. Würdest du dich um Sami kümmern?«

»Willst du verreisen?«

»Ich will nicht, ich muss. Aber nicht weit. Nur nach Feldkirch. Ins Gefängnis.«

Sie sagte lange nichts. Dann seufzte sie tief und begann den Kater zu streicheln. Der schloss die Augen und fing an zu schnurren. »Ungewöhnlich«, sagte sie. »Ich meine, die Tiere, die ich behandelt habe, sind im Allgemeinen nicht begeistert, mich wiederzusehen …«

»Sami ist eben anders«, sagte er. »Neulich zum Beispiel, da hat er …«

»Schon gut. Du kannst anfangen.«

»Womit?«

»Eben war von Gefängnis die Rede. Würde mich jetzt schon interessieren, wieso du da hinmusst.«

Er begann zu erzählen.

*

»Du kannst dich nicht erinnern? An gar nichts?«

Marie Kaserer schüttelte den Kopf. Seit dem Vorfall im Wald sprach sie nicht viel und erweckte den Anschein, nicht ganz da zu sein. Margit machte das Sorgen.

»Also red schon! Was war das Letzte, woran du dich erinnerst?«

»Die Fahrt in den Wald …«

»An die Begegnung mit Nowak kannst du …«

»Keine Chance. Ich hab's versucht, da ist alles schwarz. Filmriss. Als ob ich schwer was getrunken hätte.«

»Das ist ganz untypisch für dich, das letzte Mal war doch damals, als du mit dem Adi Fischer …«

»Ja, ja, ich weiß, was du meinst! Hör auf damit, ich will nicht daran denken.« Margit hörte auf. Die Sache mit Adi Fischer war auch schon fast vierzig Jahre her. Nach einer Weile sagte sie: »Möchtest du einen Tee?«

»Tee ist eine gute Idee. Aber bleib sitzen, heute mach ich ihn!« Margit nickte. Sie war so überrascht, dass es ihr die Rede verschlug. Marie stand auf und verschwand in die Küche. Sie stand auf, einfach so. Nicht rasend schnell, nicht wie eine trainierte Sportlerin, aber doch so, dass auch ein Außenstehender nichts gemerkt hätte. Ohne dieses Hochstemmen an den Sessellehnen, als ob sie hundertvierzig Kilo wöge (sie hatte nicht einmal die Hälfte davon); ohne diesen verbissenen Zug im Gesicht, aus dem sich Anstrengung und Wut lesen ließen. Erst, wenn sie stand, ging es besser; wenn sie herumlief, merkte man nichts.

Aber Tee zu machen gehörte sowieso nicht zu ihren Aufgaben, schon wegen des Aufstehens. Bisher hatte das immer Margit getan, wie die meisten häuslichen Verrichtungen. Sie beklagte sich nicht darüber, sie hatte sich nie darüber beklagt. Sie war die Ältere und musste auf die jüngere Schwester aufpassen, schon im Kindesalter war das so gewesen; beide Eltern auf der Arbeit, der Vater in seinem Geschäft, die Mutter im Büro. Durch das Doppeleinkommen und eiserne Sparerei war es zu dem Haus gekommen und zu dem *Vermögen*. Kaserers waren *vermögend*. Das Geschäft war bis zum Zerfall der Textilindustrie gut gelaufen, da hatte sich Geld angehäuft, das der Vater wieder investierte. Richtig investierte, so dass es langfristige Erträge abwarf. Leider nicht genügend hohe … Margit Kaserer verlor sich in Gedanken. Das brachte nichts. Wenn sie damit anfing, begann die *Hätte-wäre*-Phase. Unweigerlich. Das musste sie vermeiden, weil sie dann von einer Bitterkeit erfüllt wurde, die ihr den Lebensmut raubte, aber keinen einzigen positiven Effekt brachte. *Hätte* sie doch damals den Edi geheiratet, dann *wäre* sie heute Hunderte Kilometer von Marie entfernt (Edi war nach Wien gezogen und hatte einen erfolgreichen Elektronikladen aufgemacht); dann *hätte* eben mit ihrer Schwester alles ganz anders organisiert werden müssen. Mit der Betreuung und allem. Es war ja nicht so, dass Marie hilflos war, sie brauchte nur jemanden um sich, der sich kümmerte, wenn sie Anfälle hatte. Der sie betreute, wenn es einmal wieder abwärtsging. Bisher war es dann jedes Mal auch wieder aufwärtsgegangen.

Der Tumor in Maries Kopf stand still.

Als ob er schliefe. Manchmal räkelte er sich im Schlaf, dann spürte Marie das. Epileptische Anfälle, Schwindel, Krankheitsgefühl, dann konnte sie fast nichts tun und musste umhegt werden. Dann wieder wochenlang: nichts. An der Tomografie, die regelmäßig durchgeführt wurde, sah man keine Veränderungen. Maries Tumor schien zu schlafen oder vor sich hin zu dösen, unschlüssig, was er machen sollte. Weiterwachsen und die Frau umbringen oder sich dem Nichtstun ergeben …

In den letzten zwei Monaten war es Marie relativ gutgegangen, kein Schwindel, keine Anfälle. Sie konnte mit zum Einkaufen, Hausarbeit machen, spazieren gehen. Ohne diese relative Ruhephase wäre Margit gar nicht auf die Idee mit der Erpressung gekommen, so komplizierte Aktivitäten verboten sich von selbst, wenn es Marie schlechtging. Und ohne das Finanzielle hätte sie diese Idee vielleicht gehabt, aber nicht verfolgt. Sie brauchten das Geld. Sie brauchten es einfach. Sie hatten beide vom Erbe gelebt, aber in den letzten Jahren in den Boomphasen aufs falsche Pferd gesetzt und viel an der Börse verloren. Das war Margits schwacher Punkt, das Spekulieren. Und sie hatten Scharlatanen einen Haufen Geld in den Rachen geworfen. Das war Maries schwacher Punkt. Der Glaube an Wunderheiler. Sie glaubte jetzt noch daran. Ohne die Anstrengungen diverser Heiler wäre sie schon lange tot, behauptete sie. Margit konnte nichts dagegen sagen. Sie glaubte es nicht, aber sie hatte keinen Beweis für ihren Zweifel.

Marie kam mit dem Tee zurück.

»Wie geht es dir heute?«, fragte Margit. Das tat sie selten. Es war ein Code. *Wie geht es dir heute?* bezog sich auf den Tumor und nur auf diesen, hatte nichts zu tun mit dem Allgemeinbefinden gesunder Leute und ihren Wehwehchen. Margit fragte das nicht oft. Man soll keine schlafenden Hunde wecken. Sie fragte nur, wenn es ihrer Schwester schlechter als üblich zu gehen schien (häufig) oder besser (selten).

»Danke«, sagte Marie und stellte das Tablett mit den Tassen auf dem Wohnzimmertisch ab. »Heute geht es gut. Ich spür nichts. Warum fragst du?«

Auch das war ein Ritual. Marie wusste genau, warum Margit fragte. Aber sie wollte es von ihr hören.

»Du machst einen guten Eindruck heute«, sagte Margit, »kommt mir so vor …« Marie freute sich. Sie setzte sich und trank ihren Tee. Gesprochen wurde nichts mehr. Das war so seit der Begegnung mit Dr. Nowak am »Kirchle«. Davor hatten sie den ganzen Tag miteinander geredet, meistens gestritten, aber nach der Sprühaktion des Chemikers war das vorbei. Sie konnten nebeneinander sitzen ohne Unruhe. Und ohne zu reden. Ohne, dass es peinlich oder belastend wurde. Margit hing ihren Gedanken nach. Ob es Marie auch so ging, wusste sie nicht, Marie sprach nicht darüber und Margit fragte nicht danach. Sie ließ es einfach gut sein. Wir lassen es gut sein, dachte sie, alle beide, wahrscheinlich ist es das. Gut. Sie hatten die Veränderungen der inneren Einstellung nicht erörtert. Wie geschwollen sich das anhört, dachte sie. Schon daran konnte man sehen, wie schwierig es wäre, darüber zu sprechen. Pathetisch. Wir sind gute Menschen geworden! Aber wie sonst sollte man das ausdrücken? Das *Auge Gottes*. Das war noch pathetischer. Obwohl es genau das war: Sie hatte das *Auge Gottes* gesehen. Was Marie gesehen hatte mit der Überdosis vom Dr. Nowak, wusste sie nicht, Marie hatte nichts dazu gesagt. Sie wollte nicht davon sprechen. Nur genickt hatte sie, als Margit meinte, die Idee mit der Erpressung sei wohl eine Schnapsidee gewesen. Wie jemand nickt, den man an eine länger zurückliegende peinliche Episode erinnert, deren Folgen nun der Betreffende korrigieren muss – ja, ja, ist schon gut, ich bin nicht stolz darauf, ich bring's in Ordnung, können wir jetzt das Thema wechseln? Also nahm Margit an, Marie empfände so wie sie selber, denn genau das war diese kriminelle Aktion: peinlich. Falsch. Nicht im moralischen, sondern im … im … ästhetischen Sinn. Als ob sie sich alkoholisiert irgendwie zum Narren gemacht hätten; Karaoke ohne nur im mindesten singen zu können. So zum Narren gemacht, dass sogar den Zuhörern das Lachen vergangen war. Wegen eines Schamanfalls.

Wir sind jetzt gute Menschen, dachte Margit, das heißt, normale Menschen. Gut ist normal, normal ist gut. Dr. Nowak war auch gut. Er würde ihnen die Dreißigtausend für die Renovierung geben. Wenn er die nächste Charge seiner Substanzen verkauft hatte.

Marie hatte die Augen geschlossen. Sie nickte jetzt manchmal in ihrem Sessel ein. Das hatte sie vorher nicht getan. Margit stand ohne Geräusch auf und ging in die Küche. Gemüseeintopf heute Mittag. Eine Menge Gemüse musste geputzt werden. Die Küche war so klein, dass nur eine Person darin arbeiten konnte, wenn man sich nicht dauernd in die Quere kommen wollte. Und dunkel war sie auch. Ein Fenster nach Norden. Margit blickte auf die abgewetzten Stellen des PVC-Belags und die angestoßenen Kanten an Schrank, Tisch und Stühlen. Die Küche sah so aus wie das ganze Haus. Sechziger Jahre, auf Kante gerechnet, mit viel Eigenarbeit gebaut. Billiger Dreck. Früher hatte sie der Anblick der Küche deprimiert oder geärgert, je nach Stimmung. Jetzt war es ihr egal. Gebrauchsspuren am Mobiliar nach fast fünfzig Jahren: Das war doch normal. Konnte man keine Gelben Rüben auf einem Tisch schneiden, weil die Ecken abgestoßen waren? Sie lachte. So absurd war das, so absurd hörte es sich an. Ihre Einstellung vorher. Genau so musste man es ausdrücken, um sich das Ausmaß der Metanoia klarzumachen, der inneren Umkehr.

Sie holte das Gemüse aus der Vorratskammer, Gelbe Rüben, Zwiebeln, Sellerie, und legte das große Schneidbrett auf den Tisch. Und was heißt, bitte, dunkel? Der Tisch stand unter dem Fenster, das Licht zum Arbeiten war ausgezeichnet. Sie begann die Rüben zu schälen. Bei der dritten hatte sie das Gefühl, beobachtet zu werden, und blickte auf. Draußen saß eine Katze auf dem Fensterbrett. Dieser weiße Kater mit der seltsamen Zeichnung. Nicht der Sami von der Frau Leupold, sondern der andere, der aussah, als ob man ihm eine Decke übergehängt hätte, rötlich gelb. Das Tier miaute, Margit konnte es durch die Scheiben hören. Sie machte das Fenster auf. Der Pferdedeckenkater schlüpfte herein. Er sprang vom Tisch auf den Boden, sah sich in der Küche um und blickte Margit mit großen, gelben Augen an.

»Willst du was zu fressen?«, fragte sie. Der Kater miaute. Ein schöner, reiner Ton.

»Dann werde ich einmal schauen, was wir für dich haben«, sagte Margit und öffnete den Kühlschrank, der seinen Dienst auch schon vierzig Jahre versah. Mit betrüblich hohem Stromverbrauch, das schon, aber vielleicht würde von den Dreißigtausend vom freundlichen Dr. Nowak noch etwas für einen neuen übrig bleiben … Aufschnitt vom Vortag müsste noch da sein. War das nicht der Kater, den Marie vor wenigen Wochen ins Haus der armen Frau Leupold verfolgt hatte? Genau, damit hatte alles angefangen. Und warum war Marie so sauer gewesen? Weil der Pferdedeckenkater in den Garten … sein Geschäft erledigt hatte. Na und? Irgendwo musste er doch, da war es ganz natürlich, dass er sich eine Stelle mit weichem Boden aussuchte, weil die Katzen ihre Ausscheidungen ja vergraben, es wenigstens versuchen, es sind ja reinliche Tiere … Margit nahm das Wurstpaket heraus.

»Magst du Aufschnitt?«, fragte sie den Pferdedeckenkater.

Marie erwachte von einem Geräusch. Es kam aus der Küche. Sie konnte es nicht zuordnen, war sich nicht einmal sicher, ob es tatsächlich aus der Küche stammte oder aus ihrem Traum. Seit der Begegnung mit Dr. Nowak, an die sie freilich nicht die mindeste Erinnerung besaß, träumte sie, sobald sie die Augen zumachte. Es musste an der Substanz liegen, mit der er sie eingesprüht hatte. Lebhafte, außerordentlich plastische Träume. Wenn sie im Halbdunkel in ihrem Sessel saß, brauchte sie nicht einmal die Augen zu schließen, schon fing es an. Träume in 3-D mit Stereoton. Es ging immer um irgendwelche Gefahren und ihre Abwehr. Finsterlinge bedrohten das Haus, die Schwester und sie selbst. Aber sie hatte keine Angst, im Gegenteil. Sie zeigte denen, wo der Hammer hängt. Sie zerstörte die Angreifer, einen nach dem anderen. Mit allen möglichen Waffen, die sie im Traum beherrschte wie ein Profi. Sie hatte Margit nichts von diesen Träumen erzählt. Das ging sie nichts an, das war ihre eigene Sache.

Das Geräusch kam nicht aus dem Traum, es hätte auch nicht hineingepasst, denn da war es um eine wilde Schießerei mit einer Bande Vergewaltiger gegangen, die sich in der Leupold-Villa verschanzt hatten. Das, was sie jetzt hörte, war ein tiefes Knurren. Von einem großen Tier. Sie stand auf und schlich in die Küche. Margit stand mit dem Rücken zur Wand, buchstäblich an die Rückwand der Küche gepresst, kreideweiß im Gesicht, was man auch verstehen konnte, saß doch ein Tiger vor ihr. Mitten in der winzigen Küche. Margit zitterte am ganzen Körper, der Tiger knurrte. Wieso hatte sie den reingelassen? Das Fenster stand offen. Marie suchte den Blick ihrer Schwester, legte den Finger auf die Lippen und verschwand im Treppenhaus. Die Stufen knarrten, aber darauf konnte sie jetzt keine Rücksicht nehmen. Bitte, bitte, kein Anfall jetzt! Es kam auf jede Sekunde an. Sie hatte nach der Heimkehr aus dem Wald die MP 40 einfach unters Bett geschoben und nicht mehr im Dachboden in dem kompliziert gebauten Versteck untergebracht, das ihr Vater gebaut hatte. Das war jetzt ein Glück – sie zog die Waffe heraus und rannte nach unten. Die Szene in der Küche war unverändert. Margit klebte an der Wand, der Tiger vor ihr knurrte bedrohlich. »Nicht, nicht …«, wimmerte Margit. Marie wusste: Auf das Tier würde das keinen Eindruck machen. Besser wäre es, in einem solchen Fall den Mund zu halten. Sie öffnete die Arretierung und packte die Waffe fest am Bakelitschaft – und eben nicht am Magazin, wie es Leute machen, die sich nicht auskennen: Das Magazin der MP 40 ist eine konstruktive Schwachstelle, wenn man die Waffe dort festhält, verkantet es leicht, das führt zu einer Ladehemmung, was sich Marie Kaserer in der speziellen Situation nicht leisten konnte.

Die Neun-Millimeter-Parabellum-Munition war für den Zweck die denkbar ungeeignetste, aber was hätte sie machen sollen? Wer hat schon ein Gewehr für Großwild zu Hause? Marie hoffte, das Rückgrat des Tigers zu treffen, die Chancen standen bei einem Meter Entfernung nicht einmal schlecht; »Ich hab noch gedacht«, erzählte sie später, »hoffentlich gibt's keine glatten Durchschüsse auf Margit, aber dann hab ich gedacht, das ist so ein massiges Vieh, da bleibt das sicher stecken, ist ja nur Pistolenmunition …«

Die Sorgen wegen glatter Durchschüsse erwiesen sich leider als berechtigt, insofern die leere Luft den glattesten Durchschuss überhaupt ermöglicht. Marie plazierte einen kurzen Feuerstoß auf den Rücken des Raubtiers, und Margit brach an der Küchenwand zusammen.

Der Tiger war weg.

Verschwunden. Nicht mehr da. Von einer Zehntelsekunde auf die andere. Eine weiße Katze mit merkwürdiger brauner

Zeichnung am Rücken floh aus der Küche. Marie setzte sich auf den Boden, die MP 40 legte sie mit großer Vorsicht neben sich. Margit lehnte an der Küchenwand. Vier Einschüsse, und Marie wusste nicht, was sie tun sollte, aber zum ersten Mal in ihrem Leben konnte sie die ältere Schwester nicht fragen. Margit war tot.

# 9

Jetzt dachten sie schon eine Stunde über das Problem nach, und Hildegard wurde unruhig. Das wunderte ihn. In der Redaktion hatten sie früher halbe Tage über irgendeinen Kleinscheiß herumsinniert, mit Brainstorming und dem ganzen Kokolores, weil der Chefredakteur sich das einbildete – nach einer Stunde hatte sich da noch keiner auch nur warmgeredet, eine Stunde war gar nichts. Ihre Ungeduld hing mit ihrem Beruf zusammen, mutmaßte er.

In so einer Tierpraxis musste, wer Erfolg haben wollte, ganz anders auf Draht sein. Oder: Sein Zeitgefühl hatte sich verändert. Seit seinem Geständnis fühlte er sich nicht nur frei, beschwingt, erleichtert, das sowieso, sondern auch abgehoben, irdischer Sorgen ledig. Denn sie saß hier in seinem Wohnzimmer. Immer noch. Statt zum Beispiel unter gemurmelten Verwünschungen das Weite gesucht zu haben; halt: nicht so sehr das Weite als vielmehr die nächste Polizeiinspektion, wie die Posten jetzt hießen – um eine Anzeige zu machen. Sie hätte allerdings den Teil mit der Polizeiinspektion auch weglassen können, das Ergebnis wäre für ihn genauso verheerend gewesen. Denn sie wäre – weg. Er konnte, das wurde ihm erst jetzt klar, ohne diese Frau nicht leben, nicht einen Tag, er wusste gar nicht, wie das technisch gehen sollte, Leben ohne Hildegard. Vorher war das kein Problem gewesen, sicher, er erinnerte sich an die vielen Jahre ohne Hildegard, aber das waren Erinnerungen eines anderen Menschen, der mit ihm nur wenig zu tun hatte und nicht besonders interessant war, ein langweiliger Durchschnittstyp in einem grauen Laben, ja, der mochte ohne Dr. Hildegard Rhomberg ausgekommen sein; aber er, er selbst, Mauritius Schott, hatte keine Vorstellung, wie das gehen sollte. Ohne sie …

»Fassen wir zusammen«, sagte sie. »In der Villa dort drüben wird ein Drogenlabor betrieben. Dafür haben wir fotografische Beweise. Zur Polizei können wir aber nicht, weil du von dort einen beträchtlichen Geldbetrag mitgenommen hast …«

»… und die tote Frau Leupold entdeckt hab ich auch«, unterbrach er sie, damit der Diebstahl nicht so allein, gewissermaßen nackt, im Diskursraum stand.

»Ja, das würde dich in ein schiefes Licht rücken und ernste Probleme verursachen.« Er wusste inzwischen aus ihren Erzählungen, dass *ernste Probleme* ihr veterinärmedizinischer Code für *hat keinen Zweck mehr* war. Offenbar wollte sie verhindern, dass *ernste Probleme* auftraten, weil das bedeuten würde, dass er so gut wie tot war. Sie würde also nicht zehn Jahre auf ihren Mauritius warten.

»Andererseits sollte die Drogenproduktion dort drüben unterbunden werden. Allein schon aus Gründen der Volksgesundheit.«

»Du hast völlig recht, aber entschuldige, so weit waren wir doch schon …«

»Das weiß ich, es ist ja auch eine Zusammenfassung. Oft bringt es was, die Dinge laut und geregelt auszusprechen.« Er unterdrückte die Frage, was *geregeltes Aussprechen* zum Unterschied vom *regellosen* bedeuten sollte. Er wollte nicht vom Thema ablenken.

»Wie können wir das erreichen?«, fuhr sie fort. »Mitteilung an die Behörden fällt aus. Mitteilung an die Produzenten selber?«

»Wir sollen sie bitten, damit aufzuhören? Wie stellst du dir das vor? Das sind doch Schwerverbrecher. Und mit der Polizei drohen? Ungefähr das Dümmste, was wir machen können. Den Vorteil des eigenen Wissens aufgeben und einen skrupellosen Gegner zum Handeln provozieren. Der direkte Weg ins Leichenschauhaus.«

»Schön. Kommt also nicht in Frage …«

»Siehst du? So einfach ist es eben nicht. Es ist eine antinomische Situation.«

Sie lachte. »Ich weiß zwar nicht, was das heißt, aber einfach ist die Sache sehr wohl: Wenn das da drüben niemand anderer beendet, dann müssen wir es selber machen.«

»Wie denn?« Er war so erstaunt, dass sie wieder lachen musste. »Du machst ein Gesicht wie ein kleiner Bub, dem man grad erzählt hat, dass es kein Christkind gibt – apropos Christkind: Silvester ist noch besser. Pass auf!«

Sie erläuterte ihren Plan. Als sie geendet hatte, begriff er, dass *handeln* ein historischer Begriff war, von der Vergangenheit des jeweils Handelnden abhing. Die Tierärztin kam auf Dinge, die dem Redakteur nicht als reale Handlungsalternativen eingefallen wären. Das lag daran, wurde ihm klar, dass der Redakteur in seinem Tun kaum etwas anderes berührt hatte als Telefonhörer, Aufnahmeknöpfe und die Computertastatur, die Ärztin aber die inneren Organe einer lebenden Kuh, in der ihr Arm bis zur Schulter steckte. Sie hat daher zu allem, sagen wir, einen eher unmittelbaren Zugang.

*

Romuald war von dem Sturmgeklingel an der Haustür sofort alarmiert. Er hörte es bis in den Keller hinunter. Gutes konnte das nicht bedeuten. Vielleicht die Polizei. Aber die würden dann »Aufmachen, Polizei!« rufen oder etwas Ähnliches. In den Fernsehfilmen machten sie es jedenfalls so. Romuald fühlte leichte Panik, aber nur ganz leichte, eher die Ahnung eines früher oft erlittenen Zustands. Jetzt, nachdem er das *Auge Gottes* gesehen hatte, erfüllte ihn große Ruhe und die Gewissheit, dass ihm nichts Schlimmes mehr zustoßen konnte. Er ging ins Erdgeschoss hinauf und machte auf. Draußen stand kein Spezialeinsatzkommando in Ninja-Adjustierung, auch nicht die normale Polizei, sondern die jüngere der Kaserer-Schwestern in hochgradig aufgelöster Verfassung. Sie stürmte herein, kaum dass die Tür offen war.

»Margit ist tot, und Sie sind schuld!«

»Ja«, sagte er.

»Was? Sie geben es zu, einfach so?«

»Natürlich. Sie sind eine erwachsene Frau mit, wie ich annehme, normal entwickeltem Verstand, also darf ich auch davon ausgehen, dass das, was Sie sagen, Hand und Fuß hat. Wenn Sie überzeugt sind, dass ich am Tod Ihrer Schwester schuld bin, haben Sie sicher Gründe für Ihre Schlussfolgerung, die ich begierig bin zu hören.«

»Bla, bla, bla – Sie sind der typische Akademiker, wissen Sie das? Da kann man sagen, was man will, euch Brüdern fällt immer noch ein schlaue Antwort ein!«

»Ich kann Ihnen nicht widersprechen.«

Sie ging ins Wohnzimmer voran und setzte sich.

»Haben Sie was zu trinken? Ein bisschen was Stärkeres als Kaffee?«

Er holte die Kognakflasche aus der Küche und schenkte ihr ein.

»Sie trinken nichts?«, fragte sie.

»Ich mach das von Ihren Erläuterungen abhängig«, sagte er. »Dann weiß ich, wie viel ich mir einschenken muss …«

»Dann können Sie das Glas schon einmal halbvoll machen! Margit ist tot.«

»Das ist bedauerlich, Sie erwähnten es auch bereits, aber was hat das mit mir zu tun?«

Sie stürzte erst den Kognak hinunter, dann sich selber auf ihn, packte ihn mit beiden Händen am Hemd.

»Das verfluchte Zeug ist daran schuld! Das Sie uns ins Gesicht gespritzt haben!« Er wehrte sie ab. Es ging ganz leicht, sanfter Gegendruck, sie fiel in den Sessel zurück und begann zu weinen. Extreme Gefühlsschwankungen, konstatierte er, oje! Natürlich hatte sie recht. Theophanin war vor dem ersten Einsatz nicht einmal an Mäusen getestet worden, sondern nur an einem Menschen, Dr. Romuald Nowak. Es konnte alle möglichen Nebenwirkungen aufweisen.

»Warum ist Ihre Schwester verstorben?« Er bemühte sich, die Stimme so sanft wie möglich zu halten.

»Ich hab sie erschossen …« Sie schluchzte auf.

»Weswegen haben Sie denn gestritten? Etwa wegen des Geldes? Ich hatte Ihrer Schwester doch angeboten, dass ich mich an der Renovierung …«

»Ach, hören Sie auf! Wir haben uns nicht gestritten. Ich wollte sie nur vor dem Tiger retten … ich hab auf ihn geschossen …«

»Sie haben einen Tiger dort drüben? Wieso haben Sie nicht die Polizei …«

»Es war kein Tiger, Sie blöder Idiot! Es war eine Katze! Mir kam sie nur so vor!« Sie fügte weitere Erklärungen an, die gingen aber akustisch in heftigem Schluchzen unter und blieben unverständlich. Aber Romuald brauchte keine Erläuterungen, er wusste auch so, was passiert war. »Scheiße«, sagte er mit leiser Stimme. Sie hörte ihn nicht, schenkte sich noch einen Kognak ein. »Mir auch, bitte«, sagte er. Sie machte das zweite Glas halbvoll. Er nahm einen tiefen Schluck. Eine Halluzination. Tiger statt Katze. Verzerrung der Größenverhältnisse. Gab es da nicht einen südamerikanischen Trank, der Ähnliches in der anderen Richtung hervorbrachte? Probanden fühlten sich im Drogenrausch als Riesen, die Bäume des Regenwalds unter sich wie kniehohe Sträucher … aber mit diesen pharmakologischen Problemen konnte er sich jetzt nicht befassen. Marie

Kaserer saß weinend und kognaksüffelnd in seinem Wohnzimmer. Was wollte sie? Warum war sie hergekommen? Sie hätte die Polizei rufen können oder die Rettung. Aber für die Rettung war bei ihrer Schwester nichts mehr zu tun; gegen die Polizei hegte sie wohl eine instinktive Abneigung, was angesichts der Schwierigkeiten, die Abwehr eines ausgewachsenen Tigers in einem Dornbirner Einfamilienhaus glaubhaft zu machen, nicht verwunderlich war. Das alles hatte Marie ihrer Panik und Verzweiflung zum Trotz inzwischen bedacht, sonst säße sie nicht hier. Daraus ließ sich etwas machen. Er nahm ihr gegenüber am Tisch Platz.

»Schenken Sie sich ruhig nach«, sagte er, »von dem Kognak muss nichts übrig bleiben, aber zuvor sollten wir uns prinzipiell überlegen, wie wir nun vorgehen wollen.«

»Sie sind schuld! Sie haben uns mit diesem Teufelszeug vergiftet!«

»Das mag so sein, aber können Sie das auch beweisen? Der Nachweis dürfte schwierig werden – man findet solche Stoffe nicht, wenn man nicht weiß, wonach man suchen soll. Ich werde jedenfalls keine Hinweise geben. Was dagegen der Polizei sehr leichtfallen wird, ist eine andere Rekonstruktion der Ereignisse. Die werden Ihre Schwester finden mit einem Einschussloch …«

»Vier. Mit vier Einschüssen …«

»Ach ja! Die Maschinenpistole vermutlich? Billiger geben Sie's wohl nicht.«

»Was anderes war nicht da auf die Schnelle, der Tiger saß direkt vor Margit in der Küche.«

»Richtig, der Tiger … glauben Sie mir, wenn ich Ihnen sage, dass ich keinesfalls beabsichtigt habe …«

»Ja, ja, ich bin nicht so dumm! Der Tiger ist ein Nebeneffekt. Was sollte denn die Hauptwirkung sein – diese religiösen Anwandlungen?«

»Ihrer Wortwahl entnehme ich, dass sie keine solchen Anwandlungen verspürt haben?«

»Nicht die geringsten.«

»Interessant. Liegt vielleicht an der Dosis … die Wirkung sollte auch eine ganz andere sein. Gegen Krebs.«

Marie lachte laut auf. »Das ist dann ja völlig in die Hose gegangen! Künstlerpech sagt man da wohl … wenn es nicht so zum Weinen wäre … was soll ich jetzt machen?«

Romuald war froh, dass Marie Kaserer von rascher Auffassungsgabe zu sein schien. Das ersparte eine langwierige Debatte, deren Ergebnis von vornherein feststand: Marie konnte nicht zur Polizei gehen, weil die ihre Geschichte nicht glauben würde. Der Einzige, der sie bezeugen könnte, die Geschichte, war der Dr. Nowak. Und der würde das nicht tun. Keinen Deut. Sehr wohl würde er ihr aber in anderen Belangen zu Hilfe kommen, der Dr. Nowak. Das sagte er ihr auch. Sie überlegte einen weiteren Kognak lang und stimmte dann allem zu, was er ihr vorgeschlagen hatte.

*

In der Nacht hätte ein aufmerksamer Mensch im Gelände um die Leupold-Villa und die angrenzenden Siedlungshäuser merkwürdige Aktivitäten beobachten können, da heißt: beobachten eigentlich nicht ohne Nachtsichtgerät mit Infrarothilfsbeleuchtung (und wer hat so etwas schon bei sich?), es herrschte schwarztintige Finsternis, aber hören können hätte man schon das eine oder andere Geräusch. Etwa das leise Quietschen des Rades an der Kaserer'schen Schubkarre, die zu ölen Margit Kaserer schon hundertmal versprochen hatte. Oder das leise Fluchen des Dr. Romuald Nowak, der das Gefährt durch den Garten hinter dem Kaserer'schen Einfamilienhaus schob ohne Sichtkontakt zu irgendetwas oder irgendjemandem. Er war auf die leise Stimme der Marie Kaserer angewiesen, die vorneweg stolperte und sich in ihrem eigenen Garten deutlich weniger gut auskannte, als sie angenommen hatte. Mit Unterbrechungen gelang es, die Grundstücksgrenze zu erreichen, danach ging es auf Leupold'schem Grund ohne Touchieren von Gartenbeetbegrenzungsbrettern auf ebener Wiese weiter zur Hinterseite der Villa. Romuald ertastete das Garagenschloss und schob die Karre hinein. Marie kam nach, sie zogen die Tür zu und machten Licht. Margit saß zusammengekauert in der Schubkarre, Romuald war schweißgebadet. Er lehnte an der fleckigen Innenwand und keuchte.

»Wir müssen Spuren gemacht haben wie eine Armee«, sagte er.

»Das macht nichts«, antwortete Marie, »es fängt an zu schneien, morgen sieht man nichts mehr. Wohin jetzt?«

Romuald deutete auf die Innentür.

Das Verstauen der tödlich verunfallten Margit Kaserer ging leichter vor sich, als er befürchtet hatte. Marie ließ es sich nicht nehmen, die Deckel der *anderen* Tiefkühltruhen zu öffnen, nachdem er ihr Frau Dr. Leupold in der *einen* offenbart hatte.

»Das ist ja hier wie in der Kapuzinergruft!«, sagte sie. Der Gedanke schien sie aufzuheitern, was ihm nur recht war.

»Es ist ja nur vorübergehend«, sagte er, »eine Notlösung sozusagen …«

»Bis Ihnen was Besseres einfällt?«

»Sie haben es erfasst, Frau Kaserer, ich hatte in den letzten Wochen einfach keine Zeit, mich damit zu befassen.«

»Und wer sind die alle?«

»Bitte, was soll das heißen: *die alle*? Sie reden so, als ob das schon Dutzende wären.«

»Weichen Sie nicht aus!«

Romuald kam nicht umhin, ihr alles zu erzählen, die ganze

Geschichte von Leupold bis Charly. Den letzten Teil (Kaserer) kannte sie selbst. Die Bindl-Episode ließ er weg, Bindl lag ja auch nicht hier, sondern auf der Pathologie in Wien. Marie Kaserer war beeindruckt. Sie hätte sich, bekannte sie, das Leben von Drogendealern nicht so kompliziert vorgestellt. Er auch nicht, sagte er. Wenn er gewusst hätte, was da alles auf ihn zukam, dann … aber hinterher ist man eben immer schlauer. Sie stellten fest, dass bei Herrn Guttmann noch ein Plätzchen frei war (sie hatten für ihn aus einer Eingebung heraus eine Truhe *extra large* gekauft). Danach setzten sie sich im Leupold'schen Wohnzimmer zusammen und machten mit Whisky dort weiter, wo sie vor der Margit-Kaserer-Übersiedlungsaktion mit Kognak aufgehört hatten. Marie kam auf ihren Tumor zu sprechen und machte die seltene Erfahrung, dass ihr jemand zuhören konnte, ohne auf eine Gelegenheit zum Themawechsel zu lauern. Das gefiel ihr. Sie hätte sich Drogendealer nicht so nett vorgestellt. Das sagte sie ihm auch. Romuald gab zu bedenken, er sei ja kein echter Drogendealer, der das Gewerbe von der Pike auf gelernt hatte, beginnend mit dem Jugendgefängnis; er sei vielmehr eine Art Quereinsteiger. Der eigentliche Dealer sei Manfredo Gonzales Leupold, aber der hänge auch mehr am Künstler- als am Verbrecherischen und sei, genau wie er selbst, Romuald Nowak, durch die Macht der Umstände gezwungen worden. Das brachte es mit sich, Marie Kaserer seine berufliche Laufbahn zu schildern. Mit allen Höhen und den gegen Schluss zu sich häufenden Tiefen, so dass man, sagte er lachend, eher von einer »Tiefebene« sprechen müsste. Sie lachte über den dünnen Witz. Das war ein gutes Zeichen, dachte er, ließ es doch auf elementare Selbstbehauptungskräfte schließen, auf einen absoluten Willen zum Leben, der nicht durch ein tragisches Ereignis gebrochen werden konnte. Er erzählte von seinen Substanzen, bemühte sich, alles Fachkauderwelsch zu vermeiden, was ihm bisher bei Laien nie gelungen war, aber bei Marie Kaserer funktionierte es, denn sie stellte Zwischenfragen, von denen er ableiten konnte, dass sie das Wesentliche begriffen hatte. Das machte ihn froh.

Er stellte ihr eine dauernde finanzielle Vergütung in Aussicht, er werde das mit Manfredo regeln, sagte er. Sie war sehr froh und begann zu weinen, diesmal aus Freude. Der Verlust der Schwester bedeutete den Verlust der Pension und schlicht die Halbierung des sowieso dürftigen Einkommens. Das Kaserer'sche Haus war zwar schon lange abbezahlt, aber der Unterhalt durch die gestiegenen Energiepreise immer schwerer aufzubringen.

Gegen eins stellten sie fest, dass sie sich einen Granatenrausch angetrunken hatten. Marie Kaserer fiel um, als sie aufzustehen versuchte; er half ihr auf, was wegen der einsetzenden Rotation des Wohnzimmers schwierig war. Er schleppte sie zum Sofa, spendierte eine Decke und stellte die Heizung höher. Dann ging er in sein Schlafzimmer, ohne noch einen Gedanken an Marie Kaserer zu verschwenden. Er schlief sofort ein.

*

»Du hast sie eingeweiht? Bist du denn völlig übergeschnappt?« Manfredos Gesicht hatte sich gerötet, aber nicht von der arktischen Kälte draußen, sondern erst im Wohnzimmer, als Romuald ihm von den Ereignissen der letzten Tage erzählte. Seine Unterlippe zitterte, als wolle er jeden Augenblick anfangen zu heulen. Nicht der auch noch, dachte der Chemiker, in diesem Haus wird zu viel geweint, ein wahrer Unglücksort. Manfredo rannte die Kellertreppe hinunter.

»In der Truhe vom Guttmann!«, rief ihm Romuald nach. Man konnte bei den zahlreichen Kühlbehältern schon den Überblick verlieren. Als Manfredo wieder heraufkam, hatten sich seine Augen gerötet.

»Es ist alles aus«, sagte er mit leiser Stimme, »du hast alles kaputtgemacht.«

»Keineswegs! Marie ist eine gute Haut, die wird nichts sagen. Und die Erpressung sind wir auch los – also so gut wie …« Er schilderte das finanzielle Arrangement zur Generalsanierung des Kaserer'schen Anwesens. Die erstaunlich geringe Summe von dreißigtausend Euro besänftigte Manfredo. Er putzte sich die Nase und lauschte den weiteren Erläuterungen, wie eines zum andern gekommen war und endlich keine andere Lösung geblieben sei als die von ihm, Romuald, gewählte. Manfredo musste ihm zustimmen.

»Und wo ist die Margit Kaserer? Offiziell, meine ich …«

»In Spanien.«

Manfredo lachte auf. »In Spanien? Mitten im Winter? Was anderes ist euch nicht eingefallen? Da hat sie wohl eine Einladung von der Frau Dr. Leupold gekriegt …« Er lachte wieder.

»Tatsächlich war das Maries Idee«, sagte Romuald. »Eine Reise in den Süden ist doch nicht ungewöhnlich …«

»Habt ihr nicht die Nachrichten angeschaut? Halb Spanien versinkt im Schnee, der schlimmste Winter seit weiß Gott wie vielen Jahren!«

Romuald seufzte. »Was soll ich machen? Ihre Schwester ist in Spanien, Punktum …«

»Warum ist Marie dann nicht mitgefahren?«

»Wollte sie auch, aber dann hat sich der Tumor wieder bemerkbar gemacht und sie am Reisen gehindert.«

»Ach ja? Also: Margit Kaserer kümmert sich jahrzehntelang um ihre kranke Schwester – und jetzt haut sie plötzlich in den Urlaub ab, obwohl es der Schwester so schlecht geht, dass sie nicht mitfahren kann? Wer soll das glauben?«

»Da haben wir uns auch etwas überlegt.« Der selbstgefällige Ton Romualds entging Manfredo nicht. »Die gute Margit hat wohl jemanden kennengelernt. Übers Internet, Marie weiß nichts Genaues, nur aus Andeutungen und Halbsätzen, verstehst du, und dieser Jemand ist jetzt auch in Spanien, deshalb die Idee mit der Reise, Margit war fest entschlossen, sie wäre auch zu Fuß nach Spanien gelaufen, sagt Marie, sie war ganz wild darauf, es hat deswegen auch Auseinandersetzungen gegeben – aber schriftlich existiert nichts, nur Telefonate am Handy ...«

»Die Geschichte ist gut«, musste Manfredo zugeben. »Du bist ein begabter Lügner, weißt du das?« Romuald lächelte und antwortete nicht. Es war seit jeher das große Manko Manfredos, dass er die Dinge zwar an-, aber nicht zu Ende dachte. Sonst hätte er auf die Idee kommen müssen, dass Romuald nicht nur alle Welt, sondern auch ihn belog. Aber auf diese Idee kam er eben nicht. Romuald Nowak war gezwungen gewesen, etwas von Nummer siebzehn preiszugeben. Den Namen »Theophanin« erwähnte er nicht, und er nannte die Substanz auch nicht »Nummer siebzehn«, was bedeutet hätte, auch die Nummern eins bis sechzehn zu erwähnen, sondern er nannte sie »ein experimentelles Halluzinogen, das ich von einem früheren Forschungsprogramm zur humanen Kriegsführung noch übrig hatte«.

»Humane Kriegsführung – das heißt doch, man bringt die Leute nicht um, man sorgt nur dafür, dass sie verrückt werden?«, fragte Manfredo.

»Etwas verkürzt – aber ja, so könnte man sagen ...«

»Warum hast du denn nicht die Pistole mitgenommen zu diesem Treffen?«

»Ich wollte Gewalt vermeiden, ich lehne das ab. Mir fiel ein, dass ich noch ein bisschen von dem Zeug hatte. Warum es nicht verwenden, wenn man an der Quelle sitzt und endlich etwas Gutes damit machen kann?

»Etwas Gutes? Die eine Tante hat dann ihre Schwester umgebracht!«

»Vielleicht Überdosierung, was weiß ich … solche Reaktionen sind in unseren Tests nie aufgetreten.«

»Ich glaub, ich will das gar nicht so genau wissen …«

Romuald sagte nichts mehr, Manfredo hatte die Geschichte geschluckt. Das Gespräch wandte sich dann erfreulicheren Dingen zu.

»Wir sind bei diesem Schott eingeladen«, sagte er zu Manfredo.

»Beim Nachbarn?«

»Ja, der sich jetzt um Sami kümmert.« Wie aufs Stichwort erschien der Erwähnte in der Wohnzimmertür, ging auf Manfredo zu und rieb den Kopf an dessen Hosenbein. Manfredo kraulte den Kater im Nacken.

»Ist die Katzenklappe immer noch offen?«

»Natürlich. Sami kommt mich manchmal besuchen, gell, Sami?« Sami würdigte den Chemiker keines Blickes, gab sich ganz den Liebkosungen Manfredos hin. »Herr Schott hat nichts dagegen«, fügte Romuald hinzu. »Die beiden kommen prima miteinander aus, hat er gesagt.«

»Und der lädt uns ein? Warum?«

»Er gibt eine Party. Zu Silvester.«

»Wer kommt denn noch?«

»Seine Freundin, eine Tierärztin, glaube ich … die Marie Kaserer, Rhombergs von gegenüber, Staubers und noch ein paar. Die nähere Nachbarschaft halt. Zur Stärkung nachbarschaftlicher Beziehungen, hat er gesagt.«

»Das ist die Frau, garantiert. Es sind immer die Frauen, die auf so was kommen. Eine Schnapsidee. Zu Silvester haben doch alle was vor, wer soll denn da kommen?«

»Sag das nicht! Er hat bei der Metzgerei Schmuck in Bregenz ein Buffet bestellt.«

Manfredo war überrascht. Die Metzgerei Schmuck war im ganzen unteren Rheintal berühmt für ihre Feinkost.

»Entenbrust und Lachsschinken und solche Sachen halt. Getrunken wird Jahrgangschampagner und zu Mitternacht gibt's Feuerzangenbowle. Es hat schon ein Haufen Leute zugesagt ... und wir sollen um Gottes willen nichts mitbringen, hat er gesagt!«

»Dann sagen wir auch zu – wir wollen doch nicht als Sonderlinge gelten, oder?« Sie lachten. »Die Aussicht auf ein Gratisbuffet ist für unsere hiesigen Kleinhäusler unwiderstehlich. Besonders in der Krise ...«

»Manfredo, ich muss es dir einmal sagen: Du bist ein arroganter Arsch!«

Manfredo widersprach nicht.

Weihnachten kam und das übliche Tauwetter. Die Landschaft war geprägt von Nieselregen, schütteren Schneeflecken und zwei Grad plus. Der Himmel darüber eine Betonkuppel, grau und statisch. Wer ihn ansah, glaubte nicht, dass er jemals wieder erblauen und etwas Atmosphärisches gewinnen könnte. So blieb es bis zum Jahreswechsel.

Marie Kaserer staunte über sich selbst: wie gut sie mit dem Verlust der Schwester zurechtkam. Der Tumor stellte sich tot, tat jedenfalls so, als ob er nicht da wäre, also genau: nichts. Marie wuchsen ungeahnte Kräfte zu. Sie erledigte den Haushalt, als ob sie nie etwas anderes getan hätte, sie ging einkaufen, unterhielt sich mit den Leuten – als ob sie nicht jederzeit mitten im SPAR unter Zuckungen niederstürzen und alle Umstehenden in Verlegenheit bringen könnte. Sie tat so, als ob alles normal wäre. Margit geht es gut, danke der Nachfrage, das Wetter ist halt nicht so toll in Spanien. Über mangelnde Aufmerksamkeit konnte sich Marie nicht beklagen; man durfte Dornbirn vieles vorwerfen, aber nicht großstädtische Anonymität. Anonym war hier überhaupt niemand. Sie wurde von Leuten, mit denen sie seit Jahren nur kurze Grüße gewechselt hatte, ins Gespräch verwickelt. Alle wollten wissen, was es mit dieser

Spanienreise der Margit Kaserer auf sich hatte – oder deutlicher: weswegen sie sich so gestritten hatten, dass die Schwester nicht mitfuhr. Marie machte Andeutungen. Margit sei erwachsen und könne tun, was ihr gefalle. Und wenn manche Frauen in eine bestimmtes Alter kämen, dann könne es sein, dass die Illusionen blühten wie die Maiglöckchen … da wussten dann schon alle, was sie zu denken und weiterzuerzählen hatten. Die Margit Kaserer hat den *ledigen Unwillen* nicht mehr ausgehalten und ist mit einem Galan auf und davon. Ja, ein Spanier soll es sein, nein, ein Ungar, Blödsinn, ein Wurstfabrikant aus Bielefeld. Und so weiter.

Marie Kaserer ging es gut, so einfach war das. Sie fühlte sich besser als in den letzten fünfzehn Jahren. Und es lag nicht daran, dass sie ihre Schwester erschossen hatte. Mit so einem Psychoblödsinn brauchte man ihr nicht zu kommen. Woran es aber lag, wusste sie nicht. Der Zufall wollte es, dass sie ihren Onkologen, Dr. Wohlgenannt, auf dem Wochenmarkt in der Innenstadt traf. Der Arzt war überrascht, sie zu sehen. Er kannte sie nur aus der Praxis und wusste, dass sie die Öffentlichkeit wegen der Anfallsgefahr mied; wenn sie sich hatte sehen lassen, dann nur in der Begleitung der Schwester. Die Schwester hatte sie auch immer zu den Arztterminen gefahren. Marie begrüßte Dr. Wohlgenannt, brachte ihr Sprüchlein über die Spanienreise der Margit Kaserer an und wollte sich dann verabschieden; sie hatte vor, heute wieder einmal gefüllte Paprika zu machen, nur für sich selber, das erste Mal seit Jahren, weil Margit, die sonst immer kochte, gefüllte Paprika verabscheute. Aber Dr. Wohlgenannt ließ sie nicht gehen.

»Sie machen einen ausgesprochen gesunden Eindruck, Frau Kaserer! Das sollten wir uns näher anschauen …«

»Anschauen? Wozu denn, es ist doch eh alles immer gleich. Offen gesagt, mir langt das einmal im Jahr – ich hab sowieso nur Schiss, dass es schlechter wird.«

»Und – geht es Ihnen schlechter?«

»Wenn Sie mich so fragen … nein. Eher besser, aber Sie kennen meine Einstellung dazu …«

Dr. Wohlgenannt nickte. Marie Kaserers Einstellung zu ihrer Krankheit bestand darin, jede nur vermutete und nicht bewiesene Besserung schroff abzulehnen. Der »verfluchte Optimismus«, wie sie das nannte, hatte ihr in ihrer langen Leidensgeschichte schwere Enttäuschungen beschert, wenn das neue Medikament doch nicht das brachte, was man sich davon versprach. Oder wenn Phasen, in denen es besser ging, gleich mit dem Wunderwörtchen *Spontanremission* umraunt wurden. Das Verwinden dieser Niederlagen kostete sie Kraft, die sie zur Lebensbewältigung brauchte, sie konnte sich schlicht keine Enttäuschungen leisten. Und subjektiv besser ging es ihr vielleicht nur, weil ihr der gute Nachbar Nowak an diesem Vormittag die versprochenen dreißigtausend Euro gebracht hatte.

Dr. Wohlgenannt kannte seine Patientin seit vielen Jahren und sagte deshalb: »Anschauen müssen wir das trotzdem, nicht, dass da noch was anderes dahintersteckt.« Jede andere hätte diese wolkige Drohung in Unruhe versetzt, Marie Kaserer war die Aussicht auf eine mögliche Gefahr durch eine *zweite Front* lieber als die Hoffnung auf grundsätzliche Besserung. Denn die würde sich mit großer Wahrscheinlichkeit als Schimäre erweisen – und das hielt sie einfach nicht mehr aus. Mit ebenso großer Wahrscheinlichkeit würde aber auch *nichts anderes* hinter ihrer Gutphase stecken – und das würde sie entlasten.

»Wir schauen uns das jetzt gleich einmal an«, sagte Dr. Wohlgenannt. *Anschauen* hieß Computertomografie in Innsbruck.

»Da ist doch jetzt kein Termin frei«, wandte sie ein.

»Lassen Sie das meine Sorge sein, ich krieg das schon hin.« Sie stimmte zu, gegen Dr. Wohlgenannt kam sie nicht an. Am selben Nachmittag rief er an. Er hatte einen Termin, Silvester. Über Weihnachten sei alles dicht gewesen, aber am letzten Tag des Jahres ginge es, sagte er. Den Transport mit einem Krankenwagen hatte er auch schon organisiert. Marie Kaserer stimmte zu. Dr. Wohlgenannt kam dem, was andere Frauen an ihren Ehemännern hatten, am nächsten. Er war Funktionär der Ärztekammer und über seine Studentenverbindung gut vernetzt bis in hohe Kreise der Politik. Und verheiratet mit einer schwerreichen Frau aus einer Unternehmerdynastie. Er erreichte, was er wollte.

So kam es, dass Marie Kaserer, die sich zu jenem Zeitpunkt eine Zugfahrt ohne weiteres zugetraut hätte, sich am 30. Dezember, einem nasskalten Regentag, mit einem Krankenwagen nach Innsbruck aufmachte.

*

Die Metzgerei Schmuck lieferte das Bestellte am Nachmittag kurz nach drei. Schott hatte aus zwei Malerböcken und Brettern im Wohnzimmer einen großen Tisch aufgebaut und beim BAUHAUS noch einen Satz Plastikgartenstühle besorgt. Der Behelfstisch wurde voll. Platten, Schüsseln, Teller. Im Kühlschrank standen bis vornehin die Champagnerflaschen. Hildegard wollte sich am finanziellen Aspekt beteiligen, was er ablehnte. »Mach du nur deine Sache, das hier erledige ich. Ich hab's ja!« Dabei lachte er, die Nervosität war herauszuhören.

Ja, Mauritius Schott war nervös. *Nervös* beschrieb die Sache unzureichend. In Wahrheit stand er kurz davor, die Nerven überhaupt wegzuschmeißen – und damit jede halbwegs erfreuliche Zukunft, wie er sich den ganzen Nachmittag wie ein Mantra vorbetete: Wenn ich jetzt versage, habe ich keine Zukunft mehr. Wenn ich jetzt versage … natürlich im Stillen, von außen war ihm nichts anzumerken, außer, dass er oft lachte. Wenn jemand etwas sagte, was nicht einmal witzig war, oder wenn er selber etwas von sich gab (genauso wenig witzig). Ausnahmslos alle Anwesenden schoben es auf seine Nervosität und diese auf den verrückten Plan, die ganze Straße in ein geschummeltes Hundertdreißig-Quadratmeter-Haus einzuladen (geschummelt nicht das Haus, sondern die hundertdreißig Quadratmeter, in Wahrheit waren es knapp hundertvierzig). Wo sollten die alle sitzen? Von sitzen konnte dann, wie sich herausstellte, keine Rede sein, die meisten Leute standen; obwohl nicht alle gekommen waren, die Hildegard eingeladen hatte, standen die meisten den Großteil jenes bemerkenswerten Abends – aber ebenso muss man zugeben, dass dies nicht als Mangel empfunden wurde. Man kreiste durch alle Räume des kleinen Hauses, Gesprächsgruppen, wie sie sich auf solchen Partys bilden, kamen einander in diesem Fall so nahe, dass sie sich öffneten, ineinander übergingen, neu formierten. Kurz: Es war brechend voll, und es herrschte Bombenstimmung. Hildegard hatte angeraten, zur großzügig berechneten Fressalien-Bestellmenge noch einmal zwanzig Prozent aufzuschlagen. Weil dann auch nicht alle kamen, mit denen die beiden gerechnet hatten, führte die Zwanzig-Prozent-Maßnahme zu einer so opulenten Pro-Kopf-Quote, dass nicht einmal jene, die zu Hause nichts gegessen hatten (die große Mehrheit), die Chance hatten, alles aufzuessen, was ihnen statistisch zustand. Mit den Getränken verhielt es sich ähnlich. Das hatte sehr positive Auswirkungen auf das Gästeverhalten. Es wurde langsam gegessen, weniger und weniger schnell getrunken. Weil eh genug da war und weil jeder vermeiden wollte, sich zuzuschütten …

Die Leute unterhielten sich blendend, sogar Dr. Nowak und Manfredo, der sein Talent als Partytiger ausleben konnte. Er redete mit allen, flirtete auch mit jenen Frauen, mit denen das seit Jahrzehnten keiner mehr getan hatte – ohne dabei die Ehemänner gegen sich aufzubringen. Schott musste zugeben: Manfredo war eine Nummer für sich, ein echter Gewinn für jede Party, sogar für eine, die so gut lief wie die hier. Das beruhigte ihn.

»Es muss voll werden«, hatte Hildegard gesagt. »Je voller es ist, desto weniger kann man hinterher sagen, wer da war und wer nicht.« Denn darauf kam es an. Dass keiner sagen konnte, wer da war und wer nicht.

Es war laut. Schott spielte auf seiner Stereoanlage den ganzen Abend »leichte Klassik«, was manchen Gästen auf die Nerven ging, die Popmusik bevorzugt hätten. Angesichts des erlesenen Buffets akzeptierten sie aber die Musik, Schott hatte sie laut aufgedreht. Mit dem Effekt, dass jeder lauter sprach, weswegen die anderen Sprecher ebenfalls lauter sprechen mussten, das hob den Geräuschpegel. Ein hoher Geräuschpegel war wichtig für den Plan.

Denn natürlich gab es einen Plan.

Schott und Hildegard waren die Nachbarn gleichgültiger als die Krater auf der Rückseite des Mondes. Es ging nur darum, dass möglichst viele von ihnen anwesend waren. Zwei Punkte. Punkt eins: Keiner konnte bei einer so dichtgedrängten Menge beschwören, wer für eine kurze Zeit *nicht* da gewesen war. Punkt zwei: Wer da war, konnte zur gleichen Zeit nicht zu Hause sein. Das betraf zwei bestimmte Personen, die anderen feierten nur als Tarnung mit, freilich ohne von ihrer Tarnaufgabe zu wissen. Der Plan hatte allerdings einen Schönheitsfehler, der leider erst später zutage trat, als alles schon zu spät war: Auch die Gastgeber Hildegard und Schott konnten nicht für jeden Augenblick angeben, wer gerade *nicht* da war; in gewisser Weise widersprachen einander die Punkte eins und zwei. Dr. Nowak hätte den beiden aus seiner langjährigen Laborerfahrung heraus von ihrem Plan abgeraten. Denn wo gilt Murphys Gesetz mehr als bei solchen Vorhaben, die man mit einem saloppen »Wird schon schiefgehen« am besten charakterisiert? Genau – das tut es dann auch. Schiefgehen.

Es war etwa Viertel vor zehn, als Romuald auf dem Handy angerufen wurde. Eine Frau. Bei dem Krach im Schott'schen Haus erkannte er die Stimme nicht, also trat er durch die Vordertür rasch ins Freie.

»Wer spricht, bitte?

»Marie Kaserer?«

Sie war kaum zu verstehen, schien ziemlich betrunken zu sein.

»Um Gottes willen, Frau Kaserer, wo sind Sie denn?«

»Im Zug. Nach Feldkirch, dort muss ich … um… umsteigen …« Sie fing an zu lachen. »Vielleicht auch nicht, ich seh's dann ja …«

»Aha. Und was wollen Sie jetzt …?«

»Margit ist nach Schpan… Spanien gefahren. Aber ich … ich fahr nicht nach Spanien, Herr … Herr Dr. Nowak, ich nicht, ich brauch nicht dorthin zu fahren …«

Das war schlecht, dass sie jetzt anfing, besoffen von ihrer Schwester rumzuquatschen. Er hörte keine Hintergrundstimmen, konnte aber kaum davon ausgehen, dass sie an diesem Abend allein im Zug saß. Sie hatte ihm von der bevorstehenden Untersuchung erzählt.

»Wieso sind Sie nicht in Innsbruck?«, fragte er.

»War ich doch …« Romuald vernahm Schluckgeräusche.

»Was trinken Sie da?«

»Schampan… Schampagner, Herr Dr. Nowak, das sollten Sie auch tun, schmeckt wirklich … su… superb.« Sie kicherte.

»Hören Sie, Frau Kaserer, ich bin auf dem Fest beim Schott, könnten wir nicht morgen weiterreden?«

»Ich komm vielleicht auch noch hin.«

In Romualds Kopf schrillten mehrere Alarmglocken zugleich. Mit einem Schlag wurde alles klar. Marie Kaserer hatte ein schlimmes Ergebnis gehabt. Es würde etwa mit den Worten begonnen haben: »Tut mir wirklich sehr leid, Frau Kaserer, aber die letzte CT zeigt eindeutig …« Warum ließen die dann die Frau allein mit dem Zug heimfahren? Jetzt war sie auf dem Weg hierher und würde alles Mögliche erzählen. Über den Dr. Nowak, die Vorgänge um die Frau Leupold, den Tiger, Margit … und dann zusammenbrechen. Oder umgekehrt, das war auch schon egal.

»Frau Kaserer, Sie kommen erst zu mir, haben Sie verstanden? Sie gehen nicht zum Schott. Wir gehen dort gemeinsam hin, einverstanden?«

»Wenn Sie möchten …« Rülpsen kam durch den Hörer.

»Frau Kaserer, ist Ihnen nicht gut?« Das fehlte noch, dass sie im Zug zusammenbrach und dann in irgendeiner Notaufnahme zu plaudern begann. Plaudern durfte sie überhaupt nicht. Nicht am letzten Tag des alten Jahres, nicht am ersten des neuen und an keinem der folgenden Tage. Wenn sie jetzt zu saufen anfing, war das nicht gewährleistet. Sie musste zumindest so lange schweigen, bis Manfredo die nächste Portion Amphetamin unters Volk gebracht hatte. Die mit dem Theophanin-Anteil. Manfredo wusste nichts davon, auch sonst kein Mensch, aber bald würde es die ganze Welt wissen. Und dadurch ein besserer Ort werden.

»Ist nur der Scham… Schampagner«, sagte sie. »Die Kohl… Kohlensäure …«

»Was? Ach so … warum trinken Sie auch Champagner im Zug?«

»Zum Feiern. Schon die zweite … Flasche.«

»Sie feiern? Wieso denn? Ich dachte …«

»Weil er weg ist.«

»Wer ist weg?«

»Der Tumor. Der Primus … Prim… Der Primarius hat gesagt, so was von schpon… schpontaner … Re… Remu… Remion …«

»… spontaner Remission?!«

»Ja, genau … hat er noch nie nicht … niemals gesehen … schön, nicht?«

»Was? Ja, sehr schön. Hören Sie, Frau Kaserer, Sie kommen zuerst zu mir, wenn Sie da sind, okay? Und nehmen Sie ein Taxi. Ich bezahl's!«

»Jawohl, mach ich. Jetzt bin ich ein bisschen … müde. Wiedersehen!« Das Gespräch war beendet. Romuald steckte das Handy ein. Hinter ihm tobte die Party im Schott'schen Einfamilienhaus. Er konnte keinen klaren Gedanken fassen. Das musste er aber. Jetzt gleich. Er ging, ohne sich umzudrehen, zur Leupold-Villa hinüber, legte sich in seinem Schlafzimmer auf die Couch. Er lag auf dem Rücken, faltete die Hände auf dem Bauch und überließ sich dem Gefühl des welterschütternden Triumphes, das ihn überkam wie die Woge eines tropischen Meeres.

*

Hildegard und Schott hatten den Beginn der Aktion auf halb zwölf festgesetzt. Wegen des Krachs. In Dornbirn war es nämlich üblich, die Silvesterböllerei schon Tage vorher beginnen zu lassen; am letzten Tag des Jahres krachte und krawallte es dann ab Einbruch der Dämmerung in einer Tour und steigender Intensität bis zum Höhepunkt um zwölf. Lärmmäßig wäre deshalb Mitternacht am besten gewesen (bei ihrem Plan kam es darauf an, gewisse Geräusche im allgemeinen Pegel untergehen zu lassen), aber um Mitternacht standen auch alle Vorarlberger, es mochte stürmen oder schneien, vor ihren Häusern, um selber Feuerwerke abzuschießen oder die der Nachbarn zu bewundern, auch war es üblich, sich den Nachbarn zuzuwenden, ihnen zuzuprosten, »Prosit Neujahr!« zu wünschen und so weiter – auf jeden Fall würden sie die Gegenwart einer Person in der Nähe gleich welchen Hauses bemerken und sich daran erinnern. Das galt es zu vermeiden. Die Person, deren Gegenwart nicht konstatiert werden sollte, war Mauritius Schott, und das Haus, in dessen Nähe er sich befinden würde, die Leupold-Villa.

Um zehn wurde der Plan allerdings geändert, das ist, wie viele zustimmen werden, schlecht. Hildegard bemerkte, als sie die Tür zum Garten aufmachte, um etwas frische Luft hereinzulassen, dichten Nebel. Der war durch eine Kombination meteorologischer und chemischer Parameter entstanden, wie es manchmal zu Silvester vorkam, wenn durch die Emission von Myriaden mikroskopischer Ascheteilchen aus Böllern und Raketen im Gesamtwert vieler Tausende Euro die Luftfeuchtigkeit zu winzigen Tröpfchen kondensieren konnte, wodurch Nebel von solcher Massigkeit entstand, wie er sonst nur von militärischen Nebelgranaten erzeugt werden konnte. Hildegard sah diesen Nebel, schloss die Tür und suchte Mauritius im Gewühl. Er bereitete in der Küche die Feuerzangenbowle vor. Der Plan wurde geändert, das heißt, die Ausführung vorverlegt.

»Man sieht buchstäblich keinen Meter weit«, sagte sie, »du kannst einfach rübermarschieren – besser könnte es gar nicht laufen!« Schott war auch dieser Meinung. Er holte seinen Mantel und eine gewisse Mineralwasserflasche aus dem Keller und verließ das Haus durch die Hintertür. Der Nebel hinderte ihn nicht an der Orientierung. Die Hintertür der Leupold-Villa war abgeschlossen. Dem kurzen Brecheisen hielt sie nicht stand. Der Krach, den diese Aktion verursachte, ging im Lärm der Böller unter, die nun schon in kurzen Abständen ringsum gezündet wurden. Schott stieß die Tür auf und machte die Taschenlampe an. Schnelles, zügiges Arbeiten. Er schraubte die mitgebrachte Römerquelle-Flasche auf und goss den Inhalt im Kellergeschoss aus. Das dauerte ein bisschen, weil die Flasche kein Mineralwasser enthielt, sondern etwas deutlich Viskoseres, nämlich ein Gemisch aus einem Teil Benzin, einem Teil

Diesel und zwei Teilen Styropor. Das Benzin hatte er mit einem Schlauch aus seinem Auto entnommen, den Diesel aus dem Auto Hildegards, und das Styropor stammte von den Verpackungen verschiedener Elektrogeräte, die Frau Dr. Rhomberg nicht weggeschmissen, sondern in ihrem Keller gehortet hatte, weil man sie *vielleicht einmal brauchen* könnte. Und das hatte sich ja als richtig erwiesen – nicht, um kaputte Elektrogeräte wieder in die Originalgebinde einzupacken (das war nie vorgekommen), sondern dem Gemisch die nötige Zähigkeit zu verliehen. Schott hatte die Tür halboffen stehen gelassen, von draußen tönte der fernere und nähere Böllerlärm herein.

Unter normalen Umständen hätte Romuald den Einbruch vielleicht bemerkt, er lag allerdings zwei Stockwerke höher durch mehrere Türen vom Geschehen getrennt auf dem Sofa. Außerdem war er nicht ganz bei sich, sondern in einem Zustand der Halbwachheit. Als ob er eine Droge genommen hätte. Die Süße des Ruhms. Er hatte eine Substanz synthetisiert, die in kleinen Dosen zu einem moralischen Leben verhalf, ja, so konnte man das neutral ausdrücken, um die Atheisten nicht zu verschrecken. Wahrscheinlich eine chemische Umprogrammierung irgendwo im Stammhirn, das würden weitere Forschungen ergeben. Und moralische Einstellung – das konnte heutzutage doch jeder und jede gebrauchen, oder nicht? Wenn man darunter das Bedürfnis verstand, Gutes zu tun und Böses zu unterlassen. Zum Beispiel Leute umbringen. Er selbst wäre, das wusste er mit absoluter Sicherheit, heute nicht mehr in der Lage, die Bindl-Sache durchzuziehen. Keine Chance. Ach ja: Theophanin hatte noch eine zweite Wirkung: In deutlich höherer Dosierung konterkarierte es den eigenen Namen. Romuald war davon überzeugt, dass die Substanz gegen Krebs jeder Art wirken würde. Spontane Remission – ja, Schnecken! Die wussten überhaupt nichts. Vor kurzem hatte die Krebsforschungsgesellschaft ihr hundertjähriges Bestehen gefeiert.

Die feiern das auch noch! Die doktern hundert Jahre an dieser Krankheit rum und erzielen – ach ja, Verbesserungen! Er würde diesen Punkt in seinem Nobelvortrag ansprechen. Mit aller gebotenen Deutlichkeit. Bei welchem Nobelvortrag? Es würde ja zwei Preise geben. Gegen den Krebs den für Medizin und … und den Friedensnobelpreis für Theophanin. Mit diesem Gedanken schlief er ein.

Schott war fertig. Alles hatte funktioniert wie geplant. Das Gemisch aus der Mineralwasserflasche war verteilt. Die beiden Bewohner vergnügten sich in seinem eigenen Haus und warteten auf das Feuerwerk. Das würden sie gleich erleben, noch vor zwölf. Aber niemand würde zu Schaden kommen, das war Hildegards eiserne Bedingung gewesen. Er ging noch einmal durch alle Kellerräume, vermied dabei, in die klebrigen Pfützen zu treten, die er hinterlassen hatte. Das Labor hatte sich seit seinem letzten Besuch offenbar ausgedehnt, die Produktion schien gut zu laufen. Eine erstaunliche Zahl von Kühltruhen wies auf die Notwendigkeit hin, Chemikalien kalt aufzubewahren, sehr professionell das Ganze. Er ging zur Hintertür zurück.

Da saß Sami.

Mauritius Schott erstarrte. »Geh weg, Sami!«, rief er. »Geh raus!« Sami blickte ihn mit großen Augen an. Dann spazierte er an Schott vorbei in den Keller, entzog sich mit Leichtigkeit dem viel zu langsamen Zugriff des Menschen. Schott rannte fluchend hinter dem Kater her, aber der war in Sekundenschnelle im Inneren des Hauses verschwunden. Schott fluchte vor sich hin. Das Haus nach dem Tier abzusuchen, hatte keinen Zweck, das würde zu lang dauern, er hatte ja manchmal Mühe, den Kater im eigenen Haus aufzuspüren, wo es nicht so viele Verstecke gab wie in dem riesigen alten Kasten. Schott kehrte zur Hintertür zurück. Es hatte keinen Zweck, die Sache war gelaufen.

Nicht eine Sekunde, nicht einmal den Bruchteil einer Sekunde kam ihm der Gedanke, die auch als »Napalm B« bekannte klebrige Substanz doch anzuzünden – trotz des Katers im Haus. Die Idee hatte einfach keinen Platz in seinem Bewusstsein, was uns zur unwiderlegbaren Folgerung führt, dass es sich bei Mauritius Schott um einen guten Menschen handelte. Ein Dieb zwar, aber ein guter Mensch, der nicht eine hilflose Kreatur irgendwelchen moralischen Ansprüchen opferte wie dem, ein Drogenlabor zu zerstören. Da sagen wir: Bravo!

Als Schott eben die Hintertür zuziehen wollte, um Hildegard vom Misserfolg zu erzählen, tauchte der Pferdedeckenkater der Familie Stauber aus dem Nebel auf und trabte neben Schott in die Leupold-Villa. »Was ist nur mit euch los?«, sagte er. »Ich dachte, ihr seid alle so geräuschempfindlich, warum versteckt ihr euch nicht vor dem Krach?« Von innen kam Knurren, gedämpftes Kreischen, Pfotengetrappel. Dann schossen die beiden an Schott vorbei hinaus in den milchigen, von Böllerexplosionen erhellten, nach verbranntem Pulver stinkenden Chemienebel und verschwanden. Schott besaß die Geistesgegenwart, den Katzenschlupf zu sperren und endlich das selber gemixte »Napalm B« anzuzünden. Das Ergebnis entsprach nicht den Erwartungen. Das Zeug brannte mit träger, stark rußender Flamme; Schott hatte sich auf etwas Feuerballmäßiges vorbereitet, wie man es aus Actionfilmen kannte, orangerote Explosionen, eine steil aufschießende Flammenwand. Er machte die Tür zu und ging zu seinem Haus zurück. Die Katzen waren draußen, der Brand entwickelte sich, wie er sich eben entwickelte, daran war jetzt nichts mehr zu ändern. Die Sachverständigen würden Brandstiftung feststellen, aber das war einkalkuliert, damit fiel der Verdacht auf konkurrierende Drogenproduzenten; Hildegard vertraute darauf, das Labor werde auch im Zustand pyrotechnischer Verheerung noch als solches erkennbar sein.

Sei es, dass sich Schott beim Anrühren der Mischung verschätzt hatte, sei es, dass der Luftdruck eine Rolle spielte oder der böllerinduzierte Nebel – die Leupold-Villa brannte nicht wie erwartet, wenigstens am Anfang. Für Dr. Romuald Nowak hatte das (wenn man so will) den Vorteil, dass er im Schlaf an den zunächst entstandenen Rauchgasen erstickte, die das Haus füllten, bevor auch nur eine merkbare Temperaturerhöhung in den obersten Stock vorgedrungen war. Seine Leiche erwies sich später als die am meisten in Mitleidenschaft gezogene und konnte nur anhand des Zahnschemas identifiziert werden.

Den Brand bemerkte als Erster Anwalt Dr. Hintergschwandtner (ich habe ja gesagt, er wird uns noch begegnen!), der sich auf der Fahrt zu einer Silvesterfeier bei Freunden befand. Der Nebel hatte sich gelichtet, aus den Fenstern des Hauses schlugen Flammen, und Dr. Hintergschwandtner verständigte die Feuerwehr. Die Partygäste im Hause Schott wurden erst durch die Sirenen der eingetroffenen Wehren auf den Brand aufmerksam. Als sie vors Haus rannten, erschütterten mehrere dumpfe Explosionen die Leupold-Villa, die gelagerten Lösungsmittel taten endlich, was man von ihnen erwarten durfte. »Es brannte wie das Höllenfeuer«, würde Herr Stauber, der Hausherr des Pferdedeckenkaters, später ins ORF-Mikrofon sagen; wie er auf diesen merkwürdigen Vergleich komme, fragte ihn aber niemand. Mehrere Gäste der Schottschen Party mussten den völlig aufgelösten Manfredo Gonzales Leupold daran hindern, ins brennende Haus zu laufen; er schrie und weinte und erlitt einen Zusammenbruch, die Rettung brachte ihn ins Spital. Die Leupold-Villa brannte aus, die Ruine musste abgerissen werden.

*

Die Spekulationen, die sogar überregionale Medien wochenlang beschäftigten, brauchen hier nicht wiederholt zu werden, die Berichterstattung war ausgiebig genug. Ausgelöst wurden die Mutmaßungen natürlich durch die Leichen, die im Zustand mehr oder weniger massiver Zerstörung in den Resten der Kühltruhen gefunden wurden. Die Identifizierung gelang durch Zahnschemata und DNA-Vergleiche. Die Todesursachen gaben viele Rätsel auf. Bei Frau Leupold und Herrn Guttmann deutete alles auf einen Unfalltod – wenn die Fundumstände nicht auf ein Tötungsdelikt verwiesen hätten. Ein solches lag wiederum bei Margit Kaserer eindeutig vor, sie war erschossen worden, allerdings mit einer jahrzehntealten Parabellum-Munition; die biedere Hausfrau war ermordet worden, eine weitere männliche Leiche wies dagegen überhaupt keine Spuren von Gewalteinwirkung auf und konnte auch nicht identifiziert werden. Wie passte das alles zusammen?

Manfredo Gonzales Leupold konnte darauf nur lückenhafte Antworten geben. Seine Oma habe ihm Dr. Nowak als Hüter des Hauses avisiert, berichtete er. Kurz vor der geplanten Reise nach Spanien sei das gewesen – Überraschung für ihre Tochter, die sie jahrelang nicht mehr gesehen hatte. Die Tochter, die zur Einvernahme anreiste, wusste von nichts, bestätigte aber die Neigung der Mutter zu skurrilen Einfällen und spontanen Entschlüssen. Die Oma habe Dr. Nowak wohl erlaubt, ihr Labor zu benutzen; er, Manfredo, kenne sich mit der Chemie überhaupt nicht aus und habe sich, wenn er in der Villa war, vom Labor ferngehalten, auch von den Kühltruhen, weil ihm Dr. Nowak das dringend ans Herz gelegt habe; es seien darin empfindliche Chemikalien aufbewahrt. »Am besten gehst du gar nicht in den Keller«, so habe sich Dr. Nowak ausgedrückt – und genau diesen Spruch sei er schon von der Oma gewohnt gewesen. Was genau der Chemiker in diesem Labor angestellt habe, entziehe sich seiner Kenntnis, weil er von der Chemie nichts verstehe. Ob ihm denn nicht aufgefallen sei, dass die Oma sich nicht gemeldet habe, wollten die Ermittler wissen. Die Oma sei keine Telefoniererin gewesen, behauptete Manfredo, sie habe nie jemanden angerufen und habe nicht einmal ein Telefon besessen. Die Sache mit Nowak habe sie ihm geschrieben, den Brief von einem alten Nadeldrucker konnte er vorweisen. Natürlich habe er erwartet, dass sich die Oma brieflich bei ihm melden würde, was ein paar Wochen lang nicht erfolgt sei. Deswegen sei er unruhig geworden und habe seine Besorgnis auch kurz vor dem Jahreswechsel dem Dr. Nowak mitgeteilt, der ihn – das falle ihm jetzt im Nachhinein auf – zu beruhigen versuchte. Ein Telefonat mit der eigenen Mutter habe er hinausgeschoben, weil seit Jahren keine Gesprächsbasis mehr bestehe und jeder Versuch in Zwistigkeiten ende – fürs neue Jahr hab er sich allerdings vorgenommen anzurufen, um zu erfahren, wie es der Oma geht. Ja, auch das habe er gesprächsweise dem Dr. Nowak mitgeteilt …

Die Ermittlung der genauen Brandursache erwies sich als unmöglich. Wegen der vielen Lösungsmittel, die illegal im Labor gelagert worden waren, konnte kein Brandbeschleuniger ausgemacht werden, auch kein spezifischer Entstehungsort. Der Brand war im ganzen Kellergeschoss zugleich ausgebrochen, das deutete auf Brandstiftung, zumal im Labor selber alle Elektrogeräte, Heizpilze und so weiter abgeschaltet waren. Die plausible Erklärung war die, dass Dr. Nowak, aufgeschreckt durch die Ankündigungen Manfredos, alles verloren gegeben und Selbstmord begangen hatte; allerdings auf eine sehr merkwürdige Weise. Aber merkwürdig waren die Handlungen dieses Individuums sowieso gewesen, ein Serientäter; wahllos bei seinen Opfern, die keine Gemeinsamkeiten aufwiesen. Möglich, dass er die Dr. Leupold erschlagen hatte, um an ihr Labor zu kommen, wieso er dann Margit Kaserer erschossen hatte, blieb ein Geheimnis, das auch ihre Schwester Marie Kaserer nicht lüften konnte. Nur Hinweise geben konnte sie: Margit habe sich in den letzten Wochen zunehmend in sich selbst zurückgezogen, habe wenig gesprochen und wenn, dann in nebuloser Weise von Spanien. Marie nahm an, dass ein Mann im Spiel sei; die plötzliche Abreise der Schwester habe sie dann doch sehr gekränkt und erschüttert, sie hatte nur die Hoffnung, dass die Schwester wieder zur Vernunft kommen möge, an ein Verbrechen habe sie nie gedacht.

All dies war für die Öffentlichkeit unbefriedigend, was manche Presseorgane zu den wildesten Spekulationen veranlasste. Geheimgesellschaften, Geheimdienste, Geheimorgien, die ganze Palette. Alle Nachbarn wurden serienweise interviewt, Marie Kaserer und Manfredo Gonzales Leupold vorneweg, aber auch Mauritius Schott und Lebensgefährtin, ebenso alle, die in der Silvesternacht auf der Party gewesen waren. Mit der Zeit ließ das öffentliche Interesse nach, als der Frühling begann, war es erloschen. Die Tochter der Frau Dr. Leupold erbte das Grundstück und verkaufte es umgehend an eine Baugesellschaft, die eine kleine, aber feine Reihenhausanlage darauf bauen würde. Drei Monate nach dem Umglück war der letzte Rest der Leupold-Villa vom Angesicht der Erde getilgt.

*

»Komm und schau dir das an!« Schott rief in die Küche, wo Hildegard einen Sauerbraten vorbereitete.

»Was denn?« Hildegard kam, stellte sich neben Schott und legte ihren Arm um ihn. Von der offenen Terrassentür aus beobachteten sie das Treiben im Garten. Die Sonne schien, die letzten Reste des langen Winters waren verschwunden.

»Ich dachte immer, die sind einander spinnefeind«, sagte Schott. Zwei Kater liefen im Garten hintereinander her, einmal der eine dem anderen, dann der andere dem einen. Als ob sie

Fangen spielten. Aber keiner erwischte den anderen. Der eine war der Kater Sami.

»Das ist doch dieser komische Kater von den Staubers«, sagte Hildegard. »Wie heißt er?«

»Schnurrli.«

»Absurd …«

»Er hört sowieso nicht auf den Namen. Hat mir Frau Stauber erzählt.«

Kater S. verschwand hinter dem Haus in der Hecke, Sami folgte ihm. Die beiden Menschen gingen ins Haus zurück.

Jede Katze braucht einen Menschen, wie jeder Mensch einen Gott braucht. Nicht alle Katzen haben einen Menschen, wie nicht alle Menschen einen Gott haben. Wenn eine Katze einen Menschen hat, ist das für sie so, wie wenn ein Mensch einen Gott hat.

Welche Götter Sami und der Kater S. in dieser Geschichte hatten, lässt sich nicht sagen. Beim Kater S. nicht, Staubers kamen als Götter nicht in Frage; kann sein, dass der Kater S. sowieso Atheist war. Sami hatte die Frau Leupold als Göttin, sicher, aber Dr. Nowak als Gott? Oder Mauritius Schott? Manfredo, der nun dauernd in Wien lebte und nie mehr nach Dornbirn zurückkehrte, eher nicht. Und Marie Kaserer sowieso nicht, ihre Antipathie gegen Katzen hatte sich noch verstärkt, sie waren ihr unheimlich. Das sagte sie aber niemandem. Die Renovierung ihres Hauses hatte begonnen, Wärmedämmung des Dachbodens, neue Fenster und eine Luftwärmepumpe. Marie war oft bei Schotts (sie nannte sie so, obwohl Hildegard und Mauritius nicht verheiratet waren) – und an diesem Detail sieht man schon die Wesensänderung der Marie Kaserer. Früher hatte sie keinen Kontakt zu Schott gesucht, auch sonst zu keinem Nachbarn. Jetzt war sie aufgeschlossen, ging auf die Leute zu und so weiter … aber eben: Mit einer *spontanen Remission* kann man leicht gut aufgelegt sein. Und das war sie, gut aufgelegt, besonders, seit sie die militärischen Hinterlassenschaften des Vaters in einer mondlosen Februarnacht im Bodensee versenkt hatte. Einschließlich der MP 40 – ja, genau, das ist diejenige, welche …

Marie lud die Schotts zum Essen ein und wurde von ihnen eingeladen. Über die Vergangenheit sprachen sie nicht. Nicht über die Leupold-Villa, nicht über Manfredo, nicht über Dr. Nowak, nicht über Margit. Das fiel ihnen nicht schwer. Sie mussten sich nichts »von der Seele« reden. Da war gar nichts drauf, auf der Seele.

Denn sie waren alle miteinander nicht schuld.

Diese Überzeugung einte sie, auch wenn sie nicht darüber sprachen. Und tun konnten sie nichts. Was hätte das Reden gebracht? Dr. Nowak und die Formel für Theophanin waren dahin. Marie fand das unendlich bedauerlich, aber ihr Geständnis hätte das Wundermittel auch nicht ans Licht gebracht. Jemand anderer würde es wiederentdecken, diese Hoffnung bleibt der Menschheit, dachte Marie Kaserer. Das ist doch auch etwas! Man wird diese Einstellung vielleicht unbefriedigend finden, was den Fortschritt des Menschengeschlechtes anlangt. Aber der Kater Sami, dessen Art die Menschen seit den Tagen der Pharaonen aus nächster Nähe kennen, hätte vielleicht noch gar keinen Fortschritt des Menschengeschlechtes bemerkt. Und wen sonst sollten wir fragen?

Aber der Kater Sami kann nur in euren Träumen zu euch sprechen, oder wenn ihr eine Dosis von Dr. Nowaks Theophanin eingenommen habt, dessen Formel aber leider, leider zusammen mit seinem Gehirn verbrannt ist. Altgriechisch könntet ihr dann auch, gewissermaßen als Zusatznutzen. So bleiben euch nur Samis große Augen und seine unverständlichen Laute, die nichts von populärem Miauen an sich haben; ohne Wunderdroge und ohne Traum nur Samis Blick und das schnurrende, grummelnde Krächzen.

Unterschätzt den Kater Sami nicht – wenn ihr einmal nach Dornbirn kommt und am Stadtrand spazieren geht, in der Nähe einer kleinen, neuen, teuren Reihenhausanlage. Es könnte sein, dass dieser Kater auch euer Schicksal bestimmt wie das von Frau Dr. Leupold, Manfredo Gonzales Leupold, Herrn Dr. Nowak, Herrn Guttmann, Charly Korak, Mauritius Schott und von Dr. Hildegard Rhomberg. Und der Pferdedeckenkater S. erst recht!

Wenn euch diese Ansicht nicht gefällt, überlegt euch doch die Alternative: dass der blinde Zufall euer Schicksal bestimmt. Wäre das besser? Wie … ach so, ihr meint, *ihr selbst* bestimmt euer Schicksal, na, wenn ihr das glaubt … Moment … ja, wer kommt denn da? Ja, wen haben wir denn da? Sami, Mausebär, komm her, schau einmal, Besuch!